十八　举国大庆

廷尉府监理处静悄悄的，只有虞放一个人在埋头伏案，奋笔疾书。

这会儿是午饭时间，同僚们都回去吃饭了，而虞放顾不上吃饭，他在抄写修改好的第三份给廷尉周忠的重审奏章。

廷尉周忠态度的突然变化，使他纳闷，使他疑惑。他担心，如果照此下去，他之前所做的一切将功亏一篑，他几个月来所付出的心血将会付之东流，更重要的是，眼看着就要真相大白的冤案很可能又要沉冤下去。虞放心急如焚，几天来，他寝食难安。面对着"张生法场喊冤案"重审工作停滞不前的状况，他经过反复思考之后，决定据理力争。

虞放是关中咸阳人氏，早年慕"关西夫子"之名，从咸阳徒步东行三四百里到潼乡杨震的泉湖学馆求学，一学就是五年。他是杨震的得意门生，一直受杨震的儒家思想影响。在杨震主持"选官变法"那年，他一举以甲科成绩入选出仕留在朝廷，为新官员留朝的四个人之一，由于他对大汉律法颇有钻研，就被留在廷尉府监理处做监理法官。监理法官的主要职责是对疑难案件、重大案件进行复审监督。

虞放性情耿介，为人刚直不阿，甚得重用。由于熟悉春秋决狱，通晓大汉法令，敢于直言，有胆有识，以耿直公正闻名于京城，被称为"关中铁汉"。

"张生法场喊冤案"上交到廷尉府之后，他被廷尉周忠安排，主审"张生喊冤"一案。当年，"喊冤案"在荆州的是是非非他早有耳闻，特别是在关西泉湖学馆听到他的恩师就是因为此案而被贬职到东莱的消息后，气愤不已。他

入朝做官，接手"张生法场喊冤案"的审理工作后，也像御史台的新御史言官高舒一样，立志要将此案的重审工作进行到底，把案件的本来面目查得一清二楚，还张生一个公道，给天下人一个交代。

一开始，廷尉周忠还全力支持"张生法场喊冤案"的重审与平反工作，多次关心过问案件进展情况，为此，他决心不但要审清冤案，也不辜负廷尉周忠大人对他的信任。但没有想到的是，重审工作有了一个初步结果之后，虞放把拟好的重审奏章第一次交给廷尉的时候，廷尉周忠的态度发生了一百八十度的转弯，不再像以前一样支持他，而且背着他，偷偷把他拟好的奏章烧毁。他得知后，非常气愤。

两次上交的奏章均被烧，虞放"关中铁汉"的脾气上来了，他手拿刚刚抄好的奏章，第三次来到廷尉周忠的署理处。

"廷尉大人，下官呈报的奏章大人阅了没有？"虞放直接问道。

正在低头阅其他案件呈文的周忠一愣，抬头说："你问这干吗？"

虞放用眼睛盯着周忠，一字一句问："下官问周大人，到底阅了没阅？"

"没有。"周忠也不隐瞒。

虞放向前移步，高声喊道："没有？那好，拿给我看看。"

周忠开始搪塞，敷衍："让我找找。"

周忠说着，假装在高高摞着的各种案件简牍里翻找。

这时，听到虞放高声喊话的同僚们，不知道发生了什么事，纷纷跑到廷尉署理处门口观望。周忠还在假装认真地翻找着。

"不会是烧毁掉了吧？"虞放看着满头大汗的周忠。

"你……"面对着虞放这样一个不尊重自己的下属，周忠一愣，抬起了头。

"不用找了，"虞放说着，从身后拿出一份新写的奏章说，"阅吧！"

周忠虽然有些蔫，但对虞放递过来的奏章仍置之不理。

虞放更加生气，再次大声地嚷着说："怎么不阅？有什么理由，请廷尉大人讲出来！"

周忠仍然不吭声，对虞放说的话置之不理。

廷尉府是朝廷的最高司法机构，而廷尉是这个最高司法机构的最高行政长官，他的一言一行、一举一动决定着一个人的生死命运。虞放对廷尉周忠前后态度的变化，既非常生气，又非常着急。

周忠对虞放无视上司尊严的做法也很生气，因此，对虞放的责问，一直置之不理。

虞放的自尊心受到极大的伤害，他"啪"的一声，把手中的奏章摔在周忠面前的公案上，倔脾气正要发作，门口围看的其他法官纷纷跑进来劝解他、阻挡他。最后，在一片闹哄哄的声音中，虞放也不知道被哪个法官拉出了周忠的署理处。

虞放气呼呼地回到监理处，开始收拾自己的文案用品，几个同僚拦他都没有拦住，眼看着他提着自己的物品离开监理处。虞放回到自己在洛阳城里租住的屋子，取出笔墨，趴在床榻上写辞呈，准备辞职后卷铺盖归家。

第二天早班时间，虞放拿着辞呈来到廷尉署理处，准备递交。一进门，猛然看到，案几后面盘坐的不是廷尉周忠，而是廷尉丞。

虞放没有多想，径直递上辞呈道："草民是来递交辞呈的。"他放下辞呈，说毕转身就走。

廷尉丞站起来就追，追到门口，拦住虞放，硬把虞放往屋里拉。

虞放说："不干啦，回家办学馆去！过去没有当官，听人说衙门黑暗，现在已经看到了。"

廷尉丞没有拦住，他看着虞放走出去的背影，没有办法。他知道虞放是司徒杨震的学生，估计只有杨震能说服虞放，但杨震伐羌还未回朝。廷尉丞只好眼看着虞放走出廷尉府大门口，手足无措。

第二天，天刚蒙蒙亮，廷尉丞手握一封书函，气喘吁吁追到洛阳城西的长亭，终于追上了背着铺盖卷儿的虞放。

廷尉丞喊着："虞法官，留步！"

虞放扭头一看是廷尉丞，没有驻足的意思，转身就走。

廷尉丞上前一步，拉住虞放说："虞法官，你先别走。好赖在一起共事这么长时间了，有几句话，等本官说完你再走也不迟。"

十八 举国大庆

虞放这才停下脚。廷尉丞把手上的一封书信递给虞放说:"这是廷尉周大人走后通过友人致本官的一封书函,你先看一下就知道了。"

虞放放下铺盖卷儿,接过一看,果然是廷尉周忠熟悉的字迹,上面写道:

"虞法官为人正直,人才难得,他坚持'张生法场喊冤案'公正审理的做法是对的,就按他的意见办。毁掉他的两次重审奏章自觉不妥,但人在江湖,身不由己,各有自己的难言之隐,请他谅解!"

这下,虞放一下子感动了,说:"有廷尉这话,下官就不走了。周大人去哪儿了?"

于是,廷尉丞告诉虞放,周大人前天晚上接到老母过世的家书,回老家丁忧,为老母守孝去了。虞放听到这儿,心里有些惭愧。

廷尉丞说:"先别急着表态,还有更好的消息告诉你。"

"还有什么更好的消息?"虞放急着问。

廷尉丞说:"太后有口谕,待西羌战争结束后,由司徒杨大人牵头,负责重审'张生法场喊冤案'。在杨司徒未回京之前,先由本官代行廷务,公正进行。"

虞放听说由自己的恩师杨震牵头彻审"张生法场喊冤案",那个高兴劲儿真是无法形容,几天来压在心头的怨气跑得无影无踪。

"还有呢,"廷尉丞又说,"这是一个内部的重要消息。"

接着,廷尉丞告诉虞放,鉴于太尉刘凯那天在伐羌朝会上的表现,会后没有多久邓太后就免了刘凯的太尉之职。考虑到刘凯年事已高,没有将其遣归封地,而是让其居家养老。鉴于特殊时期,没有对外昭告。

在京城樊府,还沉浸在兴奋之中,没有合拢嘴的樊闰,正在逗着他家八哥玩的时候,突然,兄长樊丰差人送来一张字条。樊闰一看,是告诉他,太后已经降旨,由杨震牵头负责"张生法场喊冤案"的重审工作。

听到消息,樊闰如同五雷轰顶,当下跳起来,歇斯底里地喊道:"我要上奏太后!我要上奏皇上!我要弹劾虞放!我要弹劾杨震!"

这时候,樊闰已经丧心病狂,朝廷在"整肃吏治"过程中,已查清户曹尚书王贤、兵曹侍郎史道及内府侍中马元等五人贪赃枉法的事实,特别是,查出身居要职的皇叔刘章的犯罪事实,并已革职问罪。这些,樊闰都知道,但是,他无法控制自己,他自认为,只要张生这个案子翻不了,定不了案,谁都没法把他这个权倾一方的荆州刺史治罪。

此刻的樊闰,还要拼死阻止,他不会让这个案子翻案的。

十八 举国大庆

经历了长达十五年的战争,汉朝终于平息了西羌的长久叛乱,取得平羌战争的全胜。满朝文武、天下百姓,无不拍手称快。

翌年春天,西征大军回到京城洛阳。

北宫门外,邓太后和安帝率领满朝文武百官,盛装迎候凯旋的将士。邓太后头戴金丝凤冕,身披绛红色的斗篷,雍容高贵,威仪端庄。

邓骘、杨震、袁贵、耿宝、袁飞、班勇、滇零一字排开,面对太后和皇上。他们的身后,三十万大军整装列队,战旗飘扬,意气风发。

邓太后精神焕发,脸上写满了赞许和满意。尽管如此,杨震依稀看到,太后鬓边的一缕白发在阳光的照射下闪着银光,显得异常刺眼。太后虽然精心打扮过,但厚厚的脂粉依然没有遮住她满脸的疲惫和衰老。许是等待得太久了,甚至能感觉到太后的身子在微微颤抖。

接受了全体凯旋将士的拜见,邓太后鼓足力气,用她依然响亮的声音喊道:

"将士们,你们是我大汉万里江山铜铁铸就的长城,你们的战功,哀家将命大将军府上奏,论功行赏!"

将士们齐声高呼:"谢太后隆恩!吾皇万岁万岁万万岁!"

呼喊声山呼海啸,惊天动地。

将士们又一次齐声高唱汉高祖的《大风歌》:"大风起兮云飞扬,威加海内兮归故乡,安得猛士兮守四方!"

此次大捷,不仅结束了大汉与西羌长达十五年的战争,而且大大提高了汉朝在西域各属国中的威望和宗主国的地位,维护了大汉国的统一和大汉朝廷的管辖权。自此,西凉一带和北部边境风平浪静。

十八 举国大庆

平定西羌，是自孝宣皇帝以来从未有过的胜利，使朝野皆为之兴奋。

立春之后，万物复苏，不远处的北邙山和洛阳城四周的中原大地，已显绿意。

太后下旨：平羌战争大获全胜，全国大庆。

平羌全胜的庆祝大典，在长乐宫前面的广场隆重举行。

这天，巍峨恢宏的汉家宫阙，显得更加金碧辉煌。

在洛阳皇城大前门广场，新搭的庆典台的台上台下都铺着红地毯，一片喜庆气氛。

庆典台上，旌旗飘飘，鼓乐声声。

这时，拥有国色天香之容、倾城倾国之貌的太后出现在庆典台下。她的修饰打扮与在北宫门判若两人，仙鹤般的丽影刚一出现，立刻倾倒国人。她头戴镶珠佩玉、雕金镂花的九莲凤冠，额挂金凤，耳摇翠珠，蛾眉入鬓，凤眼生辉；身着松身宽袖、荷叶大开领的锦缎团花白衬，在两旁两队手持羽扇的盛装宫女的引导下，莲步轻移，拖着近一丈长的留仙长裙裙摆，姗姗步入庆典台前铺着红地毯的驰道上。那裙摆长可曳地，行不露足。她那高挑的身材、优雅的举止，给人一种俏丽修长的感觉。待她登上庆典台，在中间位置坐定后，她那不怒自威的神情，给人一种君临天下的气势，那庄严凝重的仪态，显得特别英气，巾帼不让须眉，全身闪射着一种高贵逼人的气势。那双睿智的丹凤眼欣慰地看着眼前的盛况。

紧跟其后的安帝坐在太后右边，他头戴前高后低、前后有十二条白玉垂旒轻摇的冠冕，身着龙袍，正襟危坐。很少露面的阎皇后头披面纱，仪态万方，紧跟安帝之后，款款地坐在太后左边。她头戴镶珠佩玉、雕金镂花的八莲凤冠，额挂小金凤，唇点丹红，柳肩细腰，袅袅婷婷。微风吹得她衣袂飘飘，刻意留在两边的两绺秀发随风飘荡。

高大的庆典台下，皇亲国戚、朝廷大员皆立于此。诸侯将军们列于左侧，司徒以下的文官列于右侧，再之后，是大汉受奖的将军和士兵。大汉十三州一百零四郡的刺史、太守们，南方的立于左外侧，北方的立于右外侧。

其后，是数以万计的得胜将士，他们身着甲胄，器宇轩昂。几个或深目高

鼻，或个头矮小皮肤黝黑的外邦友人也站立在庆典队伍中观看庆典大礼，周围立着威武的卫兵。

庆典台下，一片寂静。

广场驰道两旁旌旗翻飞，八列禁卫军兵士身着盔甲，手持长柄大刀，红缨金戈和方天画戟组成长长的护卫队列，驰道中央铺着长长的红地毯。乐府指挥一声令下，随着编钟大鼓轰然响起，一百二十八名皇家乐府乐师一齐动起来，高奏着汉高祖刘邦的《大风歌》。

庆典仪式开始，先鸣钟三百二十四响，以象征大汉立国三百二十四年。

然后，文武百官和广场上的上千侍卫一起伏地山呼万岁，声震云天。

接着是祭天。安帝跪拜于庆典台上，焚香向上苍致敬，祈福大汉安定，百姓安康，风调雨顺，五谷丰登。

这是一个隆重而肃穆的仪式。偌大的庆典广场，安静肃穆，鸦雀无声。

接着，乐声再起。乐曲声中，这时出现在红地毯上的是年轻英俊的羽林军总领袁礼和他率领的二百人皇家仪仗队。袁礼一身银盔银甲，身后的高大武士清一色朱红盔甲，手持剑盾，跨着整齐划一、铿锵的步伐行到庆典台下接受太后和皇上的检阅。邓太后和安帝检阅后，仪仗队退出。

随着一阵声势浩大、震动人心的鼓乐声响起，邓太后款款站起。朝霞中，邓太后身上的霞帔泛着紫红色的光，映照着那张安静自信的脸庞。

"众位爱卿，我大汉的万里江山，经历了十多年的励精图治，终于四夷平安，国风日盛，百姓生活有望，子民日子有盼。从今日开始，举国同庆，并从今日开始改年号为'永宁'，取'永远安宁'之意。"

邓太后嗓音洪亮，字正腔圆，整个庆典广场上，到处都回荡着她的声音。

台下百官，匍匐在地再次高呼："谢太后隆恩！吾皇万岁、万岁、万万岁！"

接着是封赏有功之臣。邓太后宣旨道："今天，普天同庆之际，哀家当着文武百官诏告天下，擢升司徒杨震为太尉，领尚书事；并封为儒乡侯，食邑一万户；赐杨爱卿'大汉第一清官'金匾一面。"

邓太后缓口气，接着道："几年前，哀家在杨爱卿进入朝廷的那次朝会上，将杨爱卿的'暮夜却金'作为'吏训'后，四方广为传扬，官员们纷纷效仿，官场开始风清气正。"

接着，樊丰提着嗓子高喊："杨震出列！跪拜皇太后、皇上！"

杨震从文官队列中疾步而出，跪于庆典台下："谢太后、皇上隆恩！太后万岁万岁万万岁！吾皇万岁万岁万万岁！"

这时，两位黄门郎走到御案之侧，一人手捧黄绫包裹的金印匣，一人手捧紫色绶带。太后含笑命杨震登上庆典台，亲自将绶带和一寸见方的太尉金印交到杨震手中。杨震接过太尉金印，放进腰间紫囊，然后走下庆典台，转身朝着太后、安帝再次跪地三拜，口称："谢太后、皇上隆恩！"

那次朝会之后，杨震"暮夜却金"之事传播更广。太学院祭酒许慎在太学院开设了"暮夜却金，四知为吏"的"四知课"。武陵太守王密，赴武陵郡上任后，在郡府的大门外左边挂了一口钟，命名为"四知钟"，右边架了一只鼓，命名为"四知鼓"，并且布置专人每天天将明击钟四声，每日日暮时击鼓四声，为的是时时警醒自己，牢记恩师杨震的谆谆教诲。索县江边村的乡民羊孙、陈汤号召乡民并带头出钱，先是在索县县衙门口竖立了一通清风碑，后来，又在武陵郡府衙大门口竖立了一通清风碑，目的在于时时警示后来的官吏，以杨震为楷模。关西泉湖学馆的陈冀，把"学业立身，祖师为范"定为学馆的"四知馆训"。青州黄县河东村的乡民李四与乡民们在庙里设"四知堂"，纪念杨震……

杨震先后在荆州、东莱任地方官。在任期间，他胆识过人，不畏豪强。在荆州，他杀了贪官污吏梁田；到东莱，他又惩办了两个罪大恶极的恶霸汪虎、汪豹兄弟俩，由此威名大震。杨震因刚正不阿、执法严苛、治理地方有方，被太后擢升为太常。杨震入朝做官后，一些行事不端、心里有鬼的朝廷官员很是惧怕他，不是设防，就是设法排挤他。他们一个个见了杨震，当面赔着笑脸，一口一个"杨太常""杨大人"，背后都叫他"关西黑脸"，说："千万不能让'关西黑脸'发现什么，发现了此生就到头了。"在朝廷"整顿朝政，整肃吏治"时，杨震不畏强权，一次扳倒了包括三公之一的刘章刘皇叔在内的七八个朝廷高官。之后，杨震更是威名大震。

平定西羌，功高盖世，杨震不仅在朝廷的威望大增，而且更加名扬天下，人们纷纷议论：没想到杨震不仅是一个贤明之臣，而且是一个能运筹帷幄之中、决胜千里之外的帅才。

此时的杨震感慨万千，他想到多年前，人们都称他为"关西夫子"，他知道那是人们对他的尊称。人们之所以这样称呼他，是认为他教授学生、传播学识的精神可与孔夫子相媲美。若论学问，他与孔夫子那真是不可相提并论。可是，有一点，他比孔夫子幸运多了，当年孔夫子为了推广自己的政治主张，周游列国，但是，很少有哪个君主采纳他的政治主张，甚至差点客死他乡，最后，在无奈中回到鲁国；相比之下，他幸遇邓太后这样的一代明后，不少政治主张得到邓太后的采纳，并得以顺利实施。仅从这一点上说，他比当年的孔夫子要幸运得多，从一个乡间教书先生，成为百官之首。

"但是，"杨震抬起头来，"封侯和赐赠食邑万万不可。若太后和皇上定要赐赠，那就把食邑分给周边没有土地的乡民吧。"

杨震说到这儿，不光所有官员，就连太后和安帝都愣了。太后道："此事以后再议。"

接着，封赏两位元帅，特别是刘章、刘凯先后被处决和罢免之后，邓太后擢升邓骘接任杨震为司徒，袁贵接替刘章为司空。这时，大将军邓骘整整颔下花白胡子，与整了整衣着的袁贵，皆神情庄严地走到庆典台下，跪拜太后和安帝。

接着封赏参加平羌战争的全体将士，有六百二十九人受到加官晋爵。

邓太后又道："伐羌战争胜利，尚方令蔡伦锻造兵器，功不可没。现擢升蔡伦为长乐太仆，封为龙亭侯，食邑三百户。"

至此，蔡伦成为唯一一个被封侯，享受两千石俸禄的宦官。

蔡伦出列，跪地谢恩："谢太后隆恩！吾皇万岁万岁万万岁！"

这时，樊丰听了，心里很不是滋味。樊丰之所以恨死了邓太后，有两个原因：一是因为邓太后严管宦官，但对蔡伦特别器重，对蔡伦一升再升，先是将蔡伦擢升为宦官中的高级官员尚方令，今天举国大庆典礼上，又擢升为长乐太仆，封龙亭侯，食邑三百户。而樊丰整日侍奉太后鞍前马后，至今还是一个中常侍。二是因为邓太后特别器重杨震，而处处打压他的弟弟。

当下，没有人知道，聪明绝伦、富有发明家气质的蔡伦监作的器械与众不同，做工精细，为后世效法。他掌握的工艺科技，已经具有当世最高水平。

樊丰平静了一下波动的情绪，还是显得精神抖擞，提高音调说："启禀太后、皇上，各王公贵族、皇亲国戚，也都进宫朝贺观礼。"

邓太后说："给王公贵族、皇亲国戚赐座。"

宫仆们纷纷为王公贵族、皇亲国戚领座。

樊丰又说："太后、皇上，西域各国也都派来了使节前来祝贺。"

邓太后说："为各国的贵宾们赐上座！"

宫女们纷纷为外国贵宾领座。这些贵宾，其中有身穿短袍、裹头巾的身毒（今印度）人，也有高鼻深眼、腰挎弯刀的波斯（今伊朗）人。

安帝刘祜今天特别激动。他看着这宏大的场面，平生第一次真切感受到君临天下万众之上的威仪，一时不知道说什么了。他回头看着邓太后，邓太后点点头，微笑鼓励。下边该到安帝了。

安帝自信清纯的声音在偌大的广场上空回荡："大汉无畏的将士们，你们是我大汉万里河山永远的守护神。大汉纯朴的子民们，你们是大汉这座大厦的基石。朕和朕的母后、皇后感谢你们！是你们使一个大汉国在天下四方显得伟大和辉煌！"

广场上再次响起了山呼海啸声："吾皇万岁，万岁，万万岁！"

接着是进献贺礼。

樊丰道："启禀太后、皇上，我大汉十三州一百零四郡的刺史、太守，均带各地的特产作为贡品，向太后和皇上进贡。各少数民族也都带着自己民族的珍贵礼品前来朝贺。"

王密上前跪拜："太后、皇上，武陵郡太守王密为太后、皇上带来了武陵地区的特产——武陵乌鸡一百零四只，谨祝太后、皇上年年吉利！"

移良上前跪拜："弘农太守移良，为太后、皇上进献潼乡上等黄河鲇鱼一百零四条，谨祝大汉年年有余！"

两人均用一百零四的数目，合汉朝一百零四郡，表达期盼大汉国运

昌盛。

又一太守上前跪拜:"西南永昌郡太守郑纯送来了哀牢、博南两县的贡品织帛、细布、纹绣、绫、锦。"

接着,又有使节上前跪拜:"西南掸族的掸王雍由调与附近各族,都派遣使者到京城洛阳朝贺,奉献珍宝。同时,又奉献带来的海西大秦的乐人和魔术师。"

邓太后和安帝十分高兴,太后当即宣布:"封雍由调为'大都尉',赐给他及其他掸族贵族印、绶、金银和各种丝织品。"

接下来,樊丰一一介绍各使臣进献的礼品:

"西南夷犍为郡的掾田恭,奉送来了白狼人为太后、皇上奉献的诗歌三章《远夷乐德歌》《远夷慕德歌》《远夷怀德歌》,以示庆贺。"

"蜀郡太守送来了锦、罗、绮、缎共一百匹。"

"会稽郡太守送来了太后、皇上、皇后、妃子们喜欢的贡品越布十三匹。"

"羌族首领滇零为太后和皇上奉上西凉骏马九十九匹。"

邓太后看着跪拜进献的滇零说:"九九归一,看来你早有归家之心。滇零爱卿,你我虽为君臣,但在大汉之内,都是一家人。今天,哀家当着文武百官,将凉州北地郡封为北地国,特封你为北地王,北地国由你率领羌族人自治,五年内无须向朝廷纳粮纳税,以此发展生产。"

身着羌式服饰的北地王滇零走到庆典台下,向邓太后和安帝跪拜谢恩。

邓太后说:"都收下吧!"

宫仆们纷纷接过刺史、太守和少数民族代表进贡的各种贺礼。

太后又道:"诏令,由班超之子班勇出任西域都护府长史,治理西域诸郡。"

班勇跪拜谢恩。

"还有……"樊丰喊到这里,似乎不想往下再介绍,但是,他的目光忽然间与台下杨震的目光相遇,他感到杨震目光里的威慑,只好接着说,"太史官张衡献上他发明创造的浑天仪……"

樊丰介绍到这里,人群中不断发出惊叹声和称赞声。

樊丰继续介绍着其他各使臣的进献,奇珍异宝不计其数……但是,没有人

十八 举国大庆

注意到,樊丰在介绍这些的时候,他的注意力一直在安帝身上。

安帝虽然拥有帝位,但大事还是临朝摄政的太后说了算。刘祜到了亲政年龄后,曾意气风发,想大展宏图,最后被太后给摁住了。安帝即位都已十多年了,他在情绪低落的时候,曾向阎皇后发问:朕这个不能理政的皇上还要当多久?

洛阳一带地震期间,刘凯、刘章两兄弟作为刘祜的皇叔,劝刘祜趁着洛阳地震、朝廷混乱,学着和帝刘肇,向太后邓绥夺政,当时,刘祜有些犹豫不决,错过了机会。这时,刘章被革职问罪,刘祜已经失去了宗室和朝中的外援。举国庆贺之前,樊丰和王圣串通,通过王圣,怂恿安帝在大殿之上公开要求邓太后还政,说大臣们都会支持他的。当时,安帝也愤愤表示,天下已太平,而且自己已成年,早该亲政。他决定,利用大汉庆典之机,向太后发难,要求归政。

这时,樊丰看到,安帝没有任何动静,只好宣布庆典按程序往下进行。

这时,太后突然插话:"哀家在此昭告,从此以后,诏令均以皇上名义颁发,只需加盖哀家玉玺就行了。"

此诏一出,上下齐呼:"太后圣明!太后万岁,万岁,万万岁!"

庆典最后,是大赦天下。邓太后这时说:"哀家在此昭告:大赦天下:赦阴氏所有流放的亲属一律还归故郡,归还阴氏家族资财五百万;诏令自建初以来,因各种妖言和其他过错送往边远地区者,均各归本郡。"

那是和帝永元年间的一个夏天,邓绥还在做贵人时,有人向皇上刘肇秘密告发,说阴皇后与外祖母邓朱行巫蛊事,和帝便命中常侍张慎与尚书陈褒于掖庭狱中拷问。结果,邓朱及其二子邓奉、邓毅与阴皇后的弟弟阴轶、阴辅、阴敞供词互相牵连,张慎与陈褒随即报奏和帝。和帝认为在宫中作巫蛊乃大逆不道,当按大汉律法处置。结果,邓奉、邓毅、阴辅拷死狱中。和帝派司徒鲁恭持节赐阴后诏书,收皇后玺绶,将阴皇后迁于桐宫。不久,阴皇后忧愤而死,葬于临平亭部。之后,阴皇后的父亲阴纲自杀,弟弟阴轶、阴敞及邓朱家属流放日南比景县,宗亲外内昆弟一律免官回原籍。

邓太后不仅不愿看到历朝历代宫廷斗争的血腥和残忍,而且不愿因"株连

九族"而伤害那么多的无辜。

阴、马、窦、梁、邓是东汉开国以来的五大豪族，几十年来，五大家族既在政治上相互对抗，又在家族间联姻，形成一张错综复杂的关系网。邓绥的母亲阴氏出自阴氏家族，而阴皇后的外祖母邓朱又出自邓氏家族，那一次阴皇后连同阴氏家族一起倒台，也株连到邓氏的一些亲戚，那些被流放的、被严刑拷打致死的阴氏族人中，就有邓绥的舅舅、姑父、表兄弟、表姐妹等亲戚。

在这次庆典上，邓太后除大赦阴氏之外，还清理冤狱，赦免其他罪犯，遣散宫中的诸多宫人，赦免众多因罪投入狱中的贵族子弟。此外，还对天下那些鳏寡孤独、身患绝症及贫困到无法生存下去的人，每人发谷三斛；贞节妇人，每人发帛一匹。

邓太后对这些人的示恩施惠，充分显示了她仁慈的胸怀。太后如此示恩，一时间令参加大庆的文武百官称颂。

之后，庆典歌舞杂技表演开始了……

欢庆大典持续了三天。

庆典结束，邓骘、袁贵、陈忠、杨伦等大臣纷纷拥到杨震跟前，向杨震表示祝贺，杨震抱拳鞠躬——表示谦谢，同时也向邓骘、袁贵表示祝贺。

王密没有急着赶回武陵，他十分想念恩师。没想到恩师文韬武略、惊世奇才，再次得朝廷重任，这让王密深深敬佩。他手里提着两只武陵乌鸡，往杨宅一路走着，一路想着。

他来到杨震的窄巷小院，杨震热情出迎。

王密手上提着乌鸡对杨震说："恩师，学生将要离京，走前特意来宅上探望恩师师母，没有贵重的礼物相赠，这两只乌鸡是武陵特有的家禽，素有'乌鸡白凤'的美称，用阿胶、红枣、龙眼等食材炖汤，可滋阴清热、补肝益肾、健脾强胃、益寿延年。还望恩师不要拒绝学生的一点儿心意。"

杨震这次没有拒绝，而是热情地接过两只乌鸡递与冯宝，同时惊奇地问："武陵还有这等珍禽！这乌鸡产量多少？平日里都销往哪里？"

王密回答："整个武陵每年也就能产个三四千只。这种乌鸡产量低，价格比较贵，一般老百姓也吃不起，因此，也不为外人所知。"

杨震若有所思地点了点头说:"王密,告诉你个好消息,太后已经过问'张生喊冤'一案,而且,要求由老夫牵头主审此案,加之廷尉府主办此案的是老夫在潼乡学馆的一个学生虞放。想来,'张生法场喊冤案'很快就会水落石出、真相大白。不过,据老夫所知,真正残害王灵母女的真凶,竟然没有一点线索。"

王密问:"樊闰的那个神秘心腹查得怎么样?我觉得这个神秘人嫌疑最大,他很有可能就是杀害王灵母女的真凶。"

杨震说:"老夫已安排周郎去查,不知怎么迟迟无回音。我怀疑荆州那个神秘人与樊闰的心腹是一个人。如果说他是残害王灵母女的真凶,或者说他受樊闰指使残害了王灵母女,证据都不充分,这需要有重要物证。"

王密说:"恩师可能也知,羊孙、陈汤过去与樊闰来往密切。有一次,我与二人在一起饮酒,无意中听羊孙说他见过这个神秘人一面,不过羊孙、陈汤二人尽管知道樊闰的为人,但他们与樊闰交往甚密,始终嘴巴很严,不愿多说。"

杨震说:"好办。羊孙、陈汤不是王灵母亲的干儿吗?你想办法向二人说明此意,说不定二人会帮忙的。"

王密说:"行,我想办法。"

杨震说:"我已请教过廷尉府的法医,说'王灵母女被害案'是近些年一桩罕见的奇案。王灵母女的惨状,特别是她母亲被割掉头颅的惨景,时时映在我的眼前,我的心一刻也得不到安宁。最关键的是我一直怀疑这个凶杀案是冲着我来的,如果真是因我导致王灵母女惨遭杀害,我就是将来到了阴间,也赎不清这罪。这么多年过去了,王灵母女死不瞑目,灵魂不得安息,你说我的良心能安宁吗?"

王密点点头:"我听从恩师的安排。"

杨震说:"后面我们都还得抓紧,你从武陵继续查,我在京城查。为了使死者瞑目,灵魂得到安息,必须让真凶伏法。另外,你在京城暂住两日,老夫还有事说与你。"

王密走后,杨震看那两只乌鸡,见其体型轻巧。冯宝依照王密的叮嘱,用

乌鸡炖汤端给杨震,杨震看着那碗鸡汤,发现乌鸡鸡皮深黑,但炖出的汤却清亮浓香,品尝一口,鲜美无比。杨震没有想到,这乌鸡不仅外形新奇,还有那么高的药用价值。但是这等好货却被埋没在武陵鲜为人知。突然,杨震的头脑中冒出了一些新的想法,如果能让全国其他地域甚至外国的人见识这种珍禽,那武陵饲养乌鸡的百姓岂不是有了更多的收入,日子也会好过许多了?

第二天早朝,杨震把头天晚上所想到的一些想法,上奏太后和皇上。

杨震出班奏道:"太后、皇上,臣有本上奏。现在,西羌已经安抚,凉州的通道已经打通,微臣奏请实施民族大融合,积极促进汉族与西羌、南蛮等少数民族的生产发展,改善他们的生活。"

杨震的奏请很快得到了众多少数民族州郡官员的赞同。

杨震又说:"同时,微臣奏请太后、皇上,应该恢复已停止长达十五年的通往西域的'丝绸之路'。"

群臣开始热烈议论。

邓太后大喜,高兴地说:"杨爱卿又献明策了,接着讲下去!"

杨震接着说:"'丝绸之路'是前人张骞用尽自己一生心血为我大汉开辟的富国强国的一条商路,后来,由于各种原因中断了,直到班超出任西域都护校尉,再次出使西域,才又重新打通隔绝半个多世纪的西域之路;再后来,由于西羌与西域少数民族的叛乱,使已经打通的丝绸之路再次出现阻隔。我朝自太后临政以来,经过十多年的励精图治,现已蒸蒸日上。但是,要使民富国强,我们当要趁西域商道已通,恢复与西域各国的'合市'与'互市'贸易,沿着张骞和班超的足迹、沿着古丝绸之路的路线发展商贸。比如我朝和匈奴之间定期'互市',每次'互市',我朝可以以巨量的铁器、丝织品、麻织品和其他手工品,交换匈奴的牛马。不仅如此,我们还要与羌族、乌桓、鲜卑及西南各民族之间定期'合市'。这些贸易活动的开展,对于沟通民族间的经贸、文化交流方面,都有着重要作用。西域有三十多个国家。正好,在我朝这次庆典中,西域国家大都派使节前来朝贺,趁这些使节还未走,抓住这个机会,与他们进行洽谈,签订一些贸易合约。比如,我大汉名贵的丝织品可以沿着'丝绸之路'西行,换取城外的皮毛制品和香料,只要运到中原,我们会以合理价格双手接纳。大汉织绣技术相当高明，刺绣在东莱是民间妇女普遍掌握的手工艺术，可以把织好的丝帛运往西域各国销售。另外，我们还要新启'海上丝绸之路'，到南洋、波斯以及大秦售出我大汉的丝绸、茶叶和瓷器，而换回我大汉需要的商品。同时，冶铁技术可通过'陆上丝绸之路'传到西域三十六国。"

众大臣纷纷点头称赞，邓太后连连叫好："杨爱卿在野教书，是个名震关西的教书夫子；在朝供职，也是个研究如何使民富国强的大学问家。通过整肃朝政、整肃吏治、征抚西羌，如今再开通西域，杨爱卿的学问、人品不仅被大汉全国人敬仰，同样，也为哀家所敬仰。"

杨震说："太后过誉，臣实不敢当！关于重通西域一事，并不是臣的意见，而是这次在西北征抚西羌，返回京城时，班超的儿子班勇给臣的建议，并让转奏太后和皇上。"

接着，邓太后即刻命令大司农府部丞杨伦："哀家命你辅佐杨爱卿共同推进边关贸易。要抓住机会，与还未离开洛阳的各国使节洽谈。以后也由你负责，发展中原与西域各国的商贸关系。你可以作为大汉的全权代表，以使者的身份，沿着当年张骞、班超走过的丝绸之路，与西域各国通好。国库以后满不满，就看你们的了。"

杨伦说："臣遵旨！"

杨震又奏说："禀太后，这次庆祝大典，西域各国的一些使节来后，了解到我朝京城的太学情况，不断感叹称赞，称我朝的太学为东方的第一大高等学府，欲派遣学子来洛阳的太学留学。"

邓太后大声回答："准了！"

杨震再奏道："太后、皇上，臣还有一事要奏！"

邓太后说："爱卿请讲。"

杨震说："强秦时期，始皇嬴政为了使京畿咸阳永固和长治久安，特在咸阳的四周设有四个关塞，东设函谷关，西设大散关，南设武关，北设萧关。于是，高祖皇帝在长安建都后，又沿用四关作为京都四周的屏障牢牢守卫着长安。臣建议，为了大汉京畿洛阳的永固和长治久安，也应在洛阳四周设关。可

先从西关设起,随后陆续再在东、南、北设关。"

邓太后问:"那依爱卿所言,西关设在何处较好?"

杨震说:"以微臣之见,西关可设在函谷关以西百里的关西潼乡,这样,往西可以拓展京畿的地域。潼乡是历代兵家必争之地,黄帝时代的阪泉之战和夸父血染桃林塞就发生在潼乡。秦末的周文败退潼乡之战、前汉末年的王莽九虎失潼乡之战和赤眉军潼乡败降等都发生在潼乡。另外,潼乡是臣的原籍,臣对潼乡的地形比较熟悉,潼乡北临黄河,南依秦岭,中间是一条南北纵向的深不见底的禁沟,禁沟西边沿沟有一排战国时期修筑的从潼乡至秦岭北麓的十二连城烽火台,至今保存完好,因此,可以说潼乡是设关的最佳之处。待关隘修好后,可将潼乡改为潼关。在潼关未建成之前,先在西部设置长安、雍城二营都尉官,以确保洛阳的长治久安。"

群臣们议论纷纷,有的点头,也有的摇头,但赞同者居多。

邓骘接任杨震做了司徒,他说:"启奏太后、皇上,先生真是有先见之明。"

邓太后道:"杨爱卿所奏甚好!准奏!另外,杨爱卿,听说你们关西潼乡——不,以后就叫潼关,听说你们潼关有一道美食叫潼关火锅,据说这种火锅,不仅令人食过不忘,而且最能体现我们大汉王朝的特征。因此,潼关火锅,不仅是一种潼关美食,而且更象征着大汉王朝的团圆和团结。有时间让潼关的厨师做一下,哀家要亲口品尝品尝,哀家要与大臣们同饮同乐!"

邓太后的话,使得大臣们激动万分。

太后又问:"杨爱卿,最近有没有去看望老师桓太常?"

杨震说:"回禀太后,微臣从西凉战争结束一回来,就去看了恩师。"

邓太后说:"桓太常最近身体可好?桓太常既是和帝的恩师,自然也是哀家的恩师,爱卿再去看恩师,就带去哀家的问候。"

杨震说:"臣遵旨!"

杨震退朝后回到窄巷小院里,李树下的蒲席上,围坐着五六个人,非常热闹。杨震进门一惊,不知是怎么回事。

原来,虞放听说王密还在京城,就拉上那年的新晋官员高舒、朱冲,说与恩师，加上冯宝，在恩师家聚一下，把王密送给恩师的乌鸡共同享用、品尝一下。几人一致同意，于是，相约来到杨震的窄巷小院，一边等着冯宝烹制乌鸡，一边等着杨震散朝归来。杨震听到这儿，开怀大笑。

虞放和高舒，一个法官，一个言官，因为都是杨震"选官变法"那年选录的官员，有共同的话题。两人说着说着，就又都扯到"张生喊冤"的案子上，两人相誓，在此次"双整"中，一定要将平冤案进行到底，将樊闰革职问罪。

"怎么，品尝乌鸡还要偷偷的？"这时，又有谁在大门外大声喊着走进来。

原来是杨伦和袁礼散朝后，不知怎么知道了消息，也来了。

朱冲站起来说："一只鸡太少了。"说着，从身上掏钱要到街上再买些啥。

杨伦说："既然这样，我提议，恩师晋升三公之首，不光是他的大喜，也是我们这些门生的大喜。我们就都从俸禄中掏钱，凑份子，好好做一顿聚会宴，与恩师聚聚，对恩师荣升太尉以示庆贺！"

大家纷纷同意杨伦的提议。这时，周广哼着小调心情愉快地也来了。

袁礼说："要做就做一顿潼关火锅！"

大家更是高兴地一致赞成。

这时，杨震说话了："既然你们都有心，这顿火锅老夫做东了。"

门生们还要与杨震争着掏钱，最后都没有拗过杨震，杨震说这算是他对大家一片心意的答谢。然后，就又商量了各自的分工。很快，冯宝与朱冲到街上把做火锅需要的食料置办回来，与虞放在厨房一起忙着做。袁礼和周广到街上去买酒。杨伦、王密、高舒三人在院子扫地、铺席、摆垫、支案。

汉律规定，三人以上聚众饮酒须经官府批准，否则罚金四两。尽管这是家宴，杨震还是老认真，他以身作则，让三儿子杨秉到洛阳尹府上先去做了登记。

不久，火锅做好了，袁礼、周广掂着几瓶米酒和青梅果酒也回来了。

地上铺着两大块对接的蒲席，杨震、杨伦、王密、袁礼等八人都盘腿坐在

麻布软垫上，没有软垫的脱下鞋垫着，围在一个放有碗筷和旁边摆放着酒樽的案板周围。

冯宝把火锅做好后，端着放在小案板上。冯宝身前系着一块蓝印花围裙，从厨房跑出跑进，为才俊们端这端那，忙得不亦乐乎。

农历大年刚过不久，这个季节也是吃潼关火锅的好时节。由于这里条件简陋，没有那种铜锅或铁锅，冯宝是在街边锅摊上买的用泥烧制的砂锅做的。

杨震激动地左手拂着花白胡须，右手端起酒樽，声音颤抖着道："欣逢各位才子在寒舍小聚，为了答谢各位的盛情，特意请大家品尝一下潼关人的美食，各位请了！"

大家纷纷端起酒樽，杨伦说："今天这顿火锅宴，既是对恩师的答谢宴，更是我们为祝贺恩师擢升三公之首的庆贺宴。"

杨伦的话，一下子把宴会的气氛提起来了。大家个个举樽向杨震祝贺。

酒过三巡，小院的气氛愈加热烈起来。杨震说："潼关火锅，体现了我们大汉国的一个最大特点，就是不管是汉族，还是少数民族，天南还是地北都团团圆圆、和和睦睦坐在一起，共进晚餐，共话天下。太后在大殿之上，亲口改名称为潼关火锅，也肯定了潼关火锅。"

杨震一席话，说得在座的一个个心情激动。

虞放这时说："潼关火锅，在下在潼关求学时吃过师母做的，那真叫天下美食。在这儿，我就不多说了。我趁今天大家都在，来聊聊恩师。恩师这人呀，你看他：一走上讲台，就显示出一种师道之气，一走下讲台，就给人一种和蔼之感；一走进朝堂，手握奏折，就显示出一身正气；但一回到家，像今天，脱下朝服，又给人一种父辈的亲切之感。"

大家一听都拍手喊："好！好！虞法官说得好！"

杨伦说："虞法官不愧是正直的法官，说得太好了！"

几人喝着酒，吃着菜，聊着友情，一个个吃得津津有味。

这时，周广突然说："恩公，您现在是一人之下万人之上的相国了，应该搬进相府，或者让太后给您赐一座宽府大院了，不能老住这窄巷小院，让我们以后到您府上拜望拜寿也宽展宽展。"

"对对对！"朱冲几人大声附和。

杨震说："宽府大院能咋样？我这窄巷小院更能心系天下。我们今天在这里共聚晚餐，可是天下有多少百姓还不得温饱啊！每每想起这些，我这个太尉就心里不安。为此，你们不要忘记了老夫对你们的期望。"

虞放接着又说："听说王大人在武陵郡府大门口设立'四知钟''四知鼓'，把恩师的'四知'之言刻在晨钟暮鼓上，用于时时警醒，可有此事？"

王密点点头。

高舒说："有……有……有次我回荆州老家，还耳闻了钟声和鼓音，特别是听到官吏们口诵'四知清官，暮夜却金'那洪亮的声音，就仿佛听到了恩师的声音一样。"

周广这时忽然问："恩公，那'第一清官'的金匾在哪儿？怎么不见挂在门上？"

袁礼说："恩师是把它挂在心里，而不是挂在人眼前。"

不管是杨震的弟子还是杨震的崇拜者，他们一个个都把杨震亲切地称为"恩师""夫子"，在他们的眼里和语气里，这里的"夫子"，就是一个高洁的君子。

虞放说："我们的恩师，不仅是大汉的能臣、直臣，而且如太后所说的，还是大汉第一廉臣。为此，我在此提议，把恩师在昌邑'暮夜却金'的日子定为聚会日，每年的这天，我们都来恩师京城的窄巷小院一次，在此相聚，就叫'四知聚'，共同感受恩师的道德学问。怎么样？"

"好！""好！""好！"在座的一个个拍手叫好。

一个多时辰过去了，两大陶罐的米酒喝得只剩下半罐，可是几人酒兴不减，而且越喝越有劲儿。周广说："袁弟，你不是最喜欢吹埙吗？何不借今儿个大家难得一聚，助助兴，让大家也感受感受？"

大家都说："好！好！好！袁将军，来一曲！"

袁礼不好意思地说："我那是没事了胡吹哩！"

杨震说："袁郎，既然大家都喜欢，你就吹一曲。其实，老夫也喜欢听埙乐，只是不会吹。《诗经》云：'伯氏吹埙，仲氏吹篪。'埙与篪的组合，是

古人长期实践得出的一种最佳乐器组合形式,由于埙篪合奏柔美而不乏高亢,深沉而不乏明亮,两种乐器一唱一和,互补互益,和谐统一,因此,被后人比作兄弟和睦之意。《诗经》又云:'天之牖民,如埙如篪。'说的是上天诱导平民,犹如埙篪一样相和。'埙篪之交'也象征着华夏读书人的一种高尚、高贵和纯洁、牢不可破的友情。"

王密说:"恩师说得太好了!袁将军的埙,象征着我们今天在座的恩师的弟子高尚、高贵、纯洁且牢不可破的友情。我以后也让袁将军教我吹埙,一定学会。"

杨震又说:"埙乐,体现着华夏传统的儒家礼教文化在我们这个民族历史发展中的地位和作用。埙所发出的自然而和谐的声音,能代表典雅高贵的情绪和雍容的气度,所以,古代的圣贤们都是十分重视这种乐器的。"

杨伦说:"经过恩师刚才一番阐释,我今天才认识到埙这种乐器。以后也要跟着将军学学。"

杨震继续说:"埙的音色'迩而不逼,远而不背',刚柔适度,清浊分明,声音独特而不张扬,充分代表了我们这个民族'和'文化的精神旨趣。"

高舒说:"恩师的这一番阐释太好了!袁将军,你就来一曲吧!"

袁礼只得从衣兜里掏出随身带的埙吹起来。

埙声悠悠,美妙绝伦。

杨震和这些弟子一个个都忘了吃饭,而沉浸在袁礼吹奏的美妙的音韵中。

袁礼吹毕,说:"恩师,我看冯宝的潼关老腔唱得好,让冯宝来一段吧。"

周广跑到厨房把冯宝拉来,要冯宝唱潼关黄河老腔。

冯宝当着这么多人不好意思唱:"我那是胡吼哩!"

"唱呀!唱呀!"大家纷纷说。

冯宝拗不过大家,就在围裙上抹了抹手,站在那里吼起来。冯宝喜欢唱潼关黄河老腔戏,每当他一个人收拾屋子、在厨房做饭、在院子摆弄菜园子时,心情悠闲、高兴,就一个人小声哼唱老腔。

当冯宝把一段唱完,朱冲说了一句"冯宝这是圪蹴在潼乡塬上吼老腔"。

一句话，把在座的一个个笑得前仰后翻，周广笑得差点儿背过气。

这时，杨伦说："今儿个，我们主要是给恩师祝贺，但还有一个议题没有进行，就是聆听恩师给我们讲博大精深的儒学……"

杨伦还没有说完，高舒就说："伦兄说得对，难得的机会，恩师就讲吧！"

在座的除杨震年长外，袁礼、杨伦、虞放、高舒、朱冲、王密都是深受儒家思想影响的青年才俊和忧国忧民之士，他们志同道合，一个个血气方刚。

于是，这些儒生雅士，都放下手中的筷子，一个个面对杨震正襟危坐，聆听杨震讲学。杨震看着这些未来的栋梁一个个渴求学识的眼光，也端坐在他们对面，开始讲经论道。

眼下四夷平安，政通人和，可是有一个难解之题整日困扰着邓太后，这就是立太子之事。安帝已经是二十五六岁的年龄，立后纳妃也小十年了，不光皇后阎姬没有生一子，其他十几个皇妃至今也都一个个肚子瘪瘪的。朝中大臣都觉得奇了怪，为皇上着急。邓太后更是百倍担心，皇上如果真的绝嗣，那刘氏皇族的直系也真的要绝代，那确立继承人就是个无法解决的天大难事。

就在邓太后为担忧皇室的继承人问题而病倒的时候，一个宫女偷偷告诉了她一个几乎令所有人大吃一惊的消息。

十九　皇宫托孤

据说几年前一个宫女李氏曾为安帝诞下一子，一直寄养在民间，主要是躲避阎皇后的迫害。

得到这个天大的意外的消息，邓太后又高兴，又十分惊诧，问这个宫女怎么知道的。宫女把李氏怀子，她如何帮李氏逃脱出宫的经过前前后后说了一遍。邓太后急得都不等把刘祜召进宫询问，而是坐着羊车赶到长乐宫。安帝不知道出了什么事情，邓太后直截了当问安帝与李氏的事情，安帝只承认临幸过李氏，但李氏怀子以及后来消失，他一概不知。邓太后回到永安宫，召来邓骘，让邓骘带着那个宫女到洛阳城郊的民间遍查，终于找到带着三岁儿子刘宝的李氏，那刘宝长得酷似刘祜。邓骘给了李氏一些金银珠宝，让其安家，然后带着三岁的刘宝回到宫中。邓太后将刘宝改名为刘保，并为刘保举行了封太子仪式。刘祜高兴极了。至此，为刘氏皇族确定继承人的问题终于尘埃落定。

太子确立之后，太后封杨震的三子杨秉为少傅，下旨杨秉进入东宫，负责太子学业。杨家受家风影响，三代人都是诗书传家，杨秉尽力教授太子刘保。

刘氏皇族继承人的事解决了，杨震眼下牵挂的就是张生。

这个时候，在卫尉府，袁礼还一直惦记着惨死的王灵母女，同时，也同情蒙冤受屈的张生。于是，他通过廷尉府监理官虞放请示廷尉，来到狱中探望张生。

他正走着，听到狱中传来一个男人的哭泣声。袁礼走进牢房，望过去，才看见是张生一个人单独在一间牢房里，一边手把着大牢栏木，一边哭着吟唱：

"美人儿兮降荆地，渺渺兮予悔断肠。袅袅兮秋风，洞庭波兮木叶下……"

显然，张生有些疯傻了。袁礼一阵心酸，带着几个人走到张生所在的牢房跟前，叫了声"张生"。正在伤心地吟唱的张生忽听有人喊他的名字，转过身定睛一看，是几个陌生人，便不想理睬。

袁礼一看张生怀有敌意的眼神和难以捉摸的态度，就又叫了一句："张生，我是来看你的。"

张生听到后，慢慢转过身来，与袁礼和善的眼光相对。

袁礼手举腰牌，向狱卒喊道："打开牢门。"

狱卒殷勤地打开牢门，跟随袁礼的两个羽林军卫士，一个拿着一卷小蒲席，一个提着酒菜，两人走进牢房，在地上铺好蒲席、摆好酒菜，退了出去。

张生傻愣愣地站着看着。袁礼一看张生的神情，知道张生误解了，将他的看望酒，误以为是"断头酒"，便再次和善地说："十多年前杨大人在荆州做刺史，我是杨大人的侍从，为那桩久而未破的案子见过你几次，你忘了？"

张生一听来人是当年荆州的青天杨大人的侍从，突然跪倒在袁礼面前："我终于盼到青天大老爷了！"说着伏在地上号啕大哭，肝肠寸断。

良久，张生才止住了哭声。袁礼把他扶起，拉着坐到摆酒的蒲席上。

张生擦了擦眼泪，抽噎着对袁礼说："我与王灵青梅竹马，互相爱慕，绝没有心去残害她们娘儿俩。她父亲病逝后，我在她父亲坟前发誓，要一直对王灵好，要终生奉养她母亲。因此，一边读书，一边时不时拿着钱去缝补铺接济她们娘儿俩。"

袁礼的眼睛有些湿润，他抹了抹眼泪说："你和王灵的感情，令我羡慕。但后来到底发生了什么事情，促使你丢下书本，远离家乡，跑到长安去做生意？王灵母女到底会是被谁杀害的？"

张生痛苦地低下头，闭着眼睛，回忆着那段不堪回首的往事："有一天，我去店铺去看望她们娘儿俩，发现有一个说话做事明明像衙门官员的人，却穿着普普通通的衣服，到店铺找王灵母亲缝补衣服，被王灵母亲往出赶，那人还不断纠缠；又有一天傍晚，我去店铺，发现有一个官府公子模样的青年被王灵从店铺赶出来。之后，王灵母亲看到我在她们赶那男人时，没有出手帮忙，认

为我保护不了她们娘儿俩,就渐渐疏远了我,王灵也对我不是那么热情了。我一气之下,认为王灵母女嫌贫爱富,就跑出去学做生意一年多时间。"

张生说的衙门官员和官府公子,一下子引起了袁礼的注意。会不会这两个人中间的某一个人,垂涎王灵的美貌,遭到拒绝,恼羞成怒,对王灵母女产生歹心?袁礼举樽让张生喝酒,一边喝一边说。张生既没有动酒,也没有夹菜,而是喋喋不休说着自己的冤屈。

张生说到这里,流下了悔恨的泪水:"我那次回来,进县城天还没亮,我到王家店铺门前转了一圈,就回家了。一进家门,就听父亲说王灵被人残害在店铺,我急忙要到店铺去看王灵母亲。父亲说,天还早,等一会儿王灵母亲起来后,再去不迟。由于几天几夜急着赶路没有睡觉,我就倒头睡了一会儿,直到午后还没有睡醒,谁知几个衙门的人来到我家,拿走我带回来给父亲的钱,把我带到了县衙。路过王灵家店铺,我看见店铺门口围满了人,还没有弄清是怎么回事,就稀里糊涂被当成杀人真凶打入大牢,从此,我再也没有回过家。我对不住王灵母女,我知道王灵一定会在阴间等着我。这些年,我一直在狱中苟且地活着,就是在等洗雪冤情的机会,等着官府把杀害王灵母女的真凶抓到……"

袁礼看着张生真诚的眼泪,同情地说:"想不到你对王灵这么痴情,看来你还真是个有情人。我和你是同病相怜。你和王灵是阴阳两相隔,我和我的爱妻却是鹊桥难相见。"

张生仍然陷在回忆中:"王灵是天下最美最善良的姑娘。那时,我经常对她诵唱《静女》一诗,向她表达我对她的倾心和爱慕。而她则以《淇奥》作为回应相和。"

袁礼问:"是《诗经·邶风》的那首?"

张生点点头。

接着,袁礼和张生一同吟诵起来:"静女其姝,俟我于城隅。爱而不见,搔首踟蹰。静女其娈,贻我彤管。彤管有炜,说怿女美。自牧归荑,洵美且异。匪女之为美,美人之贻……"

与张生一同深情地吟诵,让袁礼从张生那段一往情深的爱情传奇,想到自己的境遇，禁不住泪流满面。临走时，袁礼叮嘱狱卒，一定要保护好张生的安全。袁礼此次狱中探监，除了看望，另外就是为确保张生的安全而来。

夜深了，整个太尉府大院一片漆黑，只有正堂里灯光幽明。原来是杨震用他那有些花了的眼在油灯下批阅公文。杨震通宵达旦，已经不是一天两天了，而是长年累月。此时，杨震已是年过六十六的花甲老人了，但因他恪守"黎明即起"和"闻鸡起舞"古训，长年累月坚持黎明起床健身练剑，而且远离酒色，因此，身体还十分刚强硬朗。

太尉府大堂，杨震趴在公案上，正在草拟关于发展农耕、发展商贸的文本。在他身后的高墙上方，有一幅大字——"心系苍生"。

杨震做了太尉，主持朝政，虽上有太后支持，下有朝野拥戴，但他自感责任更加重大。因此，朝中大小事情，他都亲自过问，禀奏太后和皇上后再做决断；每有州郡刺史、太守进京，他都亲自听取州务、郡务工作汇报；封任新的官员之前，他亲自约见候补官员谈话，当面考察，印象不好的或理政能力不够的，建议太后和皇上不仅不能封任新官，有的还要革职、免官。这样，太尉府的会客厅外，常常有不少官员战战兢兢地在外面等着谈话。杨震与官员谈话总是一谈就是大半天，甚至是大半夜，杨震常常忙得顾不得回家吃饭，索性啃着带来的干馍凉馍喝着白开水，边吃边谈。

杨震做太尉以后，位高权重，但他对自己要求更严，也更勤政，经常是白天忙于处理政务，晚上吃过晚饭后又来到太尉府，有时甚至彻夜不眠，秉烛批阅文武百官和各地上报朝廷的奏章。他常常想，如今自己位居三公之首，一定要把手中权杖作为实现儒家理想的阶梯，为普天之下老百姓谋福祉。

深夜，太尉府里发出一阵猛烈的咳嗽声，那是杨震夜以继日处理奏章，劳累的咳嗽声。屋里，只见杨震咳得颏下胡须抖个不停，气都喘不上来，那张两颊深陷、颧骨凸出的瘦脸憋得紫红。连日来，他一直伏在案前，批阅各部衙门和各州郡县官员们上报的奏章，一趴就是几个时辰，跪坐的屁股和被压的腿都麻木了。

又是一个通宵达旦，外面天已大亮。杨震吹灭油灯，准备趴在案几上打一会儿盹。

一早,杨震刚刚吹灭油灯,虞放与廷尉丞就一起把"张生喊冤"重审文书送来太尉府,呈与杨震审阅。刚刚合眼的杨震只得起来,用凉水擦了一把脸,就开始认真仔细地审阅"张生法场喊冤案"重审文书。

性情沉毅耿介的杨震,一想到由于樊闰、江京等人目无律法,张生之案仍不得平冤,就不禁怒火中烧。当看完重审文书,他赞不绝口:"甚好!甚好!"说着,拳头使劲在案几上砸了一下。

他没有动一字,就让衙役呈给邓太后。虞放与廷尉丞放心地从太尉府走后,杨震已无睡意,就又伏案开始工作。

半个时辰后,"张生法场喊冤案"重审文书就送到了邓太后的永安宫。

太后一字一句看得非常认真。当把整个文书看完,太后感到很震惊:一是对樊闰、江京等人在朝廷"整顿朝政、整肃吏治"期间的种种逆行、徇私枉法行为感到震惊;二是对廷尉府虞放等人的正直、果敢感到震惊。

她考虑再三,想到汉律规定,重大案件实行太尉、廷尉、御史中丞三方高级官吏共同审理制度,于是,她决定,此案交由太尉杨震主持,由太尉、廷尉、御史中丞三方合议、终审、结案。

邓太后拿起笔正要批奏,这时,尚书台送来的三份奏章改变了邓太后的想法。

尚书台官员手捧三份奏章道:"禀太后,太尉杨震、荆州刺史樊闰、御史台言官高舒,各上一份奏章。"那官员得到允许后,把三份奏章放在公案上,小心翼翼退出去。

邓太后开始一份一份地看。

第一份是杨震"请求回避和请求追究自己失察责任"的折子。

原来,伐羌战争结束后,杨震与大汉军队班师回朝,太后降旨由他牵头负责重审"张生喊冤"一案,杨震考虑到"张生喊冤"一案,自己既是当事人,又是涉案官员,不等御史台和廷尉府提出,他主动向邓太后和安帝提出:一是自己曾是该案终审核准的当事人,应该回避;二是自己也属涉案官员,请求朝廷追究自己的失察责任，以免被樊闿一伙揪住不放。

杨震此前曾上奏过类似的折子，太后没有同意，没有想到，今天，杨震再次上奏提出请求，太后沉默了。

第二份是樊闿弹劾杨震和虞放的弹劾奏章。

那天，举国大庆盛大朝会上，邓太后宣布任命杨震为太尉。听到这个消息，好多大臣都欣喜若狂，而樊家兄弟则像热锅上的蚂蚁，火烧火燎。樊家兄弟觉得，不把杨震弹劾、参倒，以后就没有他们樊家兄弟的活路。

樊闿在弹劾奏章中写道："虞放是杨震在潼乡学馆的得意门生，所以，在审理此案时，定会时时请示他的老师，审理的结果定不会公正，为此，请求太后降旨，让虞放回避；同时，在荆州，杨震是'张生法场喊冤案'的最终核准者，对造成'张生法场喊冤案'应负主要责任，因此，请求太后降旨，依'渎职罪'追究杨震刑责。"

太后御览完樊闿的弹劾奏章，大怒："真是一派胡言！此人不可用也！"

邓太后也知道，在和帝时期，樊闿为官在朝廷影响尚好。当年，荆州水灾，南蛮多次发生民变，乡民攻打官府，盗匪趁机烧杀抢掠，朝中无人敢赴武陵任职，时任吏曹吏员的樊闿，主动请缨平蛮。他赴任后，不负圣望，亲督郡兵，平息了连续多日的南蛮民变，击毙并惩处了作乱的盗匪，被和帝刘肇封赏为平蛮将军。想不到，樊闿做外放官这些年竟然变成了这样。难怪没有官员愿意与他搭档，也没有官员愿意做他的上下级。

太后从虞放的重审奏折中看出，从安帝永初元年（107）案发到眼下，樊闿接手这个案子已经十多年了。十多年来，他为掩盖"喊冤案"的真相，真是下足了功夫。

第三份是御史台高舒的弹劾奏章。高舒在弹劾奏章中写道："发生在荆州的'张生法场喊冤案'，微臣曾奉太后懿旨至荆州详查此案，发现此案就是一桩冤案。但是，这个案件反反复复审理了这些年，还迟迟不能平反。作为荆州刺史的樊闿、朝廷钦差的江京不顾事实，徇私枉法。朝廷'整肃吏治'，像这样的官吏，不革职不足以平民愤。为此，微臣请求朝廷即刻将其抓捕，革职刑责。只有把这样的官吏革职问罪，方能令天下人信服。"

原来，一直关注"张生法场喊冤案"进展的御史言官高舒，得知樊闰对他自己多年来徇私枉法、包庇真凶、恶意断案的行为不但不反省，反而死缠烂打，声言弹劾虞放和杨震的消息，气愤异常，觉得樊闰太顽固不化。他回到府衙，奋笔疾书，第三次上奏，请求朝廷立刻把樊闰革职问罪。

汉代皇帝掌握最高司法权，为了防止错杀无辜，皇帝对重大案件都亲自审理。太后在想，大汉律法规定，重大案件实行太尉、廷尉、御史大夫三方高级官吏共同审理制度；同时，又规定，地方司法衙门凡有重大疑难案件，均应逐级上报，直至廷尉府，廷尉不能判决的，应奏请皇上决断。其中"录囚制度"明确写道："录囚制度就是皇帝、刺史、太守审录在押囚犯，检查下级府衙的缉捕、审判行为是否合律、是否有差错，以便平反冤案，及时审决案件的制度。"况且，"张生法场喊冤案"已经过了十多年，在朝野上下，早已传得沸沸扬扬。

为了维护大汉朝廷的尊严，也给天下人一个交代，太后决定亲自问案。

太后自言自语道："这个'喊冤案'与连带的'连环奸杀母女案'几起几落，审了十几年，看来还需得哀家亲自出面问案。"

说起太后亲自问案，真是有口皆碑。

原来，邓太后从临朝执政起，多年来亲自过问重案要案众多，甚至审出了几件著名的冤狱。永初元年（107），由于刚刚遇到和帝去世这样的大事，法规禁条没有完备。这时，在宫中发生的两件事，足见初涉政坛的邓太后之圣明。一件是，一日，宫中的一小箱子珍珠不见了，邓太后想，如果逐人加以拷问，必定伤及无辜。于是她亲自检阅所有宫人，冷静仔细地察言观色，想不到在她视察下，偷窃者很快就自首服罪了。还有一件是，和帝去世后，驾车人密告常侍吉成有挟邪弄巫蛊之事，于是，吉成就被下廷尉狱拷问审讯，最后，廷尉府取得的供词证言都明白无误。可是当邓太后拿到供词证言及结案呈文，认为吉成常在先帝左右，平日待之有恩，尚无恶言，今竟如此，不合人情，便亲自派相关人等进行重审、核实。结果一审，原来是驾车人自己所为。仅此两件事，宫中没有人不叹服太后的，皆认为太后真是英明圣哲。

永初二年（108），邓太后到洛阳寺，讯问并记录囚徒罪行情况，清理冤狱。

永初七年（113）夏，京师旱灾，邓太后亲到洛阳官舍审视记录有无冤狱情况。有一囚徒没有杀人，但被严刑拷问被迫认罪，瘦弱困顿，被抬着来见太后。他畏于官吏不敢申言，将要抬走的时候，抬起头看了一眼太后，像诉说什么。邓太后察觉到了，马上问他的情况，了解了他受冤枉的一切事实后，邓太后下旨，立刻逮捕洛阳令下狱抵罪。

元初五年（118），邓太后接连三日到洛阳，审视记录囚徒罪状，免死罪三十六人，判髡、耐、两年徒刑八十人，其余从死刑减罪斩右趾以下不等……

这时，只见邓太后写下一道懿旨："皇上与哀家同审此案，太尉府、廷尉府、御史台三府旁听。着令廷尉府将案犯、案卷、人证及所有涉案人员速速集廷，择日御审，同着杨震、樊闰、江京届时同时到廷。钦此！"

审案当天，太后正在前往廷尉府的路上，有一个常侍拿着一份折子赶上太后，递与太后。太后问是什么，常侍说是一个叫陈冀的读书人与上千名读书人联名请求太后为儒生张生平冤。太后先是一惊，说知道了，然后来到廷尉府大堂。

大堂之上，一右一左，坐着神情严肃的邓太后和安帝。不远处坐着记录官。

大堂之下，右边纵排站着杨震、廷尉丞、虞放、高舒；左边纵排站着江京、樊闰。樊闰斜了一眼，看见站在对面的杨震，仇人相见，分外眼红。

堂下两边，各站一排长长的执杖衙役，在一声声的"威——武——"声中，金武、牛寿及索县衙役等被押到堂下，跪在地上。

最后，囚犯张生戴着肩枷，脚上戴着脚镣，被两个衙役像架一只瘦猴一样架到堂下中间。张生瘦骨嶙峋，头发和胡须长在一起，像原始森林里的野人一样。他匍匐在地，如死人一般，因为他已经站不起来了。十多年来，像这样的提审，他已经记不清有多少次了。

堂上的邓太后觉得惨不忍睹，怜惜地看着堂下跪伏在地的张生，没有敲惊堂木，问道："堂下跪的可是儒生张生？张生，哀家问你，你已经历经无数次

审理,你到底有没有冤屈?今天都说出来。"

趴在地上的张生没有抬头,根本没有回答的意思。

旁边的廷尉丞看不过去说:"张生,你不看看是谁在问你话呢!"

张生无力地小声断断续续地说:"不……不论是……是谁,说与不说都是死……"

杨震挡住了廷尉丞,走到跟前,然后蹲在张生面前,说:"张生,你抬头看看,倾耳听听是谁在问案。今天是太后和皇上亲自问案,你有什么就说吧!你若有冤屈,太后和皇上都会为你做主的。"

张生虽是将死之人,但忽然听到一个熟悉、和蔼的声音,在他的记忆里,像这样问案的,只有杨震、王密、虞放几个人。他挣扎着抬了抬头,看到眼前的杨震和堂上的太后、皇上,如同见到自己的亲人一样,忍不住哭了,像是要把自己多年来积下的冤屈统统哭出来。

杨震弯腰揭开张生后衣襟,想看看张生背上的火伤现在怎样了。结果看到,张生的背上,至今还留着一块一块未长平的艾草条烧下的伤疤。太后走下堂,接着说:"张生,你瞅着哀家的眼睛。"

张生本不敢看,但在太后一再提醒下,抬起看了一眼又低下头去。

邓太后这才又走回堂上。整个大堂静得几乎能听到人的呼吸声。

樊闰、江京、金武、牛寿及索县衙役都在竭力低头回避,不敢看这场面。

邓太后看到张生已无力起来回话,告知杨震,让张生趴在地上慢慢地说,记录官慢慢地记。

接下来,大堂内的所有人,都在耐心等待张生的口述笔录。等张生口述完,记录官记录完毕,然后叫张生签字画押。之后,交给太后。太后认真地看了一遍,沉默了一会儿,只见她摇了摇头,似乎在肯定地表示,张生不是真凶。然后,她又交给皇上御览。

待安帝御览完,邓太后问:"皇上,你看这个案子如何判?"

安帝说:"真是惨不忍睹!母后,应该为张生平冤。"

邓太后说:"张生,哀家为政十多年,上求不欺天愧对先帝,下求不违民意有负本心,更强调尊重读书人,却让你这个读书人受了这么多年冤屈……"

邓太后的话还没有说完，张生再一次忍不住号啕大哭，其痛哭之声，令除了樊闰、江京等以外的官员之外的在场官员，无不流泪。

这时，邓太后高声道："哀家在此宣布，张生无罪，当场释放！杨爱卿，传哀家懿旨，让太医为他治好伤，养好身体，然后，给足他父子俩路费和生活费，护送他们回原籍。其涉案官员的问责，稍后在此宣判。"

杨震道："臣遵旨！"

站在旁边的御史言官高舒赶紧对张生说："张生，你还不赶快谢恩！"

张生趴地谢恩："谢、谢，太、太后，皇、皇上，隆恩！"

至此，一场历时十多年的大冤案终于结案，受冤者张生很快得到释放，而当初制造冤案的荆州各级官员一个个惴惴不安。他们知道，事情到此，下一步就是要对他们进行问责了。

休审半个时辰以后，邓太后和安帝仍坐在大堂之上。

太后那种从容淡定、雍容华贵的气度，自有一种令人不敢冒犯的威势。她说："宣旨吧！"

一个年轻宦官站在高堂之上，道："杨震、樊闰、江京等所有在场官吏、衙役听旨！"

杨震、樊闰、江京等官吏，衙役齐刷刷跪地听旨。

那年轻宦官宣道："奉天承运大汉皇帝，诏曰：历时十年的'张生法场喊冤案'经御审，已告终，依照大汉律法规定，对所有涉案官员及衙役问责如下：

"荆州刺史樊闰，任武陵太守期间，懈怠郡务，以致酿成张生十年冤狱，任荆州刺史后，压制平冤，徇私枉法；洛阳尹江京作为钦差大臣，赴荆州复审'张生冤狱'一案，未履其职，致使冤案错上加错，有辱朝廷使命。依大汉律法予二人以刑责，以'见知故纵罪'革去官职，分别发配西北雍营和西部敦煌军营。

"前荆州刺史杨震，虽有办案疏忽、不加详察之嫌，依大汉律法应问责。然核案期间慎而又慎，冤案力主纠错、力主平冤，并两次主动请求朝廷对其治罪，且在平冤初期已做贬职处置，依'春秋决狱'中'志善而违法者免'，再

不予追究。

"索县原县令梁田、原县丞牛寿及武陵郡原郡丞金武皆为冤狱始作俑者。梁田本应交廷尉府'斩立决'示警,然梁田已被处死,故交廷尉府鞭尸扬灰示众。牛寿、金武判为'斩立决',由廷尉府行刑,斩首示警。

"荆州、武陵、索县三级涉案官吏、衙役,虽非同谋,然或知情不报,或参与帮凶,仍拟杖二十,徒一至三年。钦此!"

跪在地上的樊闰,当听到对自己的宣判,心里"咯噔"一下,差点瘫倒在地。他竭力抬起头瞪着眼张着嘴,半天都没缓过神。宣旨官对其他涉案官员的宣判,他一句都没有听清。

先前,樊闰一直没有回荆州,而是待在京城的家中,时时打听"张生法场喊冤案"的消息。当收到廷尉府送达的邓太后懿旨,特别是得到朝中兄长樊丰报给他的将在这次御审宣判的消息时,樊闰一个晚上都没有睡着。

虞放看着呆若木鸡的樊闰,窃笑了一下,说:"樊大人,接旨谢恩吧!"

樊闰失魂落魄,一脸憨呆又木然地磕头与江京一起接旨谢恩。他口中虽喊着"谢太后、皇上隆恩",心里却极不舒服。他在心里嘀咕:"这分明是对杨震网开一面,徇私枉法,偏袒杨震!"

但是,当他看到安帝和太后离开大堂的时候,有些清醒,跪地连拜带喊:"外臣樊闰日夜盼望见到太后,今日终于得见太后。太后、皇上慢走!"

邓太后没有驻足,也没有扭头,径直走了。安帝跟在她身后。

虞放瞅着樊闰,鄙夷地一笑说:"还外臣哩,充其量就是一个朝廷钦犯、罪犯!"

杨震、江京和其他官员纷纷站起走了,只剩下樊闰一个人还跪在那儿。他看着走出大堂的杨震,哪能咽下这口恶气,心里骂道:"哼,杨夫子,走着瞧!"

邓太后、安帝御审"张生喊冤"一案,消息传出,朝野上下纷纷拍手称快。

汉朝与西域恢复通商,打开了中原与西域经济、文化交流的通路。

杨伦按照太后懿旨,抓住时机,与前来朝贺的西域各国签订了商贸协议,并迅速组织了一批丝绸、漆器等西域奇缺物品,在杨震安排下,由周广带羽林卫护送,沿着丝绸之路去往西域。杨伦带领的汉朝商队由上千人和数百峰骆驼组成,规模很大,把大汉的丝绸、漆器、青铜器皿、铁条等物品,经波斯的中间商,辗转贩卖至大秦,整个大秦贵族阶层再次为之震撼。

之后,杨伦从西域满载而归,带来了西域的石榴、葡萄、胡萝卜种子和羊绒毛制品,与西域各国签订了大量的贸易协议,加速了与西域各国的贸易往来,为大汉经济打开了繁荣之门。

杨震看到西域通商初见成效,随即命令各州郡,迅速组织各地发展手工业、特色农业,产品由朝廷出面统一代购代销,以此促进地方经济发展。一时间,江浙的丝绸、东莱的杂丝和白素都成了西域的抢手货。杨震看到大汉终于停止了连年的征战,开始了经济的发展繁荣,心里十分高兴,脸上现出了难得的笑容。

一天,杨震下朝回到窄巷小院,听说四子杨让和五子杨奉,在这年朝廷一年一度的"以考带察、两相兼顾"的选士中双双考中,心里十分高兴,一家人便又用潼关火锅庆祝了一番。

樊闰和江京被发配到西北军效力,江京去了,而樊闰却没有去。

樊闰那天在廷尉府听旨后,对西边雍营主管官谎称自己有疾,迟去几天。得到允许后,他回到家里,一直在怨天骂人。他怨恨邓太后不公道,说这"张生法场喊冤案",杨震当年也是涉案官员,却以当年已被贬官东莱为由,不予追究了事。他骂杨震爱逞能,说这杨夫子随邓骘西征平定西羌,回来还大得太后赞赏,不仅封了太尉,一人之下万人之上,还被太后赐予"第一清官"金匾,名利双收,可是出尽了风头。这还不说,这夫子现在又弄出个边关贸易,恢复"丝绸之路",又博得太后欢心。这夫子不知道哪里有这么多的鬼点子,今天推出个这,明天推出个那,看来是对邓后的喜好了如指掌,专门挑着邓后喜欢的事情做,好让自己飞黄腾达。

发泄完后,樊闰不再狂躁,而是平静下来,冷静思考自己赴西北雍营军前效力的事情。一想到即将面临的苦役,他非常恐惧。这时,他想到,只有耿宝

能帮他解除危机。

樊闰平时喜欢下围棋，不是把耿宝叫来下，就是与自己的幕僚下，通过下围棋、喝酒拉拢人心。这次，为了得到耿宝帮助，樊闰决定设宴招待耿宝。

一天，耿宝哭丧着脸被樊闰请来。原来，耿宝也是一肚子冤屈。

樊闰让家仆赶紧温酒上菜，说："好久没有在一起下棋了，今儿是先喝酒。"

几樽酒下肚，耿宝满腹牢骚："樊大人，你冤屈，耿某比你还冤屈。耿某作为车骑将军，镇守西北雍营十多年，没有功劳也有苦劳，可这次太后封赏了那么多的官员，却唯独没有封赏耿某。这次，耿某作为车骑将军都没被封副帅，却给骠骑将军封副帅。不说封帅，战前还给了耿某个'诫勉问责，戴罪立功'的处分，你说耿某冤屈不？"

樊闰专拣耿宝爱听的说："太冤屈了！以樊某看，这次的元帅封号应该是耿大将军的，太不公平了！喝酒，喝酒！"樊闰说着，不停敬酒。

耿宝接着又说："再说，他杨震凭什么当太尉？这次平定西羌，他是打过一个羌贼吗？他是会骑马，还是会射箭？是我们合力打败了羌贼，却让杨震领了头功，当了太尉，而且还功高盖世……你没看，平了西羌，杨震的威望达到了顶峰，我们这些在前面出生入死的武将攻下的城池，凭啥就都归功给他杨震一个人了？你说这朝廷公平吗？"

樊闰知道邓骘掌管了军权以后，耿宝心里多有不服，对邓氏家族独揽大权更是心怀不满。耿宝觉得自己才是当今的大国舅。樊闰因为后边到军前效力，还需要耿宝照顾，因此，就尽说好听话。他一边陪着耿宝喝酒，一边火上浇油："不是皇上不公，是太后和元帅不公，樊某都替你冤屈啊！耿大将军，在我们眼里，你镇守西北边关十几载，你才应该是大汉第一将军、大汉第一功臣，太尉应该由你来当！"

耿宝喝了酒，心情更加郁闷，鼻涕一把泪一把地哭诉着。

樊闰说："樊某以后到大将军的军前效力，还承蒙大将军多多关照。在大将军帐下，大将军说咋冲，樊某就咋冲！"

"放心，耿某不会把大人当一个有罪之人，而会当一个有功之臣。"耿宝说。

趁此，樊闰让夫人拿了十锭金，递给耿宝。耿宝假意推辞一番，双手接过，摇晃着离开樊家。

刚刚送走了耿宝，樊闰心情大好，哼着曲儿。这时，江京的儿子江勇又趁着夜色悄悄来到樊府。朝廷查抄戏楼，查出了刘章，但因为翠屏楼代理掌柜的失踪，使江勇有幸脱逃。因为朝廷整肃吏治，他不好再抛头露面，就在暗中偷偷和樊闰的儿子樊彪合伙做生意，走私货。

"樊叔，听说最近西域的生意很火啊"江勇说。

樊闰点头称是。江勇说："因为那案子，给我父亲的处置，是发配到敦煌军前效力，以观后效。听说也要把你发配到西北雍营？他妈的，这真是好人多遭难。杨震真是咱们的共同对头。不过，也好，叔，我们刚好趁此机会也把生意做到西域去啊！你到雍营可以照顾咱们的生意，正好在来回路上护送我们。"

樊闰暗暗叫苦，但还是说："侄儿，要做就做大生意，要赚就赚大钱。"

江勇说："叔，眼下有些事情，还不能在明里走。你能不能通过樊总常侍，想法给我们弄个通行牌？那样，东自洛阳、西至敦煌的道路就打通了，我的货物运进运出就少了不少关卡、关税和麻烦。"

樊闰沉思了片刻，说："让我好好想想。"

樊闰觉得江勇的话有一定的道理，这西域恢复通商，有江勇在那儿运作着，这发财赚大钱的机会那是大大的有。关键是要想办法弄到一块通行牌。江勇现在是自己的人，很多自己不方便出面的事情都可以由他和儿子樊彪出面办妥。要想跟杨震抗衡，手底下没有几个自己的人不行啊。

当然，自己现在还没资格在皇上和太后面前说话，要想办法通过哪位大臣迂回一下，找到皇上，在暗中保护自己。谁合适呢？刘凯老了，刘章死了，还能有谁？突然，他想到了皇上的奶妈王圣。这个王圣一来贪财，二来她毕竟奶过皇上，比起那些大臣来说，在皇上面前说句话，即便不成也不会引起皇上的疑心。于是，樊闰找来兄长，交由他办。樊丰巴不得有机会往寡妇老嬷嬷那里跑。

这王圣虽然住在宫里,但毕竟没有什么身份,只是仰仗皇上吃过她的奶,吃喝用度都由宫里支着,虽不宽裕,倒也够用。只是,看惯了皇宫奢华的生活,王圣只恨自己不是皇上的亲娘,没有那个福分。所以,素日里也是眼红那些嫔妃,更是嫉恨邓太后。她觉得,如果不是邓太后独揽朝廷大权,那皇上不看僧面看佛面,必定不会亏待她。现在,她虽然没有饿着冻着,但随着那妖精女儿一天天长大,日常开销也不停地增加,眼看着手头也越来越紧。

今日见樊丰偷偷来看她,她心里自然高兴不已。樊丰来看她,说明自己还有那么一点儿用处,给这些人帮个忙,他们也不会亏待自己,金银珠宝各色首饰那自然是免不了,还能落下个人情,日后自己真的作了难,不愁没有人帮啊。

樊丰一进门,就想亲亲王圣。王圣向他努努嘴,示意伯荣在里边。

"樊常侍来看望老嬷,必定是有事需要老嬷帮忙吧?"王圣开门见山,倒把樊丰问了个脸红。

樊丰呵呵笑着说:"王嬷嬷爽快啊。现在朝廷要打通与西域的通商之路。我听说王嬷嬷好像喜欢西域国的豪华毛毡、苏合香?"

王圣说:"是呀,你怎么知道?"

樊丰说:"你忘了,你我什么关系?一家人!所以来问问,看嬷嬷还需不需要。"

王圣说:"当然需要啊。那点儿苏合香早都用完了;豪华毛毡一直想要,就是搞不来一条。这些年,西羌贼寇一直挡着路。"

樊丰说:"这西羌已平定,再无挡道的羌贼了,西域大道一路畅通啊。王嬷嬷,眼前就是想看您能不能在皇上面前说句话,暗中保护我的弟弟樊闰。只要他没事,咱们也就财源滚滚了。那时,嬷嬷想要什么能没有啊?"

王圣笑了笑:"话是那么说,这还得到皇上那儿去说哩!现在事情不好办,皇上自有了皇后,对我们孤儿寡母也日渐冷落了。嗐,老嬷现在是老而无用了。再说,听说你弟现在还身背刑责,能保吗?"

樊丰见王圣也作难,心里想,王圣不是不肯帮忙,看来她也是心有余而力不足。回到家里，就给弟弟回了话，并且说，通行牌的事情也不好办。樊闰一看兄长没有办成，就又打起了儿子的主意。樊闰知道自己那个孽障儿子一直跟那个妖女伯荣厮混着，他之所以睁一只眼闭一只眼，就是想着那王圣和伯荣说不定哪天还能用上呢。于是，樊闰叫来樊彪。

樊闰说："最近生意怎么样？朝廷已打通西域，你们要把生意做到西域去。"

樊彪喜出望外："那太好了！到西域，我俩就可以把生意做大。"

樊闰说："老子过几天就要到西北雍营军前效力去了，以后你要多听你娘的话。对了，你能不能给爹帮个忙？"

樊彪说："你是不是还想靠伯荣？你就别开口了，她根本不可能去见皇上。"

樊闰说："我问你，你是不是经常到宫里伯荣家去？"

樊彪有些害怕，不敢应承。

樊闰说："去了倒也不怕，但你不要在她身上打主意。"

樊彪这下有些松了一口气，有胆了，说："那荣儿对我可好了！"

樊闰说："我正要给你说的就是这事。听宫里人说，伯荣是皇上的人，常进长乐宫伺候皇上。"

樊彪说："伺候皇上？那是以前的事了。现在有阎皇后，她根本就进不了长乐宫。"

樊闰说："就怕你陷得深了，伯荣把你甩了。如果伯荣和你真有那份心思，父亲就想办法让人提亲。"

樊彪高兴得得意忘形，说："真的？"

樊闰说："你老子说话还能有假？你现在主要是挣钱，挣下钱，不管爹在不在京城，都要给你把婚事办了。"

樊彪一听还得等，便有些急不可耐："难道咱家都没有把伯荣娶回来的钱？"

樊闰是打算把家里的贵重物品送与耿宝，让耿宝到皇上那里替自己保释，就说："咱们家现在的处境你是知道的，前边把不少钱送给皇叔刘凯、刘章和

廷尉府的人，现在还得跑关系，仍要不少钱。江勇的老家不是在青州吗？你可让江勇到青州一带收购杂丝和白素。杨震那几年在东莱推行'双改双植'，在沿海治理风灾，植了不少桑树，每年收获不少杂丝，那里的手工品一直发展得比较好。你放心地让江勇收购，等收购了一批，就可以运往西域。通行牌嘛，据说周广这次带朝廷货物去了西域，他回来后，不光给咱们把路线看好了，连朝廷通往西域的通行牌也办好了。这样，你们两个通商，就不是走私，而是名正言顺地贩卖朝廷的货物。"

樊彪一听，心想，姜还是老的辣，便说："老子不愧技高一筹，办事就是不一样。"

就这样，樊彪让江勇速速去往东莱，收购了大量的杂丝和白素，先运到弘农让移良暂且存放起来，等朝廷的杨伦和周广回来后，有了通行牌再行起程。

平羌战争结束后，为了劝课农桑、鼓励农耕、发展经贸，杨震除了制定发展农耕、发展商贸新举措外，还建议太后和皇上深入民间考察巡视，走访贫苦百姓、鳏寡孤独、孝廉之士、儒生学子、贞洁烈妇，以振民心。太后高兴地接受了杨震的建议，之后，在杨震陪同下，太后和安帝深入洛阳附近的乡亭里考察民生，到百姓家坐坐，看看家居饮食，听听百姓意见。太后到洛阳郊区下察民情，她高挑的身材、优雅的举止，不光给人一种俏丽修长的感觉，而且给人一种天女下凡、融入民间的感觉。太后所到之处，广施恩惠，赐给百姓钱、帛物资，对生活贫困的孤寡老少和贞洁女子更是倍加关爱。她的所作所为深得民心。有时，杨震还陪同太后和皇上到洛阳城郊附近的村舍参观农妇们养蚕织布，还到洛水河边的桑树园和农人们一起入园采桑，参加生产劳动，体察百姓劳作艰辛。太后和皇上的举动，带动了大汉各地官员，从而在大汉各地兴起了发展农耕、发展商贸的热潮。

杨震陪太后、皇上深入民间体察民情、关注民生，为的是尽可能防止豪商富贾巧取豪夺，抑制贫富两极分化。回到皇宫，杨震建议并由朝廷颁布了扶助贫弱的《促五谷、布帛产，拟丝锦产销令》。

作为太尉的杨震，从日理万机、总理朝政的缝隙挤出时间给安帝授课。他在给安帝授课时，多次要求，希望安帝做一个像三代圣贤尧舜禹那样的贤明君主，把国家治理得"市无二贾，官无狱讼，邑无盗贼，野无饥民，道不拾遗，男女异路之制，犯者象刑"。意思就是：市场统一物价，官府无人告状，居区没有盗贼，乡野没有饥民，路人拾金不昧，男女按照规定分别行走于道路两侧，违反者用颜色涂在衣服上以示象征性惩罚。

杨震说："尧舜禹三代先贤治理下的远古社会是：君王勤政爱民，官吏奉公守法，百姓安居乐业，人人互相尊重。皇上，您只要奋发努力，像三代先贤一样，太后创立的大汉盛世就会传万代。"

杨震给安帝讲学，每每讲到古文经书便如数家珍、倒背如流，说到尧舜禹三代圣贤时代的清明政治、礼行天下总是激情澎湃。

之后，汉朝风调雨顺、五谷丰收，百姓安居乐业。同时，由于商贸的发展繁荣，纺织品产量的不断增长，丝绸沿着"丝绸之路"出口到西域交换进来的珠玉犀象、琥珀玳瑁等珍宝，促进着皇亲国戚、达官贵人生活水平的上升。至此，汉朝的民富国强达到了前所未有的程度。一切顺风顺水，皆向着政通人和的方向稳步前进，整个汉朝出现盛世气象。四方邻国，纷纷臣服归附，汉朝在世界上的声望如日中天。

这时，洛阳尹奏报，有青龙、凤凰、麒麟在北邙山频频出现，这真是祥瑞降临。此时的汉朝，"天人感应"之说盛行天下，人们也都普遍迷信，凡五谷丰收或哪儿出现青龙、凤凰、白鹿等，都是祥瑞征兆。

这年的七八月，正是皇宫满院桂花飘香的时节，朝廷又举行了一个重大朝会。

这天一早，皇宫大殿，文武百官早早候在大殿之中，却迟迟不见邓太后上朝。

人群中，袁礼站在父亲袁贵身边。袁礼今天身穿一袭白色战袍，他清俊英发，性情沉稳，是朝中有名的美男子，平时在家常与身为骠骑将军的父亲袁贵和兄长征西副将袁飞习武论道，练得一身非同凡响的剑术。袁礼文武双全，在羽林军中以治军严谨著称。袁贵看到太后还没有上朝，就让小儿子袁礼去看看。

  十多年来,邓太后十年如一日,每次早朝,总是仪态万方地按时坐在大殿上,从来没有迟到过。今天太后异常的表现,让文武百官暗自猜测,难道……正在百官各自揣测的时候,太后走上丹墀殿,她被两个宫女搀扶着,每走几步就要咳嗽几声。安帝跟在身后。跟在他们身后的是卫尉袁礼。

  如今太后还不到四十岁,那国色天香的脸上,两边的眼角却已出现几条鱼尾纹。杨震心里惊了一下,几日不见,太后明显苍老许多,凤冠中露出的那几缕斑白的鬓发,更让她增添了几分憔悴。杨震看在眼里,心里生出几分怜惜。看太后白皙的前额虽然也刻上了细细的皱纹,但始终掩盖不了她那慈眉善目和雍容华贵的气度。

  这天,邓太后身穿正规的褐色朝装,腹前系扎的丝带上系着黄赤绀缥的四彩印绶,华贵的锦衣上绘有精美华丽的凤凰纹样。她的头上今天没有戴凤冠,她的发式,由宫女们按照"结鬟式"发式中那种最为尊贵的九鬟式瑶台髻结鬟。这些结成的鬟,两鬟耸立头顶,两鬟倾向两侧。她双耳戴着金耳环,脖子上戴着闪闪发光的金项链,再加所饰的各种珠宝、金簪凤钗及金步摇等都发着明光,更显国色天香。她蛾眉凤眼,两条长长的蛾眉伸入鬓角发丝里。文武百官都一眼不眨地看着太后。

  邓太后坐稳后清了清嗓子,铿锵有力地说了几句话,但剧烈的咳嗽,使她无法再说下去。安帝却说:"杨爱卿,宣奏颂文。"

  杨震听到安帝的提示,刚出列,邓太后忽然意识到什么,要过杨震手中写在丝帛上的颂文,看了一会儿,指着颂文对杨震叮嘱道:"前半部分略去,只宣后边。"

  杨震无奈,立于台下大声宣读:"……如今,战祸远去,四夷平安,四海归一,朝廷集权,国业如愿,蒸蒸日上,国力充足富强,威震四海,百姓共享太平,举国普天同庆……"

  杨震宣读完毕,群臣们个个既对邓太后的贤淑美德深感敬佩。他们知道,在这颂文中,太后定是把颂扬她的那部分略去了。

  原来,就在平羌战争结束后,百官纷纷上书颂文,都被太后一一压下。

  平望侯刘毅,因太后在治国理政上做了很多丰功伟绩,想趁早让史官们有所记载，但没有上书太后，而直接上书安帝。刘毅给安帝上书前，先让朝中大儒杨震阅览，杨震阅览后，极力肯定和支持刘毅的做法。刘毅就此上书安帝，安帝御览后，采纳了刘毅的建议，批奏由史官张衡主持撰写记载。可是，太后知道后，阻止了刘毅、张衡的善行。

邓太后为政期间，日夜操劳，躬身治国，增收节支，减轻赋税，救济灾民，终使五谷丰登，百姓安居乐业。大汉国人几乎人人称颂。

这时，邓太后支撑着身体说："要颂就颂太傅，颂扬那些有功之臣。哀家提议，为太傅杨震封赏，想听听众爱卿的意见。"

这时，群臣们纷纷上奏，对杨震进行褒扬。杨伦说："杨大人上任以来，辅佐朝廷，治国安邦，强国济民，才有大汉今天这样的盛世。感动上苍，特送来青龙、凤凰、麒麟这样的祥瑞。为此，应对杨大人重奖其功，以彰其名。"

邓骘接着说："天降祥瑞，千年同符，实属难得。自古以来就有这样的圣法，臣有大功就应享有封赏，建议赐封太尉杨大人为'大太师'，赏邑封爵，如此才能上顺天意、中和古制、下应民心。"

尚书令也急急奏报："尚书台收到全国各地上万名乡民上书，请求表彰杨太尉的辅佐功绩，说杨太尉有盖世之功……"

还没有等太后和安帝发话，杨震急急出列启奏道："此议万万不可！大汉能有今天，皆因太后和皇上圣德躬亲所致，亦是群臣协力的结果。说到微臣，那都是应尽之责罢了。"

安帝抢先发话："母后，列位大臣所奏，应予准奏。"

太后欣慰地说："无功不受禄，有功即封赏。先生就不要推辞了。爱卿杨震听旨：'太傅、太尉杨震，辅佐哀家及皇上数些年，经国治世、强国安民，功勋卓著、功德无量，声名远播，感动上苍，以降祥瑞。特赐赠食邑两万户，加封为'大太师'，位居三公之上；朝廷新建府邸一座赐其使用，命名为'大太师府'。所有赐赏，永传后世！"

没有人想到，杨震坚辞不受。他跪伏于地，说道："微臣既无广厦，亦无万顷良田，但衣丰食足。可天下衣不蔽体、食不果腹者不知多少人，如此，这

样超乎规格的封赏,微臣实难从命,请太后收回成命!"

杨震说毕,长跪不起。

举朝莫不感动。

接着,朝会上,朝廷还擢升大司农府部丞杨伦为大司农,廷尉府监理法官虞放为廷尉丞,御史台谏大夫高舒为御史中丞,城门领兵朱冲为洛阳校尉,司徒府长史周广为太尉府长史。

这次朝会之后,杨震拒受封赏一事,成为传遍朝野的美谈。

退朝后,杨震到永安宫看望太后,老远就听见太后在剧烈咳嗽。

杨震制止了宫女的禀报,走到屏风后,犹豫了。刚想退回去,就听见太后在里边叫住了他:"是太尉吧?既来为何又走啊?"

杨震听见太后声音沙哑,呼吸都显困难。十天前太后还好好的,怎么这么短的时间,太后就病得如此严重?杨震不知怎么的,心情非常沉重。他说:"太后,没有什么事情,就是想来看看太后。"

邓太后说:"没有什么大碍,就是夜里熬夜深了,偶感风寒,有些咳嗽。"

杨震说:"太后,您一定要注意身体,按时休息,不敢再熬夜。您的身体不仅是您的,更是大汉几千万臣民的。"

太后有些感动:"不碍事。哀家一向敬重太尉的盖世人品学问,后来又听说令郎三公子杨秉的才华也不逊色。在东观时,是宫内闻名的青年才俊,做了太子保儿的少傅,不仅才趣高雅,而且恪尽职守,皇上非常满意。保儿跟着杨秉学到了不少为人处世之道,小小年纪,便懂得许多道理,着实令人喜爱。"

杨震拜谢:"多谢太后赏识抬举!"

太后说:"太尉,你几次给哀家过说的许博士那部《说文解字》完成得怎样了?"

杨震道:"回太后,许博士正在夜以继日、呕心沥血地撰写着。许博士准备耗尽毕生精力研究完成传世之作《说文解字》,共十五卷。这部大著如果完成,将创前无古人之功,实乃巨著。"

太后让宫女扶起她,靠躺着,因为兴奋和激动又开始剧烈咳嗽。稍稍平息后，太后病容上露出喜色："多年来，我大汉在文字上，古文经与今文经争论不休。今文经解说字义不严肃，谬语颇多。而推崇古文经的许君，则以广博的经学知识为基础编写此书，如果完成，实乃我大汉一部皇皇巨著。许君对我大汉文字研究所做的贡献有目共睹，功不可没。到时，着太学院传抄于天下，哀家要重赏许君。先生，传哀家懿旨，录用许君之子许冲为太学院博士，助其父完成这部巨著。"

杨震道："臣遵旨！"

早朝结束后，安帝因为高兴来到东宫看太子，六岁的刘保一看到父皇，急忙跑过来施礼："保儿给父皇请安！"

安帝高兴地抱起刘保，对负责太子生活起居的宫女说："保儿跟着少傅杨秉学到了不少东西呢。"

宫女从安帝怀中接过刘保，赞许地说："是啊，还是太后慧眼识珠，这杨少傅也同他父亲杨太傅一样，品学兼修，学多识广，给太子当少傅真是不错。"

"杨家不愧是诗书世家！"安帝夸赞着说。

杨震出了宫，正准备到太学院去，在大街上碰上冯宝正找他，说屋里来客人了。两人回到小院，原来是骠骑将军袁贵和太常陈忠两位大臣。杨震急忙迎过去。

"亲家公，我和陈大人来了。"袁贵起迎。

"应该，应该！亲家公和陈大人是我的同僚，又同心同德，亲家公又为杨家养育了仪儿那样难得的好儿媳。"

说着，三人在李树下，在蒲席上就着麻布坐垫盘腿而坐。

袁贵叹口气说："亲家公日理万机，我和陈大人来也没有别的事，就是朝会上，太后为亲家公加封和赐赠的事。上次，平羌战争取胜，庆典上，太后为亲家公封侯、赠食邑，亲家公没有接受，下来，我就想劝劝亲家公，没来得及；这次，亲家公又坚辞不受，我们就是来……"

没等袁贵说完，杨震就说："我们家不缺吃、不少穿，要那些财产做啥？

天下还有多少可怜人食不果腹、衣不蔽体……"

袁贵也不等他说完,就道:"不不不,不说了,两次都不说了。我们俩今天就是想劝劝亲家公,把俸禄攒攒,多为儿孙置办些良田,置办些产业,到咱们百年之后,也是亲家公留给儿孙的一笔遗产。"

陈忠说:"对对对,我和袁大人今天就是给明公劝说这哩。听说明公自出仕当官到现在,还没为儿孙置办过一点儿田产、基业?"

杨震说:"两位大人的好意杨某领了。我是至今还没有为儿孙置办过一点儿田产、基业,我是想,让后世称他们为清白吏的子孙,就把这作为遗产遗留给他们,这遗产不也很丰厚吗?"

在旁的柳氏赶紧插嘴说:"两位大人都别见怪,秉儿他爹这人就是一根筋,读书人,直性子。秉儿他婆在世时,就给他说过,他也没听。"

送走袁贵和陈忠,杨震即来到太学院。一见杨震来访,许慎心生感激:"四知公,你公务繁忙,还礼贤下士,光临寒舍,让老朽深感不安。"

杨震说:"许老客气了。你作为我朝五经博士的泰斗,我自然要多多请教了。"

许慎抚髯大笑,朗声说:"四知公过谦,过谦了!"

杨震说着,就把邓太后的懿旨转达给许慎,许慎当即跪地谢恩。

杨震说:"许君,你才华盖世,如今成了五经大博士、一代儒学大师、大名鼎鼎的字圣。"

许慎说:"四知公过奖了。"

杨震说:"许君的大著,是我泱泱华夏历史上至今唯一的一部字书,此乃天下读书人的一部瑰宝。杨某日日期盼此著完成。"

许慎说:"有了四知公大人在朝堂上、在全国倡导推行教化这股春风,许某也向往着它早日开花结果。只是觉得还不满意,一直在琢磨修改。"

杨震要许慎多注意身体,许慎点头称谢。

过了几日,杨震正想着再去探望太后。还没有出太尉府门,杨伦来找,说他们到东莱收购杂丝和白素的时候,县衙说当地的杂丝和白素,这几年一直有人冒充朝廷来收购。杨震一听，感觉里面有问题，正与杨伦仔细分析，忽听袁礼急喊："恩公，恩公，大将军传恩公即刻进宫，不得延误！"

杨震心里"咯噔"一下，急忙戴上进贤冠，穿上朝服，来不及细细整理，就乘马车赶到永安宫。永安宫太后的寝宫里面，光线幽暗。邓骘与安帝都焦虑不安地守护在太后身边，满脸忧戚。一个太医正在凤榻前给太后诊脉观色。

原来，这几年，虽说风调雨顺、五谷丰收，但是，既要发展各地的农耕、畜牧，还要发展各地的捕鱼、植林，更要发展各地的商贸和与各国的贸易，朝廷事务繁多，邓太后趴在御案上，通宵达旦，日夜劳作，处理奏章，常常废寝忘食，致使积劳成疾，咳嗽之病日渐严重。太后深感不适，邓骘得知，就命太医火速进宫问脉诊病。

杨震一进太后寝宫，"扑通"一声跪倒在太后病榻前的赤蒲垫上，只见太后脸色苍白而虚弱地躺在凤榻上，与几天前已判若两人。行过拜礼，太后示意让邓骘赶紧扶起杨震。杨震被扶起后，见到此番情景，掩不住心中的难受，眼含泪水。太后向杨震点了点头，竭力微笑了一下，招手示意让杨震坐在榻边。大家焦急地等待太医诊脉。过了半炷香工夫，经过太医调理，太后的神色有所好转。

屋里人们的神情有所放松。

太后用微弱的声音叙说往事："哀家一生，由衷感谢五个人，一个是哀家的恩师班太傅，一个是儒学夫子杨先生，一个是'蔡侯纸'的发明人蔡伦，另一个是张衡，再一个就是字圣许慎。他们是我国的'五大圣贤'。"

杨震轻声说："太后，老臣惭愧！张太史为震古烁今的全才；蔡太仆所制"蔡侯纸"更是泽被千秋；许君为文宗字祖，他著《说文解字》，为我汉字学的开山鼻祖；班太傅继她父亲所完成的《汉书》，成为继司马迁《太史公书》之后的又一部史学巨著。四人均功勋卓著，堪称圣贤，唯有老臣是一介布衣、一介乡儒。若要算'五圣'，大将军当算一个。"

邓太后吃力地摇摇头，然后从锦袖中颤颤巍巍地伸出一只瘦骨嶙峋的手，对杨震和邓骘伸开。二人见状，急忙上前握住太后那只干枯的手。太后交代道："两位爱卿，哀家可能大限到了，辅佐皇上的重任，就托付给两位

爱卿了。哀家得两位爱卿，一文一武，如同高祖帝当年得张良与韩信，是为大幸也！先生，你是大汉的功臣，有你和大将军辅佐皇上，哀家再放心不过了。"

邓太后一生功绩卓著，得益于她有三个辅佐她的助手，一个是以"清廉勤能"流芳于世的杨震，一个是写了皇皇《汉书》的班昭，另一个则是贤良过人的大将军邓骘。人们常说："太后治国安邦，文有杨震，武有邓骘，智有班昭。"

杨震第一次如此接近太后，目睹她因积劳成疾，日渐枯瘦的容颜，知道太后虽然年龄还不大，但由于操劳过度，已未老先衰。他听着太后的托孤嘱咐，内心不禁深深为之震动，而且心里极度难受，泪水模糊了眼睛。

太后瞅着杨震，用微弱的声音说："先生，有一事，哀家一直没对你说。那年你在荆州，为朝廷做了那么大的功绩，但樊闰那些死党群起攻之，对先生诬陷诋毁。先生是一代儒学大师，哀家就是怕那些死党对先生暗下黑手，也怕南蛮人对先生不恭，更怕那个喊冤案连带了先生，说什么也不能让先生再去荆州，想留先生在朝中发挥才智，先生不会怪罪哀家吧？"

杨震听到此，知道当初太后所为，原是为了保护自己，感激得两眼泪流。

这时，太后又伸手抚摸着趴在榻边的安帝的脸："皇儿，以母后的年龄，母后本以为，可再陪皇儿十年八年的。再有十年八年的整治，大汉国一定是民富国强。看来，母后是无法陪皇儿到那天了。昔日高祖帝诛秦灭楚，才拥有大汉天下，我百年以后，你一定要亲近和依靠两位爱卿这样的贤臣。杨爱卿和大将军是我大汉的忠臣良将，杨爱卿忠君爱民，大将军是你的舅舅，他们是皇儿治国平天下的左膀右臂。这样，大汉社稷定能稳固，大汉的万里江山也定能长治久安……"

圣明的太后深知她早该交政于安帝，刘祜自幼聪明好学，十岁的时候，就开始读史书，得到和帝称赞。可是，令她没有想到的是，刘祜长大，越显得才智平平，而且性格也懦弱，使她一直无法放心交政。

安帝此时已经泣不成声。

邓骘和杨震也泪流满面，两人一再安慰太后："太后，您一定会好起来的！"

　　太后正要说话，却突然间剧烈地咳嗽起来，咳得胸部剧烈起伏着。一种不祥的感觉立即笼罩在人们的心头。

十九　皇宫托孤

二十　明后驾鹤西去

这时，阎皇后听到太后病重，突然来了，出现在人们身后。她看到这情景，顾不上施礼问安，而是急着唤来宫女，叫她们调好红糖水，加上生姜片。阎皇后手端水碗，坐在榻边，亲自为太后喂水。半碗红糖水喝下去之后，太后的咳嗽慢慢停下来。皇后安排御膳房按照自己提出的菜单为太后做膳食，自己日夜陪护在太后身边。不久，太后的身体忽然好转。入冬以后，天气渐冷时，杨震督促掖庭，提前为太后生上了铜火盆。"皇宫托孤"之后，一冬天，太后都在杨震和邓骘的监护下，坐在暖暖的铜炉旁，听奏议、看奏章，病情没有恶化。这样一来，太后顺利度过冬天，度过新年。

第二年，春分过后，天气一天比一天暖和，春风和煦，阳光普照。燕子一群群从南方飞来，在安逸的屋檐下，开始啄着新泥。

随着春天的到来，邓太后身体更加好转，精神矍铄，她便不顾宫女们的阻拦，乘辇到永安宫前殿大堂，召见了安帝、百官，并北至新修缮的宫室东宫看了太子，又到后宫看了皇后和众妃。

返回后，太后抱病下诏，大赦天下：赏赐诸园贵人、王、公、主以下钱帛各不等；赏公、卿、校尉、尚书每家子弟各一人为郎；鳏、寡、孤、独及贫困到无法生活下去者每人赐谷五斗；贞节妇人，每人发帛一匹。

太后听陪她到各处察看的杨震说，潼关关隘在大将军邓骘亲自监工下已经建成。她说："太尉，等天气不冷不热时，你陪哀家到潼关走走，看看那里已经建成的京西屏障潼关关隘。哀家一直有一个愿望，想去潼关看看，听太尉给哀家介绍。你家乡那里文化底蕴深厚，有女娲当年炼石补天的石场,有女娲的陵墓风陵,还有当年夸父追日弃杖后孕育的一片桃林塞……潼关一定是个很值得一去的地方。到那里,一定让秉儿娘给哀家亲自下厨,做一顿潼关火锅品尝品尝。品尝完潼关的小吃,再把你们那里那个老腔戏班子叫来,就在你的学馆院子,给哀家唱一晚。哀家小的时候,喜欢听南阳的宛戏,听说潼关的老腔戏,也很有关西的地方风味。听说先生的老家潼关黄河老腔戏班子,把先生的'四知拒金'编成老腔《暮夜却金》在民间到处唱,啥时间也应请到朝廷给百官唱一唱。哀家也喜欢看热闹,听说你们潼关还有个古战船表演班子,被称为'大汉一绝',到时也给哀家表演一场……"

杨震不住点头:"太后,一定一定,一定为太后准备好!"

太后又道:"哀家一直有一个想法,就是把你们五大圣贤聚在一起,可是……"

邓太后时常引以为骄傲的是,在她临朝执政的近二十年,大汉出现了蔡伦、张衡、许慎、班昭、杨震五大圣贤。

但是,回到宫中后,太后便不顾身边宫女宦官的劝阻,继续通宵达旦,日夜劳作,处理奏折。这夜,她又开始咳嗽,咳着,咳着,咳出了血,以致咳血不断,最后猝死在御案上。邓太后把自己的一生献给了大汉,大汉经过十多年的整治,国库充盈了,百姓的负担减轻了,大汉出现了太平盛世,可太后忧劳成疾,心力交瘁,暴卒在自己的御案上。

安帝乘着六羊车匆匆赶到永安宫,却没有见上太后最后一面。

邓太后死后,遗书公告天下:"哀家以无德,母仪天下,而天不惠我,早遭大忧。和帝去后,朝内无主,平民厄运,国家危于累卵。哀家克己勤政,一片苦心,不敢以万乘之国为儿戏,上求不欺天愧对先帝,下求不违背民意有负本心,至诚在于赈济安度众生,安定刘氏天下。自觉应当彻底感动天地,蒙受福分,而和帝、新野君、班太傅相继去世,内外丧祸,伤痛不绝。忽又病魔沉重纠缠,不能侍祠宗庙,自奋力上原陵,加上咳塞唾血,以致不起。生死存亡,寿命大限,是无可奈何的。公卿百官,应勉力尽忠恪慎,辅助皇上。哀家百年后,丧事一律从俭。"

邓太后在后位近二十年,享年仅四十岁。根据古代谥法,"有功安人曰熹",邓太后在世时的人格与功绩被朝野一致首肯和称颂,因此,她死后谥号定为"和熹皇后"。

临朝执政近二十年的一代明后邓绥,驾鹤西去。

大汉全国,举天同悲!

永安宫正殿内,太后的梓宫安放在大殿正中。皇亲国戚齐聚灵堂戴孝守灵。殿堂内外,孝幔如云飘拂,香烟似紫气弥漫。灵堂中正在祭奠举哀,朝中王公以上各色官员前来吊孝。

灵前,永安宫内外的地上,一边是安帝、王爷、公卿百官、皇亲国戚等,一边是皇后、嫔妃、王后、郡主等,他们个个都根据身份服丧,跪在安放灵堂的大殿里外,恸哭、哀悼邓太后。

这时的安帝刘祜身穿斩衰,手持丧杖,和身穿齐衰的太子刘保带领邓骘、杨震、耿宝、袁贵等朝中公卿守灵。阎皇后和几个嫔妃都浑身缟素,一个个越发显出风姿秀逸。整个永安宫内外一片素白。

灵堂里,哭声一片。

在京文武百官,文官三品以上、武官中郎将以上,具丧服入灵堂,皆不许用金银珠翠,临毕,行奉慰礼。在外文武百官与在京官同,皆服丧七日。举国男女皆服丧七日。

接到太后驾崩的讣告,北地王滇零大惊失色,深感意外,连忙准备起身到京城吊孝。不料王子零昌却心生歹意,欲密谋乘虚而入,杀了刘祜,取代大汉。滇零听闻十分震怒,告诫零昌说:"邓太后仁慈宽厚,杨震、邓骘对我们视如兄弟,我们不能兄弟相残啊!"随即制止了零昌,身着孝服快马奔赴京城吊孝。

前来吊孝的文武百官和各国使者排成了长龙,接连七日,京城内外停嫁娶、辍音乐,军民摘冠缨,命妇去装饰,朝夕哭临,沉浸在一片哀痛之中。

葬礼这日,杨震作了一篇题为《哭和熹》的悼文,在葬礼上宣读。

杨震泪流满面,双手颤抖,哭读着:"永初元年,安帝即位,和熹辅佐。太后德淑,卓越非凡,为国母之典范。开朝伊始,百废待兴,万象更新。然太后继承光武大帝明君之道,重视农耕,善待百姓,垦田屯军,寒暑春秋,似水流年,励精图治,二十余载,万民敬仰。如今,战祸远去,四夷平安,四海归一,中央集权,国业如愿,蒸蒸日上,国力充足富强,威震四海,百姓共享太平,然……"

杨震读到此处,已泣不成声,而葬礼现场,哭声震天。

邓太后一生没有儿女,没有私心,自打临朝称制,就对自己的理想做了定位:尽其所能,终其平生,使大汉民富国强,百姓有饭吃有衣穿,朝廷不受外族侵略,国泰民安。

邓太后一生,政治清明,政绩卓著。在她临朝执政之前,外戚、宦官轮流掌政,纲纪败坏;在她接手朝政的时候,国库亏空,浪费严重,边境不宁;在她执政初期,水旱蝗灾,天灾人祸不断,全国先后就有四十一郡国发生水灾,二十八郡国遭遇风蝗侵袭,二十五郡国出现干旱,十八郡国出现地震,南蛮民变、西羌反叛战争十多年,军费高达二百四十亿钱,致使国库空虚,内忧外患重重。

然而,在一代明后邓太后的治理下,在严重的自然灾害之下,百姓生活仍能获得复苏,社会渐渐安定。邓太后摄政期间,在杨震的辅佐下,励精图治,劝课农桑,减徭薄赋,考试取士,选贤任能,内政修明,吏治严谨,军备严整,经济、科技、文化、教育各业高度发展,使大汉达到鼎盛时期。

邓太后临朝执政,外戚、宦官均不能为祸。她日夜操劳,躬自处置,增收节支,减轻赋税,救济灾民,终使岁还丰穰,百姓安居乐业。她任用杨震为大军师,邓骘、袁贵为大元帅,采取"连征带抚"的良策,平定西羌,结束了长达十多年的西羌侵扰,使西线多年无战事。她采纳杨震及班超之子班勇的进言,安定并州、凉州,打通西域,恢复与西域各国中断多年的"丝绸之路"。邓太后临朝称制近二十年,恩遍天下,明辨冤狱,功垂竹帛。

这时,平望侯刘毅决心要把自己早已写就的颂扬邓太后丰功伟绩的颂文拿出来,因为,在去年拜杨震为大太师封侯的朝会上,被邓太后阻止,没有宣读,今天,他无论如何要献给邓太后。得到安帝和杨震的许可后,刘毅边哭边念道:

"微臣闻《易经》上记载伏羲神农事迹,使皇之德昭著;《书经》上记述唐尧虞舜事迹,而显帝道崇高。因而,即使是圣明的三皇五帝,也须将其功德记载于竹帛史册,把其德音留之于管弦,才能使其名声显扬。微臣思虑,皇太后禀赋大圣的英姿,体现天地的厚德,踪齐舜妃娥皇、女英,迹比文王母大任、武王母大姒。孝悌仁慈,允恭节约,杜绝奢侈浪费的根源,防止抑制逸乐贪欲的苗头。匡正帝位于朝廷,德正教化遍及四海。和帝元兴之际,国无太子皇储之副,太后仰观天象,参照人誉,迎立安帝为天下主,汉室永安,四海平静。又遭水灾,赈济饥荒。施恩下及百姓,赈灾官员,冠盖交路。菲薄衣食,为群下表率。减少膳事,解除车马,以赡养黎民百姓。怜悯存心,若保赤子。克己引咎,显扬卑微。崇尚安和之政,布施宽恕之教。扶助兴国,存续绝世,录用功,复宗室。流放了的赦免其罪,放还原籍,禁锢了的复为平民。施政不属惠和的,思想上不予考虑;制度不合旧典的,朝廷内不与提及。大德洋溢,充于宇宙;恩泽丰沛,布满八方。华夏和乐向化,戎狄混同归并。大功著称于大汉,硕惠厚加于生民。高高的功业,可以闻而不可以企及;汤汤的勋绩,可以歌而无言形容。古代的帝王,设左史以记事,置右史以记言;汉室的旧制,每世都有史事的记载。道有低有崇,治政有进有退。假使善政不记述,细小灾异却总把它写下来,这便是让唐尧商汤负洪水大旱的责任,而无视他们功与天齐的政绩和美德;即像只知商王武丁有雉雄升鼎而鸣,成王周公而有雷电大风的变异,却不知他们有中兴商朝和使周朝康盛之功。上考《诗经》《书经》,虞舜娥皇、女英二妃,周室有后稷母姜嫄、文王母大任、武王母大姒三母,修养品行,佐助德教,送迎并不出户,见兄弟不过门限。自古以来没有像当今皇太后这样,在内遭遇家庭变难,在外遇到连年灾害,却总揽万机之政,经管天下之万物,而建树如此崇高伟大的功德的。应当命史官撰写《永安宫注》《圣德颂》,来光大皇太后的辉煌业绩,把她的勋德镌刻于金石之上,高悬于日月之间,垂之永远,以体现陛下淳厚的孝道……"

刘毅哭读完,百官纷纷齐呼称颂:"兴灭国,继绝世,录功臣,复汉室……巍巍之业,可闻而不可即;汤汤之勋,可诵而不可名。"

第十三日,梓宫出殡。在洛阳城外的驿道上,文武百官及洛阳百姓为邓太后送葬。灵车由九百名羽林军骑兵护卫，一百二十八名乐师组成的皇家乐队走在前方，鼓点一响，皇家乐队闻声齐奏，一路哀乐。送葬的朝廷官员车驾以及人群，从洛阳城外，一直绵延到城北墓地。

浩大的送葬队伍一路行进着，最前边浮动着招魂幡和奏乐的朝廷乐队，凄婉哀怨的送葬音乐响彻天宇；随后是袁礼带领的几百人羽林军在前开路护卫，人人皆穿孝衣；中间是偌大的龙凤灵柩，置于车辇之上缓缓行进。宫女们穿白戴孝守在四周。紧跟的是穿白戴孝的汉安帝刘祜和太子刘保。身后是全身缟素的阎皇后和妃子们，她们的脸上皆垂罩着一层白色面罩，面容肃穆哀痛。安帝刘祜、太子刘保两人和阎皇后，皆由宦官和宫女搀扶着。接着是袁飞率领的五百铁骑跟随其后保护着，人马皆穿孝衣。后边跟着的是穿白戴孝送葬的文武百官。

古哀乐和送葬人的哭声混在一起，天地悲哀。

一些宦官跟在队伍后边，边走边撒着纸花，冥钱像雪花一样飘飞在天地之间。

太后的灵柩沿着黄土铺就的御道从京师出发直到顺陵——她将与汉和帝合葬于此。

至此，一代明后邓绥结束了她长达近二十年的临朝摄政生涯，随汉和帝而去。

给太后送了葬，杨震心情非常沉重。

他回到太尉府，哀痛不已，心绪难平，沉思久之，挥笔在蔡伦造的麻黄纸上，写下他对邓太后的评说和悼记：

"明后积劳成疾，英年早逝，执朝政虽招刘氏人谤，然所幸者非为一己之私。焦心勤勉，自强不息，排忧解患，唯为国家大事，令人起敬，千古流芳！"

邓太后的离去，无疑是大汉政治上的一大损失。皇上年轻，且与邓太后政治主张并不相一致。多年来受邓太后压制，势必会心存怨愤。邓太后突然离去，皇上会不会一改前期邓太后推行的政治主张，另行一套？或者，多年来受

邓太后压制的宦官会不会利用皇上年轻从而蛊惑其废弃新政？邓太后重用邓骘和杨震，在弥留之际托孤于两位，可见对他们两人是多么信任。可是，皇上本人呢？杨震想到多年来上朝时皇上的所作所为，他能看出安帝对邓太后只是表面服而内心抵触。安帝对太后摄政并不满意，加之一些人从中挑拨，让安帝与太后之间产生了裂隙。尽管他在给安帝授课时一再提醒，要安帝效仿尧舜禹三代圣君，但安帝是否能做到？想到这些，杨震不仅心情更加沉重，而且深感不安和焦虑。

杨伦、虞放、高舒、朱冲都来到太尉府。

杨伦身为大司农，主管财政和农牧业，此时，他正在利用已经开通了几年的"丝绸之路"发展大汉与西域各国的贸易而奔波。

这时，杨伦愤愤地说："恩师，已初步查清，是一些人以朝廷的名义到东莱一带收购杂丝、白素、麻织品，走私贩卖，从迹象上看，有可能是樊闰的儿子樊彪、江京的儿子江勇等人所为。我意，立即将这些人抓起来。"

杨震说："太后尸骨未寒，绝不能动手。"

虞放说："恩师，奸佞犯法，随时都可以抓了，何以不能抓捕？"

杨震说："太后圣魂刚刚入土，我不想惊动。再说，如果我们动手，那些人狗急跳墙，必然要大动刀戈。国丧未过百日，这是对太后的大不敬。"

朱冲说："万一那些人趁此期间，仍然走私货物，或者心存不轨呢？"

杨震说："这些都是小事，一切都等太后大丧过后再从长计议。"

高舒说："只要证据确凿，我们御史言官定然会挺身而出。"

杨伦说："万一有些人贼心不死，趁此期间兴风作浪呢？"

杨震说："朱冲，你作为维护京师安全的洛阳校尉，要与袁郎紧密联系，时刻注意有些人的动向，一有动向，即刻向我和大将军报告。"

杨伦报告的情况让杨震意外，他没有想到樊闰、江京这些人虽已服法，但恶性不改，而且手脚如此之快。这西域的通商之路刚刚打开几年，便被这些小人利用了。两个恶人利用各自的儿子私自经商，嗅觉之灵敏、行动之迅速出人意料，也让杨震措手不及。青州乃江京的家乡，在那里，江京的俩外甥东莱一霸虽然被斩首示众，但是，江京肯定还为自己安插有心腹，估计那陆原就是其中一个。青州刺史法雄，态度暧昧，两人中间是否还有利益联系？杨震在东莱那些年，推行"一改一植"，推动了青州麻手工业的繁荣。如今，西域通商，东莱的麻制品原本可以通过朝廷开辟的"丝绸之路"销往西域各国，当地的百姓也可增加收入，不承想，这个让百姓挣钱的渠道却被这些贪官污吏抢先占有，并且打着朝廷的幌子私自收购贩卖，进行走私。杨震越想越气，决定禀奏安帝严查此事。

这时，杨震忽然担心，除了青州这股不法势力之外，京城的刘凯、耿宝、谢恽这股政治势力，以及在西北军前效力的樊闰、江京等那些分别发配到敦煌、陇西及度辽营效力的当年荆州的涉案官员，在此期间，会不会暗流涌动？

这时，虞放忽然问："恩师，樊闰、江京这几年在西北军前效力情况怎样？"

这一问，杨震有些茫然，因为两人服法以后，杨震忙于朝廷大事，没有闲暇时间过问这些。几人说着说着又说到那年那个"张生法场喊冤案"，因为至今，残害王灵母女的真凶一直杳无音信，这成了杨震的一块心病。

说到"张生法场喊冤案"，令人感慨；说到"王灵母女被杀案"，令人揪心。

这时，杨震说道："'王灵母女被杀案'及'张生法场喊冤案'，可能会是汉安帝年间的千古奇案、千古奇冤，一直到现在杀害王灵母女的真凶都没有被捉拿归案。因此，老夫提醒两位晚辈后生，决不可懈怠，张生的冤情虽然已经得到澄清，那些制造冤狱的官吏、衙役也受到了应有的惩处，但此案还不能算了结，直到真凶最后被捉拿归案之时，才是整个案件的终结之时。"他说毕，用期待的目光看着高舒、虞放几人。

杨震又说："老夫再次提醒诸位，在眼下这种时刻，那些冥顽不化的人，有可能会蠢蠢欲动。"

杨伦、虞放、高舒、朱冲四人都像记住了恩师教诲一样，点着头。

樊闰听耿宝说，樊彪和江勇这两人在东莱以朝廷名义收购杂丝和白素的事情已被杨震察觉，几次派杨伦前往东莱追查。看来这事早晚瞒不过杨震了，一

旦暴露，必然追到自己头上，走私货物的罪名谁都担当不起。况且，自己一直没有到西北雍营军台效力的事情，前边瞒着太后，太后去世后，还在瞒着皇上，一旦让杨震这些人知道，那自己就倒霉到家了。

再说这个杨震，处处与自己过不去，也不看看现在时势咋样了，没有邓婆子撑腰了，你杨震还能红多久？但是，放弃西域通商这么好的机会，樊闰又不甘心。要不是儿子和江勇倒腾，他哪有财源进入？别说前边为摆平荆州那些事花的钱填不上，就说他已在军台效力，原来的俸禄没有了，一家人怎么生活？这条线还要利用好，买通西域这条财路，需要这二人去跑。现在邓婆子驾崩，皇上亲政了，他出头的日子就要到了。后面的事情该怎么运作，樊闰认为是该好好计划计划了。

樊闰思谋了半天，让樊彪请来了樊丰、耿宝、谢恽及江勇，备了一案好酒好菜，几个人边说边喝，不亦乐乎。

席间，樊闰举起酒樽敬耿宝："耿大将军请！耿大将军是大汉的第一功臣，是我府上的贵客。"他们两人说话心照不宣。

耿宝摇摇头："樊大人过奖。不过这话可不敢胡说，说出去，咱们都可能被杀头。如今邓大将军在朝，耿某不过是一个车骑将军而已，离大将军之位还遥遥无期。"

樊闰说："耿将军此言差矣。在邓后眼中，她的兄长是大将军；可是，当今的皇上是耿将军的外甥，在我等心里，耿将军才是大汉的第一国舅、大将军。"

其他几人都附和说："对，对，耿将军才是大将军。"

樊丰趁机煽动："在朝中，大家也一样，认为耿将军才是大将军。"

耿宝一看这些人气焰如此嚣张，有些害怕。但一想到这几年受的窝囊气，特别是一想到那个居高临下的太后已死，就客气了几声，也就顺着应声耿大将军了。

樊闰再次端起酒樽说："各位大人，樊某自荆州落难到发配到耿大将军的军台效力，一路走来承蒙各位鼎力相助。我大汉乃刘氏鸿业，这些年却为邓氏外戚独掌大权，以致皇上有名无实，连耿国舅这个真正的国舅都不能掌握军机大权。那个邓骘，仰仗其妹独揽军权，兄妹二人独霸朝廷近二十年。

二人听任那杨老夫子信口雌黄,变法选官,为自己招募心腹,就是限制我等人家之势力,以免对他们的政权形成威胁。这些年,尔等看看,朝廷都是哪些人受重用?不都是邓氏集团的人朝中当权吗?杨震、杨伦、虞放、高舒、朱冲等人,哪个不是邓氏心腹?哪里有我等的地位?现在,邓后驾崩,皇上亲政,耿国舅,你也要名正言顺地当国舅、大将军,好好地替你的外甥治理大汉江山,我们不能眼看着刘氏江山继续操控在邓氏这帮外戚手中啊!"

若不是在狱中将弟弟灭口,谢恽因为那年考试舞弊,差点儿就被查处,所以,这些年除了公务,一直龟缩在家。今日一听樊闳请他赴宴,不来怕得罪了樊家兄弟,来了怕被人说是暗结死党。刚刚听了樊闳一席话,吓得浑身打战。这不是在图谋不轨吗?一旦被人知道,必将被朝廷满门抄斩。

可江京的儿子江勇不一样,他对杨震及邓氏家族早怀恨在心,见状连忙附和着说:"诸位叔伯,樊叔此话有理。耿国舅理当是大将军,理应掌握我大汉军权。"

"是啊,我大汉军权岂能让邓氏专断!"樊丰积极附和着。

耿宝原本就心里憋屈,听这几人一说,想想真有道理。自己现在就是名正言顺的国舅了,那大将军还要由邓骘这个过时的国舅来担任吗?保护皇上、保护刘氏基业,只有自己才理所当然啊!

樊闳见耿宝闷头只喝酒不说话,知道他心里不好受,就端起酒樽又敬给耿宝:"大人,夺回兵权事不宜迟。如果那邓骘和杨震联合起来动用军权威胁皇上,只怕皇上年轻,少不更事,也不是那两个老家伙的对手啊。那俩老东西,一个有兵权,一个掌握朝廷大权,长久下去,只怕生变啊!"

耿宝点点头:"依大人的意思,该如何行事?"

樊闳压低声音,与耿宝窃窃私语。

几个人走时,樊彪去送。屋里就剩下樊丰和樊闳。

樊闳叹口气说:"兄长,你看彪儿老大不小的了,从外边做生意一回来,就跟那个伯荣混在一起,这叫什么事儿!说娶不娶,说断不断。"

樊丰一听说侄子与那伯荣的私情,心中甚喜。樊丰知道,那侄子自小不学

无术,就是个浪荡公子,好人家的女儿也未必愿意跟他。这王圣的女儿伯荣,虽然跟皇上有过那么一段私情,已不是什么黄花闺女了,但正好可以利用伯荣与皇上的那段感情做点文章。樊丰想了想,十分赞成樊彪与伯荣的婚事,随即表示:"兄弟,这是一桩好事,有时间兄长就亲自去王圣家说媒。"

樊闰一听樊丰也赞同这门亲事,心里就更有底了,便说:"这桩媒就靠兄长了。兄长,弟弟还想给你说,弟弟那事,你也催紧。你看,兄长在宫里,虽说是皇上身边的人,但终归还是伺候人的。而弟弟我自荆州落难以后,一直猫在家里,像一个贼一样不敢见人。朝廷现在还是邓婆子家族和杨震掌权,这两家都是咱们樊家的克星。咱们兄弟二人,只要有一人能在朝廷掌实权,那咱们樊家还愁没有世代荣华?"

樊丰点点头,道:"兄长知道。兄长最近一直在为弟弟的翻身奔波。这些年,邓氏这帮外戚把持朝政,把我们这些宦官整惨了,兄长已经联络了几个宦官,准备帮弟弟的忙。你知道,那年你上任荆州刺史,还是那个王圣求她女儿伯荣在皇上跟前说的话。那时,皇上说话还不算事,现在不一样了。皇上亲政,一人说了算。听说彪儿最近从西域进了很多好东西?你只要铺好这条路,以后,没有你办不成的事。王圣是当今皇上的奶娘,皇上很看重她这个奶娘。记住,王圣这个人出身低微,因此,非常爱财。杨震他就是一个古板、乏味、缺乏人情味的人,他虽然成了托孤大臣,虽然是帝师,但皇上不一定喜欢他。你只要抓住了皇上的心,那还不是要什么就有什么?"

樊闰一听,茅塞顿开。他想:是啊,在宫中,并没有人看得起王圣,多少给她些好处,那王圣便会扑着身子给你卖力呢。嗯,抓住王圣这条不起眼的长线,不怕将来钓不到大鱼。想到这儿,他赶紧起身走进密室,备了一份厚礼,好让兄长拿着,借机会去见王圣。两人说着话,这时,樊彪送客回来了。

樊闰转念一想说:"兄长,能不能这样,趁着彪儿在屋,趁着天黑,让彪儿提着东西,现在就跟兄长去送给王圣?"

樊丰一看时间有些晚,有些犹豫,但还是咬着牙说:"行,这就去!"

两人好不容易叫开皇宫大门,来到王圣家。樊彪从一个套袋掏出那条豪华毛毡递给王圣道:"阿母,朝廷与西域通商,父亲专门让人从西域给阿母和荣儿带来了豪华毛毡和苏合香,都是上等贵族用的。因白天人多眼杂,父亲就让孩儿晚上送过来了。"

王圣迫不及待,将蜡烛举在眼前仔细地边看边摸,抓着柔软舒适的豪华毛毡和香气扑鼻的苏合香香水瓶爱不释手。王圣脸上乐得像一朵花:"这些都很贵吧?"

樊彪毫不在意地说:"不贵,一条毛毡也就黄金十斤,一瓶苏合香水也就黄金五斤。"

王圣惊喜道:"我的妈呀,毛毡黄金一万两,香水黄金三千两,你父亲也太破费了!"

樊彪说:"只要您和荣儿高兴,不怕破费。孝敬您,就是孝敬我老岳母啊!再说,荣儿很快也是我父母的儿媳妇了,对吗?阿母,天也晚了,我就先走了。"

王圣眉开眼笑,合不拢嘴。樊丰借机与王圣在一起嘀咕樊彪与伯荣的婚事。

安帝刘祜亲政,真正独掌天下的帝王生涯开始了。

一早,阎皇后带着其他嫔妃走进长乐宫,与宫女一起为安帝梳好头、戴好皇冠,阎皇后亲自为他穿上龙袍,系好绶带,再三叮咛,朝堂之上要沉着冷静,然后前呼后拥送安帝上早朝。这天,阎皇后也焕然一新,她身穿淡黄色襦裙,丝带系扎,衣上绣有精美华丽的凤头,腹前的丝带上系着帝后佩带的黄赤绀缥的四彩印绶。脸上敷施粉黛,显得极白,颊上施朱,显得红润。他们走过廊道,沿道的所有宫女宦官皆拜伏于地,齐声问安。

这天,长乐宫崇德殿的地上均铺满了新换的红地毯。

在众多宫女宦官高擎羽扇的簇拥下,安帝身穿绣龙黄袍,头戴前后有十二条白玉垂旒的冠冕,从容登上丹墀,在宽大的御案后面,威严地、煞有介事地、志在必得地坐下。

今天是他独理朝政的第一天,为了这一天,他不知道熬了多少年。

以前,他的身前一直有一位太过强大的母后,他曾为自己软弱的性格而痛

心疾首。现在，自己已近而立之年，该是意气风发、大展宏图的时候了。他要放开手脚大干一番事业，让文武百官、让世人看看他刘祜没有了太后辅佐，可以把刘氏江山社稷维护得更稳，发展得更强大。此刻，面对台下文武百官，安帝十分冷静。

台下，文武百官齐声高呼："吾皇万岁，万岁，万万岁！"

"众爱卿，平身吧！"安帝抬手示意。

安帝坐在高高的殿堂之上，平生第一次真正体会到了皇上威仪天下的感觉。

大臣们纷纷站立起来。

安帝尽量想把气氛搞得热烈点，可是，文武大臣好像一切如故。

安帝情绪受了点影响，但还是冷静说："樊常侍，宣旨吧！"

樊丰展开圣旨，清了清娘娘腔宣道："奉天承运皇帝，诏曰：着将年号改为'建光'，以示建立新气象之意，并大赦天下。钦此！"

樊丰又说："大汉从今日起，由皇上亲政，均以圣旨和皇上玉玺为凭。"

由于最近朝廷一切都好，又刚刚经历了太后葬礼，没有什么大事情，安帝也没有什么多说的。樊丰娘娘腔喊着："有本上奏，无本退朝！"

杨震出列说："臣有本上奏。"

安帝说："杨太傅，请讲吧！"

杨震说："自我大汉与西域各国恢复通好通商以来，三年多时间，有人在青州的东莱以朝廷的名义收购商货，从而走私，运往西域。"

安帝迟疑了一下，说："哦？有这等事情？呈上来吧！等朕阅后再议！"

邓骘连忙上前几步："慢！皇上，走私商货，触犯了我大汉律法，这等大事，应着廷尉府会同大司农立即追查，以正国法。"

汉安帝又犹豫了一下说："那就按邓爱卿所奏，先由大司农追查。退朝！"

邓太后去世后，杨震给安帝的最后一次讲课，使得安帝很不愉快，杨震也很是惊诧。这是安帝第一次独理朝政的这天下午，杨震来到御书房。安帝的神情表现出：朕已经独理朝政，太傅的课还需要讲吗？就好像已毕业的学生，对老师说:"我已经毕业了,还需要你教吗?"

杨震没有理睬这些,开始讲道:"皇上,在过往的历朝历代,都有一些帝王在亲政期内,自然灾害频发,民不聊生,流民遍野,这叫天谴。根本原因就是这些帝王没有顺应天理,贪欲过剩,苛捐杂税过重,各级官吏盘剥人民造成的。古代圣贤所著的经书,千言万语都是教人明事理、少欲望。就是说,人不能太贪。皇上务必要像历代的明君那样,少一些欲望,多给老百姓一些实惠。"

安帝听到这里,自然心里不高兴,脸上也挂不住,但表面上还是要装作谦虚大度,就说:"太傅,那你说说,像这种情况,该怎么办?"

杨震说:"上行下效,如果上边贪欲过剩,下面的奸臣更是欲壑难填。如果那样,皇上一定得像历代明君那样,亲贤良、远奸佞,多拨钱粮救济百姓,减免赋税,继续巩固邓太后临政时国运昌盛的局面,使老百姓享受到实惠,并全面完善赋税制度。"

对汉安帝来说,太后在世时,杨震作为帝师、太傅,起初的讲课,安帝还认真听讲。可后来,他到了亲政年龄而迟迟不得亲政,这时杨震的讲课,他就已经开始不耐烦,甚至越来越不想听杨震的话,对这类苛刻的限制君权的话厌恶到了极点。杨震语重心长的循循善诱,在他看来早就是唠叨、啰唆、管得太多,觉得杨震夫子气十足。

特别是太后驾崩后,杨震今天的讲课,安帝就觉得更厌烦,不想听。在以前,遇到这种情况,他自然喜欢听樊丰、樊闰的进言,因为无论是樊丰、樊闰也好,还是王圣、耿宝也好,他们都知道安帝心里想的是什么,他们话都能说到安帝的心坎上,他们做的事都是不用安帝开口他们就猜到了的。这时,他对杨震的讲课开始敷衍、打哈欠,杨震有些吃惊,但还要讲。

安帝说话了:"太傅,朕累了。最近一阵为太后办理葬礼太累了,今天就讲到这儿吧。朕现在开始理政,政务繁忙,以后的讲课也就不要墨守成规,不劳烦太傅了,朕什么时候需要再讲,朕会命人告知太傅。"

杨震听到这儿,愣怔怔地看了安帝半天。

杨伦奉命前去东莱查办走私杂丝一事，一连几日过去，那黄县县令陆原推诿，说话颠三倒四，就是不往正题上说。

杨伦说："陆大人，有人冒充朝廷官员走私丝绸，难道你一点儿没有觉察到？"

陆原说："杨大人，我们这些小县令长年待在县衙，朝廷里的人，你说我们认得几个？他们来时都带着公文，我们能不给办吗？我们谁也得罪不起啊！"

杨伦说："那公文呢？拿出来让本官看看。"

陆原哭丧个脸说："公文他们只是给下官看了看就带走了。都是朝廷来人，人家不给，我们也不能强要不是吗？"

杨伦明知道陆原是胡说八道，但苦于找不出证据，便说："那年在东莱打击豪强恶霸汪虎兄弟，不是你有立功表现，杨大人也不会放你出来，哪能让你当这么多年的县令？你今天如果不如实交代，等禀奏了杨大人，定不会轻饶你！"

陆原差点儿都哭出来了："杨大人当年不罚之恩，下官没齿难忘，但是下官确实不知走私人的情况啊！"

杨伦见在陆原这里没有收获，速速回去禀报了杨震。杨震一听火冒三丈。这个陆原，那年不是念他有立功表现，早就罢免了他的县令了。这些年了，还是占着位子不谋其政，身为县令，参与走私，还一再包庇犯罪之人。于是责令杨伦带上周广，次日一早去往东莱，带回陆原。

长乐宫嘉德殿内，安帝在认真批阅奏折。

站在旁边的樊丰听见安帝轻咳了一声，连忙拿来披肩给安帝披在身上。

安帝看了一眼欲言又止的樊丰道："樊常侍，你有话就说。"

樊丰小心翼翼地凑上前去："皇上，奴才有几句话，憋了好久，一直不敢说。"

安帝摆了摆手："朕恕你无罪，说吧！"

樊丰直了直腰："奴才斗胆。奴才觉得，陛下虽然已亲政，但大将军这些人还是管得有些宽。"

安帝说："邓国舅受托辅佐朕，他也是为了大汉的江山社稷考虑。"

樊丰诺诺地说："宫外议论颇多，说大将军毕竟是外姓人，一人独揽军权，一旦他心生变故，恐朝廷无法控制。那日，皇上第一次独理朝政，在朝上，杨太尉说起东莱走私一事，皇上已经说了等阅了奏折后再议，可大将军却出面阻拦皇上，非要皇上当时就下旨追查。奴才以为，追查个走私本是小事一桩，也没有必要如此着急，可大将军却小题大做，当着满朝文武逼着皇上依他所说下旨。众官看在眼里，多有不服，说大将军这是想控制朝廷，控制陛下您。"

安帝有点烦乱，说："都是谁在这里无事生非？大将军也是为大汉朝廷着想。再说了，他的做法，也无碍朕。"

樊丰又凑近一步："奴才以为，皇上现在是一国之君，也有自己的施政想法了，大将军他们这样……"

安帝恼怒地打断樊丰说："樊丰，以后再不许说这类话！"

樊丰赶快退下站在一边。

这时，阎皇后走进来，后边跟着一个宫女，宫女手上端着一个小盘，盘内放着一碗参汤、一小碗漱口水，旁边还放着一块丝帛擦嘴巾。这是阎皇后要御膳房专门为皇上做的。这时，阎皇后亲自给皇上端上那碗参汤服侍皇上喝下，喝完了等皇上漱了口、擦了嘴，又帮他整理了一下披肩，温柔地说："皇上今天已经批阅了一整天的奏章了，这样长久下去身子可受不了，皇上还是早点歇息吧！"

阎皇后回头看了看樊丰，又接着说："樊常侍，大将军乃太后之兄弟，虽然是邓姓，远了些，可怎么着也算是皇上的舅舅，皇上待他不薄，想来他应该不会存什么谋逆之心。朝廷百官的担心皇上自然能理解，但大将军毕竟是托孤大臣，皇上也不能不看重。你素日与众大臣来往颇多，也可多作留意，若发现风吹草动，定要及时报与皇上。太后这一去，免不了会有些许动荡，毕竟太后临朝近二十年，在朝中也有不少心腹之人，那些人会不会对皇上忠心，还要日久才能见人心。"说完，搀扶着皇上回到寝宫。

樊丰听了阎皇后的话,知道阎皇后话中有话。

安帝与阎皇后回到寝宫后,也感到身心疲惫,随后就与皇后共寝歇息了。

樊丰看到安帝已经熄灯就寝,便回到自己的住处。

夜幕降临,一个年轻的宦官看见几个老宦官神神秘秘走进樊丰的住处。他叫永信,一向看不惯樊丰这帮老宦官的做派,也就不被樊丰看中。

樊丰一进门,屋子里五六个宦官忙站起来打招呼。樊丰先是吓了一跳,一看是自己叫来的那些宦官,松了一口气。

这些人,有的坐在床上,有的则站立着。

樊丰说:"叫你们来,就是有大事相商。"

一个老宦官说:"樊常侍,有什么事就说,我们听您的。"

樊丰小声说:"你们都知道,在和帝时期,我们宦官,哪一个不是受皇上重用?可是,邓婆子当政以后,就改变了,专用外戚,大用他们邓氏家族的兄弟,把我们这些宦官打压了近二十年,一直抬不起头。现在邓婆子死了,该是我们这些宦官兄弟出头的日子了。"

另一个宦官说:"樊常侍说得对,该是我们宦官出头的时候了。樊常侍,你说咋办就咋办!"

樊丰说:"眼下主要是保护皇上,不让邓氏外戚们再把持朝政。咋个去做,你们听我的就是了。但是,一定要保密。谁走漏了风声,我就拿他的尸首去喂狗!"

这些人都知道,多少年来,外戚与宦官是一对死敌,在朝廷,宦官要想存活,必须铲除外戚,把持朝廷。他们都一直向往着效仿前朝宦官中常侍郑众。当年,和帝年少,窦太后专权,利用外戚——自己的兄弟窦宪把持朝政,和帝依靠并联手宦官郑众,铲除了窦氏一党。

因此,樊丰在朝廷内,打着保护宦官的幌子,秘密组成了一个以自己为首的"宦官集团"。"宦官集团"的成员有孙程、王康、王国、黄龙、彭恺、孟叔等七人。樊丰几次欲像郑众那样,与安帝联手,铲除邓氏家族,可是,安帝刘祜不像和帝刘肇那样圣明果敢,使他的愿望迟迟难以实现。

这时,只见樊丰给那些宦官一个个小声交代着什么,那些宦官一个个点着头。他们密谋了一炷香工夫,然后,一个个溜出来,回到各自的住处。

夜已深了,皇宫大院静悄悄的,除了巡夜的侍卫,整个大院进入了梦乡。

从皇宫高墙之外可以听到,那些好心的算黄鸟还未栖息睡去,而是一边叫着"算黄算割!算黄算割!"一边飞来飞去,告诉农夫们赶快收割麦子。

这时候,两个黑衣蒙面人从长乐宫房顶上飞下来,一个在黑暗中躲起来,另一个走近宫门口。宫门口的两个侍卫一看有人近前,就与走近宫门的蒙面人弄刀舞剑打了起来,并喊着:"有刺客!有刺客!"这时,躲在暗中的那个蒙面人轻快地跑到宫门口,但没有进宫。黑暗中,只见一个黑影轻轻地从里边打开宫门出来,把一个什么东西递给走近宫门的那个蒙面人。瞬间,那个黑影和接东西的蒙面人都消失在黑夜中。

宫门口不远处与另一个蒙面人搏斗的两个侍卫,还在边搏斗边喊,蒙面人敌不过两个侍卫,便退着退着,退到黑暗处,瞬间,转身不见了。

寝室内的安帝在睡梦中听到了,一骨碌起身,拉着皇后急忙躲进密室。

这时,两名侍卫举着点着的蜡烛跑进来,找不到皇上。过了一会儿,才见穿着绸缎中衣的安帝与皇后出来。侍卫们看看皇上安然无恙,便禀报:"皇上,有两个蒙面刺客,在宫门口与我们俩打斗了好一阵,我们正要把刺客拿下时,刺客反身跑得不见影儿了。让皇上受惊了!"

安帝说:"怎么,今晚宫门口只有你们两名侍卫?袁礼袁爱卿呢?"

袁礼气喘吁吁地跑着进来说:"微臣失职,请皇上发落!"

安帝说:"这个时候,皇宫怎么会出现刺客?刺客想干什么?"

袁礼说:"臣带人一直追赶,那两名刺客武艺高强,我们追到皇宫高墙下的时候,刺客飞上高墙,逃走了。"

安帝说:"加强宫内护卫,宫门口至少十人!"

袁礼说:"皇上安心休息,今晚臣亲自守卫。"

安帝整理了一下慌乱的情绪,对袁礼说:"没事了,你们都退下吧。"

今天又是上朝日,一早,三公九卿、文武百官,皆乘着自己的坐骑或车驾,从洛阳城的大街小巷纷纷向皇宫内的长乐宫驰来。

长乐宫外,杨震看到那矮胖身材、依然留着山羊胡子的樊闰也来上朝,很觉意外。心想:怎么,樊闰不是被革职发配到西北雍营军台效力了吗?怎么在这儿?而樊闰也远远一眼望见了杨震,心里不觉一惊,想不到在这种场合遇见。

这时,杨震冷着脸扭头朝宫里走。

可樊闰连忙笑脸相迎:"杨大人,别来无恙?没想到老朋友在这儿相遇了,呵呵!看来,杨大人一直还是公务繁忙,为朝廷效力。"

"怎么,死灰复燃了?"杨震冷笑一声,停下对樊闰说。

樊闰嬉笑着,仍然操着他那破锣嗓音说:"准确地说,是皇恩浩荡,再受重用,嘿嘿!"他不愿说是皇上"大赦天下"让他出来的。

杨震也笑笑:"怕是死里逃生吧!"

樊闰依然嬉皮笑脸:"随大人怎么说吧!可不管怎样,我樊某现在也是京官,与你同朝为官,杨大人不会再参奏弹劾同僚了吧?"

杨震又冷冷笑道:"哼,你听着,以后就看你这个京官在为谁办事。若为老百姓办事,那杨某啥话都不说;若还是干着贪赃枉法、草菅人命、鸡鸣狗盗的勾当,哼,那就休怪杨某目无大人,不讲情面,照参不误!"

杨震几句话气得樊闰火冒三丈,恨不得即刻砍了杨震的头。但想想杨震是皇上的太傅,身后有皇上撑腰,这会儿得罪杨震,定对自己不利。心想:哼,君子报仇十年不晚。先稳住你,老夫子,走着瞧!

想到这儿,樊闰的脸上一扫刚才的愤怒,一下子堆满笑容:"杨大人哪,咱俩今生真是有缘哪。荆州一别,十多年后,又聚京城。过去的事情就不要再提了,这次入朝任职是皇上对樊某的信任,以后咱们还是老朋友,樊某的事,还望杨大人多多关照。"

杨震愤怒道:"朋友?你是什么人,我是什么人?我杨某今生今世交朋友绝不会交你这样的狐朋狗友!"

樊闰当下面无血色,呆若木鸡。

邓太后驾崩后,樊丰、樊闰兄弟俩趁太后大丧期间,把樊彪在西域通商走私挣来的钱,阔手送给王圣,贿赂王圣,求王圣在皇上面前求情,把樊闰召回京城安置。王圣欺瞒皇上，说樊闰在雍营军台效力三年，日夜惦记皇上，如今得知太后驾崩，求皇上把他召回京城为太后吊孝守灵。又说樊闰是有功之臣，其情应予以照顾，妥善在京安置。安帝正在悲痛之中，答应王圣，暂可从军台调回，居家待罪，其他事，等太后大丧过后再议。

在汉代，国家有喜庆大典，如新君登位、立太子、册封皇后，以及度过水旱灾害等，皇帝常常颁布大赦或特赦令，通过这些方法，将司法大权操纵在自己手中。

太后驾崩，安帝亲政，樊丰、樊闰两兄弟利用这个喘息的机会，再用重金收买王圣。太后大丧过后，王圣再次向安帝求情，借安帝亲政后"大赦天下"之机，对樊闰予以起用。

王圣说："皇上，阿母天天为您操心哪！您看身边肯为您效力的皇亲国戚，刘凯皇叔被逼退家，刘章皇叔被太后、杨震逼死，剩下个耿国舅还老不在身边，你身边还有谁？你身边得有自己的人，你看邓骘那帮外戚，先有杨震，后来又有杨伦、高舒、朱冲、虞放一伙，一旦真的有风吹草动就不得了了。樊闰虽然被太后发配军前效力，但历朝历代罚而复用的人多的是，况且当年是皇上您一手扶持他当了荆州刺史，这时候，您趁着'大赦天下'之机，赦免他，让他出来为您效力，他一定会为您卖命的，在朝廷也更能彰显皇上的仁政盛德，百官更加会拥戴效忠皇上。"

王圣的话终于打动了安帝。尽管皇上"大赦天下"，但是，像樊闰这样负有累累命案的重刑犯，特别是欺瞒皇上，三年根本不到军前效力的罪行，是要杀头的。然而，在王圣的一番蛊惑下，樊闰还是很快被重新起用，明里到户曹做了侍郎，暗里又在尚书台以尚书台副长官尚书仆射身份侍奉皇上。

樊闰初次参加早朝，在他前后左右的文武百官，都像是看一个怪物一样，斜着眼睛看着他，看得他浑身不自在。

大殿之内，文武百官齐声跪拜皇上："吾皇万岁，万岁，万万岁！"

安帝挥挥手："众爱卿，平……"

安帝还没有说完，一个宦官急匆匆走到樊丰跟前，跟樊丰嘀咕了什么。樊丰转身附在安帝耳朵旁小声说："皇上，昨晚刺客入宫，偷走了皇上的

玉玺！"

安帝惊慌失措，脸色大变："什么？昨晚刺客入宫，偷走了朕的玉玺？"

"什么？皇上玉玺被盗？"殿下文武百官听到皇上玉玺被盗，都一脸惊愕，霎时间，议论声盖住了安帝的声音。

安帝十分慌张，大声喊着："众爱卿在此稍候，任何人不得出宫。邓爱卿、杨爱卿，随我到宣室！"

宣室是长乐宫崇德殿侧的一个小议事厅，也称嘉德殿，地方不大，但陈设富丽堂皇，是皇帝召见心腹大臣、举行高层议事、接见外国使节的正式场所。安帝让文武大臣在大殿候着，他则来到宣室，与两位托孤大臣商量玉玺被盗的事情。

宣室内，安帝心神不宁，走来走去："皇上玉玺被盗？哼，我大汉三百年历史上不曾有过，传扬出去还不惹天下人耻笑？两位爱卿快快替朕分析分析，刺客入室，那么多金银珠宝不盗，为何偏偏偷走朕的玉玺？"

杨震与邓骘相对无言，一时也弄不清楚怎么会出了这种事。长乐宫是大汉朝廷的权力中枢，也是皇上听政和安寝的地方，内外禁卫森严，怎么可能发生玉玺被盗？邓骘沉闷地站在一边，静静地思忖着。

杨震问安帝："皇上，昨晚宫门口共有几名侍卫？"

安帝说："两名。"

杨震问："平时最少都有四名侍卫，为何昨晚只有两人？"

安帝摇摇头："这要问袁礼。"

杨震又问："刺客在宫中停留了多久？"

安帝想了想："从朕听到外边喊声，到侍卫他们赶到宫中，也就片刻工夫。"

沉思片刻，杨震说："微臣以为，这桩'玉玺被盗案'其中必有阴谋。"

邓骘不解地问："会有什么阴谋？"

杨震摇摇头，沉思不语。安帝着急得不知所措，见杨震和邓骘一时也没有好主意，便又急忙传来袁礼、朱冲和樊闰。

杨震一看皇上传来了樊闰，心里一惊。袁礼乃朝廷卫尉，负责皇宫安全；朱冲乃京城洛阳校尉，主要负责率京城捕役，从事查捕奸邪和罪犯。二人皆为朝廷要员。可樊闰算是什么？按理不该传他。可是，皇上怎么……

杨震正百思不得其解，就听安帝直接宣旨说："樊闰三人听旨！命樊闰为钦差，代行廷尉之职，与卫尉袁礼、洛阳校尉朱冲三人协同带人，在宫中查找昨晚被盗的玉玺，所有被怀疑的人，先打入廷尉府大牢，等待听审。"

杨震挺身而出，想要阻止安帝："皇上，此等大事，必有三公一人带……"

这时，樊闰神采奕奕，赶紧岔开话题，阻止杨震说话："禀皇上，微臣以为，玉玺不在宫中，这样兴师动众很难奏效。"

安帝说："爱卿的意思是……"

樊闰说："微臣以为，皇帝玉玺对一般人无用，敢于令刺客自宫中盗窃玉玺，必有预谋。"

安帝问："有什么预谋？"

樊闰说："皇上丢了玉玺，就意味着丢了皇位；偷盗玉玺的人，必然想要取得皇位。"

安帝大怒："大胆樊闰，敢危言耸听！"

樊闰说："微臣绝无别的意思。"

安帝说："那依你的意思咋办？"

樊闰说："依微臣之见，朝廷大臣，凡三品以上的官员，一律不得出宫，而由卫尉袁大人和洛阳校尉朱大人带领羽林军，逐府搜查，若不见玉玺，再行论定。"

安帝问："两位爱卿以为如何？"

杨震说："微臣以为，此策虽是下策，眼下也只能如此。但是，此等大事，必须有三公一人带领才是……"

安帝说："三公都是嫌疑对象，由谁带领？樊爱卿，按朕旨意执行！"

邓骘说："微臣以为，逐府搜查，有些欠妥，只有确定怀疑对象，重点搜查，方能奏效。"

安帝说："几位爱卿，在大臣中，谁可定为重点怀疑对象？"

几个人无一人吭声。

安帝说："那只好依樊爱卿所言，就由他带领袁、朱两位爱卿执行圣

旨吧！"

杨震镇静自若，说："皇上，既然是这样，就先从微臣的住宅搜查开始吧！请皇上差人彻底搜查，以明清白。"

樊闰说："皇上，微臣有顾虑。如果真从哪位大臣府上搜查出玉玺……"

安帝说："樊爱卿，不必顾忌。查出玉玺，无论何人，先打入大牢！"

樊闰说："微臣遵旨！"

樊闰没有想到，他会再度被安帝重用，作为钦差，负责"玉玺被盗案"的侦破工作。

杨宅小院，李树下的蒲席上，柳氏手里拿着鞋底，盘腿坐在蒲席上一边纳着，一边与做针线活的儿媳袁仪在院中拉家常。杨震的孙子小杨赐拿着一把铁锹在院子东边的菜地边挖土玩耍。

杨震妻子柳氏出身于乡绅之家，略知诗书，通情达理，她深知婆婆早年守寡，带着幼小的杨震兄弟二人饱尝了生活的艰辛，因此一嫁到杨家，她就和丈夫一起帮婆婆操持家务。每天天刚亮，三个人就起来下地干活儿，种地、锄地、收割，直到月亮升起老高才回家。三双瘦手磨出了血泡，生了茧子。收工回家吃过晚饭后，待孩子们睡着，杨震趁着月光在院子里劈柴，婆媳二人一个在屋檐下纺线，另一个在堂屋织布机前织布。布染过后，除了给家里老小做衣做被用，其余再拿到潼乡集市上换些柴米油盐回来。杨震夫妇矢志要把五个儿子培养成人，一钱一钱地节省着，以供养孩子们进京入太学院读书。夫妇四十岁左右的时候，就已是满头苍发、一脸皱纹了。

这时，只听柳氏说："这赐儿，脾气性格越来越像秉儿小时候，也像你爹。秉儿做人做事就像你爹一样耿直、执拗。"

袁仪不喜欢敷施粉黛，而喜欢清水出芙蓉，这正与杨家的家风一脉相承，也是受杨秉母子影响。她时常喜欢穿着那种襦裙，长可曳地，行不露足，总给人一种俏丽修长、美若天仙的感觉。

这时，她说："我从赐儿的神气，也就能看到秉儿小时候的神情。"

柳氏说："这爷孙三人，都有那么一股子不达目的不罢休的犟劲儿。尤其是看人的眼神、说话时的语气，简直一模一样。"

这时，小杨赐跑来跟前玩。袁仪说："赐儿，你喜欢外公，还是爷爷？"

杨赐说："都喜欢。就是为啥外公出门，不是骑马，就是乘坐马车，而爷爷出门总是步行？"

柳氏说："你外公是武官，要经常骑马；你爷爷是文官，要与百姓说话。"

婆媳两人正说笑着，瞧见黄六在门口探头探脑。黄六一见柳氏，高兴地边往进走边说："姐姐，你在这儿。"

柳氏一见是黄六，一边让座，一边叫儿媳袁仪倒水。柳氏说："六，你什么时候来洛阳的？到洛阳做啥？"

黄六蹲在柳氏跟前的蒲席上，拉着她的手说："姐姐呀，日子实在过不下去咧！"

柳氏问："咋啦？出啥事了吗？"

黄六说："咱们水峪口村、翎峪口村那一带坡地存不住水，遇到干旱，就薄收……加之，郡里县里不断有人催缴赋税……"

柳氏说："我也刚刚从家里来，今年雨水不是不缺？你是不是又不好好种庄稼，把庄稼耽搁了？"

黄六说："不说庄稼咧。我听说姐夫在朝里当了太尉咧，是皇上跟前的红人，你给我姐夫说说，给我也谋个啥做做。"

其实，黄六并不是柳氏的亲弟弟，他是柳氏娘家的一个远房亲戚，年龄和杨震的三儿子杨秉不相上下。黄六从小父母双亡，柳氏是个非常贤淑的女人，乐善好施，把他当作自己的弟弟管大。不承想，他养成了好吃懒做的恶习，常常在杨震的五个儿子面前以"舅父"自居，怂恿五个外甥向朝廷那些大官学习，享受荣华富贵，受到杨震训斥、柳氏规劝。

黄六说："姐姐，你看人家刘凯做太尉时……"

柳氏说："六，再不敢这样！要勤快劳动，踏踏实实过日子。老二里儿一家不是也在家种庄稼？他看家里弟兄四个都出来了，也想出来。但他因为小时候贪玩，不爱学习，把学业误了。里儿不好开口，他媳妇找我，我就叫他找他

二十 明后驾鹤西去

爹。你姐夫就没客气,狠狠教训了一顿,说他四十几岁,要拿起学业,还不算晚,朝廷现在选拔人才,不论年龄。叫老二媳妇给老二说,要想出来谋事就好好用功,不想出来就好好把庄稼种好,也不能说不是好事情。有时间,多到学馆照看照看,给陈冀帮帮忙。里儿现在在家,一到晚上和农闲时间,就在屋里点松明子下苦功。你说你姐夫对老二都这样要求,他能给你咋说?论年龄你比老二还小,你就把你姐夫给老二说的话听听就是了。仪儿,给你舅舅做饭去,他肯定还没吃……"

柳氏正说着,突然,朱冲、袁礼、樊闰带着上百个羽林军兵士冲进院子。袁礼带着一队红甲战袍的宫中禁卫,跟随樊闰在杨震家搜查。

汉代的廷尉,虽然不是九卿之首,但实际地位很高,可"平决诏狱",直接办理皇上下诏交办的案件,秉承皇上旨意断案。汉代廷尉以冷酷著称,他们戴的帽子是特制的獬豸冠,象征他们像神兽獬豸那样公正、神圣不可侵犯。

樊闰接受圣旨以后,很快戴上了獬豸冠,冷着脸,带着人,来到杨震的住宅。

柳氏惊得站起来,和袁仪都一时不知如何是好。柳氏赶紧去抱小杨赐。

袁仪正要问哥哥袁礼,但见哥哥的岳父樊闰一脸凶相,也就没有开口。

朱冲抱拳对柳氏说:"夫人见谅,今是履行公务,奉旨搜查杨宅,请包涵。"

柳氏和袁仪吃惊地看着那些人,手足无措。在慌乱中,没注意到黄六不见人影了。

羽林军兵士一部分人冲进屋里几间房挨个翻箱倒柜,被褥都被揭起来扔到地上。还有一部分人在院子里所有能藏东西的地方,包括鸡窝等都进行了搜查,惊得鸡飞娃叫,乱七八糟。

樊闰站在院子里转着,先是看着普普通通的居家小院,又抻着脖子挨个看着普通的三间西厢房。当看到一个房门脑有"心系天下"四个字时,不觉笑了。

樊闰又看着杨震妻子柳氏,穿着朴素,就是一个普通民妇,根本不像人们想象的太尉夫人,他有些纳闷:都说人为财死,鸟为食亡。真想不明白,这个老夫子为啥要当官？难道他真的是书呆子，不明白人、鸟生存的意义？但一想到杨震这些年一直跟自己过不去，这笔账一直没有算，就狠下心来：反正在这个朝廷，有你杨震就没有我樊闰，有我樊闰不能有你杨震，我与你杨震不共戴天！

搜遍了整个屋内院子，兵士们都两手空空来报："袁将军，院内搜遍，未见玉玺！""朱大人，搜遍屋内，未见玉玺！"

朱冲瞥了樊闰一眼，说："樊大人，走吧！下一家到哪儿？"

樊闰说："我看咱们还是按官职大小，由高到低，下一家就去邓府。"

说着，樊闰便急急忙忙带着一班人马来到邓骘府上。

邓府大厅内，樊闰冷着脸站在厅中，朱冲、袁礼站在厅外院子，看着兵士们在搜查，邓府上下百口人全被赶到屋外。一时间，邓府人仰马翻，尘土飞扬，床下柜里、被褥枕中，都被兵士们翻了个遍。

这时，一个留着小胡须的兵士，突然提着一个锦绸包袱从内屋跑了出来，几个人围过去打开包袱和锦盒，兵士们没有见过玉玺，不知道这是什么。袁礼一看，禁不住大惊："正是皇上的玉玺！"

袁礼和朱冲四目相对，包括院子里所有的人，一下子都被惊呆了。

二十一　邓氏满门遭抄斩

这时,樊闰嘿嘿冷笑着对院子里站着的邓府的人说:"真没有看出来,这邓大将军也会做这等忤逆之事。传令,邓府所有人等不许出大门一步,等候发落!"

樊闰怀抱锦绸包袱,在百十号羽林军卫士的保护下,急急忙忙跑进宫去。

崇德殿上,文武百官面面相觑,正议论纷纷,忽听樊闰来报:"皇上,玉玺找到了!玉玺找到了!"

文武百官紧张地列于殿下。

安帝大声说道:"樊丰,呈上来,验证!"

樊闰双手捧着那个锦绸包袱战战兢兢呈了上来,樊丰接过锦绸包袱,放在御案上,打开包袱,里边是一个锦盒,打开锦盒,一块方方正正的玉玺安然无恙地放在里边。樊丰反复查看后,回头对安帝道:"回皇上,经老奴验证,正是宫中被盗的玉玺。"

这传国玉玺为秦始皇所制,由李斯监制,以著名的和氏璧为料,四寸见方,白润光亮,上纽为五龙盘卧,印文为李斯撰写的"受命于天,既寿永昌"八字篆文。

安帝看着樊闰,严肃地说:"樊爱卿,讲,玉玺是从哪里搜出来的?"

大殿内静得出奇,所有人都紧张地屏住呼吸听着。

樊闰故作表情沉重,似乎很害怕,吞吞吐吐地说:"启禀皇上,经微臣与卫尉袁礼、洛阳校尉朱冲,带领羽林军百人,共查朝廷大臣府宅两处,最终在……在……在邓大将军府中发现玉玺。"

百官一听，满朝皆惊，大堂上一片静默，都被这意外事件吓呆了。连安帝也都被惊得瞠目结舌，愣怔在那里。

堂下的邓骘不敢相信自己的耳朵："樊大人刚才说什么？"

樊闰嗫嚅地说："玉玺的确是……是……是从大将军府中找到的。"

邓骘稳了稳心神，随即哈哈大笑，一副从容不迫的样子。邓骘看着樊闰，又回头看看袁礼和朱冲，他想从这二人眼中得到否认。可是，袁礼和朱冲同时无可奈何地点点头，满眼愧疚地低下头。

邓骘这时恍然大悟，原来杨震所说的有阴谋，果真是个大阴谋啊！玉玺在他府中找出来，他现在就是浑身上下长满了嘴也说不清啊！看来，太后百日未过，那些人已经等不及了，那些黑手已经伸向他了。大难临头啦！邓骘在心里哀叹着。

邓骘失望至极，他说："微臣以为，做人是光明正大还是卑鄙邪恶，天地自知。盗窃玉玺，绝非微臣所为，也不想为自己辩护，只相信皇天可鉴。微臣受太后和皇上宠爱，定为托孤大臣，尽力辅佐皇上，若有尽职不到，微臣甘愿受罚。若说微臣有悖逆之心，纯属诬陷！"邓骘说完，跪地磕头。

安帝本是善良之人，被邓骘的纯朴和诚恳之心打动了，心肠一时软了下来。他想，看样子，盗窃玉玺确实不像邓骘所为。但是，这玉玺从邓府中搜出做何解释？再说邓氏多年把持朝政，使自己迟迟难以亲政，这可是铲除邓氏一党的好机会啊！于是他一挥袍袖说："玉玺从大将军府中搜出，无论大将军有无悖逆之心，都难逃干系。朕决定先免去你的大将军之位！"

安帝把恼怒的目光投向邓骘，邓骘迎着安帝的目光，冷笑了几声："我已经预料会有这么一天的，只是万万没有想到，这一天来得如此之快啊。哈哈，看来有些人实在是等不及啦，哈哈！"

安帝见邓骘像疯了一样哈哈大笑，有些毛骨悚然，他急匆匆地说："来人，把邓骘带下去！"

几名羽林军卫士冲进来，上前围住邓骘。

安帝说："在查明玉玺被盗原因之前，邓骘居家待旨，不得出府。"

邓骘回头看着安帝哀怨地问道："难道皇上真的相信是我邓骘盗窃了玉

玺，怀疑我有谋逆之心吗？"

安帝犹豫不决，不知道该如何回答。这时，耿宝急忙站出来说："皇上，臣请陛下明察。臣以为，玉玺既然是从大将军府中搜查出来的，那大将军自然脱不了干系，应立即将邓骘打入廷尉天牢。邓骘盗窃玉玺，图谋不轨，犯有谋逆之罪，应以汉律严惩！"

谋逆可是大逆不道、犯上作乱、夷灭九族的滔天大罪。

杨震这时挺身而出，急忙跪奏说："皇上，大将军对皇上忠心耿耿，天地可鉴。玉玺被盗一案疑点重重。皇上寝宫素日最少都是四个侍卫护卫，为何事发当晚值夜的只有两人？盗贼为何对宫中如此熟悉，在很短的时间内就找到了玉玺？如果是大将军所为，怎么会将被盗的玉玺藏于自己府中？这分明是有人故意陷害大将军，臣恳请皇上明察！"

群臣又是一惊，接着殿内顿时响起嗡嗡的议论声。

樊闰乞求似的说："皇上，臣出宫前，皇上有旨在先，查出玉玺，无论何人，一律打入廷尉府大牢。皇上，圣旨不可改。朝令夕改，有辱皇威啊！邓骘须得押入廷尉府大牢，不得居家待旨。居家待旨，恐生变故。"

"皇上，大将军肯定是冤枉的，请皇上三思，不得打入大牢！"众臣纷纷跪求。

此刻，大殿之下已跪倒一片。

杨震接着说："臣奏请皇上，玉玺一案，有待于进一步查证落实后再议。微臣以为，在玉玺被盗案的背后，可能隐藏着更大的阴谋。未查清楚前不得限制大将军。"

杨震、袁贵、杨伦、虞放、高舒、朱冲紧紧站在一起，力挽危局。

六人跪地，同声恳求说："恳请陛下，玉玺一案待查清后，证据确凿，再打入大牢不迟。"

其他官员也纷纷跪地，为邓骘求情。

安帝左右为难，极为犹豫。

这时的安帝，既不完全相信邓骘能盗取玉玺心存谋逆，又没有证据来澄清玉玺为何藏在邓府。既然从邓府搜出玉玺，那势必要依照汉律严查严惩。

安帝看看大殿之下：一边是樊闰、耿宝等人不停地敦促他快下圣旨，将邓骘打入大牢；一边是杨震、袁贵等人恳求他再做细查，然后再打入大牢。安帝十分犹豫，显得优柔寡断。

樊闰见安帝瞻前顾后，顾虑重重，便悄悄给耿宝递个眼色。

耿宝随即跨出一步说："陛下，当断不断，必有后患。"

站在安帝身旁的樊丰也小声给安帝递话："皇上，心慈手软为君王之大忌。"

安帝犹豫了很久，像是无可奈何地下定了决心似的，匆匆忙忙说："樊闰接旨！先将邓骘押入廷尉府大牢，由樊爱卿奉旨追查落实。择日再议。退朝！"

群臣跪地不起，齐呼："皇上，不可，万万不可，不可将大将军打入大牢！"

安帝一看，群臣这是给自己示威呢，心里十分不悦，大喊一声："退朝！"然后甩袖就自顾自走了。

退朝后，偌大的殿堂里空荡荡的，只剩下杨震孤身一人，他艰难地从地上起来，两条腿因跪得太久已麻木，他摇晃着缓了一会儿，拖着沉重的脚步离开大殿。

回到太尉府，杨伦、虞放、高舒、朱冲几人都已等候在那里，都非常着急，都在竭尽全力想办法营救邓骘。

杨伦见杨震心情沉重地回来了，便先开口说："恩师，我们商量了半天也没有太好的办法，现在只有您能力挽狂澜了，恩师是否有良策？"

高舒说："恩师，大将军落在樊闰一伙人手上，怕是凶多吉少。"

杨震说："大将军一事，目前有两个关键：一是尽快查出玉玺被盗真相，还大将军清白；二是尽快稳定皇上的心，坚定皇上的态度。"

虞放说："恩师，您说咋办？总之，得尽快想办法。"

杨震说："我们现在分头进行：其一，保护好狱中的大将军；其二，稳住皇上的心；其三，尽快查出玉玺被盗真相。樊闰这人在荆州审案，对案犯一向严刑拷打，酷刑齐上，一些案犯由于扛不住罕见的折磨，最后屈打成招，甚至

有的含冤而去。'张生法场喊冤案'名为梁田所为，实为樊闰所使。因此，保护大将军的事情，交给虞放……"

朱冲急着说："恩师，你是朝中三公之首，又是托孤重臣，皇上最信任你，要让皇上坚信大将军不是盗窃玉玺的真凶，只能劳烦恩师了。而查清皇上玉玺被盗的真相一案，就由下官去办吧！下官也是皇上下旨查办大将军一案的成员。"

杨伦说："恩师，是不是让我把东牟的陆县令先抓捕归案，从而查出樊闰、江京两人的儿子一伙走私的证据，把樊闰抓了，先把出头鸟打了？"

高舒这时说："恩师，我会动员我们的御史言官发声。"

杨震说："都可以，诸位分头行动。我和虞放先到牢中探望一下大将军。"

说罢，大家分头行动。

杨震与虞放来到狱中探望邓骘，廷尉府牢狱里大门紧闭。

虞放对狱卒说："狱卒，打开牢门，我们要见大将军。"

狱卒说："大人，请问有樊大人的手令吗？如果没有，对不起，樊大人说了，没有他的命令，任何人不得见邓大将军。"

虞放说："你眼睛瞎了吗？我是廷尉府廷尉丞，你的上司；这是太尉杨大人。"

狱卒说："请两位大人息怒，下差也是奉命办事。因为樊大人说了，他是奉皇上圣旨办事，下差实实不敢马虎，还请两位大人原谅！"

虞放抡起巴掌就想扇那个狱卒的耳光："你……"

杨震伸手拦住虞放："走吧，不要为难他了，他也是受命于人。"

杨震叮咛虞放，设法保护好大将军。然后又回到太尉府。

这时，朱冲匆匆疾步跑来说："恩师，发现了一条重要线索。"

杨震心中一阵惊喜："什么线索？快说！"

朱冲掏出一片丝绸递给杨震："我们在大将军府上查勘现场时，发现在当时搁放玉玺的抽屉棱上，有一小片被刮下的丝绸。我怀疑这是陷害大将军的人，在夜间偷偷搁放玉玺时，不小心被刮破了衣服或披风时留下的。"

杨震接过后，仔细辨认："不错，是刮破的衣裳留下的。而且，这种丝是一种杂丝，我眼很熟，可以肯定，是东莱一带织的。嗯，这是一条很重要的线索。"

朱冲追问道："恩师是说……是樊闰一伙陷害大将军？"

杨震点点头："眼下还不敢肯定，只是推测。你知不知道樊闰身边有一个神秘的心腹？深夜入宫盗窃玉玺，然后又潜入邓府将玉玺放置在书房，没有一点儿功夫的人，是做不到这样神出鬼没的。据听说，樊闰这个神秘的心腹武艺高强，神龙见首不见尾。我前边安排周郎去查过，一直杳无音信。现在的关键是……"

朱冲急切地说："恩师，我去查，定能设法抓住他。"

杨震摇摇头说："以你的武功可能还对付不了这个人。袁郎武艺超绝，可是，他与樊闰又是那样的关系，我难就难在这儿了。"

正好这时袁礼来了，见他们正在议论邓骘的事情，便着急地说："恩师，为大将军这个案子，你看我能做些什么？我父亲、我兄长，一家人都在家里急着等大人的消息呢。"

杨震看着袁礼犹豫了一下："袁郎，有一件事，只有你能办到，但只怕会让你作难。"

袁礼急切地说："恩师，大将军是我的恩公，只要能解救大将军，再为难也不算啥。袁礼与大将军的交情你知道，大将军对袁礼的恩情，袁礼没齿难忘。恩师快说，要我做什么？"

杨震拍了拍袁礼的肩膀："不愧为将军之后啊！老夫要说的是，据说你岳父樊大人身边有一个神秘的心腹，这个心腹武艺高强，神出鬼没。大将军肯定是遭人陷害的，在他府上书房里放皇上玉玺的抽屉边上，有被刮破的衣服留下的丝绸残片，我怀疑是这个心腹干的。只要抓住这个心腹，案情很快就会有结果的。而且，据在荆州的王密讲，王灵母女被害一案，有可能就是这个神秘的心腹所为。抓住这个神秘的心腹，王灵母女被害一案也就有可能水落石出。"

袁礼一听就着急了："恩师为何不早告诉我？"

杨震说："因为是你岳父的心腹，就是怕你为难啊。现在看来，这个神秘

心腹目前可能有两个藏身的地方,一个是你岳父家里,一个是洛阳城里不引人注意的地方。"

袁礼说:"恩师莫要担忧,袁礼分得清正义和邪恶,我这就去樊府探个究竟。"

朱冲说:"恩师,袁将军从樊府查,我带周广到洛阳的驿馆客栈遍查,不信抓不到这个人。"

深夜,天色朦胧,樊府院墙外,一黑衣蒙面人施展轻功腾身跃上屋顶,纵目四望,府院楼阁重重,大小房屋几十间。他飞檐走壁,敏捷快速,飞一般纵跳腾跃,最后跳到后院一幢楼二楼的外廊上,逐窗轻盈地窥探屋内动静,最后在一窗口前停下,扒在窗上伸出刀尖戳透窗纱,朝里看了一会儿,凝思了片刻,然后如大鹏鸟一般迅速从外廊上飘身而下,稳稳落到樊家后院的地上。接着,走到一个门口,掏出钥匙准备开门进屋。突然,不知何处又奔出一黑衣蒙面人,于是,两黑衣蒙面人对杀起来,你一招我一式,难解难分,不分胜负。只听后来的蒙面人喊着:"大胆贼人,终于见到你了,今日休想从我手中逃脱!"这是袁礼的声音。说着,两人又一招一式打了起来。

正在这时,一个巡夜的家仆提着瓜皮灯笼,哼着小调从前院走过来,看到此景吓得转身就跑,边跑边喊:"有刺客,有刺客!"

屋里四处的灯都亮了。

两个黑衣蒙面人一阵厮杀之后,见已惊扰了屋内的人,先前的那个蒙面人蹿房越脊跃出樊家府邸,消失在夜色中。后来的那个蒙面人也一个转身不见了踪影。

院子里拥出不少打灯笼的家仆和看家护院的家丁。

樊闰披着衣服出来转了一圈,挥挥手说:"没事没事,都回去吧!"

樊闰疏散了家里的下人们,来到后院墙角那个蒙面人掏钥匙开门的一个隐秘的房子里,问:"刚才的刺客是何人?过去交过手没有?"

黑影中,一个黑衣人从黑暗里走出来说:"没有。大人,我看那刺客身影有些熟。"

樊闰一惊，心想：身影熟？那会是谁？是来暗杀我的？

黑衣人说："看着像是大人的乘龙快婿，卫尉府的少将军。"

樊闰疑惑地说："会是他？他夜闯本府干什么？"

黑衣人说："十多年未见月儿了，会不会是来救月儿的？"

樊闰捋着山羊胡子摇摇头："他不是来救月儿的。他一定是为邓骘那个案子而来的。看来，杨震已经察觉到什么了。快，你不能再住这里了，在洛阳城里先找个隐秘的地方住下，过了这阵子再回来，你绝不能落在杨震的手里。"

这几日，朱冲和周广带着十多个捕役和卫士，在洛阳城内展开了秘密搜查。这时，他们来到京城一角的悦来客栈。

自从樊闰那个神秘的心腹那晚遭人夜间追击后，樊闰本来是让儿子樊彪找一个隐秘的客栈，让神秘心腹住下，后来，狡猾多变的樊闰想到大隐隐于市的道理，决定让神秘心腹住在洛阳驿馆。

驿馆是官办的，负责招待传递官府公文的官员和路过的官员免费吃住。洛阳驿馆属洛阳尹管辖，樊闰咸鱼翻身后，江京虽然还在敦煌军前效力，但樊闰给江京过去的老下属打了招呼，让神秘心腹住在洛阳驿馆，冒充高等官员，吃住免费，樊闰还给安排了个高句丽女人陪他。加之神秘心腹深居简出、神出鬼没，神龙见首不见尾，谁也弄不清他是谁。后来，因邓骘案，朱冲按照杨震的要求，对驿馆查得很严，神秘心腹在驿馆没住几天，就待不下去了，只好从驿馆转移到这家客栈。

他住到这儿后，就又把那个高句丽女人带到这里整日陪他。这会儿，神秘心腹正在与那女人翻云覆雨，忽听有人敲门。神秘心腹不吭声，示意女人问话："谁啊？住在客栈也不得清静。"

外面人说："官府的，例行检查，追查逃犯，赶快开门！"

接着，是一阵重重的敲门声。神秘心腹走到门后，悄悄拉开了门闩，手握一把短柄利剑，紧紧贴着墙不作声。女人说："进来吧！"

门"哗啦"开了，朱冲和周广走在前边，后面跟着五六个捕役和城门兵士。

几个人一进门,突然看见一个女人全身裸着坐在床上,只用被子裹住小腹部,高高耸立的双乳和白花花的大腿都暴露在外面。几个兵士一看,赶紧低头,转身就往外走。周广却仔细盯着那个女人,感觉眼熟。

朱冲厉声问道:"屋里还有没有别的人?"

那女人风骚地看着朱冲说:"除了我,不就是你们吗?这还用问啊?"

周广一看,心里明白了八九分,他立刻拉着朱冲往外走:"朱大人,走吧走吧,这分明是个娼妓。抓逃犯要紧,快走快走!"

朱冲一边被周广拉着往外走着,一边再回头看了看那个女人,总感觉哪儿有点不对劲。来不及多想,就被周广拉出了客栈。

朱冲带人走后,客栈那个神秘心腹当晚就跑去给樊闰汇报,客栈也住不成了。

那晚神秘心腹在自家后院被莫名其妙的刺客追击后,樊闰就惊魂未定。几天来,他一直在想,如果那晚跳入自家后院的刺客真的是袁礼,就说明,杨震这些人一定是知晓自己的这个心腹了,派那个傻女婿来这里打探。不行,要抓紧时间让皇上早下决心,除掉邓骘。皇上对邓骘盗窃玉玺一事本身就将信将疑,因此,处理起事情来才会优柔寡断,如果时间拖得过长,免不了会出什么差错。不行,得想个办法,让皇上对这事深信不疑,尽快除去邓骘这个心头大患,免得夜长梦多。一旦事情败露,不光自己人头落地,而且诬陷忠良会遭满门抄斩。

想到这儿,他赶紧让家仆先从宫中叫来兄长,又叫来了耿宝,几人共同商量应对之策。两人不知道樊闰叫自己是什么事,都急匆匆来了。

樊闰说:"杨震一伙还有我那个高婿贼心不死,到处在查找偷盗玉玺的人,到处在找证据证明邓骘无罪。我们不能坐以待毙,要主动出击。眼下要做的有两件事:一是尽快让皇上坚定信心,肯定邓骘就是谋逆;二是设法找到邓骘谋逆的证据,把邓氏外戚扫出朝廷。坚定皇上信心这件事,就劳兄长了;寻找邓氏谋逆证据,就劳耿大将军了。"

樊闰这时说的别的事,就是他得想办法看好东莱那边。这个时候,东莱那边不敢出纰漏,一旦让杨震这帮人抓住把柄,就有可能先发制人。

樊丰说:"耿大将军,事情到了这种程度,眼看着咱们就要成功了,你出头擢升的机会来了,你一定要把握好这个时机啊。这次如果再扳不倒邓骘,你今生今世,就永无出头之日啦!"

樊闰说:"耿大将军,你大胆干,有我们支持你。"

樊丰又说:"耿大将军,这些年邓氏掌权,权倾朝野,把你派到边关,实际就是发配到边关。邓骘不倒,你永远也回不到京城。"

樊闰说:"上天要灭邓,上天要扶你耿大将军!"

耿宝说:"承蒙两位大人厚爱,有两位大人的支持,我也就豁出去了。"

樊闰说:"铲除邓氏外戚势力的机会来了,这次绝不能心慈手软,要各自发挥各自的作用。眼下,皇上还站在杨震一边,对玉玺被盗一事还将信将疑,而杨震一伙一直没有消停。一旦他们拿出于我们不利的证据,我们不光前功尽弃,而且一个个都要人头落地、满门抄斩。我尽快督促皇上下决心,而你们要抓紧行动。"

三个人密谋到深夜。樊彪在门外听见父亲、伯父和耿宝在商量着扳倒邓骘,也急忙进来:"爹,扳倒邓骘这帮外戚,孩儿能做什么?"

樊闰一看樊彪那副玩世不恭的样子就来气:"你能做什么?你除了吃喝嫖赌还能做什么?你把杨夫子家的几个儿子看看,一个个熟读诗书,一个个高中皇榜;你做生意都做得不利落,刚做了几趟,在东莱就被人发觉了,到处查。你只要……"

樊彪不服气地说:"你就看人家儿子好,我就一点儿用处也没有?"

樊闰愤愤地说:"我就是这样看你的!洛阳城里哪个歌坊你没去过?哪个戏院你没去过?连那个高句丽女人的主意你也打!"

樊彪说:"那你怎么不说皇宫里的伯荣家我也常去?"

樊闰撇着嘴说:"你还有脸说,你快离伯荣远点儿!你说你和伯荣好,伯荣让你娶她,让我托你大伯去提亲,差点儿没碰一鼻子灰!"

樊彪犟嘴说:"要不是做生意,要不是我给那娘儿俩送西域豪华毛毡和苏合香,你到现在还龟缩在家里不敢见人哩,你还想在朝廷耍威风?"

樊闰一下子被儿子饴住了。他转而一想,有了主意:"那好,这次扳倒邓

骂,你也想做点儿啥的话,就再去趟宫里,让那老嬷嬷想办法说动皇上。"

樊彪得意地一笑,说:"这下又用上你儿子了,也不嫌你儿子丢人现眼了?"

樊闰抬起腿就想踢他一脚,樊彪见势嬉皮笑脸地躲开跑走了。樊闰看着那个不争气的儿子,无可奈何地摇着头叹了口气。

朱冲和周广两人查了所有的客栈都没有见到神秘心腹的踪迹,无奈,只好回到太尉府,看看袁礼那边有没有情况。

进了太尉府,正好袁礼也在,正在给杨震禀报那个神秘心腹的事情。

袁礼说:"恩师分析得不错,那个神秘心腹确在我岳父家的后院隐藏着,但下官没能捉拿住他。那天晚上,我潜到樊府后院,一直到深夜,他就出现了,好像是从外边刚刚回来。那神秘心腹的确武艺高强,一般人不是对手。我们斗了几十个回合不分胜负,我正准备佯装败阵,逃出后院,引他追到院外,将其拿下,不料惊动了屋里人,我只好撤出。"

杨震问:"为何这么长时间没有消息?"

袁礼说:"我分析,这个心腹必是惊弓之鸟,不会再隐藏在那里,必定要转移个地方。于是,我每晚在暗处盯着,一旦他出来,就将其拿下。谁知,有天晚上,他又从后墙跳出来,我正要追赶,不知什么人从后边用石头击了我一下,等我起来,那家伙已跑得不见踪影。这些天,我一直在城内暗查暗访,但不见踪迹。"

这时,袁礼看朱冲要汇报情况,便问朱冲那边的情况。

朱冲摇摇头说:"查无结果。恩师,虞放从狱中捎来大将军的话,大将军说这是一桩阴谋,希望恩师能替他查清此案。"

杨震说:"老夫对不起大将军,让他在牢中受苦了。后边的事,还得辛苦你们两位,你们仍然兵分两路,朱冲带人把全城驿馆、客栈再搜查一遍,袁郎晚上盯住樊府,不怕没有结果。"

这时,杨伦也匆匆从东莱回来了。杨伦奉杨震之命火速赶往黄县抓捕陆原,没想到,等他赶到黄县时,陆原已经失踪多日。

杨伦空手而归,杨震已经感到事情比他想象的更为复杂。看来,那些人比自己行动还快，他们这是狗急跳墙了。越是这样，越说明他们心里有鬼，担心事情败露。眼下，当务之急就是要拿到证据，证明玉玺被盗就是一个惊天大阴谋！杨震这几日茶饭不思，他预感到，樊闰等人既然敢对邓骘下手，那也绝不会放过他的。这是一场奸佞与贤良的斗争，前朝史上已有例子。这种政治斗争，杀人不见血，比战场更隐秘、更凶狠、更无耻。

杨震仔细分析玉玺被盗当晚皇上寝宫的情况，总感到疑点重重。皇上玉玺被盗，宦官值夜的人都有谁？皇宫禁卫都干啥去了？为何只有两名侍卫在守卫？这些问题杨震都要一一搞清楚。这时，他想从宫里的宦官入手，查个究竟。他让袁礼叫来了那个小宦官永信到廷尉府。

果真，永信一见到杨震，就提醒杨震："大人，小的一直想对您说，宦官总管樊常侍这人你要提防点。这人整天胡作非为，太后去后，他更欢了。皇上玉玺被盗那晚，小的看到几个宦官在他的住处鬼鬼祟祟，不知道在干什么。"

杨震一惊。他在想，这伙宦官会不会沉渣泛起，准备兴风作浪？他知道，这外戚与宦官的斗争，只是在邓太后执政时期被暂时抑制。

杨震说："多谢小公公提醒。皇上玉玺被盗那天晚上是谁在值夜？"

永信说："本来是小的值夜，樊总管说让小的休息，他值夜。因为小的在宫中只是个小宦官，这个樊总管向来对小的又是提防又是小瞧。但那天，突然显得从未有过的热情，关心起小的家庭来，小的便觉得奇怪。"

杨震问："那晚樊公公确实在长乐宫值夜？"

永信说："这个小的说不清，他换了小的，小的就睡了，什么也没有管。有个老宦官曾偷偷告诉过小的，说樊总管经常趁夜间到皇上的奶妈王嬷嬷那里去，这两个人很热乎。所以，那天晚上，樊总管是在长乐宫值夜，还是去了王嬷嬷家，小的真的说不清了。"

杨震说："永信，你是我信得过的人。一是今天的话不要对外人讲，二是设法帮我搞清樊常侍那天晚上到底在哪里。"

永信说："放心，杨大人，小的一定会尽力。"

送走了小宦官永信，杨震没敢歇息，接着就差人传来了樊丰。

樊丰一走进太尉府就感觉到气氛有点儿紧张，他故作镇静地跟杨震打着招呼，杨震没有跟他多说，直截了当地问他："玉玺被盗当晚，正好是樊常侍值夜，请问樊常侍在哪里？"

樊丰脸上表情有点儿僵硬，笑着说："太尉大人，那晚正是老奴值夜，但丢失玉玺那会儿，老奴正在上茅厕。"

杨震追问："樊公公上茅厕还要带上两个侍卫吗？"

樊丰瞠目结舌，正要狡辩，杨震接着又说："地方官员丢失官印，按汉律是要斩首的。值夜的宦官夜晚去个茅厕还要带走两名侍卫，这样造成了皇上寝宫禁卫空虚，刺客乘虚而入，惊扰皇上，该当何罪？如此这般又丢了皇上的玉玺，按汉律当是何罪？樊常侍比杨某在宫里待的时间长，不会不清楚吧？"

樊丰傻了眼，他开始沉默，什么话也不说。

三天后又是上朝日，散朝后，安帝走进崇德殿东侧的宣室，尚书台已把几十捆奏折摆放在御案上，以备皇上批阅。

安帝手拿奏折却无心翻阅。这几日，玉玺被盗牵扯出国舅邓骘，满朝文武皆惊。这到底是一桩盗窃案还是有其他阴谋，安帝百思不得其解。太后去世不过百日，他亲理朝政也才一个多月，就出现玉玺被盗，实在让他心烦意乱。现在，朝廷百官明显分为两派：一派以杨震为首，誓死保邓；一派以樊闰为首，誓死倒邓。两派相争，必有一伤。但到底应该伤哪一边？安帝犹豫不决。

安帝正在心烦，杨震觐见。

杨震已经来过几次，他要面见皇上，陈述"玉玺被盗案"背后的阴谋，告诉皇上，樊闰那帮人危言耸听、妖言惑众，一定不要听信，要相信大将军是无辜的。但是，几次来，樊丰都说，皇上自那晚受惊，正在歇息压惊，都未得见。自杨震传樊丰到太尉府问话后，樊丰稍有服帖，才放他进宫，面见皇上。

杨震一进殿，上前跪拜："皇上，那晚皇上受惊，臣有罪，特来请罪。"

安帝说："太傅，事情都过去了。你为大汉朝廷日夜操劳，要注意身体，就不要来了。"

杨震说："皇上，臣还是为大将军的事，想与皇上说说。"

安帝说:"太傅,朕不是下旨要樊闰他们查吗?大将军有罪无罪,最后都是要拿证据说话,太傅就不要多操心了。"

杨震说:"皇上,不是臣为大将军求情,您看大将军被关押在大牢,牢狱那个地方,鱼龙混杂,潮湿阴暗,一个年逾花甲的老人如何经受得住这般折磨?"

安帝看着杨震:"太傅如果有什么证据,拿出来再说;如果没有,那就等樊闰他们查出结果再说。朕正要问你,东莱查办官员走私的事情,有结果了吗?"

杨震说:"皇上,臣正要奏报,黄县县令陆原失踪,眼下杨伦还在追查……"

安帝有点儿不耐烦地说:"这么长时间还没有查到证据,那就先放下,让杨伦抓紧筹集下一批运往西域的货物吧!"

这时,樊闰疾步走进来,看见杨震在,犹豫了一下想退出去。

安帝看到了,便叫住他:"樊爱卿,有什么就奏吧,你二人都是朝廷的重臣。大将军的事查得怎么样了?"

樊闰只好走上前来,递上一奏章。

这几天来,樊闰利用廷尉府,几次想设堂对邓骘进行审讯,他认为,在大刑之下,不怕邓骘不招。可是,廷尉及廷尉丞虞放总是进行阻挠,理由是,皇上只下旨让樊闰调查"玉玺被盗案",没有让樊闰审问邓骘。气得樊闰暴跳如雷,没有审成。

安帝一看,把奏章扔在了案上,脸色骤变:"你是说大将军有'废立'之谋?"

杨震吃惊地抬起头。

樊闰伏身说:"已查证落实,邓骘确有'废立'之谋。邓骘在自己府上秘密聚会时说,皇上出自支庶,名义不正,迟早应该废掉……"

杨震挺身插话:"一派胡言!大将军对皇上忠心耿耿,天地可鉴。你这些话是从哪里来的?人证、物证何在?"

樊闰说:"杨大人,我知道邓骘对你有恩,你就想……"

安帝见杨震和樊闰争论起来,怒声说道:"好了,好了!都是朝廷大臣,

成什么体统？都退下吧！"

樊闰赶紧退下，转身出去，但杨震依然不肯退下。

安帝见状，口气缓和了一些："太傅，朕理解你对大将军的一片情义。朕也不希望这是事实，否则，朕早就下令严惩大将军了。"

杨震看皇上说话也恳切，便恳求说："皇上，臣奏请皇上，准许微臣奉旨查案。臣一直认为，大将军是被陷害的，臣要彻底查清皇上玉玺丢失的真相，揪出幕后真凶。"

安帝叹了口气："朕已命樊爱卿来查此案，如果朕再下旨让太傅调查此案，不是显得朕朝令夕改吗？"安帝想了想又说："这样吧，等樊爱卿查到山穷水尽，再不能给朕一个满意交代时，太傅再插手吧！朕累了，爱卿退下吧！"

杨震无可奈何地退了出去。

这时，樊丰从偏殿走出来，慢声细气地说："皇上，王嬷嬷看皇上来了。"

安帝一听乳母王圣来了，脸上露出了一点儿喜色。

王圣一见安帝，又是摸脸又是摸手的，拉着安帝上下打量着，心疼地说："皇上瘦了，瘦了！阿母每天都想皇上啊！"

安帝毕竟是吃王圣的奶水长大的，待她也如亲母一般。这会儿见王圣如此疼爱自己，缺失已久的母爱在王圣这里感受到了。他像小的时候一样，拉住王圣的手一起走到后花园里，一边走，一边给王圣说着心事："朕最近很心烦，朕的玉玺虽然被找回来了，但是那个大将军、大国舅如何处置，朕一时拿不定主意。"

王圣摸着安帝的手："朝廷的事，论理说阿母不该插嘴，但阿母想问，邓国舅真的犯有谋逆之罪吗？"

安帝一脸茫然地说："樊闰说他确有'废立'之谋，但证据不充分。杨太傅说大将军是受人诬陷，证据也不充分。放了他？可玉玺明明是从他府里搜出来的，朕有何理由放了他呢？"

王圣拉着安帝的手顺便坐在了花园的石台上："阿母给皇上讲一件距今不远的和帝时期的事吧。那时候，和帝的情形和皇上现在的情形一模一样。窦太后和其兄长大国舅窦宪掌握朝廷大权,他们不光权倾朝野,还阴谋杀害和帝,企图取而代之。和帝得知,既恐惧又无助,因为和帝手中无权啊。最后还是中常侍郑众帮了他的忙,捕杀了窦氏兄弟及他们的同党,逼得窦宪自杀,窦太后这才被迫把皇权归还给和帝。"

安帝听后面露恐惧:"邓国舅不会也是这样吧?"

王圣慢慢地说:"那阿母再给皇上讲一件前朝的事吧。前汉昭帝元平元年(前74),昭帝病故,昌邑王刘贺即位,登基不久,就是现在这个杨震的祖先、当时任丞相的杨敞,串通当时的大将军霍光和车骑将军张安世共同废了刘贺,而拥立汉宣帝刘旬为君。现在,杨震位居太尉之职,大将军邓骘大权在握,又有骠骑将军袁贵与杨震是姻亲,情形和昌邑王当初的情形一模一样。你想想,邓太后在世时,你都多大啦,还不能亲政,每次下诏,还要与太后联名,不加盖太后的玉玺就不能算数。这些年皇权一直迟迟难以归政,主要是邓氏外戚把持着朝政。现在太后西去了,但兵权还掌握在邓骘手中,只要邓骘心生变故,他一声令下,皇上,连皇宫这些羽林军都得听他的啊。那时候,你就只能眼睁睁看着刘氏江山改朝换代、改名易姓了啊!你这个皇上,如果不能执掌大权,怎么能当得安心呢?玉玺丢了第一次,就不能再丢第二次。皇上丢了玉玺,凭什么当皇上?"

安帝一听,非常恐慌,就问:"阿母以为如何是好?"

王圣站起身,像拉着孩子走路一样拉着安帝慢慢走着:"皇上,做帝王既不能太仁慈,也不能太犹豫。现在玉玺被盗,恰恰是在邓府找出来的,这不就是当年的窦宪和霍光吗?皇上的皇位是邓氏所立,皇上听说过'功高盖主'这句话吗?这些年,邓氏嘴上说是协理朝政,实则就是独揽大权。她大力培养自己的党羽,推行'选官变法',满足天下读书人的愿望;废陈出新,减免赋税,取悦于百姓,普天之下威望已经高过你。皇上,一朝天子一朝臣,如果不是邓太后把持朝政,你想想那邓骘能为刘氏江山卖命吗?没错,他邓骘是个忠臣,但他忠的是谁?是太后,而不是皇上你。邓太后福薄命短,如果不是早早驾崩,恐怕至今也不会归还皇权吧?皇上,老天爷都为你不平啊!邓太后因皇上非她亲生,一直独揽朝政不肯松手。兴许是先帝也看不过眼,才叫了邓氏去

陪葬，这才给皇上创造了机会啊。皇上，现在铲除邓氏外戚势力的机会就在眼前，有你的亲国舅耿将军，有樊闰、谢恽这么多的大臣站在皇上一边，皇上你怕什么？以后，文有樊闰，武有耿宝，不怕刘氏江山不稳哪。"

安帝点点头，若有所思，说："阿母言之有理。但是，要对大将军问罪，没有足够的证据，是说服不了大臣的。太傅那些人，至今一直揪着不放。"

王圣说："没有足够的证据，叫樊闰、耿宝他们找嘛。"

送走了王嬷嬷，安帝一个人坐在大殿上，几个宦官、宫女远远地站着。

皇宫大殿的早朝上，气氛异常。

由于"玉玺被盗案"的告破和"盗贼"邓骘被押入狱，文武百官的表情一个个让人难以捉摸。

群臣山呼，行过跪拜礼之后，由于朝会没有多大事情，樊丰用眼在堂下寻找着什么人，好像有意大声喊道："有本上奏，无本退朝！"

有两人几乎同时出列喊道："臣有本上奏！"

群臣抬头一看，是杨震和樊闰。

安帝说："樊爱卿先讲。"

樊闰说："让杨大人先讲吧！"

安帝说："太傅，那你就先讲吧！"

杨震看着安帝："臣有一事禀问皇上。"

安帝说："太傅，问吧！"

杨震便问："皇上，玉玺被盗的那天晚上是哪个公公值夜？"

安帝说："这跟玉玺被盗案有关系吗？"

杨震说："有。皇上想想，每天晚上，长乐宫都有宦官值夜，唯独那天晚上不见宦官；长乐宫门口，每天晚上至少有四个侍卫值守，唯独那天晚上只有两个。而恰恰就在这既不见宦官值夜，又只有两个侍卫值守的晚上，皇上玉玺被盗，皇上不觉得这中间有蹊跷吗？"

站在一旁的樊丰紧张极了。

安帝想了想说："也许这只是一个巧合，盗贼那晚正碰上机会。"

杨震接着说:"那皇上没有查一下那晚值夜的宦官哪里去了?那晚值守的另外两个侍卫是没安排,还是到别的地方去了?"

安帝说:"那问下袁爱卿不就知道了吗?"

杨震说:"皇上,臣已经问过袁郎,那晚值守,皇宫门口是四个侍卫。那晚值夜的宦官是樊常侍。正当夜晚,他说有事要出宫,点名让两个侍卫跟上他一同出宫。可走到半路上,他又不让两个侍卫跟随了,说他要上茅厕。臣也问过皇上,从听到外边喊声到侍卫来到皇上跟前就一会儿时间,就是这一会儿时间,皇上玉玺被盗。而且,微臣也推断,盗贼对宫内的情形十分熟悉,要不,为何就一会儿时间,就能很顺利地从戒备森严的皇宫,如探囊取物一样将皇上的玉玺盗走?"

樊丰这时,真恨不得钻入地缝。

安帝似乎同意了杨震的看法:"太傅,你不仅是一个青天,还是一个问案高手,把案情分析得丝丝入理。但是,这玉玺从大将军府中搜出又做何解释?"

杨震说:"这也正是臣要奏请的。臣奏请皇上,请求奉旨调查'玉玺被盗'一案。"

群臣都高度专注地听着安帝和杨震的对话。可樊丰由于极度紧张,不断给堂下的弟弟使眼色。樊闳急急上奏:"皇上,臣有本上奏。还是让臣先说了吧!"

安帝说:"太傅暂缓,樊爱卿请讲。"

樊闳说:"禀奏皇上,臣已查清邓骘谋逆的大量罪证。"

安帝和群臣一听,不由得屏住呼吸倾听。

樊闳说:"五月十日,邓府官邸聚集了许多人在秘密聚会,长达一个多时辰。五月十一日黄昏,邓骘与其侍卫李英在家秘密商谈近两个时辰。当晚丑时一刻,皇宫就出现了两个行踪诡秘的蒙面刺客,紧接着,皇上玉玺被盗。据当晚值夜侍卫回忆,那蒙面刺客酷似邓骘的侍卫李英。此人实际上就是乔装打扮后的李英。昨日,臣带人在搜查邓骘的书房时还发现了李英留给邓骘的一封书信。"说到这里,樊闳又拿出那封书信念起来:"'大将军,玉玺已从那刘祜

宫顺利取回，安抵大将军书房，臣可能被发现，望速举事。'还请陛下明鉴，此书信确系李英手书。五月十二日，臣……"

安帝打断说："李英人呢？李英人呢？"安帝急了。

樊闰说："李英见事情败露，连夜逃跑。五月十二日，臣带人追到洛阳城外，到跟前时，他已在城外自杀。皇上，邓骘谋逆，证据确凿，请皇上明鉴！"

樊闰说着向安帝呈上了邓骘的案卷及一些罪证。

这时，安帝气愤地说："没想到朕的托孤大臣也会……"

杨震出列还要说话，耿宝抢在前边，急急奏道："陛下，时至今日，臣有一事不得不报：几年前，陛下急于亲政，太后之兄邓骘得知，急忙串通二弟邓悝、三弟邓弘、四弟邓阊阴谋废掉陛下，另立平原王刘胜……"

杨震再次出列，打断耿宝，抢着要说，却被安帝挡住："让国舅把话说完！"

耿宝接着说："陛下，臣这些年在西北雍营镇守边关，目睹邓骘早有谋逆之心。三年前朝廷派邓骘为大元帅征讨西羌，完全是举国之力，也完全有把握把西羌打败，可是，邓骘听取杨军师建议，联络匈奴单于万全，借机与匈奴头领拉关系。当时，在丁奚城时，滇零的儿子逃跑，臣意追杀，邓骘坚决阻止。当把北地城团团围住，臣意彻底伐灭，以绝后患，可是邓骘以大元帅身份，一手遮天，在杨军师的怂恿下硬要招抚，最后才留下滇零与其子零昌的性命，为大汉留下永久后患。臣认为，邓骘谋逆之心不死，他不杀滇零，正是准备在关键时候与羌贼内外呼应，颠覆朝廷！"

刘祜听后，怒火难平。这时，他回忆着那天王圣在花园给他说的话，心里不禁恐慌起来。前朝窦太后与其兄窦宪独霸专权，谋害和帝一事，安帝也有所耳闻。如今，自己的处境竟然与当年和帝的处境极其相似。难道，那个貌似忠臣的邓骘也会如窦宪、霍光一样谋害自己吗？俗话说，无风不起浪，为何现在频频传出邓骘有"废立"之谋？安帝想，宁可信其有，不可信其无。大汉刘氏江山若毁于自己的手中，那自己如何面对先帝，面对列祖列宗？想到此，他必须下决心。

这时，杨震已经气得浑身发抖。

杨震奏道："启奏陛下，臣以为，说大将军谋反，纯属陷害，因为此案疑点颇多。当初，皇上下旨，由樊大人、朱冲、袁礼三人联合查案，樊大人以上提供的大将军罪状，是樊大人一人所为，还是连同朱冲、袁礼两位大人同时所为？这不能不使人质疑。再说，当年平定西羌，臣和袁将军都在场，耿国舅所言乃一派胡言。皇上，此案涉嫌的主犯为皇上的托孤大臣邓国舅邓大将军。为此，臣进谏，要查清此案，皇上须亲自主审此案。"

许多老臣纷纷跪下请求说："请陛下主审此案！"

大臣们纷纷跪地说："陛下……"

安帝大怒："你们要逼宫吗？樊爱卿传旨：将上蔡侯邓骘降为罗侯，举家遣归封国；邓悝、邓弘、邓闾三兄弟削为平民；西平侯邓广宗、叶侯邓广德、西华侯邓忠、阳安侯邓珍、都乡侯邓甫德一律废为庶人；尚书邓访举家流放……"

杨震跪求："皇上呀！大将军的贤良克己是有目共睹的，万不可……"

袁贵等老臣齐呼："陛下，不可……"

但是，安帝根本不听杨震、袁贵等众大臣的进谏。他喊道："樊闰听旨，按朕意，执行！"

杨震大喊："皇上，万万不可！其实皇室早有规定，公卿不入狱……"

安帝说毕，甩袖而去。

杨震气得口喷鲜血，当即倒地。

"杨大人——""明公——""恩师——"跪在地上的官员急忙起来，纷纷去扶杨震。

此刻，宣室内，安帝、樊闰、耿宝在商量如何彻底处置邓氏家族。

樊闰说："皇上，臣以为邓骘犯有谋逆之罪，证据确凿，按大汉律法，应诛灭九族。"

安帝心想：诛灭九族？上三族到曾祖、下三族到重孙，还有妻族、亲族、戚族共是九族，全家男丁，凡是七十岁以下、十五岁以上者一律死刑，其他人

二十一 邓氏满门遭抄斩

发至极边烟瘴之地为奴。这不是要对邓骘鱼鳞剐至死吗？想到这儿，他有些害怕。

安帝说："邓氏威望颇高，诛灭邓氏九族，恐天下大乱。朕意，还是把邓骘全家取掉所封，削为平民，遣回原籍算了。"

但是，樊闰背过刘祜假传圣旨，说是皇上下旨，把邓氏一族赶出京城。

很快，几百人的羽林军卫士冲进邓府院内，邓家上百口人被驱逐到院子里，屋内被翻腾一空。

依汉律：各级府衙及司法机关对待犯人，要按照犯人的身份分别采取不同的程序。对普通犯人，随时逮捕；对有贵族官僚身份的人犯，如需要逮捕的，必须先奏请皇上批准，叫"有罪先请"，逮捕后不加刑具，以示宽容。樊闰奉命逮捕邓骘后，违背大汉律法，不光将邓骘打入牢房，还身戴木枷刑具；对邓氏一族，不奏请皇上，恣意妄为。

这时，在大牢里的邓骘浑身伤痕，满头白发散落在额前，目光呆滞。他被卸掉刑具后，放了出来。回到家中，不由得仰天长叹！

尽管邓太后执政时期，邓氏兄弟都小心谨慎，奉公守法。但是，皇权与外戚势力之间的尖锐矛盾并未因此消除，邓氏兄弟的命运终不能自我掌握。之后，樊闰、耿宝对邓氏家族大开杀戒。

杨震被救醒，已经是三天之后的事情了。

在杨震屋里，杨震躺在炕上，杨伦、虞放、高舒、朱冲都围在屋里。冯宝出出进进，忙这忙那，不是给杨震端熬好的药，就是给杨震端洗脸水。

这时，袁礼来了，一脸悲凄。

杨震急着问："大将军的情况到底怎么样？"

大家都不愿意说。杨震急忙要下炕，说大家再不说，他要亲自去邓府看看。

袁礼只好把后来的情况告诉了杨震："大将军一家前天晚上已被逐出京城，大将军在遣归的路上，拔剑自杀了……"

在场的几人当下都惊怔住了。

杨震差点儿又晕过去，被几人扶住，他抓住袁礼："快说，到底是怎么回

事？皇上不是当堂宣布把大将军降为罗侯，举家遣归封国吗？"

袁礼说："恩师，情况远不是这么简单。后来，皇上不知受谁的蛊惑……"

袁礼说着，呜呜地哭起来，向在场的人叙述着他所知道的一切。

原来，安帝受樊闰、耿宝、王圣的蛊惑，先是下令将邓骘降为罗侯，举家遣归封国。可是，一回到寝宫，又下旨，将邓骘一家流放至凉州。邓氏家族的其他人也都纷纷受到迫害。三个弟弟被流放至敦煌，儿子至度辽，女儿、女婿至雍营，其余人等遣回原籍。于是，邓骘被满门抄家，全家老少被赶出京城。就在邓骘被迫连夜离京赴凉州途中，皇上不知又听信谁的谗言，又改判邓骘流放为死刑，并由樊闰、耿宝监刑。邓骘悲愤之下，举剑自刎。接着，樊闰、耿宝这些人又怂恿皇上下旨株连九族。因此，邓氏家族的其他人，弟弟被追至城外凌迟处死，儿子被追至途中乱棍打死，其他有的自杀在家中，有的死在路上，而朝中和地方有牵连的亲戚、大臣一夜之间皆被免官。

这样一来，只有邓弘的儿子广德、甫德因其母与阎皇后是姊妹，只被废为庶人，得以保全而留住京城。其余，邓氏家族凡侯者二十九人，公二人，大将军以下十三人，中二千石十四人，列校二十二人，州刺史、郡守四十八人，其余侍中、将、大夫、郎、谒者不可胜数者，皆因邓骘一案，有的遭满门抄斩，有的被赶出皇宫，有的被赶出京城，有的被流放外地，有的在流放中死于途中。后来，又传来消息，河南尹邓豹、度辽将军舞阳侯邓遵、将作大匠邓畅，以及邓广宗、邓忠等先后被逼自杀。

樊闰咸鱼翻身之后，利用安帝对邓氏家族的不满，借安帝之手，开始对邓骘及其支持者进行残酷的打击报复，授意制造了"玉玺被盗案"，又唆使安帝的舅舅耿宝编造了一些莫须有的罪名，把邓氏家族连根拔掉。

大汉官场一片血雨腥风。

邓太后去世后未过百日，邓氏家族就受到了毁灭性的打击。

执政太后一死，其家族就覆灭，似乎成了大汉王朝的一个恶性循环。

听到这些消息，杨震震惊万分，脸色发青，浑身颤抖，很久没有说话。

朱冲一把拔出利剑，说："我要杀了樊闰这个奸贼，杀了这伙奸佞！我要杀了这伙奸佞！"

二十二　淫女闹皇宫

杨震双手颤抖着使劲按住朱冲："你不要冲动，这样非但杀不了奸佞，连你也要被治罪。"

杨伦、虞放、高舒一个个悲愤交加，眼含泪水，但都死死拦住朱冲。

杨震急着觐见安帝，可樊丰说皇上已就寝。原来，这时安帝正忐忑不安地坐在寝殿闭目打坐，口中念念有词。

几天后，长乐宫崇德殿上，安帝威严地坐在龙椅上，殿下文武百官个个战战兢兢，群臣在惊恐中跪拜高呼："吾皇万岁，万岁，万万岁！"

安帝手一抬："众卿平身。"

文武百官呼着"谢万岁"，纷纷站起。

杨震因病没有上朝。

樊丰手持诏书，用尖厉刺耳的娘娘腔宣旨："奉天承运皇帝，诏曰：拜耿宝将军为护国大将军。钦此！"

耿宝跪伏在地上，屁股撅得老高，按捺不住心中的狂喜，声音颤抖着说："谢陛下隆恩！吾皇万岁，万岁，万万岁！"

通过"玉玺被盗"一案，邓氏家族从此灰飞烟灭了。散朝后，樊闰约上耿宝、谢恽还有王圣一同来到樊府，大摆筵席，共同举樽，庆祝耿宝荣升大将军。樊闰敬给王圣说："尊敬的嬷嬷，你为朝廷铲除谋逆之臣立下了汗马功劳，以后你就是当今太后，王太后！"

王圣因为铲除"邓氏一党"有功，安帝一次就赏赐黄金一百斤、锦缎两

百匹。

樊府,一个个把酒当歌,一阵接一阵刺耳的笑声划破夜空。

一阵幽怨的埙声随着夜风飘飘荡荡,时断时续。

袁贵不禁哆嗦了一下,手上的水杯险些掉在地上。

洛阳城西的长亭下,杨震木然地伫立在那里。

在樊氏兄弟和王圣等人的怂恿下,安帝借着"邓骘谋逆"一案,将邓氏株连九族,展开了对邓氏宗族及其亲信的大清洗。曾在大汉朝廷二十余载,创造出一代盛世的邓氏家族,不复存在了。看到这一切,杨震忧心如焚。

明后早逝,贤良被害,杨震顿时失去了坚强的后盾和支持。邓氏被灭之后,杨震已成了支撑大汉天下的擎天一柱。

他看着北面滔滔奔流的黄河水,禁不住老泪纵横。他仰望天空,悲愤长叹:"大将军啊,杨震无能,对不住你啊!此后国有危难,杨震该去问谁啊?奸佞当道,江山难保啊!苍天啊,谁还能拯救大汉呀——"

杨震在痛苦中,去看望请教他的恩师。这时,桓郁已经卧床不起。杨震一看情形,无法开口提请教的事。但是,宫中发生的事情,桓郁已经有耳闻,又见杨震虽然装着无事,但掩饰不住一脸愁容,就知道杨震眼前遇到的困境。他问杨震是否忧愁宫中的事情,杨震点了点头。

桓郁挣扎着说:"关键是要找到樊闱一伙的犯罪证据,才能把这帮奸佞铲除掉。还有,为师提醒你,也一定要注意樊丰这个宦官,没有他在朝中周旋,樊闱不会爬得那么快,这么短时间,就得到皇上信任。我的那个得意门生和帝,当年就是利用郑众一帮宦官铲除窦氏一党的。只是到后来,和帝、邓皇后一直对郑众这帮宦官管得非常严,没有让他们形成气候,对朝廷产生威胁。"

至此,大汉王朝结束了最后的盛世,并没有像邓太后所期望的那样,在举国同庆的大典上,改年号为"永宁",而变得"永远安宁",而是朝政急转直下,日益衰败。

安帝为庆祝自己亲政,在长乐宫举办了一次盛大朝宴,招待文武百官。宴会上,他还邀请了西域各国、高句丽、南洋各属国的使节出席。可是,在安排宴会座位时,把樊闱安排在了紧挨杨震的位置上。杨震入席一看,怒火中烧,碍于有各国使节在场，他没有爆发出来。等宴会开始，刚举了一次酒樽，杨震找了个借口，窝着一肚子火中途退场了，让安帝很没面子，使得一场盛大的朝宴不欢而散。

安帝下午批阅了许多奏章，在批奏折时，脑子想到头天举行朝宴时，太傅杨震提前退场，心里还在生气，便起身到御花园里散步。后来又来到长乐宫的大殿上，独自一个人走来走去，让樊丰和侍卫老远站着。

安帝看着大殿之上那张龙椅，回想着往日与他并排而坐的邓太后根本没有把他这个皇上放在眼里。这么多年，他坐在大殿上，其实就是个傀儡，就是一个木偶，太后才是那个提线的人。

尽管安帝对于邓骘是否怀有谋逆之心还存有疑虑，但是，积压在他心头十多年的不满和怨愤，却已随着邓氏家族的灭亡而释怀。铲除了邓氏外戚的势力，安帝心情豁然开朗，做了近二十年的皇帝，到如今，才真正有了君临天下的感受。

这时，安帝把站在宫外的樊丰叫过来。

安帝问："樊常侍，朕有一个问题要问你，如何才能治理好国家？"

樊丰俯下身子说："回皇上，依照祖宗之法，我们宦官中的中常侍是不得参政议政的，只有尚方令才有资格。再说，皇上有太傅杨大人。"

安帝说："杨太傅现在不在跟前。再说，杨太傅的政见虽然都是治国良策，但很难被人接受。樊公公也算是三朝常侍了吧？听得多，也见得多，一定有自己的见解。今朕免你无罪，你如实说吧！"

樊丰一副受宠若惊的样子，赶忙伏身说："奴才也是浅见。以奴才之见，治国的良策应为：在政治上要像孝文帝那样，无为而治；经济上实行重徭厚赋，从而使朝廷富裕。"

安帝说："那朕作为大汉天子，在治理国家上的指导思想应是什么？"

樊丰说："在思想上，奴才主张，皇上应学习道家清净无为的黄老学说。"

安帝说："这显然与太后在世时，太傅给太后和朕讲学时讲的儒家思想背道而驰。"

樊丰说:"不错,这些主张和思想,与太后时代的主张和思想是背道而驰的。但是,皇上忘了,现在是皇上亲政的时代,皇上应该有自己的治国方略和国策。"

安帝如梦初醒,笑了:"樊常侍有新见。"

樊丰见安帝对自己的主张感兴趣,上套了,就来了劲,于是讨好地继续说:"真正有作为的君王,并不见得是勤政的君王,而是那些坐皇宫而掌天下的君王,是那些只动脑、动口而不动手的君王,是那些不光会理政而且会享受的君王。就以皇上来说吧,完全用不着上朝、理政、御览奏章,而只要用好一两个可靠大臣就行,放手由他们去干。无为,实际上就是有为;不理政,实际就是在理政。现在国泰民安,歌舞升平,太平盛世,皇上以后,要么拜拜老道子,要么欣赏欣赏歌舞,要么让宫中美女陪陪,要过神仙过的日子。皇上首先要的是康泰的身体,要的是愉悦的心情啊。你说秦始皇了不起吧?算是了不起。但是,他一方面到东海寻求长生不老方,一方面却在辛辛苦苦地调动千万民夫修造长城,最后还不是劳死在从东海回来的半路上?你说这样的君王当得怎么样?再说先帝和帝,是明君吗?是明君,但他太辛苦了,享年才二十七岁。有人称太后是个勤奋的太后,但是享年仅四十岁。那么,作为一代君王,没有一个康泰的身体、愉悦的心情,有再好的治国想法,又有什么用呢?"

安帝笑了笑:"樊常侍的见解新鲜。那后宫的那些宫女,早都是老宫女了,无法让朕的心情愉悦。"

樊丰说:"皇上可以在全天下广选宫女,这是上天赋予皇上这个天子的权力,谁都无权干涉呀!"

安帝微笑,因为这话正好说到了他的心里。

安帝说:"可是,朕每天都有批不完的奏章,哪里有时间享受歌舞升平啊?哪有时间让宫女陪着走走呀?"

樊丰说:"这好办啊。皇上可以选一个信得过的奴才给皇上挡驾,重要的奏章给皇上御览,那些不疼不痒的小事就不让他们来给皇上添烦,这样皇上就有大把的时间可以享受属于皇上的快乐了。"

安帝心情这会儿大好:"呵呵,唯有樊常侍知道朕的辛苦啊。好吧,那以后就由樊常侍来为朕挡驾吧,到适当时候,朕就给你把那个中常侍擢升为尚方令。那些奏章朕真是看够了,千篇一律,不是这个哭穷那个哭困,就是要钱要粮。好了,也让朕解脱一下吧!"

"谢皇上!奴才愿舍了这把老命为皇上效犬马之劳!"樊丰没有想到,安帝就这么轻而易举地把那么大的权力给了他这个根本没有资格参政议政的宦官,高兴得差点儿把头都磕破了。

樊丰又接着说:"再说重徭厚赋这个问题,朝廷要富,皇上要富,只有加重徭役赋税。皇上想想,朝廷的钱粮不通过赋税收缴,朝廷能自产吗?"

这时,安帝急忙命樊丰:"宣前洛阳尹江京即刻进宫见驾!"

这时的江京,因为"张生喊冤"一案,还在敦煌的军前效力。樊丰随即安排尚书台去人到偏远的西北敦煌宣旨。

安帝召江京,不为别事,就是想让江京给他把后宫的事情办好。安帝不管江京是不是军前效力的罪犯,他现在有权召江京回京。这一次,他也要像历朝历代的那些君王,享有三宫六院七十二妃子,享有后宫三千佳丽,好好把这些年失去的都弥补回来。不说做一个风流天子,但也要做一个有人情味的皇上。这些年在太后的严管下,整天只怀抱阎皇后和那十一个妃子,早已腻烦了。

安帝觉得母后那年为自己选妃,所选十二女子,人数太少;而且,所选十二女子,考察的重点是气质、学识,而不是两情相悦。这些女子侍候自己这些年,一个个过分庄重、保守、呆板,使自己缺乏激情,没有一个像伯荣那样能取悦自己,使自己心情愉悦的女子,因而,虽然夜夜临幸,但至今仍没有一个怀上龙种。后来,在母后主持下,虽然将宫女李氏的儿子刘保定为太子,但是,自己想要很多皇子和公主。于是,他下旨让懂风月之事的江京负责选妃。

那些年,太后对他管得紧,可他喜欢与伯荣在一起;太傅给他讲这讲那,讲成帝刘骜沉迷赵飞燕、赵合德姐妹两个而误国的事,可他更喜欢听阿母王嬷嬷给他讲成帝与赵飞燕、赵合德三人同床云雨的故事。

想到这儿,安帝就想起自己做皇上的点点滴滴,不少大臣都知道他是如何登基继位的,却很少有大臣知道他这些年是怎么熬过来的。

要说,刘祜其实是稀里糊涂做了皇帝的继承人,并继位做了皇帝的。

刘祜是章帝刘炟的孙子,父亲是清河王刘庆,即前废太子,母亲是左姬。传说刘祜自小住在父王邸第时,多次有神光照室,又有赤蛇盘于他的床铺上,人们都说,这是将来做帝王的征兆。

有一年,新封的刘庆初次到自己的封国去,临走时,邓太后得知刘祜自幼聪明好学,十岁的时候就开始读史书,得到和帝称赞,和帝多次在宫中召见他。邓太后特地下诏,命刘祜留住在清河邸。和帝去世后,太后就与当时还是车骑将军的兄长邓骘在宫中决定帝位承继大策。由于皇子平原王刘胜有痼疾,两人经过商量,立出生仅百天的刘隆为帝。延平元年,仅当上皇帝二百二十一天的刘隆去世。邓骘与邓太后决定将刘祜作为和帝刘肇的嗣子,由刘祜继承帝位。邓太后当即派邓骘带着符节,以君王所乘的青盖车迎接刘祜入宫。刘祜就这样懵懵懂懂地进了宫。邓太后企盼,刘祜长大亲政后,既能像他的祖父章帝那样,倡导儒学,厚德行政,创清明盛世,更能像光武帝刘秀那样,兴建太学、提倡儒术、尊崇节义,成为一代贤明君王。

在宫中,按照邓太后的嘱咐,宫女们侍奉刘祜沐浴,以俟即位大典。

待一切都准备好后,邓太后御临长乐宫崇德殿,百官都身着吉服上朝,拜刘祜为长安侯。接着,邓太后诏谕:

"先帝圣德淑茂,但过早地弃天下而去,使我悲断心肠。平原王素患痼疾,殇帝早夭,我念宗庙之重,思虑继嗣大统,以为长安侯刘祜质性忠孝,小心谨慎,又能通晓《诗经》《论语》,笃学乐古、仁惠爱下,很是合适。现已十三岁,有成人一般的志向。有德行而最适宜继承大统者,莫过于刘祜。《礼记》曰'昆弟之子犹己子';《公羊春秋》之义,'为人后者为之子','不以父命辞王父命'。其以刘祜为孝和皇帝后嗣,奉承祖宗,案礼仪奏。"

殇帝延平元年(106)秋八月初八,邓太后又下册封:"长安侯刘祜:孝和皇帝懿德巍巍,光照四海。哀家以你是孝章皇帝嫡皇孙,谦恭慈顺,虽年幼但很勤勉,适宜于奉祀郊庙,继承帝业。今以你为孝和皇帝后嗣,为大汉国皇帝,允执其中。'一人有庆,万民赖之。'请皇帝勉力为之!"

读完册命,太尉张禹奉上玉玺。这样,十三岁的刘祜,走上了大汉帝国的皇位。

群臣齐呼："吾皇万岁，万岁，万万岁！"

由于刘祜年仅十三岁，便由邓太后临朝听政。之后，安帝先是拜谒高祖刘邦庙，第二日又拜谒光武帝刘秀庙。

刘祜不知道，当时自然有朝臣宗室对此表示不满，然而，自邓太后在后宫的女诫班跟着班昭学习时候起，她就确立了自己的心理定位，此后她行事，很难再被任何人和事所干扰影响。她已经决定扶持刘祜继承帝位，就会把刘祜扶持到底。

随着刘祜渐渐长大，邓太后临朝执政，仍然按照自己的治国理念辅佐安帝。

而如今，这个金碧辉煌的大宫殿属他刘祜独有，那宽大的龙椅，那令多少人窥视的玉玺，那些金银珠宝，那些宦官、宫女等等，这皇宫里所有的一切都为他刘祜一人所有。他再也不用看着邓太后的脸色行事，再也不用违心地说话，再也不用偷偷摸摸地去爱一个女人。

想到这些，刘祜真想开怀大笑。他庆幸自己在犹豫不决的时候，有樊丰、樊闰和耿国舅这些臣子的进言，有阿母王嬷嬷的及时提醒，否则，他至今也下不了铲除邓氏的决心。现在，国泰民安，风调雨顺，他前面的路一马平川，他一定要真真正正地做回皇帝，受百官敬仰、万民朝拜，君临天下，威仪四方。

一听皇上召见，江京像死里逃生一样，连行装都没收拾，跟着尚书郎经过一个月的日夜兼程从敦煌返回洛阳。这时，江京简单收拾打扮了一下，连滚带爬跑进宫来，叩头就拜："罪臣江京叩见陛下！"

安帝说："江爱卿，免礼，起来听旨。"

江京赶紧站立起来。

安帝说："江爱卿，那年'张生法场喊冤案'给你的处置是到敦煌军前效力，后来，大赦天下时，虽然没有给你赦免，但是，朕现在给你赦免也不迟。你不是一直想升一升，进入朝廷吗？现在，朕就下旨，命你为九卿太仆，给朕把宫廷车马、后宫供给事务管好。"

江京撅起屁股伏地叩头就谢："谢皇上隆恩！吾皇万岁，万岁，万万岁！"

安帝又问:"江爱卿,朕听说爱卿颇通晓风月之事?"

江京一听,"唰"地脸红了,心里万分紧张:"回陛下,臣……臣并不通晓……"

安帝说:"朕听说你在京城办过什么歌坊、戏院?"

江京"扑通"一声赶紧跪下:"臣有罪,臣该死!那是犬子江勇无事可干,在替别人打理,与臣没有一点儿关系。"

安帝笑了:"江爱卿,起来吧!朕不是问罪,是有朝务打算交给爱卿去办。"

江京哆哆嗦嗦地站起来:"不知是什么朝务?"

安帝说:"就是广选宫女的事。过去,由于各种自然灾害,一直顾不上;后来,风调雨顺,年年丰收,太后说缓一缓再说。一直缓到她都入土了,也没有给朕增加,朕这些年后宫空虚,欲到全国各州郡县广选宫女三千,以后要在长乐宫享用,这件事就交付你去办。"

安帝身边有的是爱姬宠妾,后宫掖庭有十多个嫔妃,可安帝不去临幸,使她们一个个满怀期盼苦守空房,让如花似玉的容颜在岁月中变老,而要江京给他从民间重新选择嫔妃宫女。

江京一听,原来是这事,瞬间乐了,急忙给安帝又是磕头又是作揖:"回皇上,臣定不负皇上所望,微臣就是走遍天下,也要为皇上精选绝代佳丽!"

安帝哈哈大笑,当面下口谕:"此次选妃,主要是选美。无论是皇亲国戚,还是圣贤后裔;无论是大家闺秀,还是小家碧玉;不重文化、不重学识,只重容貌、只重外表;不重大臣意见,而重朕喜欢。"

诏令一经公布,不仅轰动洛阳,而且轰动了全国。

樊丰来到樊府,该是时候与樊润好好庆贺一下了。

这时,樊闰正在大厅发愣,他没有想到这么快就把邓氏铲除了。回想起那些血腥场面,他现在还能闻到浑身的血腥气味。他一阵阵恐慌,一阵阵后怕,他不知道自己当时哪里来的那么大的胆量,那是多少人的性命呀!

这时,樊丰进门了,问他:"弟弟,我们该是好好庆贺一下的时候了,你还有什么事情可发愁的?"

樊闺说:"兄长,这次铲除邓氏,你功不可没。但是,杨震那伙人绝不会善罢甘休的。另外,不知道朝野都咋看这件事?"

樊丰一听,先是一愣,沉默了好一会儿,呵呵一笑。接着,把皇上如何请教他,他如何教诲皇上的事情说了一遍。樊闺的眉头才有些舒展。

樊丰说:"我已经替你想好了。我们今后要想在朝廷立住脚,就必须牢牢控制住皇上;要想立于不败之地,就必须利用皇上,把杨夫子那帮儒生一个个清出朝廷。"

樊闺问:"这行吗?"

樊丰说:"有什么不行?我在宫里这几十年,见得太多了。有些事情你只是听到,我是目睹的。那年,和帝铲除窦氏一党时,我虽然年龄还小,但都参与了,就连邓后器重的那个造纸匠蔡伦都是重要的一员。我们既然都能铲除那么强大的邓氏,杨震几个儒生算得了什么?弟弟,放开手脚大胆干,有我在皇上跟前给你撑腰。前面我们已经铲除一个强大的邓氏外戚集团,后面我们就开始对邓、杨一党展开'大清洗'。"

樊闺的顾虑这时慢慢打消,说:"我们眼下的力量还不够,你要利用好你的那帮宦官兄弟。"

樊丰说:"放心,这帮人死心塌地跟兄长干,这些年邓后管得太严,他们一个个都快憋不住了,邓氏那帮外戚把我们宦官压迫够了,兄弟们一个个受不了了。当年,和帝铲除窦氏外戚,就是靠的郑众那帮宦官。"

酷暑天气,知了在院子的树上不停地叫着,叫得人心里更加烦乱。

太尉府里,杨震和府衙的所有衙役异常忙碌。

一会儿,南方荆州来报,荆州发生水灾,请求朝廷拨钱赈灾;一会儿又是北方司州来报,弘农、直隶一带发生旱灾,请求朝廷拨钱赈灾;一会儿又是东部青州来报,青州发生大面积蝗灾,请求朝廷赈灾;一会儿西域来报,北地国因为朝廷赋税,引起滇零、零昌不满。这些都还没有来得及奏报皇上,豫州又来报,中原一带再次发生地震……

几个月前,邓太后离去,不久前大将军又离去,杨震痛心疾首。很多天过

去了,他依然未能从那种悲痛与噩梦中走出来。他眼看着一代忠良邓骘就这样在那些奸佞小人的算计下含冤而死,而自己却无能为力,心里除了痛楚,更多的是悔恨、愤怒。他恨那些无耻的小人,也恨皇上昏庸,跟随太后临朝近二十年,太后的清明没有学会一点儿,到如今善恶不分、是非不辨。难怪太后一直不愿把皇权交与他,也许太后早就看到了刘祜的弱点。可如今,刘祜不顾当初太后的嘱托,认贼作娘、认贼为亲、陷害忠良,那大汉命运定要断送在刘祜的手里了。

但是,他作为太尉,再如何痛心,朝务也不能不管。这会儿,四方来报,他应接不暇。

这时,虞放来了,杨震让衙吏们整理各方奏报,他来到会客厅与虞放说话。

说起大将军的蒙冤,虞放捶胸顿足,觉得愧对恩师的托付,因为,"邓骘谋逆案"发生后,虞放被樊闰一伙排挤在案件调查之外。

当杨震告知虞放全国各地接连发生水灾、旱灾、蝗灾、地震之后,虞放对天高呼:"这真是人神共怒了!"

正在这时,杨伦、朱冲一同来到太尉府,不知道虞放在喊什么,当得知后,也都个个大声齐呼:"对,这是上天发怒了!这是人神共愤了!"

朱冲说:"恩公还在为大将军的事难过吗?恩公,咱们要想办法替大将军申冤啊!您说下一步我们该咋办?"

杨震打起精神说:"大将军的死是千古一冤,我们一定要为大将军申冤。眼下,只能先从樊闰那个神秘心腹身上找突破口,只有抓住这个心腹,大将军的冤情才能昭雪。朱冲,你继续追查那个神秘人,注意行动要隐秘,不要打草惊蛇。"

朱冲回答:"恩公放心,我会谨慎从事的。那樊闰走私一案还查不查了?"

杨震说:"查肯定是要查。杨伦,现在樊闰一伙已经有戒备,咱们不能明着去查,只能秘密暗查。你们都在这儿,老夫已经想了好几天,面对眼下朝廷的这个局面,我们首先应该争取皇上的认识改变,要皇上认识到樊氏兄弟这帮奸佞对朝廷、对国家的危害，公开向皇上提出大将军谋逆一案是个冤案，请求皇上主持重审，暗中加紧查找樊氏这帮奸佞的犯罪事实，从而使皇上看清这帮奸佞的嘴脸，达到铲除他们的目的，还朝廷一个风清气正的理政环境。"

"恩师，恩师！"四人正商议着，高舒气喘吁吁一边喊着一边急匆匆进来，"皇上下旨，把那个在敦煌军前效力的江京赦免，给他从大汉各地广选宫女。"

杨震一惊："什么？这个时候广选宫女？皇上肯定还不知道四方受灾情况，不知道西羌出现动乱苗头的情况，老夫必须尽快面见皇上。"

皇上寝宫里，刘祜正在喜滋滋地听江京给他禀报广选宫女的事情。

江京奏道："禀奏皇上，臣考察了前朝历史，以为，全天下的美女，以荆州和扬州的会稽为最。战国时期的西施生于扬州会稽，前汉的王昭君生于南郡。这些地方都是出美女的地方，但两地之美女也各领风骚。会稽的美女小巧灵秀，而南郡的美女高挑艳丽；会稽的美女温柔，而南郡的美女热情。皇上是喜欢小巧温柔的小家碧玉，还是喜欢高挑艳丽的大家闺秀？臣特奏请皇上定夺。"

安帝微微一笑："看来江爱卿对风月之事确有研究。那就各选一些吧，让朕也都见识见识。"

江京说："那臣就将特选美女的文书发到南州和司州，同时，将在全国广选美女的文书发到各州郡，由各州郡层层选送……"

安帝正为江京为他广选宫女尽心竭力高兴呢，忽听门外有女人的哭喊声和禁卫的训诫声。

"皇上，皇上！我要见皇上，我要见皇上——"一个女人的哭喊声。

"是谁敢在寝宫门前叫喊？樊丰出去看看。"安帝生气地说。

樊丰还没有出门，就有宫女从偏门进来禀报樊丰，说有个疯女人，说她叫伯荣，在门外又哭又喊，禁卫们不知道来者身份，不知该怎么处理。

樊丰让宫女告诉禁卫，等皇上发话再说。

安帝一听是伯荣那个小妖精寻上门来，浑身就不对劲，想着，不禁笑出了

声:"这个宝贝,胆子还真大。"

樊丰问:"皇上,王嬷嬷这个女儿还真是个痴情种,皇上看,奴才是让她进来呢,还是让禁卫打一顿赶走?"樊丰说着,偷偷观察安帝的表情。

安帝假装无奈地摇摇头:"让她闹去。"

长乐宫的门被伯荣踢得嘭嘭直响,而且她还直呼刘祜的名字:"刘祜,我知道你在里面,为何不开门?我要见你!你贵为皇上,说话没有诚信,想当初你是如何对我说的?你说你今生只爱我,只专宠我一人;你说你要娶我,封我为贵妃。可如今,你封了皇后和妃子就不要我了。太后在世时你不敢娶我,可怜我孤身一人天天想你夜夜念你。现在,太后死了,你就是大汉的天子,还有谁能阻挡你来爱我?你把小女子忘了,你让大臣给你从全汉各地广选美女,你不要我了。你是个负心人,你是个无情无义的皇上!你不要我了,那你今天也要出来亲口告诉我!你不要我了也行,我就死在你的面前,以此来证明我没有变心,而你变心了!刘祜,皇上,我今生今世活着是你的人,死了是你的鬼——"

原来,自从太后大怒给安帝下了最后通牒之后,他就再也不敢理睬伯荣,虽然都住在皇宫,但不敢见面,唯恐身边的宫女告诉太后。伯荣等了这些年,已经心灰意冷,在阿母的劝说下,准备嫁给樊彪。想不到邓太后去世了。伯荣本打算找安帝,但见安帝没有主动去她那儿,估计安帝身边女人多,早把她忘了,自己干脆跟樊彪结婚算了。可是,这天早上,伯荣听樊丰说,皇上让江京给他从各地广选美女,一下子醋性大发,像疯了一样,从王圣的小院里疯疯癫癫跑出来,向安帝兴师问罪,准备豁出自己的性命跟安帝死缠烂打。

安帝侧卧在龙榻上,想起跟伯荣那些年的往事。面对荣儿,他自己也不知道该如何处置。接受她?皇后自然不会同意。处置了她?如何对得起奶娘王嬷嬷?自己也于心不忍哪。毕竟伯荣是他生命中第一个女人,这个女人在自己最悲观、最自卑、最寂寞、最无助的时候给了他那么多的信心和快乐,不仅仅是生理上的愉悦,还有精神上的满足。在伯荣面前,他不是皇帝,他就是一个男人。

伯荣大闹寝宫,寻找皇上奏报公务的文武大臣个个皆惊,皇宫大院人人皆惊。

杨震身着朝服从外面神色匆匆地走进来，准备面见皇上，禀报四方自然灾害和阻止皇上在全国广选美女的事情。众臣因为皇上闭门不开，皆纷纷向杨震围过去，一个个义愤填膺，怒不可遏。

小宦官永信如见救星一样："大人，您可来了，那女人竟敢大闹皇宫！"

杨震说："想不到泱泱大国，竟让一个妖女搅得皇上不安。"

袁贵说："袁某在朝多少年，还没见过这等事。"

杨震说："太后当时还是心慈手软，没有将这对母女赶出皇宫。"

杨伦说："难道看着这妖女这样对待皇上，我们做臣子的都袖手旁观？"

朱冲气冲冲地说："恩师，让我去，我立刻提刀将她斩了！"

杨震挡住朱冲，对值朝的小宦官永信说："请小内官禀报皇上，杨某要面见皇上。我堂堂大汉皇宫，让一个女子在这里装疯撒泼，成何体统？"

永信来到龙榻前说："皇上，杨太尉等大臣要求面见皇上。"

安帝坐起来问："有要事吗？"

永信说："除了各自手中的事，还有伯荣的事，闹了这么久，有失大雅。群臣都为皇上担心，一个个心急如焚，恳请皇上处……"

安帝不耐烦地挥挥手说："好啦！好啦！别说了。伯荣和朕的事，是朕的私事，朕自会处置，让大臣们不用管。让他们回去，有什么事明天早朝上奏。"

门外，伯荣还在踢打着宫门，一边哭一边喊，任凭谁的劝阻也不听，非要面见皇上不可。没有皇上的话，谁也不好将她怎么样。

伯荣还在大骂着："刘祜，那年，在洛阳城外那个宅院里，你让一个宦官带着，偷偷溜去和我约会，你是如何对我说的？你说，你亲政后，做的第一件事情就是光明正大地迎我进宫，封我为贵妃、为皇后，永远陪在你的身边。这才过了几年，你就食言了。你言而无信，如何做皇帝？"

不大一会儿，小宦官永信匆匆走出来，把杨震拉到一边耳语了一阵，只见杨震当下脸都气白了，恨得咬牙切齿地对大臣们喊道："散了！"

众大臣都愣愣地看着杨震，杨震低头不语，疾步走了。杨伦、朱冲两人见

状,急忙跟随杨震一同出去。

这天,在后宫,阎皇后身着紧身宽袖、荷叶大开领的锦缎团花一衣裙,明眸皓齿,半裸香肩,莲步轻移,在几个执扇宫女的簇拥下,姗姗然步出甘饴宫,准备与宫女到御花园散步。这时,有宫女匆匆跑来,告诉阎皇后,伯荣正在大闹皇宫。她给阎皇后嘀咕了好些什么。

阎皇后早就耳闻皇上与伯荣曾有私情,但见皇上这几年一直专宠自己,也再没有与那伯荣有过来往,因此也就从不提及这事。没承想,这个贱人不顾颜面,光天化日之下大闹皇宫,皇上却不管不问,任其胡闹。不但如此,还不许大臣们处置那个妖女。哼,一个奶妈子的女儿,也妄想来宫里当嫔做妃?真是厚颜无耻!皇上心慈手软,又与那贱人有过私情,如果皇上念及旧情收了那个贱人,那自己以后的日子还怎么过?今天不去教训一下那个贱人,往后还怎么管理后宫?

伯荣如此目无王法、恣意妄为的做法,阎皇后听后再也按捺不住了。

往日的温文尔雅不见了,她披上披风,厉声说道:"来人,随我进宫!"说着一阵风地快步往皇宫走去。

正在皇宫大院办公务的袁礼、周广,看见阎皇后神色不对,身后还紧跟着两个执扇宫女一路小跑,正要问,阎皇后便叫上两人,往长乐宫赶去。

天色已近黄昏,伯荣哭闹了一天,披头散发,坐在皇宫门口不肯离去。

樊丰到跟前劝说了半天也没有奏效,那伯荣是软硬不吃,不见皇上就要死在皇宫门口。

樊丰见势,只好回头来劝安帝:"皇上,得想想办法,荣姑娘不吃不喝,黑明堵在皇宫门口,总不是一回事。把她逼急了,真的一头撞死在门口,就会惹出祸事。"

安帝这会儿再也坐不住了,从龙榻上一跃起身,走到门口让樊丰打开宫门。

一开门,安帝看见伯荣坐在宫门口,头发散乱,两眼红肿,满脸泪痕,额头上渗着鲜血。安帝不看不说,这一看,突然心生怜爱,忍不住也是两眼泪光。

伯荣见宫门忽然打开，安帝双眼含泪站在宫门口，眼泪又一下子夺眶而出："皇上，你真的不要荣儿了吗？"她爬起来，扑向安帝。

安帝看到，伯荣这些年虽然有些憔悴，但依然面如桃花、眼似秋水，特别是那桃红色的裹肚之下，一对双峰呼之欲出。安帝像触电一般魂不附体，再也禁不住，一把抱起伯荣，把伯荣紧紧搂在怀里。两人如久别的情人相拥而泣，也像烈火遇到干柴，旧情复燃了。

这一幕，被赶来的阎皇后正好撞了个正着。阎皇后怒火中烧，冲上去从安帝怀中拉过伯荣就是一个耳光："你这妖女、淫女！来人，给我拿下！"

袁礼、周广正要上前，伯荣发疯说道："谁敢再往前走一步，我就撞墙而死！"

安帝大惊失色大喊："荣儿，不要！"接着对袁礼和周广说："都给朕退下！"

所有人都愣怔了，袁礼和周广手持利剑，不知如何是好。

阎皇后脸色铁青，愤然说："皇上，我大汉开国三百多年来，无论朝堂之上、掖庭之内，君臣之礼、尊卑之分，纲纪严谨，井然有序。如今，贱妇王嬷嬷之女伯荣竟敢藐视圣上，光天化日之下在皇宫门前大闹，实在有损皇上威德。此等行为千古以来未曾听闻，罪实当诛，恳请皇上下旨！为了皇室的脸面，皇上不将其斩首弃市，也应驱逐出宫。"

安帝没有吭声。阎皇后知道安帝心慈手软，下不了手。

阎皇后愤怒地喊着："杀了她，劈了这个贱人！"

没想到安帝愤怒了，咆哮着说："还不快退下！伯荣是朕的爱妃，谁敢动伯荣一下，朕要他的命！退下！"

袁礼、周广只得悻悻收回剑，慢慢退出去。

阎皇后怔怔地立在那儿，看着安帝把伯荣搂在怀中，她恼羞成怒，咬牙切齿。

安帝看阎皇后还没有退下，心想：你如果是会下蛋的母鸡，朕何必这样？想着，厉声说道："皇后，还不快退下！你再胡闹，看朕废了你这个皇后！"

阎皇后没想到安帝为了这个贱人，竟然一点也不念及夫妻情分和她皇后的颜面，对自己如此无礼。她感到极度羞辱和委屈，一口气没有上来，晕倒在地。

明月像一个圆盘挂在天空，月光皎洁。

安帝怀里拥着伯荣倒在靠窗的龙榻上。月光洒在伯荣的脸上，更显清瘦娇美。安帝搂着伯荣，这失而复得的感情让他万分珍惜。那个曾经的少年，第一次的青春躁动在这个女人的身上得到了最神秘最美好的释放。安帝就这样拥着伯荣，一句话也不说，借着这美好的月色，一遍遍回忆着当初那些个神秘刺激的日日夜夜，至今想起来仍然会让他心潮澎湃，体内依然躁动不安。这会儿，他多么希望自己不是皇帝，只是一个普通的男人，与自己心爱的女人就这样一直相拥着、爱着，不受大臣、不受皇帝身份、不受所有人的干扰。

王圣奶养过安帝，伯荣比安帝大两岁，随王圣一起进宫，伯荣也就成了安帝儿时青梅竹马的玩伴。日久天长，多少也产生了一些依恋。

那天，安帝命几个宫女为伯荣洗过兰汤浴之后，一丝不挂的伯荣裹着龙凤锦巾，被两名小宦官抬着送到安帝寝宫。安帝和伯荣光着脚还没到龙榻上，两人就抱在一起滚倒在脚下的波斯地毯上，爱得死去活来。

入夜，红烛高照，安帝激情澎湃，搂着伯荣又是几番颠鸾倒凤、云雨大作。

一连三天，安帝与伯荣没有出寝宫。安帝看着窗外的太阳落下，月亮又升起，他太向往这种清静而又缠绵的日子了。他感觉自己的身体像是被掏空了一般，慵懒得只想抱着荣儿躺在龙榻上，不说话，不想事，就这样，一直下去。

伯荣知道，这几天是决定她命运的关键时刻，是甘为凡俗女子，还是久居日思夜想的龙门，就看她能不能把长乐宫崇德殿上这个天下独尊的男人搞倒在自己的裙下。

因此，伯荣用尽了浑身解数，将女人的种种魅力完美无缺、毫不保留地呈现给安帝。她那樱桃般的小嘴紧紧地贴着安帝的耳朵轻柔地说："只有跟皇上在一起，我才是个真正的女人。皇上，你让荣儿体会到了人间最美妙的感觉，荣儿就是为你而生的，也会为你而死。即便我今生不能与皇上同生共死，我也要把最美的自己给皇上，因为皇上也把最温柔、最体贴、最强悍的自己给了荣儿，荣儿今生心中只有皇上一人。所以，荣儿才会冒死闯宫，就是为了见皇上最后一面，即便今生不能做夫妻，我也要死在皇上的怀中，来世与皇上做夫妻。皇上，你不会责怪荣儿任性，不会降罪于荣儿吧？"

安帝亲吻着伯荣的秀发："傻荣儿，朕恨不得与你同生共死，怎么会降罪于你？朕现在是真正的皇上了，整个大汉都是朕的，没有人敢在朕的面前指手画脚了。朕连一个自己心爱的女人都保护不了，还当什么皇上？"

伯荣听安帝这一席话，感动得泪流满面："皇上，有你这句话，荣儿这辈子不求名分不求富贵，只求能与皇上同床共枕，即使在皇上身边做个侍女，只要能天天看到皇上，天天服侍皇上，荣儿死也无憾了。"

安帝看到哭得泪人一样的伯荣，心中越发疼爱，他紧紧搂住伯荣，生怕她跑了一般："从今往后，你就是朕的最爱，朕要专宠你一个人，让荣儿每天每夜每时每刻都伴在朕的身边。这样，朕才能安心，才能快乐。"

两人含情脉脉，翻云覆雨，睡得昏天黑地，忘记了一切。

安帝与伯荣起床后，御膳房给两人各做了一碗红鸭青笋玉丝面。安帝与伯荣相对而坐，伯荣随即脱了外面的粉红深衣，身上只剩一件红缎裹肚和青罗白短裙。安帝筷子挑着面，眼神凝滞，一眨不眨地瞅着伯荣的胸脯。瞅着瞅着，扔下手中的碗筷，一下子抱起伯荣，又抱进寝宫……

几个侍女跟进寝宫，为安帝和伯荣宽衣解带之后，垂手徐徐而退。

盛夏时节的大暑天，一早，天气就热得人脸上流汗。

长乐宫正中的议政大堂崇德殿一片寂静，但殿门已经打开，披甲持戟的卫士肃然侍立两旁。上朝之日的清晨，文武百官都集结在崇德殿的门里门外，恭候皇上上朝听政。

这会儿，太尉杨震、司空袁贵、太常陈忠、大司农杨伦、太仆江京、户曹尚书谢恽、户曹侍郎樊闰、卫尉袁礼、太尉府长史周广、御史中丞高舒、廷尉丞虞放，以及其他百位大汉朝廷的要员都峨冠博带，身着朝服，腰系印绶，手

持宫牌和注明启奏要事的笏板,三五成群,或站或倚,静静等着内殿寝宫的音讯。

铜漏声声,时间一分一秒过去,排列在宫道两侧的内侍们毫无表情,木然肃立,内殿寝宫那边一片死寂,没有任何声息传过来。

这已经是第三天了。连着三天,长乐宫崇德殿内,早朝的文武大臣等待在宫门内外,唯独龙位上空空如也。对于那些习惯于按时上朝的公卿大臣们来说,这空着的龙位不仅令他们惊愕,还带来许多不安的联想。

这时,大臣们已经等得不耐烦了,焦躁与迷惑写在他们的脸上。他们开始三三两两地小声议论和猜测着:"是不是皇上龙体欠安啊!""该不是天热,皇上晚上没休息好吧?"

性急的周广有点儿站不住了:"皇上能不能上朝,尚书台那边应该有信儿传过来呀!"

朱冲说:"这几天是怎么了?皇上从来没有迟到或者缺朝啊。"

樊闰在一旁嘻嘻一笑,不阴不阳地说:"皇上也是人啊!皇上长年上朝,总有个疲惫的时候吧?"他说着,心想,皇上八成是让那个荡妇缠住了。

于是,周广、江京、谢恽围住樊闰,兴致勃勃地问起皇上与伯荣的事。

只有杨震阴沉着脸,背剪双手,在殿门口长廊里踱来踱去。时辰已过,仍不见皇上上朝听政。特别是开春至今,关中持续大旱,数万百姓背井离乡拥入长安,给长安社会治安带来极大压力。三辅驰报,要求朝廷紧急调粮增援,说那里灾情十分严重,有的地方已出现"人相食"和"易子而食"的惨景。这么多要务、急务需要尽快议决,而迟迟不见皇上上朝,杨震内心十分焦灼。他不断走来走去,巴望着内殿传来皇上上朝的传号。

袁贵向杨伦走过去抱拳施礼:"杨大人,关中大旱,大司农府救灾情况如何?"

杨伦无奈地摇摇头说:"不尽如人意啊!"

太阳已升到三竿子高,映照得长乐宫重重琉璃云纹瓦闪闪发光。崇德殿里,文武大臣们又热又渴。虽然谁都明白皇上今天大概还是不会上朝听政了,可首辅太尉不发话,谁都不敢贸然离去。

杨震这时心急如焚。他在想，太后驾鹤西去之后，眼见社会弊端丛生，国势江河日下，民怨日甚一日，这时候，皇上应该居安思危，励精图治，而不应该沉迷床笫之欢。

"杨大人，您看这会儿内殿还没有传来皇上的音讯，是不是……"袁贵的话提醒了杨震，杨震这才意识到大臣们等的时间很长了，就转身抱拳对众大臣说："各位大人请先回府吧！"

正当大臣们要散时，樊丰疾步走上丹墀，尖声说道："皇上终日操劳国事，倍感身心疲惫，意欲小憩数日，从今日起，大臣们暂不上朝，若有大事需要朝议，就听旨吧！各位大人都回去吧，在各府衙门，各安所职，边搞好本府衙的政务，边等待圣召吧！退朝！"

"怎么回事？皇上到底有什么事啊？"大堂下，大臣们七嘴八舌对着樊丰嚷嚷着。樊丰不顾大臣们的议论和询问，疾步走下丹墀，向里走去。

众大臣议论着纷纷出了大殿。

二十三　一参牝鸡司晨

杨震刚走出大殿的门，有一个人从一旁走来，把他拉到一边要给他说什么。杨震一看，原来是小宦官永信。

永信左右看了看，压低了声音悄悄对杨震说："明公，小的正找您。皇上到现在还没起来呢！都三天了，那伯荣一直都住在宫中，皇上高兴了，昨晚与伯荣玩到天亮，累了，上不了朝。这事只有您能管了。"永信说罢急匆匆走了。

杨震神色非常凝重，他得知刘祜宠幸伯荣，愤愤地想：伯荣是个没有学识、不懂诗书、出身低贱的女子，皇上竟然宠幸这号人！

这时，袁贵走过来说："明公，您是三公之首，又是托孤大臣，应该进宫一趟，看个究竟，看看皇上到底怎么了，怎么突然一连几天不上朝了？"

杨伦几人也走过来，都附和着说："对，恩师应该去看看皇上到底怎么了。"

杨震叹着气说："好吧！你们都先忙去，我进宫看看，老夫也有急事奏报。"

杨震一人向安帝寝宫走着，他没有想到，无论是在朝堂还是在御书房，一向仪态端正、正襟危坐的安帝刘祜，在内宫竟然放荡不羁，沉迷女色。

杨震来到皇上寝宫门口，让樊丰传话要觐见皇上。樊丰进去后，好久没有出来，杨震在门口来回踱步，焦急地等待着。好容易樊丰出来，传皇上口谕："太尉大人，皇上龙体欠安，这会儿正在休养，不便召见大人。大人若有奏折可让奴才代劳上奏，待皇上御览。"樊丰说毕，转身就进了宫。

二十三 一参牝鸡司晨

宫门口站着禁卫,杨震看了看寝宫门,隐忍了片刻,终于发作了,大声喊道:"皇上,你忘记了太后的临终遗言吗?"

寝宫宫门紧闭着,没有任何反应。杨震愤愤地说:"龙体欠安?什么龙体欠安,分明是贪恋女色!如此下去,必要误国!"说罢甩袖而去。他边走边念叨:"纵欲而不忍,日康娱而自忘兮,厥首用夫颠陨。"意思是纵欲过度不能抑制自我,天天寻欢作乐忘乎所以,他的脑袋因而被人砍落。

杨震回到太尉府,却见杨伦怒气冲冲进来说:"恩公听说了吗,皇上为了供养即将广选进京的宫女,现在要加重赋税。你说这皇宫成了什么?后宫有那么多女人,现在还要再选!"

杨震说:"增加那么多宫女,要吃,要喝,要穿金戴银,要修饰打扮,要花费,看来,国库不空都不行,他们只能靠加重赋税来充盈国库了。这样一来,势必会加重百姓的负担。不行,我必须马上面见皇上,陈述利害。"

杨伦说:"走,恩师,我们一同去觐见皇上。"

杨震与杨伦一同来到皇宫门口,碰到樊丰也正要进门,杨震挡住了他:"请樊公公禀报皇上,臣杨震、杨伦有要事要面陈皇上。"

樊丰说:"皇上正在坐禅,绝不可惊扰。两位大人请回吧!"

杨伦说:"坐禅?坐什么禅?皇上坐禅得多长时间?"

樊丰说:"少则一天,多则……奴才也说不准。"

杨伦说:"我和太尉大人有重要事情奏报。"

樊丰说:"有奏本留下吧!"

杨震说:"我们必须面奏皇上!"

樊丰说:"再说一遍,皇上正在坐禅。"

正在这时,只见王圣得意扬扬地从宫里走出来。

樊丰连忙殷勤地说:"王嬷嬷慢走,有空再来。"

王圣与樊丰挤眉弄眼地对视了一会儿:"多谢公公关照。"

杨震与杨伦见此情景,肺都要气炸了。杨震说:"樊公公,要知道,那是皇宫,那是朝堂,那是议事殿,只有皇上和大臣才能进。她王圣对这点儿规矩不懂,难道你作为宦官总管也不懂?这不是乱了纲常?"

樊丰理都不想理杨震二人，转身进宫。杨震一看，只好与杨伦离开。两人走出不远，碰上江京朝宫门口走去。两人回头一看，只见樊丰招呼着江京进了宫。

杨伦愤愤地说："这个樊丰狗仗人势！"

又是一天早晨，暑里天气，太阳才不过一竿子高，就开始火辣辣地炙烤着大地，宫门外的汉白玉摸上去都烧乎乎的。不少大臣站在皇宫大门外，一个个满脸是汗，焦虑地盯着紧闭的宫门。虽然还没有告知复朝，但是，每个人的手里都还有一些事情急需奏报。

杨震抬头看了看太阳说："今天务必要见到皇上。朱冲，再击鼓请朝！"

请朝的鼓声隆隆直响，像是在打雷。安帝隐约听到好像是请朝的鼓声，但细听，又听不清。他看着御案上那堆积如山的奏折，显得有些恐慌不安。

伯荣走过来，从背后抱住安帝的腰，撒娇地说："堆积如山的奏章何时才能阅完？这些个大臣一点也不体贴皇上，见不得皇上歇息几日。皇上批得越快，他们奏得越多，干脆皇上就不批，让樊丰代办吧！"

安帝说："荣儿休要乱说，这样下去定要出乱子。樊丰，传朕的旨意。"

突然，宫门大开。大臣们看去，只见肥胖的樊丰跨过门槛走出来，脸上带着僵硬的表情说："皇上龙体还未康复，大臣们有本上奏，无本回府待召吧！"

个性耿直的杨震忽地厉声问道："樊常侍，请问皇上的龙体如何欠安？"

樊丰瞥了一眼杨震："皇上如何欠安？是龙颜不悦。"

"为何？"文武大臣互相对视。

"为何？"樊丰哼了一声，"因为各位大臣都不体谅皇上啊！"

一文臣赶紧说："樊常侍，您是皇上最信任的近侍，还请樊常侍在皇上面前为我们多进良言，让皇上息怒，我们也是为朝廷的大事儿着急……"

杨震手捧一摞奏章，不等那位大臣说完，截住话头："不要求他！"然后转向樊丰："请樊常侍通禀一下，我有重要事情，即刻要面奏皇上。"

樊丰阴阳怪气地说："杨大人，对不起，皇上正在休息。"

杨震气得青筋暴突，说："我有要事面奏皇上，敢问皇上何时上朝？"

樊丰说："何时上朝是皇上的事，我不敢妄说。"

杨震说："请问樊常侍，既然皇上需要休息，任何人不得打扰，为何宫中那个王圣可以随意出入宫中？"

樊丰趾高气扬地说："皇上有旨，王嬷嬷乃是皇母，皇上有事与她相商，王嬷嬷可不受宫中规矩限制。"说罢，转身回宫，阴险狰狞地笑着，宫门再次关闭。

大臣们不明所以，面面相觑，一时鸦雀无声。杨震手捧奏章，义愤填膺，痛心疾首地说道："朝风日下，国将不国啊！"

安帝此时正在"老子祠殿"内，盘腿坐于金黄色圆形锦垫上，双目微合，神色肃穆，全身素白，闭目坐禅。祠殿里香烟弥漫，极为清静。安帝坐在那里，尽享那清净无为的世界，显得异常超然。

安帝不问朝政已达一月之久，杨震三次击鼓请朝均被樊丰以皇上龙体欠安为由拒之门外，杨震更加焦急不安。眼看着四方灾情禀报，见不到皇上，无以处置；眼看那嬷嬷王圣及江京自由进出皇宫，而文武百官却无一人可以觐见。各府衙门等待皇上决定的朝务堆积如山，没有皇上的批奏，这些事务都要搁置。杨震想不到安帝这么快就被王圣母女蛊惑，竟然不理朝政，任那妖女与奸佞随便进出宫廷。更为可笑的是，皇上竟然下旨让樊丰代为打理朝政，真是荒谬到了极点！

杨震想起这些年在御书房给皇上当太傅，自己言传身教，以儒家思想教育皇上治国之道。可如今，儒家的治国之道却抵不过妖女和几个奸佞小人的聒噪。杨震想想，感觉自己这个太傅当得太失败，心里悔恨莫及，觉到百年后无颜去见九泉之下的太后和大将军。

杨震由气愤转为悲愤，由悲愤转为痛心。可是，作为三公之首，作为托孤大臣，他不能袖手旁观，坐等那无耻妖女和奸佞小人将大汉天子蛊惑成一个荒淫无度的昏君。眼看朝风每况愈下，臣心涣散，大汉将面临新的危险。他不能再等了，朝廷不能再等了，大汉也不能再等了。

杨震决定进宫，直奔甘饴宫面见皇后。

阎皇后自那日晕倒在长乐宫门口，便一蹶不振。她万万没有想到那个在她心中儒雅懦弱、对她用情专一的皇上，竟然会为了一个下贱的奶妈的女儿，不念多年夫妻之情，当着那么多人的面助那个妖女威风，灭皇后志气，让她这个皇后颜面扫地。难道，皇上这些年同自己并非真心相爱？为何多年的夫妻感情如此不堪一击？难道皇上内心里还一直爱着那个妖女？如果是这样的话，难道当年太后做主把自己立为皇后并非皇上所愿，他只是迫于太后的压力而与自己逢场作戏到如今？或者，皇上还是嫌弃自己入宫多年仍无子嗣？

阎皇后从长乐宫回来之后，病倒在床上，掖庭其他十几个妃子都来看望她，她们都对妖女伯荣恨得咬牙切齿，纷纷骂着，说迟早要从安帝身边把这个妖女赶走。

阎皇后一病一月，躺在凤榻上胡思乱想，情绪低落，身心疲惫。她期待着皇上会很快来给自己赔情，用往日的温存来安慰自己。可是十天过去了，皇上没来；一个月过去了，皇上无影无踪，更听说与那妖女厮混于寝宫连朝都不上了。

得知安帝与伯荣旧情复燃，深陷爱潭的皇后一下子生出对刘祜难以克制的怨恨。尽管她知道，对皇帝来说，权力比女人重要，但还是心生怨恨。她怨恨男人的薄情，怨恨刘祜与她无数次的欢爱，特别是怨恨那至高无上、君临天下、可以随意作践女人情感的皇权。

这个妖女荡妇，定是用了巫蛊之术迷惑了皇上，她不仅想留在宫中，还一定想要抢了自己的后位！阎皇后知道，若论在男人床上争宠撒娇、施展媚惑，她自己比不了伯荣那个小妖精，但是，她不甘心，万一伯荣进宫以后，把她取而代之，她这一生就有可能在那永远无人光顾的冷宫中度过。

阎皇后想到这里，因妒生恨，不仅恨那个妖女，更恨那个无情的安帝。

有时候，阎皇后也后悔自己不该入宫。阎皇后自小姿色出众，才华超人，入宫后，在众嫔妃中鹤立鸡群，深得邓太后赏识，当年就被封为贵人，次年就被立为皇后，受安帝专宠数年。阎皇后素日里深居简出，以自己出众的才华和管理能力将后宫打理得井然有序。阎皇后从来不问朝政，但安帝却因皇后博学多识又有心计，遇到朝政难解之事，常常求助于皇后，让她出谋划策。因此，在安帝心中，阎皇后虽有太后的才智，却无太后的专断，内敛而不张扬，是他感情上的最佳选择，江山社稷之上的得力助手。这一点，阎皇后深有感触。

可是，这一切都将毁于那个妖女淫妇的身上。如此，让她这位出身名门、母仪天下的皇后情何以堪？难道，自己就这样心甘情愿败给那妖女淫妇吗？哼，这哪里是她所能容忍的！

这时候，皇后忽然想起了已故的太后，她一下子好像理解了邓太后为何敢于冒天下之大不韪，以女子之身立于朝堂独揽朝政近二十载。也许，邓太后也是不得已而为之？也许，当年的太后也如当今的自己一般，心中充满怨恨而又无可奈何，以至于被逼登上执政之位。作为一个皇后，谁不想安安稳稳地伴君左右？谁不想让夫君的江山社稷盛世万代？但是，总有一些难言的苦衷，会让这些女人在忍无可忍的情况下被迫承担一个男人的责任和重担。

阎皇后从白天思虑到夜晚，又从夜晚思虑到天明。

阎皇后心中空荡荡的，感觉到一种从未有过的孤独和无助。深宫的夜太漫长，像一团黑色的纱幔包裹着她的全身，让她无法挣脱，快要窒息。夜夜如此，夜夜都是好不容易熬到天明。

一天，阎显兄弟几人来探望皇后，特地带来她最爱吃的点心。阎皇后苦笑一下，这些日子，也只有自家的兄弟是真心挂念着自己，每日必来问安探望，每日都要带来许多不同的家里的美食，这让被冷落的皇后心里温暖了许多。看着面前的兄弟，阎皇后似乎看到了当年的邓太后和大将军邓骘，及其弟弟邓悝等。她一下子豁然开朗，是啊，除了自己的亲人，还有谁能真心对待自己？她的心中突然涌上来一股暖流，这股暖流让她充满力量振作起来，她决定，为了她的亲人们，决不能输！

阎显安慰说，他一定和几个兄弟除掉皇上身边的这个妖女。

这时候，有宫女来报："太尉杨大人求见。"

阎皇后脸上的病容一扫而光，她在想：是不是皇上低不下九五至尊之身来向她赔情道歉，而让太尉代他赔情道歉？于是，她赶快起身，让宫女给她装饰打扮。

没多大一会儿,一个充满自信、容光焕发、雍容华贵的阎皇后重现。她将以一个新的姿态迎接门外求见的太尉杨大人。

杨震见到阎皇后,看皇后并非如传言那样憔悴,就放心了,行过拜礼之后说道:"皇后娘娘,臣受百官之托,面见皇后,是想禀报皇后,皇上已逾一月缺朝。朝事不可一日荒疏,满朝文武看着空置的龙位,忧心忡忡哪!臣作为三公之首太尉,又是太后仙逝时的托孤之臣,时刻牢记着太后的托孤遗嘱。但看到皇上久不上朝,实在心急如焚。臣几次去皇宫面见皇上,击鼓请朝,都被中常侍樊丰以皇上龙体欠安为由挡在宫外,未能见到皇上。臣等不知皇上龙体欠安是真是假,想请皇后去看个究竟,还请皇后力劝皇上以国事为重,万万不可懈怠啊!"

阎皇后一听,杨震前来求见,原来是为了这事,顿时神采全无。她苦笑了一下:"杨大人,皇上是否龙体欠安本宫也无法知晓。妖女大闹皇宫,本当我这后宫之主前去制止,可是皇上那天却说出了'废后'的狠话,实在是让本宫伤心。说什么龙体欠安,无非就是伯荣那妖女给皇上施了魔法,让皇上着了魔,倾心于她,好在宫中取得立足之地。"

杨震说:"娘娘,也许事情不像咱们想象的那么简单。那妖女连同她的母亲,与樊闳樊丰联手蛊惑皇上,使皇上懈怠国事,疏于朝政,在全天下广选宫女,置天下百姓死活于不顾,如此下去,朝纲不稳,民心必乱啊!娘娘,不能再让皇上如此下去,还望娘娘不要计较那日皇上的诳语,以江山社稷为重,劝劝皇上赶快清醒啊!"

阎皇后愤愤地说:"杨大人,本宫当然知道大人的一片苦心。可是后宫不得干政啊。再说,皇上这会儿对那妖女兴致正浓,如果本宫前去劝阻,无非是自讨没趣、自讨苦吃,轻则遭其责罚,重则后位不保啊!"

杨震说:"娘娘,朝不可一日荒废,朝政大事久而不办就会荒朝的。"

阎姬又苦笑了一下:"听说那个妖女淫妇野心勃勃,声称要与本宫争个高低,从而取代本宫。太子保儿年纪尚小,而本宫膝下也无子嗣,如果本宫惹怒了皇上,失了后位,大汉岂不是更没了指望?因此,本宫只能忍着。"

杨震见皇后言辞恳切,知道皇后也实属无奈,只好作罢。这时,他就想起了恩师桓郁，不打扰恩师也不行。他想向恩师请教，商量面对眼前局势，他该如何去做。

杨震正在去恩师家的路上，还没有等他到恩师家，就听到噩耗，几个过去与他同出师门、同窗而学的学友告诉他，八十八岁高龄的恩师已驾鹤西去。杨震赶到桓郁的家，万分悲痛。

杨震的恩师、一代帝师、一代儒学大师桓郁历经明帝、章帝、和帝、安帝四代，位居太常达二十年之久。他忠君敬业，恪守法度，颇有建树，屡受封赏。病重期间，他自知不久于人世，主动上书安帝，他百年之后，由儿子将和帝时期赠予他的一座府邸房产归还朝廷。

桓郁病重期间，他的弟子门生属下数以千计，前来探病慰问的人车水马龙，络绎不绝。然而，杨震由于太后仙逝、大将军遇难、朝廷变故，焦头烂额、顾此失彼，一直没有顾得上看望恩师，他悔恨交加。

杨震一直敬重自己的这位恩师，对恩师临终前归还朝廷府邸房产的高风亮节更加敬佩。他为这个如同父亲一样的恩师亲自操办丧事，忙前忙后，主持大葬事务，组织安排桓郁的弟子日夜为恩师守灵。按说丧事费用皆应由朝廷国库拨付，但由于安帝久不上朝，耳目闭塞，国库财力不足，加之桓郁临终前一再坚持不让儿子向朝廷开口，因此，丧事从简，少有的费用大都是桓郁的门生弟子倾囊相助，才得以安葬。送葬这天，杨震亲率桓郁弟子举行葬礼，直到护送桓郁灵柩到墓地，入土为安。杨震知道，如果太后在世的话，灵车肯定用的是皇家乘舆，由四百名羽林军骑兵护卫，皇家乐府在前方一路演奏哀乐。但是，目前安帝久不理政，杨震又无力做主。尽管如此，为桓郁送葬的生前好友和上千名弟子还是绵延数里。

在桓郁众多的弟子中，杨震是哭得最为伤心的。看到已年近古稀、哭得老泪纵横、无限悲痛的杨震，铁石心肠的人都流下了眼泪。不少人要问，桓郁的死，为何令杨震如此伤心？

东汉永平三年（60），杨震生于弘农郡华阴县（今华阴市）潼乡秦岭脚下水峪口村，他的家族"弘农杨氏"，在西汉初期是名门望族，八世祖杨喜是西汉开国功臣，被刘邦封为"赤泉侯"，高祖杨敞官至丞相，因拥立汉宣帝有功

被封爵"安平侯"。但杨氏从西汉末期就开始没落,杨震的祖父杨谭和父亲杨宝,两代皆是甘守贫寒、生活艰辛却不曾为官的教书匠。而到杨震,童年时又更雪上加霜。杨震父亲杨宝撇下孤儿寡母三口,不幸早逝,杨震的母亲拉扯着两个儿子杨震和杨季,含辛茹苦,艰难度日。

苦孩子早当家,杨震小小年纪便挑起家中生活的重担。小的时候,割草、喂猪、担水、砍柴、放牛啥活都干,同时,与母亲一起春耕秋收、种地打粮,奉养母亲,拉扯弟弟,还开了几亩荒地种草药,以换钱买油买盐,里里外外拼命劳动,有口粮食就先让母亲和弟弟吃,自己经常饥肠辘辘。

杨震的父亲杨宝是一方名儒,从青年时代起就研习欧阳派的《今文尚书》,在杨震兄弟俩小的时候,父亲在学馆教授学生之余,就教两个儿子读书习字。杨宝去世后,粗通文墨的杨震的母亲深明大义,不但接过了小杨震兄弟俩的教育任务,更时常以祖先的丰功伟绩训导他们,要兄弟俩刻苦读书,求取功名,光耀门庭。杨震少有大志,聪明好学,读书过目不忘且悟性极高,时常能举一反三。他学习的自觉性也强,他家的村子水峪口村后面是山,山下小溪旁环境宁静,是杨震每天读书的好地方,即使劳作辛苦,杨震也从未间断学业,而且时常带着弟弟小杨季一块儿到溪边读书。杨震奉母教弟,乡里称孝。

艰苦的童年对杨震一生有着重要的影响,小小年纪就饱受了生活的冷暖辛酸。少年时代,杨震读到屈原的《离骚》,那千回百转的慷慨悲歌令他热血沸腾,也使他那愤世嫉俗的性格中多了忧国忧民的成分。杨震的母亲看到大儿子从小就有大志,不管生活多么艰难,都不忘记读书,就非常支持杨震。

也许是上天眷顾,就在杨震十五岁那年,他父亲生前的好友桓郁,得知关西弘农潼乡挚友杨宝去世多年,便从京城赶来潼乡,看望生活艰辛的杨震娘儿仨。

桓郁时任朝廷太常,是东汉著名的儒学宗师。桓郁一生桃李满天下,教过的学生里,有两个非常出名:一个叫刘庄,即东汉的汉明帝;还有一个叫刘肇,即东汉的汉和帝。汉和帝虽然英年早逝,但却被世人称为一代明君。世人称赞桓郁是"两代帝师,可谓亚圣"。

杨震母亲尽其所有招待桓郁，令桓郁非常感动。桓郁看了杨家的家境，深知娘儿仨生活的不易。特别是得知杨震从小聪明好学，且与杨震交谈过后，甚为赞赏，当下表示：一是留下一些钱，以作杨母与小儿子杨季的生活补贴；二是他要收下杨震为学生，并带杨震到洛阳去求学，杨震在洛阳求学期间的花费全由他承担，从而减轻杨母的生活负担，解决杨家生活的困境。

天大的好事！娘儿仨感动得跪地连连磕头。

杨母当场对杨震说了一句让杨震终生不忘的话：

"儿啊！你若辜负了你父亲的清名，辜负了你恩师的恩情，娘永远不认你！"

杨震就这样跟随桓郁，到京城洛阳做了桓郁的学生。

桓郁把杨震带到京城，让杨震免费入住自己开办的书院里学习。

桓郁所办的桓氏书院设在太常府的偏院，桓郁接收学生极严，只收二三十个学生。在桓氏书院学习期间，杨震用功刻苦，悟性极强，学业优秀，受到桓郁的表扬，受到其他求学学生的羡慕。桓郁不但教授杨震儒家学问，更教导他要博采众家之长。杨震一一谨记，各类儒家典籍不但通读，更烂熟于心，同时也广泛涉猎天文、历法、数学、医学等各门学问，还经常参加京城各学府及太学院的集会交流，常对各类学问大胆评说，令众青年才俊折服。又因杨震为人正派，口碑甚好，不出几年，就得到了"立身刚正""明经博览"的好评。

但桓郁对杨震更重要的影响，却是做人。桓郁此人，除了是当时著名的学问家，更是出名的刚正直臣，他的官职是九卿之一的太常，执掌朝廷的官员选拔和宗庙祭祀、礼仪规范。他生活中最大的特点就是认死理，比如朝廷礼仪有不合规范的地方，哪怕是细枝末节的小问题，他都不放过，大事情更是不含糊。一次，朝廷搞一个庆典活动，皇帝想搞得排场一点，有些大臣也想借机浑水摸鱼，桓郁认为这是铺张浪费，在朝会上向皇上上奏章，闹得皇上下不了台。还有一次，汉章帝出巡多花了点儿钱，桓郁知道后当场大怒，连篇累牍地上奏章，指出汉章帝奢侈浪费，气得章帝命侍卫把他拉出去，他竟一怒之下在家罢工不上朝。有人劝说他，整个大汉都是皇上的，皇上多花朝廷的钱，用不着生那么大的气。他争辩说，那钱不是皇上的钱，那是老百姓的血汗钱。事

后，章帝见他还不上朝，就亲自去他府上探望，好言好语一番才算了事。

而在教授学生上，桓郁更不含糊，不但学业上严格要求，而且生活上更是细致管教，细致到学生们每天的起床、吃饭、睡觉，都有严格的规定。比如吃饭的时候不许剩饭，要一粒不剩地吃完。睡觉的时候，要晚睡早起，不许睡懒觉，要按时起床，打扫屋内和院子卫生。违反规定者，按院规打板子。就连拜他为师读书的皇太子和其他皇子，自以为优越，违反了院规，也照样被他打得两手肿胀。

杨震为了报答恩师的大恩大德，让桓郁少雇一个仆人，他主动为桓府劈柴、挑水、打扫院落，不管啥活儿，他不嫌脏不嫌累，抢在前边干。而到夜里，他就钻进桓郁的书房，捧着一卷卷竹简坐在烛灯下阅读背诵。

杨震自师从桓郁以后，总是比别的学生睡得晚，一直到深夜还在点着蜡烛用功读书。他把自己埋进桓郁书房的一捆捆竹简里，不是读《楚辞》，就是读《太史公书》，或者《论语》等儒家经典。早上总是比别的学生起得早，天不明就起来背书，等别的学生起来后，就开始一起打扫里外的卫生，从不叫苦。几年下来，杨震用功阅读的各类书简能放几间房子，把"五经"从头到尾看了不知多少遍。

杨震一生最大的爱好就是读书和与人交流学问。他晚上用功读书，白天上课，课间与儒生们在一起热烈讨论，交流学问。

这样的学生桓郁自然从心里喜欢，于是，就给杨震搞"特殊化"，不光教杨震做学问，而且教杨震学政务。他先是命杨震做自己的助教，协助他完成教学上的一些事务；后来，又命杨震协助他处理太常府一些日常的政务；再后来，桓郁连给皇上的奏章，也经常交给杨震起草，最后他再修改润色。杨震起草的奏章往往令桓郁非常满意，几乎一字不动，不用加工润色。之后，桓郁关于太常府的日常工作方案，也命杨震参与谋划。为了使杨震得到各方面的历练，桓郁常常带杨震参加各种应酬，这样，官场形形色色的众生相，数年时间杨震都已亲历。特别是桓郁刚正不阿的品质，更使杨震耳濡目染，从而使杨震形成了一个做人处事的原则：对就是对，错就是错，对要坚持，错要改正，不改正就要揪住不放，皇帝老子也挡不住。

正是这段经历，为杨震日后从教、从政奠定了坚实的基础。譬如：杨震协助桓郁处理教学事务，为他后来在家乡开办学馆打下基础；他协助桓郁处理太常府事务，为他后来从政处理政务打下基础。

桓郁在学问方面指点杨震攻研欧阳派的《今文尚书》。

欧阳派的《今文尚书》始创于西汉欧阳生，是汉朝儒家学派里特殊的一支。秦始皇焚书坑儒的时候，把儒家典籍《尚书》也焚了，汉朝时整理典籍，由秦博士伏生口述《尚书》残本，以汉朝隶书誊写，因此名为《今文尚书》。汉朝以来，《今文尚书》又分为大小夏侯派系和欧阳派系。儒学大师桓郁，师承欧阳派的《今文尚书》，并成为《今文尚书》的传人。

桓郁自从收下杨震这个学生后，看到杨震勤奋好学、善于钻研，就决定把杨震作为《今文尚书》的下一代传人，悉心教授。因此，杨震把欧阳派《今文尚书》当成自己一生最重要的四本书之一，走到哪里，带到哪里。也正是这一门学问，铸就了杨震清廉人格之魂。

欧阳派与别的学派大有不同，别家学派大都是研究理论，而欧阳派注重理论联系实际。《今文尚书》里的重要思想，他们不但批注研究，更会悉心钻研，核心思想就是：仁义，清廉，即儒家弟子要以仁义治天下，以清廉谋福祉。因此，董仲舒提出了"罢黜百家，独尊儒术"的重要思想，并从此奠定了华夏长达两千多年传承儒家思想的基础。

所以自西汉以来，这个学派代代传承，出大儒，出清官，比如西汉的欧阳高，东汉初期的董宣、郅珲等人，可谓英杰荟萃，而杨震也成为后来的大儒、清官。

对这个学派，杨震自然是不陌生的，因为他的父亲杨宝也是欧阳派弟子，恩师桓郁更是欧阳派大师，他学起来自然驾轻就熟。加上他学习刻苦、勤于思考，不但学业优秀，更善于钻研摸索，所以进步极快。

杨震就这样在恩师桓郁的教授下，一学就是五年。二十岁那年，一件事情的发生，使桓郁确信：杨震已经可以圆满出师了。

有一天桓郁讲课时，说到了西汉欧阳派的先贤、汉元帝时期名臣欧阳地余清廉自守的故事。这位官至侍中的一代大儒，一生清贫，去世时家无余财，更

留遗言给子孙：死后不接受官府赏赐。如此清廉楷模，自然让众多学生钦佩不已，纷纷称赞。可是，这时，桓郁看见自己的得意门生杨震，一反常态，他在钦佩之余，不是称赞点头，而是轻轻摇头。

桓郁奇怪了，这个平时最敬佩历代儒家大师的好学生，今天怎么了？敢对先贤不敬？这个脾气倔怪的老师带着怒气刚要张口问其原因，却见杨震站起身，对着老师不紧不慢地说道：

"恩师，余以为，儒家弟子当清廉自守，但是，面对当时官场风气败坏、贪腐横行，不能光洁身自好，更应铲奸除恶，匡扶社稷，如此方不负圣人之教也！"

此语一出，满座皆惊。桓郁愣了半晌，仿佛第一次认识他这个学生似的。终于，他的脸上露出了欣慰的笑容，欣喜地对杨震说："伯起，你有如此抱负，这很好，但更要多历世事，体察民情，方能如愿啊！"

杨震就这样毕业了，这时，桓郁就给当朝皇上推荐杨震入朝为官，然而，没想到，杨震谢绝了，他说："恩师的恩情没齿难忘，但是，伯起早年丧父，是母亲含辛茹苦拉扯我兄弟俩长大。我已二十岁了，该是报答母亲养育之恩的时候了。"

听到这儿，桓郁满意而惋惜地点点头。

之后，杨震收拾行李回到了关西潼乡的水峪口村，一面奉养老母、教导弟弟，一面凭着在桓郁门下所学，子承父业，开始了之后三十年的教书生活。

在秦岭北坡下水峪口村后的溪水边，在父亲曾办多年学馆的老地方，杨震与弟弟经过一番整修，先收了十多个学生，开始复馆授学。

杨震复馆授学以后，一面教书，一面与妻子种田奉养老母，抚养几个儿子。他家里的田地都在秦岭北麓水峪口外的山坡上，一到下午放学或休息天，他就放下书本，拿起锄头农具，下地干活。

东汉时期学馆陋习颇多，做学生的不但要鞍前马后伺候老师，还得帮老师家挑水种地，既当学生又当长工。杨震把这些全废了，他从来不使唤学生帮他干家务活，而是宽厚地对待每一名弟子，但治学却极其严谨，身体力行教导他们读书做人，掌握知识。这么好的老师办学，学生、家长一传十，十传百，消息传出，十里八乡的家长纷纷把娃送到水峪学馆，拜杨震为师，求杨震把娃收下。

一下子，学馆门庭若市。又由于杨震带领学子在学馆围墙内外两侧、院子栽植了茂密的古槐，从此人们就把水峪学馆称为"杨门槐市"，仅三四年时间，求学的学生就达二三百人之多，加之杨震办学规矩，治学严谨，教书育人以清白正直为要，学馆的教风严谨。一个老学究来到学馆，看到此情此景，把这种古朴之风称为"槐市之风"。从此，水峪学馆声名传至四面八方。

这样一来，送娃求学的人络绎不绝。鉴于水峪学馆条件的限制，杨震经过四处寻找，与母亲商量，决定把学馆迁到一个办学环境、交通条件都比较好的地方。

潼乡塬下、渭河南岸的平原开阔地带，有一个古老的大村庄，叫潼亭村。潼亭村既是亭公所的所在地，也是潼乡乡公所所在地。加之，村中间有一条大街，已于数年前形成集镇贸易，每逢三、六、九日，方圆数十里的百姓都来赶集，非常热闹。潼亭村交通便利，一条东通京城洛阳、西连西京长安的驿道官道从村中集镇大街穿过，方圆周围学生就学方便。村北的渭河边却非常宁静，正好在村后河边有一个闲置多年的园子。杨震经过实地察看，觉得这儿是设馆授徒的好地方，于是他决定把迁馆、扩馆的地址选定在这里。经过与主人协商，他把这个闲置的空园子租了下来。后来他与弟弟又找了一些帮工，挖基、垒墙、盖房，经过半年多时间，一个新的学馆在潼亭村北建立起来。有趣的是，他们在建学馆挖土过程中，学馆院子当中一个还未填平的土坑里涌出一股泉水，而且越来越大，竟使土坑形成了一个小湖。杨震没有移土填湖，而是趁此将小湖周围加以修整，作为学馆中一处特色景致保护下来，并据此给学馆起了一个很雅致的名字，叫"泉湖学馆"。学馆建成后不出一个月，就有五六百学子在父母的护送下来学馆求学。

由于杨震把水峪学馆"教风严、学风浓、馆风正"的槐市风气延续了下来，几年下来，泉湖学馆成为远近闻名的学馆，方圆求学的学子络绎不绝，把不大的学馆拥得满满的。且看学馆的环境：学馆讲堂内，时时传出琅琅的读书声；学馆院内，泉湖之中，泉水淙淙，清泉莲池。往南看：近处是巍峨的潼乡

塬，远处是峰峦起伏的秦岭山。站在学馆后边望河亭，可西眺长河落日圆的渭河；东边顺渭河而下的渭水入黄河处，当夕阳西下时，金水泛波，白帆点点，两岸村落，炊烟袅袅，真是一派好景致。

学馆办在塬下渭河边，年迈的母亲及妻子儿孙都住在秦岭脚下水峪口村，耕种着那几块山坡地。因此，一到闲时，杨震就又急着赶回家中，侍奉母亲、种庄稼、做家务。一些家长为了杨震侍奉母亲、照顾家里和往返学馆方便，便自发地拿起镢头、铁锹，在两地之间修了一条南北长约十里的车道"牛壕"，便于杨震坐着牛车来回。

又过了五六年时间，在馆求学的学生人数越来越多。这还不说，西边华阴城的乡间、东边相邻的弘农县的乡民，还不断有大人把娃送来，好说歹说，要拜杨震为师，要学馆把娃收下。为了华阴和弘农学子就学方便，杨震与母亲、弟弟商量，决定把泉湖学馆作为总馆，在华阴城东的牛心峪口、祖父杨谭曾办学馆的地方和弘农县豫灵镇泉里村，分别开办两个分馆。华阴的叫"牛心学馆"，由弟弟杨季在那里执教；弘农的叫"泉里学馆"，由杨震聘请的一个儒生在那里执教。这样一来，事业一下子壮大了，一教又是数十年，三地学生加在一起已经达到一千五六百人。

杨震办学不求发财，从来不收过高学费，且对家庭困难的学生免收学费。三地办学，杨震不辞辛苦，不怕涉水过沟，在三个学馆之间来回奔波，为的就是给这些带着极大希望的学子传道、授业、解惑。这个道，就是儒家圣人之道。杨震要求儒生树立的最高理想是"正心诚意修身齐家治国平天下"。他一再告诫弟子："用功掌握学识，金钱是能花光的，而学识是用不完的。"

在汉朝，想当官，主要就是通过"举孝廉"，即由地方官推荐当地名士入朝为官。由于杨震的人品学问威望在弘农、华阴、潼乡、豫灵一带无人可比，朝中及地方官不断有人按照"举孝廉"的标准，举荐杨震入朝为官，但是，每次都被杨震回绝了。

如此一来，杨震在关西潼乡一带，人品学问声望更高。开馆办学不到三十年，他的办学事业已达到了前所未有的高峰：三地在馆的门下弟子加起来已超过两千人。杨震开办学馆，一开始，求学的学子有十几人，后来，每年都要新增二三十人，甚至四五十人。学生在校，一般学习三年就毕业了，有些学生坚持学习五年，才恋恋不舍离开学馆。这样，在馆的学生，加上三十年来已经毕业的学生，杨震总共教过的学生，已经超过了三千，其对人才的培养，显然可以与春秋战国时期鲁国的孔夫子相媲美。京城及乡间的儒士们，一提起杨震，都肃然起敬，便送给杨震一个响亮的雅号——关西夫子。

杨震一生不光志在设馆授徒，而且非常重视子女教育，他的五个儿子，一个个少时先在他办的学馆开始学习，每人学八年之后，让他们考至皇家最高学府洛阳太学院。杨震一边办学，同时教授自己的五个儿子读书。他把五个儿子按照不同的年龄段，编在不同的班级里，让他们平时在馆读书，休息日带他们一起回村下地农耕，边耕边读，做到"耕读传家"。

杨震的从教生涯，一直到安帝永初元年（107），邓骘大将军带着太后圣命三赴潼乡，急召杨震赴荆州赈灾。一开始杨震没有答应，直到邓骘拿出杨震恩师桓郁的手书，杨震看过之后，方才答应出仕。这年，杨震刚好五十岁，从教已经三十年。

知道杨震这段经历，以及杨震与桓郁那段师生佳话的人，对杨震在桓郁葬礼上的表现，更加敬佩……

安葬了桓郁后，杨震痛定思痛，他在想，皇上这哪里是休朝，分明是废朝，根源在妖女身上。那四方灾害灾情只有见了皇上再说，眼下，先要从皇上身边赶走妖女。奸佞妖女是社稷的隐患，妖女不除，国无宁日。

杨震还记得，他初入朝时，太后向他介绍安帝时说，刘祜自幼聪明好学，十岁的时候，就开始读史书，得到和帝称赞。太后一定要拜封杨震为太傅，要杨震做刘祜的老师，杨震听了太后的介绍，答应了，而且对刘祜抱有很高的期望，对刘祜理政抱有很大的信心。可是后来，他渐渐发现刘祜学习不用功，而且年龄越大，才智越发显得平平，性格中的懦弱亦显现出来，特别是刚一亲政，即沉醉于女色。

杨震已决定冒死闯宫，冒死觐见皇上。杨震回到太尉府，不吃不喝，把自己关在屋子里，草拟了一道奏章，他要参奏王圣母女俩。

杨震写好奏章,命杨伦叫来小宦官永信。从永信那里,杨震了解到了长乐宫还有一个青锁门,平日里只有宫里禁卫把守。杨震让袁礼带着自己来到青锁门,却发现这个小门因为长期不用,已经被人从里面堵死了,从外面根本打不开。杨震又转身来到皇宫大门前。

袁礼见杨震脸色铁青,知道杨震要冒死闯宫,便坚定地站在杨震身边保护他。可是杨震不愿连累袁礼,命袁礼回去。袁礼无奈,只好转身往回走。

杨震双手紧握两卷奏章,站在宫门口,满脸怒色:"樊常侍,请你给皇上通禀一下,太尉杨震有非常重要的事,必须面奏皇上。"

而那樊丰依然不紧不慢、阴阳怪气地说:"对不起,杨大人,皇上此时正……"

不等樊丰说完,杨震大怒,咆哮着说:"闪开!我自去见皇上。"说着一把把樊丰推到一边。

樊丰一看杨震要硬闯宫门,尖着嗓子慌忙大叫:"私闯宫门,禁卫,拿下!"

宫门两边的七八个禁卫手持利剑,呼啦一下围住杨震就要动手。

"住手!你们瞎了眼吗?不认识太尉杨大人吗?退下!"袁礼突然冲过来,拔出利剑挡在杨震面前大喝一声,禁卫们一看是袁礼,纷纷退到一边。

杨震带着怒气冲进安帝寝宫,见王圣母女两人都在殿内围着安帝,杨震更加愤慨。

安帝正躺在龙床上,见到杨震大吃一惊,慌忙站起来,大喊:"你……你要干什么?禁卫!禁……"

王圣和伯荣也一下子惊呆在那里。樊丰赶忙跑过来吓得慌忙解释:"皇……皇上,杨太尉硬闯皇宫!"

安帝虽贵为天子,但做事总怕杨震这个倔老头,因为杨震做事严谨,为人刚直敢言,他知道自己行为不端,心里不免有些惧怕这个太傅。

安帝擦了擦额头被惊出的汗珠,惊魂未定地说:"你们先下去。"

樊丰给王圣母女递了个眼色,三人都赶紧退下。

安帝怒气未消,问:"太傅,你要干什么?"

杨震跪地道:"皇上,臣有要事急奏。臣要参奏王圣母女。"

安帝一惊,问:"太傅要参奏阿母娘儿俩什么?"

杨震说:"臣请求皇上约束王圣、伯荣的行为,严肃朝纲。"

安帝神色凝重:"太傅起来说话。"

杨震站起来说:"皇上,臣闻政以得贤为本,理以去秽为务。所以唐尧、虞舜任用贤才为官,流放四大凶人,天下全都叹服,带来和平与快乐。一月以来,妖女小人充宫。乳母王圣,出自微贱,得遭千载,奉养圣躬,虽有推燥居湿之勤,然前后赏惠,过报劳苦,而无餍足之心,无自知之明,外交嘱托,扰乱朝纲,损辱朝风,尘点日月。《尚书》一书警诫,牝鸡司晨,征兆不祥。《诗经》讽刺多情的女人丧国。过去郑庄公顺从母亲的欲望,放纵骄弟的奸情,几乎危害国家,然后加以讨伐,《春秋》一书贬斥他,以为没有很好地引导教育。女子和小人,亲近他们便高兴,疏远他们便怨恨,实在难养。《易经》中说:'不敢主动行事,柔和中正地做个主持烹饪的主妇。'说的就是女人不得参与政事。宜速逐出嬷嬷,令居宫外,断绝伯荣,莫使往来,令恩德两隆,上下俱美。陛下应断绝对这母女的私情,割弃不忍的慈心,留意万机,谨慎用人,减省地方贡献,节制广选宫女。让野外没有《鹤鸣》诗所咏'贤者隐退'的哀叹,朝中没有《小明》所说'明珠暗投'的悔恨,《大东》诗所叙的混乱不出现在当今,百姓不会因过分赋税而埋怨于民间。"

杨震的一番话说得慷慨激昂,掷地有声,安帝的脸红一阵白一阵,气得半晌说不出话来。杨震再次跪地恳求:"老臣斗胆进言,尽快将王嬷嬷送出宫去!"

杨震合上奏折呈给安帝,随后又拿出另外一份奏章说:"皇上,臣还有一奏。吾皇久不上朝,众大臣疑心重重,心神不安。长此下去,必定臣心大乱,朝纲不稳。中常侍数次以皇上龙体欠安为由拒不传令。朝久不上,必要废之。四方受灾,频频告急,大臣们一个个心急如焚,臣今日冒死闯宫,是因为老臣身负太后托孤之重,恳请皇上从痴迷中醒悟,不要再信奸佞蛊惑,重振朝风,亲理朝政,尽快下旨,赈济灾民,安抚百姓。"

安帝听着,满脸通红,欲言又止,欲怒而不敢发。

杨震说着，又掏出一份奏章："皇上，臣还有一奏，就是奏请皇上亲自主持重审'邓骘谋逆'一案。关于此案，朝野议论纷纷。"

由于邓太后的政绩声望，安帝刘祜自然无可比拟，就是汉家历代君王可比拟者也很少，而且邓氏家族向来少恶绩，邓骘死后，百官不服，为其鸣冤叫屈，逼得刘祜几次都说，他将下旨，不再追究，可至今一直未下旨。然而，以杨震为首的"清流派"猛究不放，一再上书，要求重审"邓骘谋逆"一案，给天下人一个交代。

安帝听完杨震的话，脸色由红变白，无言以对。

杨震见安帝不说话，把一个月来准备上奏安帝要说的话，一股脑儿说了出来。他指着一旁的大殿说："皇上，皇宫是皇上和大臣议事的重地，朝廷大臣被拒之门外，而她们却可以大摇大摆进出崇德殿，难道她们连这点儿规矩都不懂吗？难道皇上认为律法只对臣民？皇上如此纵容王圣母女，让众大臣如何看待皇上？"

安帝一时语塞，更是一脸的不悦："知道了，太傅退下吧！"

杨震这会儿不顾安帝龙颜不悦，继续说："皇上，臣以为皇上正渐渐疏远国事。眼下四方灾害再发，朝臣人心浮动，皇上要树立起一个贤明君主的威信。"

安帝已经开始愤怒了，说："朕说过了，你退下吧！"

杨震还没有住口，他见安帝毫无愧色，自是对这个喜好女色、荒疏朝政的皇帝学生很有意见，于是接连上奏，进行规劝，接着说："皇上怎么能沉溺女色不理朝政？难道您忘了您是大汉的天子？忘了太后临走前的嘱托了吗？皇上！"

安帝龙颜大怒，用手指着杨震："朕再说一遍，你尽快退下！"

杨震看着安帝那张因为愤怒而扭曲的脸，心灰意冷地摇摇头，把他的那道参奏和各地送来的四方灾害的奏章撂在案上，刚准备走，忽然想起还有一书，又去放在御案上，这才转身失落地离开寝宫。

原来，杨震对安帝纵情声色、荒淫无度十分愤慨。他通宵达旦收集整理《楚辞》《诗经》《书经》等书籍中记载的有关圣贤君王励精图治的故事，又摘编了帝王纵情误国和荒淫亡国的典籍，编成《说女与君王》一书，呈奏给安帝，期望他从中吸取教训，励精图治，重振朝纲。出宫前他撂下一句话："若皇上仍不理朝政，也不听进谏，那臣也无心再留朝，还望皇上准许老夫辞官离朝，告老还乡！"

安帝看到杨震呈奏的《说女与君王》，默默无语，不置可否。樊丰见杨震已走，出来借机火上浇油，说杨震太狂妄，目无圣上，应革职问罪。刘祜虽是耽于享乐的皇帝，但他自幼饱读诗书，特别是在一代名儒杨震的教授下，受着皇家严格的正统教育，在大局和事理上还是明白的，因此对樊丰的挑唆没有理睬。

杨震刚走，王圣和伯荣就从偏殿走了出来。过去，在宫中，王圣穿戴打扮总是一副仆人的样子；而现在，她虽然依然是奴婢，但已开始穿绣衣丝履。

伯荣见安帝龙颜大怒，便走过去安抚安帝："这个杨震狂妄至极，胆敢以辞官要挟皇上，这不是逼宫吗？"

忽然，樊丰带着一群人来到安帝宫中。安帝吓了一大跳，不知这些人要干啥，以为是要闹事、逼宫。

二十四　蔡伦之死

进来的原来是一群宦官。这时，只见这群宦官在樊丰的带领下，齐齐跪在安帝面前说："皇上不妨答应杨太尉的奏请，让其辞官归家，朝廷从此也可得安宁。"

安帝听闻大怒说："小人之见！你们是想让朕遗臭万年吗？"

樊丰也赶紧跪地："奴才该死！但这个杨震太狂妄，他在大臣面前污蔑皇上。"

安帝说："污蔑？"

樊丰说："是啊，他说皇上宠幸荣姑娘，实属骄奢淫逸，扰乱纲常。"

安帝大怒："别说了！哼，他竟然连朕的私事也管了！"

樊丰也赶紧附和着说："人都说杨震是大儒，其实就是腐儒，迂腐至极！"

这时，安帝说："有些事情你们该不管就不管，替朕打理好朝务，有些事情该收敛的收敛一点。至于杨震，不要再提，他是朕的太傅、朕的帝师、朕的托孤大臣。"

洛阳城西的五里亭中。

杨震木然地伫立在那里。明后早逝，贤良被害，恩师已去，杨震顿时失去了太后和大将军两个坚强的后盾的支持，失去了恩师桓郁的及时提醒和指点。

他看着北面滔滔奔流的黄河水，禁不住老泪纵横。他仰望天空，悲愤长叹："恩师呀！您这个学生无能……此后国有危难，杨震该去问谁啊？奸佞当道,我大汉江山支离破碎啊!苍天啊,谁还能拯救大汉呀——"

已是二三月间,天气慢慢变暖,可杨震却愁眉不展,因为,过去一到二三月青黄不接的时候,他就发愁一家人吃什么。他现在在想,去年七八月四方灾害,今年二三月,那些受灾的百姓吃什么?

杨震在太尉府一边看奏章,一边想着百姓今年如何度过二三月。

这时,小宦官永信气喘吁吁从宫中偷偷跑来,悄悄告诉杨震:"杨大人,皇上要从大司农府调拨财物、粮食,耗巨资再造一个豪华的南宫。"

杨震一惊:"什么?有一个长乐宫还不够吗?为何要再造皇宫?"

永信又说:"杨大人,还有一件事,樊公公一伙,可能要对蔡太仆不利了。"

杨震问永信详细情形。

永信说:"说什么蔡公公是杀害当今圣上父亲的真凶。详细情况,小的还不清楚。小的得赶紧回去,不然让那樊贼发现了,小的命就不保了。"

杨震说:"小公公,你提供的情况非常重要,你也要提防点。一旦有谁对你怎么样,及时告诉老夫,来不及的话,就在宫中找袁将军。"

永信走后,杨伦就匆匆来了。去年七八月份,各地相继发生灾害之后,杨伦奉杨震之命,历时半年多时间,对各地受灾情况进行遍访,了解考察灾情和民情,刚一回来,便急忙来到太尉府禀报杨震。

杨震急忙给他让座倒水。

杨伦没有坐,只是端着水喝了一口,说:"恩师,历时半年巡察,学生大为震惊。我先说说西羌的事情。西羌滇零父子也并非完全是背信弃义,而是认为朝廷不讲信誉,说太后在世时当着文武大臣表态,五年内北地不缴赋税,结果不到四年,就强行收缴赋税,零昌是被迫带领羌民反抗的。班勇他们带领官军在镇压羌人反抗的过程中,军需粮饷供给不上,他们多次给朝廷奏报,得不到消息。前线由于得不到供给,一些将士便到村中强行征发徭役和赋税,补充军饷,乡民们奋起反抗,一些士卒便到处抢杀劫掠,使得汉人和羌民死伤不计胜数,百姓苦不堪言。"

杨震吃惊地说:"怎么会是这样?"

杨伦说:"在长安以西的关中西部,特别是扶风一带,由于频繁的徭役征发和沉重的赋税负担,田园荒芜,百姓破产流亡,生活受到严重的破坏。"

杨震说:"这都是重徭厚赋造成的。"

杨伦说:"在这一带,到处流传着童谣说:'小麦青青大麦枯,谁当获者妇与姑,丈夫何在西击胡。吏买马,君具车,请为诸君鼓咙喉。'学生从关中一路走来,眼见荒村萧瑟,饿殍遍野,数以万计。如今国库空虚,百姓无粮,国贫民穷之现状令人震惊。"

杨震听到这些,异常气愤:"从这首童谣我们可以看出重徭厚赋的恶果,看到西北边军和地方官吏为镇压羌人而征发的徭役给朝廷经济和人民的生活带来多么严重的后果。"

"还有,"杨伦接着说,"去年七八月份,荆州的大雨连着下了七天七夜,因为州府没有充足的费用,不但去年的赋税完成不了,各郡各县就连加固堤坝的钱都拿不出来了,如果今年再出现水灾,决堤怕是避免不了了。"

"唉!"杨震叹了口气,"沅江的水患时时侵扰荆州,只能投入钱加固堤坝,防患于未然。可是,据说王密已经三次上书奏报朝廷,却一直石沉大海。"

杨伦接着说道:"从去年二三月到现在,整个关中没有下过一滴雨,翻地两尺,下面的土都是干的,农夫们根本种不了庄稼。恩师的家乡弘农自去年三四月小麦吐穗时大旱,那些低洼地带的庄稼还算结出了一些麦穗,可多数坡梁地的庄稼颗粒不收。百姓们还说,去年老天连续半年滴雨未下,七八月的暑期又遇大旱,秋庄稼难以种进地里。距渭河、黄河不远的华阴、弘农、陕县几个县的百姓从河里挑水下种,结果,浇的水赶不过太阳的暴晒,苞谷、高粱苗子大都未出来,出来的也都夹死在了干裂的土里。长年的干旱,致使土地干裂,庄稼颗粒无收,长洛驿道尘土半尺。百姓的吃水更成问题,没有办法,只得吃黄河水。一些有钱的大户人家趁机压价收购乡民们的田亩房产,逼得农户有地的卖地,有房的卖房,然后携家带口外出逃荒乞讨,有好些村子都逃空了。学生走了几个月,到处看到旱情严重,一片片田野呈龟裂状,举目所及,烈暑酷旱，好像把地上一切水都吸干了。现在二三月又是青黄不接的饥荒时期，如再不设法救灾，我敢断言，不出一年，关中皆病夫。这些，我们沿途都看到了，真是心疼啊！就这样，朝廷还要加重赋税。百姓们聚集在一起，头戴柳圈、手拄柳棍，跪在庙前祈雨。太守移良不但不顾百姓死活，还一再催促缴纳皇粮赋税！"

原来，从去年春天，黄河南北的司州弘农郡一带、三辅地区及凉州一带，大旱持续了几个月，冬天几乎没有见雪。到今年三四月才渐渐沥沥地下了几滴雨，接着又持续干旱。

杨伦说得口干舌燥，端起桌上的水大口喝下去，用手背擦了擦嘴角继续说："恩师，学生去东莱，沿途就听百姓说，青州去年又发生了蝗灾，蝗虫铺天盖地，不光把麻的叶子吃光了，还把刚刚露出地面的豆苗、高粱苗都吃光了。老百姓望着光秃秃的土地，都忍不住号啕大哭啊！"

杨震问："当地官府没有组织百姓灭蝗？"

杨伦摇摇头："没有。这样下去，不仅朝廷的赋税收不上来，连百姓吃饭也都成了问题了。"

杨震闭上眼睛，像是看到了那一幕。他的眼里已噙满了泪水："南方洪水肆虐，北方土地干涸，这水灾、旱灾、蝗灾，灾难成患啊！再加上西羌犯乱，这内忧外患，皇上为什么不忧心呢？还要耗费巨资再造南宫？这真是岂有此理！"

杨震心里一直憋着火。自从上次他上奏安帝不能沉迷女色、废朝不上之后，安帝有所收敛。可是没过多久，又故态复萌，已经连续数月，很少上朝问政，也不会见公卿大臣，整日在甘露宫与伯荣沉湎于歌舞酒宴、枕席之欢，朝廷大事交给宦官樊丰处理。如今四方灾情不断奏报，各衙门等待皇上决定的事务堆积如山，眼下有多少要事、急事需要尽快做出决断，可没有皇上的批奏，这些事务都要搁置，而皇上一直泡在甘露宫不问政事，长此以往，怎么得了？杨震越想心里越窝火，觉得皇上也太不靠谱了，放着朝廷大事不管，整日花天酒地，不是沉迷女色，就是入魔于修道。

杨震听着杨伦的禀报，深感危机重重。他说："杨伦，你可能还不知道，

皇上现在嫌有一个长乐宫还不够,还要再造南宫。"

杨伦一惊,说:"恩师,你知道,大司农府的账册上,仅去年一年就亏空一千二百六十四万钱。可是皇上自以为江山稳固,还要加重赋税,大造宫室。仅江京为皇上在全国各地广选美女一项,就从国库里拿走了上亿钱,三千后宫嫔妃一天的衣食费用就达四五十万钱。现如今,又要耗资再造南宫,再富有的朝廷恐怕也支撑不住如此巨大的开支。这且不说,看看整天围在皇上身边的都是些什么人?不是妖女,就是奸佞。"

杨震说:"如今,饥荒时节,边关侵扰,国库空虚,正是需要朝廷解救和平抚的时候,怎么能大兴土木呢?不行,老夫一定要面见皇上,上奏皇上。老夫想问皇上,到底还要不要这个天下?"

两人决定一起去见皇上。

长乐宫内,樊闰又在给安帝奏报什么,杨震、杨伦来求见。

自从去年杨震冒死闯宫,提出安帝荒废朝政,参奏王圣母女"牝鸡司晨",若皇上不纳谏言,他将辞官回关西潼关那件事后,安帝与杨震的君臣、师生关系已不像从前那么和睦。

樊闰见杨震两人来了,正准备走,安帝把他留下了。不等杨震两人跪拜,安帝见杨震怒气冲冲,就问:"二位爱卿有何政事?"

杨震问:"听说皇上准备再造一座新宫南宫?"

安帝说:"正是。"说着,转身对樊闰说:"樊常侍,你给他们说说。"

于是,樊闰列出了一大堆要建造南宫的理由,什么皇宫已经年久失修;什么洛阳频发地震,如果再发生地震,皇宫经不住;什么新朝新气象,就要建新宫等等,他最后说道:"陛下,南宫建造刻不容缓……"

杨震不等樊闰说完,打断说道:"皇上,臣以为,此时新建皇宫不合时宜,应立即停止。"

安帝一惊,问:"杨爱卿以为有何不妥?"

杨震说:"皇上,去年七八月份,南方荆州洪水肆虐,北方司州土地干旱,东部青州蝗灾,灾难成患啊!再加上西羌不稳,这内忧外患,眼下正是青黄不接的饥荒时节，国库困乏，无力于救灾济民。如果南宫开工，必然要动用大量精壮民夫、工匠，动用大笔国库钱粮。试想，一旦西羌作乱，朝廷必须要有粮饷供给边关战事需要。那时，哪里还有粮饷供给前线？为此，臣以为，这个时候建造南宫，时机不妥，当务之急应是救济饥荒，待各地度过饥荒，发展农耕、商贸，待国力强盛之后再大修皇宫也不迟。两者孰轻孰重，请皇上明察！"

樊闰说："陛下，臣以为杨大人所言，纯系危言耸听。如今，国泰民安，四海之内歌舞升平，百姓安居乐业，大汉国运昌盛，少数地方出现自然灾害亦属正常，西羌出现不稳亦不足为虑。杨大人所言，纯系诋毁陛下。"

杨伦插嘴说："皇上，眼下饥荒时期，人心不稳，臣以为此时建造皇宫，势必会加重百姓负担，招致百姓抱怨。"

樊闰道："陛下，臣以为，此时建造南宫，就是为了扬我大汉国威，展我皇上威仪，震慑南蛮西羌，这是一项极具意义的盛大工程。我大汉地大物博，如今又与西域通商，何愁国库不会充盈？这项盛大工程，不仅不能停止，而且要举全国之力，把南宫建造成天下独一无二的华丽宫殿，威震四方！"

杨震愤怒道："樊大人不顾百姓死活，不顾我大汉实情，一派谬语，蛊惑皇上耗巨资建造皇宫，实乃下策。眼下国库空虚，各地施政救灾用钱的事情很多，恳望皇上明鉴并改变此策！"

朝野上下谁都明白，皇家工程历来是油水最大的肥差，安帝自然也懂，他点名要自己信任的亲信樊闰主管，意思自然是肥水不流外人田。

杨震深知其中弊端，于是说："皇上，微臣以为，既然要修缮长乐宫和永安宫，还是由大司农杨伦主持操作更为合适便当。杨伦为人耿直，而且会节俭用度。"

杨伦看不惯樊闰的做派，在朝堂之上常常因政见不同与樊闰争执，已经闹到不说话的地步。

杨震想，如今皇城宫室的规模已足够恢宏巨大，再要耗费巨资建造南宫，定会劳民伤财。作为太傅、首辅大臣，理应加以阻止。杨震的话说得入情入理，安帝和樊闰一时都哑口无言了。

杨震入朝近二十年，他知道这些年在他和班昭、邓骘等大臣辅佐下，太后励精图治，大汉才有了如今的兴盛局面。不幸的是太后英年驾崩，安帝掌政，大汉刚刚出现的兴盛气象，又要搁沉。安帝掌政后，重用樊闰这帮奸佞，可以看到，吏治已经出现松弛，豪强再度蜂起，贫富分化空前严重，百姓再度处于水深火热之中，而皇上毫无忧患之心，置国计民生于不顾，一味追求享乐，把乱摊子全推到他这个首辅大臣身上，如今又要大兴土木兴建皇宫。长此以往，国家还怎么维持啊？

他跪倒在地说："皇上，皇宫经历历代先皇增建，规模已基本定型，再建南宫恐怕很难有足够的场地了。再说目前国库空虚，各级官衙开销巨大，许多赈灾救急之事尚难应付，望皇上三思！"

安帝一拂袍袖，面带愠色说："太傅，你就不要扫朕的兴了！朕这么多年的苦衷你不是不知道。"

安帝的心思在伯荣身上。一提到伯荣，杨震马上火就上来了，问："皇上，朝廷大事都由樊丰、伯荣这些人左右，老夫想问皇上，到底还要不要这个天下？"

安帝听后一脸不悦，一甩袖子怒道："都退下！"说罢，一副转身要走的样子。

樊闰还跪地说："微臣定当不负圣望，着力去办，微臣告退。"

宦官宫女，面面相觑，偷偷发笑。

三人走后，伯荣走出来缠着安帝说："盖什么南宫？皇后都有甘饴宫，臣妾还没有一处寝处。"

安帝赶紧哄着她："盖，盖！先给爱姬盖宫室。"

杨震和杨伦都气呼呼地回到太尉府。杨震赶紧唤来周广交代："周郎，你带人迅速到秦岭大山里的洋县去一趟，负责把蔡伦公公安全带回京城。"

北方的三月，春风扑面、草木返青，山野间偶尔还透着一丝丝凉意。在南依巴山、北靠秦岭，通往汉中汉江边的驿道上，几匹健马扬起一阵尘土，疾驰而过。

在洋县的龙亭村口，两个宦官和几个宫中侍卫来到一处高大的宅邸前，看了看门额上"龙亭侯府"四个大字，确认无误后，他们便"哐哐哐"地敲开大门，斥退仆从，唤出主人，向他宣了一个诏令："宣龙亭侯蔡伦赴廷尉府认罪！"

如今，已年近六旬、敢于向皇上犯颜诤谏的倔老头蔡伦，直言不讳地问道："本官犯了什么法，要赴廷尉府认罪？"

一个宦官道："到那儿就知道了。"

另一个侍卫嘴快道："和帝年间，宋贵人被逼死，清河王被废，你忘了？"

蔡伦一切都明白了，他叩谢皇恩以后，说道："容本官收拾一番就来。"

蔡伦说毕，神色凝重地向后堂走去。

邓太后去世后一年多时间，在樊丰、樊闳这帮奸佞怂恿汉安帝报复性大清洗的名册中，也包括蔡伦。为什么作为最高统治者的汉安帝和中常侍樊丰，都要置一个在纸张发明、武器锻造方面做出了巨大贡献的蔡伦于死地？这一切要从蔡伦的出身及蔡伦与安帝的祖母、安帝的父亲说起。

蔡伦虽是宦官，但他却是宦官中的另类。蔡伦出生于荆州桂阳一个铁匠世家，自幼聪明伶俐，长着一副清秀的面庞，从小就跟着父辈学习冶炼和铸造。汉明帝永平末年，朝廷来人到桂阳为宫中选人，年仅十五岁、不明就里的蔡伦被朝廷选上带回京城，送入宫中。

在皇宫，他稀里糊涂被剥光衣服，置于木板之上。当他察觉之时，已经被宫人用一把小刀割掉了男人的本钱，从此，便身不由己地被剥夺了做男人的权利。

当时，小小年纪的蔡伦，不吃不喝，一连哭了几天。他一直哭喊着要出宫回家，见自己的父母。后来，在几个老宦官的劝说下，才安静下来。老宦官告诉他，如果悖逆，想出宫回家，恐怕出不了宫，反而会被当作一个小蚂蚁被人踩死，而且根本无人知道。在恐惧之下，他不得不留在宫中。在宫中，他看到几乎所有的宦官都是那么活着，因此，他索性也苟且偷生地活着。

在宫廷中的几年里，尽管蔡伦的身体受到了损伤，但是他较高的智商却没有受到多大影响。他是一个机灵通透、很讨人喜欢的小宦官，读书识字成绩优异，三四年后，便由普通宦官提拔升任小黄门令。小黄门令是宦官中的低级官

员。别看官阶不高,但是能担任此官职的人并不多,在整个皇宫的上百宦官中,能担任此官职的不过二十人。

职位的提升,稍稍安慰了蔡伦,宫中事多,一忙也时常忘了耻辱。

想不到,有一天,窦皇后突然召见蔡伦,蔡伦一头雾水。

后宫争斗的残酷,宫闱暗斗的血腥,年少的宦官闻之不少,但见之不多。

原来,后宫中有宋氏姐妹二人,才艺俱佳,都封为贵人。大贵人肚子争气,生了皇子刘庆。这位大宋贵人很会做人,有事没事经常到长乐宫马太后那里走动请安,每次去,都亲自给太后端茶送水,深得马太后喜爱。由于马太后一力主张,刘庆很快被立为太子。

没想到,这一切,惹恼了窦皇后。窦皇后是东汉著名权贵窦融的曾孙女,建初三年(78)册封为后。马太后在世时,窦皇后还不敢擅自妄为,只是隐忍不发。待马太后死后,窦皇后自恃恩宠,权倾六宫,加速了图谋迫害宋氏的计划。在宫中,她指使宫女、宦官暗中窥探宋贵人的动静,搜罗把柄;在宫外,又叫她的兄弟窦宪、窦笃二人注意寻找宋贵人父亲宋扬的过失。

恰巧有一日,大宋贵人偶染疾病,需要中药来治疗,还要一味中药"菟丝子"做药引子。宋贵人当时也没多想此事还需要通过御医,而是像平常一样吩咐侍女取出丝帛,摆上笔墨,径直修书一封给了娘家,叫娘家人去买。

宋贵人身边的侍女怀揣帛书,出宫送信,没想到,在宫门处,被监视宋贵人的小宦官发现了。几个小宦官不由分说,从这名侍女身上搜出帛书,送达窦皇后手中。皇后展开一看,上面写有八个娟秀小字:"速求生菟,入宫为引。"

窦皇后沉思片刻,随即计上心来,因为她找到了扳倒宋贵人的机会。

晚间,章帝退朝回到窦后处,只见窦后一副病容,眉间紧蹙,泪眼欲滴,忙惊问:"皇后,你这是怎么了?"

"没什么,可能是中了别人的巫蛊。"窦皇后哭泣着说。

章帝一惊:"什么?巫蛊?谁这么大胆,敢诅咒皇后?"

窦皇后指了指说:"皇上,你问问把守宫门的小宦官就知道了。"

于是,章帝即刻唤来了当时把守宫门的小宦官。其中一个小宦官把他们发现丝帛的过程说了一遍，而且如此这般说出了一个令人惊恐的厌胜术故事。

小宦官讲完，窦皇后拿出宋贵人的那块丝帛，请皇上御览。

章帝拿过来一看，上面的文字，竟然是宋贵人娟秀的字迹。但是，他还是半信半疑，"速求生菟，入宫为引"这八个字怎么就能证明这是在诅咒宫廷、诅咒皇后呢？章帝不以为然，于是，斥退了小宦官。

"皇上，臣妾情愿将正宫位置，早点儿让与了她，免得受她诅咒。"窦皇后还是揪住不放。

"皇后，你多心了。"章帝安慰说。

窦皇后开始哭起来，边哭边说："皇上，你想啊，人家的皇子是太子，当皇后、太后不是迟早的事情吗？"

看着皇后伤心的样子，章帝动了怜悯之心。是啊，这个宋贵人怎么能挟子自重？此后，章帝对宋贵人渐渐生厌，断了去她那里留宿的念头，专宠皇后。可惜，皇后日夜侍寝，也还是生不出一个皇子或公主。

窦皇后为了巩固自己的皇后地位，绞尽脑汁。一方面，她将梁贵人所生的皇子刘肇，收归自己抚养，视同己出；另一方面，她又暗中指使掖庭令将宋贵人通书宫外的事情，请皇上批准，详加追查。被皇后搞得神魂颠倒的章帝，哪里还辨别得清这里面的是非曲直？遂批准奏议，严加查问。

自然，掖庭令的复奏中，宋贵人擅通宫外，意图险恶，证据属实，成了一个大奸大恶的巫婆。顷刻间，其子太子刘庆也不能幸免。不久章帝下达诏书：废刘庆立刘肇。太子刘庆被废，宋贵人姐妹被禁锢。

此刻，心狠手辣的窦皇后还不肯善罢甘休，因为宋氏姐妹从没有承认自己有厌胜之举。为了防止宋氏日后东山再起，必须把这个案子搞成一个铁案，铁证如山，谁都不能推翻。

就这样，年少的小黄门令蔡伦不知不觉被卷入到这场血雨腥风的宫闱斗争之中。一天，他接到窦皇后召见的懿旨，便一路小跑，来到后宫。

皇后端坐在凤椅上，仪态威严，说道："蔡黄门哪，宋贵人的事情听说了吗？"

大小宋贵人的事情，蔡伦只是听到过小宦官的只言片语，因此，随便说了

二十四　蔡伦之死

句:"听说了,但不知详情。"

窦皇后说:"不知详情不要紧,本宫告诉你。宋氏这两个贱人,顽固不化,与本宫作对,但一直不肯承认诅咒宫廷。你是小黄门中最精明的一个,今天本宫要你去复核此事。"窦皇后喝了一口甘醴,接着说:"这事办得好,是功劳一件。若是差事办砸了……"

蔡伦一惊,从这番话中,他已经听出了弦外之音。对于大小宋贵人事件的整个内幕,蔡伦一概不知,但作为宦官的低微身份和命运,他身不由己,不得不去奉旨办差。他答应道:"小奴谨遵懿旨!"

窦皇后之所以选择蔡伦,一来是宦官郑众的推荐,二来也有她的考虑。蔡伦是一个二十岁左右的宫中新人,年龄不大,背景不深,易于控制。

于是,蔡伦与一帮小宦官一起来到禁锢宋氏的丙舍。丙舍环境逼仄,被禁锢的人除了能看看院墙外不大的一片天空以外,没有了其他自由。

蔡伦与一帮小宦官从东向的门户进入丙舍,见到两位昔日的贵人,依然请安。

小宋贵人哼都没哼一声。大宋贵人说:"你们有话就说,别来这一套!"

一个小宦官抢前道:"死到临头,你们还如此刁蛮。"

因为这是窦皇后交蔡伦办的事,蔡伦不得不说话:"你们不为自己着想,也要为清河王想一想啊。"蔡伦的一句话,一下子点到了大宋贵人的心痛之处。

大宋贵人急问:"我家庆儿现在怎么样?"

蔡伦说:"你们不想想,你们都被禁锢在这里,他还能好到哪里?说不定哪天连王也做不成了!现在就看你们了。"

大宋贵人心急如焚地问:"你们今天想要得到些什么?"

蔡伦说:"皇后说了,只要你们如实交代诅咒之事,其他事情都好说。"

还没等大宋贵人说话,小宋贵人就急了:"姐姐,这明明是一个圈套、一个陷阱,窦婆就是利用我们对庆儿的爱来套住我们,把我们推到陷阱里。如果我们违心曲意承认了什么,就是铁证,不光我们得死,我们庆儿的结果也不会好。"

大宋贵人恍然大悟，姐妹俩不再说话，紧闭着嘴。

见问不出什么结果，蔡伦就带着那帮小宦官走出来。

一路上，蔡伦的心里七上八下，不知道如何给窦皇后交代。最后，他硬着头皮，走进后宫，给窦皇后汇报了情况。蔡伦遭到了窦皇后的一顿斥责。最后，窦皇后传来了一个年龄比蔡伦大的宦官，交办这个差事，而且让蔡伦跟着学。

第二日，蔡伦和一帮宦官，在那个年龄稍大的宦官的带领下，又来到丙舍，在一番严刑拷打之下，一份诅咒属实的供词呈送御览，上边既有宋氏姐妹鲜红的手印，又有其娟秀但不甚端正的签字。

蔡伦再一次见到宋氏姐妹，已经是在暴室。这次到来，蔡伦在万般无奈之下，带着皇上的圣旨，在此宣读。

大小两位贵人一听圣旨，顿时愤怒。性格刚烈的小宋贵人指着蔡伦几个宦官厉声斥骂一阵，然后，姐妹俩端过鸩酒，脸一仰，一饮而尽，顷刻倒地毙命。

蔡伦身处宫廷权力斗争的中心，遇到了窦皇后这种权势欲极盛又不择手段之人，身为宦官只能受主人差遣摆布，他奉命办差，是不得不为之的无奈之举。

几年后，章帝驾崩，窦皇后将从梁贵人那里抢来抚养的儿子刘肇扶上帝位，是为汉和帝。十岁的刘肇还不能理政，窦皇后临朝训政，窦氏兄弟总揽权柄，百官忌惮。

建初四年（79），操纵朝政的马太后去世，窦皇后借此机会，把持朝政九年之久。

蔡伦本是一个心地纯正的人，窦皇后诬陷逼死宋氏两贵人之后，蔡伦的心灵再次受到了一次撞击，他有些愧疚。蔡伦毕竟脑子聪明，他从窦皇后逼死宋贵人这件事上，开始意识到，今后凡对皇上、皇后的命令，不能盲目遵从，而要明辨是非，自己认为对的再做，认为不对的，就要向皇上说明，哪怕犯颜诤谏，也不能违背良心。因此，在后来，他的性格变化不小。对窦皇后，他总是虚加敷衍，保持距离，因为他从那些老宦官那里已经慢慢知道，外戚专权，绝

对没有好的结局。然而,蔡伦与童年的汉和帝却保持了较为密切的关系,并最终得到和帝的赏识。在后来的宫中,两人交谈时,他也敢于向皇上犯颜净谏。

和帝永元四年(92),宫中发生了一件惊天大事。

十四岁的汉和帝刘肇依靠宦官郑众,除掉窦皇后之兄窦宪,削弱了窦皇后的权力。这位郑众,虽身为宦官,却素有心计。在郑众安排下,从边疆召回了大将军窦宪,待窦宪回京当晚,立刻行动,捕获窦氏兄弟及其党羽,禁锢了窦太后,其他罢官的罢官,斩首的斩首。此次铲除外戚窦氏兄弟及其党羽,是以郑众为首的宦官集团来完成的,自然,作为宦官的蔡伦也是参与者和执行者。

这次铲除外戚,蔡伦的心灵又一次受到撞击。之后,他不愿意再看到外戚与宦官集团的互相残杀,不愿意再嗅到宫廷争斗残杀的血腥,平时更加不愿和人过多来往。于是,他便常常闭门谢客,绝交流俗,而在屋里翻阅史书。

蔡伦有才能学问,尽心尽力,诚实谨慎,多次触犯皇帝,陈述得失。

蔡伦自幼聪明,很会动脑子,善于学习钻研,经常和工匠们一起研究制作工艺。在京城洛阳的皇宫里,蔡伦主管监督制造宫中用的各种器物。在此后十年里,具有科学头脑的蔡伦在他掌管监督皇家手工业的任上,取得了卓越成就。

自古书籍大多编成木牍、竹简,或者写在绸缎或布匹上。绸缎太贵而木牍、竹简太重,都很不方便。

当时纸张尚未发明,人们读书还要靠木牍、竹简,几本书可以堆满一间房子。蔡伦本是个喜欢读书钻研的人,他看到皇帝每天要批阅堆成小山般的木牍、竹简奏折,非常不方便;天下读书人为求取知识,要在房屋里翻阅着那沉重的木牍、竹简,劳神劳力,他就开始琢磨着要制作出一种轻便易用的书写材料,来取代笨重的简牍。

对于新的书写材料,蔡伦的第一个要求是轻便。因此用竹、木制成的简牍首先被排除在外,而丝帛和前汉留传下来的纸张倒是符合的,可惜原材料珍贵。于是,蔡伦仔细观察了纸张的生产过程,从分析纸张的结构入手,发现它和丝帛类似,都是由纤细的短纤维互相粘连成的。于是,他对新材料的要求是结构与丝帛相似、取材容易、价格低廉,从此,他时时处处留意着、寻觅着这种新材料。

有一天,蔡伦和几个年轻宦官来到城外一条小溪边游玩。无意中在溪水边看到一片湿湿的、破破烂烂的、像棉絮一样薄薄的东西,他痴痴地发了一会儿呆,忽然醒悟似的,紧紧抓着那东西,嘴里嚷着:"找到了,找到了!"

几个年轻宦官都愣住了,这蔡伦莫不是疯了?怎么把这破烂玩意儿当宝贝?

蔡伦双手捧着,三步并作两步,跑到河边一个百姓跟前问道:"老人家,这东西是怎么形成的?"

百姓不知其故,只是笑了笑说:"这个呀,是漂在河里的树皮、烂麻、破渔网什么的,它们被水冲呀、泡呀,又被太阳晒,时间长了就成了这样,到处都是的。你问这个干吗?"

蔡伦抬头看着满山遍野的树木,顾不得回答百姓的问话,而是不由得眉开眼笑喊着:"我找到了!我找到了!"

回到宫里后,蔡伦指挥着几个工匠马上投入到紧张的试验和制作中。他让几个工匠分头行动,找树皮的找树皮、找破麻布的找破麻布、找旧渔网的找旧渔网,然后通通集中到制作坊,又让工匠们把它们切碎剪断,放在一个大水池中浸泡。过几天后,其中的杂物烂掉了,而纤维不易腐烂,就保留了下来。他再让工匠们把浸泡过的原料捞起,放入石臼中,不停搅拌,直到它们成为浆状物,然后再用勺把这黏糊糊的东西舀起来,像农妇摊煎饼一样,在木板上摊成薄薄的一块一块纸饼,等太阳晒干后再揭起来,就变成了纸。

蔡伦就这样,用树皮、麻头、破布、渔网等,经过挫、捣、抄、烘等一系列工艺加工,制造出了更为廉价易得的纸。

他用手轻轻地拿着那些制作出来的纸,又放在案板上,激动地一手端着砚台,一手握笔,蘸着墨汁,在新纸上写着画着,然后,高兴得跳得老高。

他从所造的纸张中,挑选出优良的纸张,进献给汉和帝。和帝试用以后,非常满意,当场夸赞蔡伦的才能,赞誉蔡伦的这一创造发明,同时当即下令把这个造纸技术向民间推广开去。于是,蔡伦的造纸术广为天下所知。

　　造纸术的推广使用，受到了朝廷、各级官吏和天下读书人的一致好评。至此，蔡伦以其科技成果，成为东汉名扬天下的发明家。由于蔡伦发明"造纸术"有功，和帝将蔡伦由小黄门令擢升为宦官中的中级官员中常侍。

　　从此，华夏的造纸技术日趋成熟。在此之前，商代用龟甲兽骨，西周用青铜器，春秋时开始用木牍、竹简、丝帛作为记事材料。把汉字刻在龟甲兽骨上，甲骨的来源很有限，而且不便携带、保存，所以人们后来把汉字刻在简牍上。简和牍是用竹片或木片做成的，竹质的称"简"，木质的称"牍"。由于一片简或牍所能容纳的字有限，因此写一篇文章就要用许多简，写完之后人们再用绳子把简串起来，成为"册"。虽然做简牍的材料遍地都是，但是它们十分笨重，据说秦始皇每天批阅用简牍写的奏折重达五十斤左右。后来人们用丝帛作为书写材料，它柔软轻便，易于书写，可惜量少价高，这一致命弱点使它难以推广使用。

　　造纸术是华夏古代最伟大的四大发明之一，也是人类文明史上一项最杰出的成就。造纸术的改进使蔡伦成为世界文化史上一个里程碑式的人物。纸作为一种新的信息载体在汉朝率先出现，使汉代的文明勃兴程度超过了其他的文明，使汉以后的文化生活有了崭新的面貌。之后，八世纪左右，阿拉伯人才开始用我国的技术和设备造纸。

　　人们为了纪念蔡伦，就把用这种造纸工艺造出来的纸称为"蔡侯纸"。

　　和帝在位十七年，天不假年，英年早逝。和帝去世后，他的子嗣刘胜因有"痼疾"，殇帝早夭，和帝的皇后邓绥做主，立了十三岁的刘祜继承大统，这就是汉安帝。

　　邓太后临朝执政时期，农耕发达，商贸繁荣，国力强盛，科学、文化、教育事业蓬勃发展，造纸术的应用，更加促进了文化事业的发展。在朝廷，纸张的使用量非常大，为了供给朝廷纸张，太后令朝廷专门在洛阳城外建造了一个造纸坊，由蔡伦监督，专门为朝廷制造纸张。

　　杨震入朝后，多次到洛阳城外的纸坊拜访蔡伦。杨震拉着蔡伦的手对他说："蔡尚方，你是天下读书人的福神，你是天下读书人的挚友，你解除了天下读书人手握木牍、竹简读书的劳累。天下的读书人都将感谢你！"两人

遂成为好友。此后，在邓太后的荫庇之下，蔡伦兢兢业业一直为朝廷做着贡献。

蔡伦聪明绝顶，深得邓太后赏识。太后得知，蔡伦在发明创造造纸术的同时，还在钻研兵器制造，因此，擢升蔡伦为宦官中的高级官员尚方令。尚方令掌管皇宫手工制作和监督制造皇宫专用的秘剑，以及各种器械，专为皇室服务。这些器械，全都精密牢固，得到邓太后的一再肯定和赞扬，其制作技术成为后代制作器械沿用的方法。

蔡伦之所以这么一门心思地钻研造纸术，发展造纸业，一是因为他看过太多太多的书，对竹简、木牍的不方便有切身体会；二是他与后来进入朝廷的杨震来往密切，他从杨震的人品、学问想到天下读书人，在杨震人品学问的感召下，在邓太后诏令在全国的乡间兴办学馆的形势下，为了天下读书人方便和修史记载方便，他决定不断提高造纸术的质量和水平。自邓太后在杨震的进言下，开始倡导教化，大兴教育科技文化之风以后，蔡伦夜以继日、废寝忘食地提升造纸技术。

后来，西北战事一再吃紧，邓太后命蔡伦在秦岭深处的汉中郡洋县，专门为西北边关锻造兵器，送往边疆。

一段时间，邓太后因为经史传记等文字大多没有核实确定，准备整理史籍，于是选拔有名的读书人、学官谒者刘珍及博士、史官良史在东观校正各种典籍。安帝主张把蔡伦从汉中抽回来监督这件事情，邓太后因为西北战事一再吃紧，就没有同意调他回来。

平羌战争结束后，邓太后认为，蔡伦长期为皇家服务，既有功劳，也有苦劳，升长乐太仆，封为龙亭侯，食邑三百户。此时，蔡伦已是宦官高级官员中唯一一个被封侯、享受两千石俸禄的宦官。蔡伦感谢上苍，使他一生先是遇到明君和帝刘肇，后来又遇到明后邓太后，再后来，遇到名臣贤士杨震。

作为太仆，可与皇帝议论政事，蔡伦在皇帝面前敢犯颜诤谏、指出得失，这在宦官中是少见的品德。更重要的是，他本人除有才学外，又具有孤傲高洁的性格，绝无宦官中常见的结派弄权的恶习，深得杨震等正直官员的敬佩。

没想到，邓太后驾鹤西去一年之后，厄运也降临到蔡伦的头上。在邓氏家族被满门抄斩之后，樊丰一伙就开始策划对蔡伦动手……

这时，蔡伦神色凝重地回到了后堂，后堂的案上地上，四处摆放着各种兵器模型，案台上放着一叠他亲手制造的蔡侯纸。

此时此刻，他已经无心再琢磨那些纸张和兵器的发明改进。已近花甲之年，经历了明帝、章帝、和帝、安帝四代皇帝四十多个春秋的他，哪有看不透的？和帝的皇后邓太后刚一驾崩，灵柩下葬顺陵才不久，整个邓氏家族就被满门抄斩，蔡伦已经意识到了，下一个，就是他。

蔡伦想到了，这当今皇上汉安帝是谁？他就是当年被废掉的太子、清河王刘庆的儿子，大宋贵人的孙子刘祜。

因为，樊丰几次三番在刘祜跟前诬陷说，当年逼死他祖母、废除他父亲太子一事，蔡伦就参与其中。而且，蔡伦本人很不识相，大将军邓骘死后，他不改犯颜诤谏的做派，还在龙亭公开指出安帝的过错。

同为宦官的樊丰与蔡伦同龄，他是进入宫中二十多岁被阉割，当年大小宋贵人之死，他有所耳闻，铲除窦氏一党，他也积极参与其中，事后被和帝擢升为中常侍。之后，在中常侍这个宦官中级官员一任上，一直得不到提升。

樊丰之所以嫉妒蔡伦，其原因是邓太后执政时期，特别器重蔡伦。蔡伦先是被邓太后擢升为宦官中的高级官职尚方令，平羌战争结束后，又被擢升为太仆，封龙亭侯，樊丰心中时常不平衡。还因为，太后在世时，一直对宦官严加管束，而唯独对蔡伦一人，放得很开。而蔡伦也与太后、杨震等人走得很近。安帝和樊丰等人，他们才不管你蔡伦的兵器锻造和发明创造的"蔡侯纸"等对人类文明的进步有多大价值，只要你不顺他们的意，必杀之。

在皇宫，樊丰一直在秘密结成一个宦官集团，他联络宦官孙程、王康、王国、黄龙、彭恺、孟叔等七人，在朝廷内形成一个宦官集团核心。这些宦官还举行宣誓仪式，每人割去一片衣服，决定同心协力，打击杨震等正直官员，共同辅佐汉安帝，诛杀邓氏家族及其追随者。他们拉拢蔡伦，遭到蔡伦拒绝，便心怀怨恨。蔡伦的造纸术和兵器锻造术，深得和帝、邓太后以及世人的广泛称赞，却引起樊丰等宦官的嫉妒和不满。

奸佞集团和宦官集团的共同目标，就是要把太后邓绥执政时期的"五大圣

贤"及一帮正直官员一个个全部铲除掉。

正因为这样,邓氏家族被满门抄斩之后,他们把下一个诛除的目标定为蔡伦。他们认为,蔡伦是宦官中的另类,是宦官的叛徒,因此,一定要诛除。

加之,蔡伦在安帝还未亲政时,几次在安帝面前犯颜诤谏,指出安帝得失,惹恼过安帝。樊丰借此机会,几次诬陷蔡伦。

蔡伦清楚,如今,邓太后已经故去,整个邓氏家族都已灭亡,奸佞妖女把持朝政,昏庸、不谙前朝旧事的刘祜,在樊丰的诬陷下,定会把当年逼死他祖母、废掉他父亲的那笔账算在自己头上,自己还能说什么呢?

蔡伦知道,在这帮酷吏控制下,无论是谁,只要交到廷尉府手里,不死也得脱几层皮。况且,樊丰、樊闳一直视自己为宦官中的另类,而今他们权倾朝野,恨不得置自己于死地而后快。

与其身陷牢狱,受辱偷生,不如就此了结一生。

于是,蔡伦让仆人准备好洗澡水,取了一套新衣服。沐浴后,他穿戴整齐,不紧不慢地从抽屉里取出一包东西,倒进酒壶中,轻轻摇了摇,然后倒进酒樽。眼睛里没有恐惧,一饮而尽。不久,只听得铁器摔地的声音。

几个宦官和宫中侍卫听到声音,赶到跟前时,蔡伦已经口吐黑血,魂归西天了。

这时,杨震派的周广几人正好骑马赶来,一见前边的两个宦官和侍卫,很是惊诧。前边的两个宦官和侍卫就问周广:"你们怎么来了?是谁让你们来的?"

周广说:"我们奉太尉杨大人之命,将蔡伦带回京城。谁让你们来的?"

一个宦官说:"我们是奉皇上之命。"

一句话说得周广一时无话可说。

周广回京给杨震禀报了蔡伦饮鸩自杀的情况,杨震万般悲痛。

杨震回忆着与蔡伦最后一次分别时的情景,历历在目。

蔡伦拉着杨震的手恋恋不舍地说:"蔡某今生能遇杨大人,真是三生有幸。"

杨震内心敬佩这些地位低微,但勤奋好学对朝廷大有贡献之士。

他说:"连着多年的以考带察,试卷如果不是用纸张,而是用竹简,那耗费的人力、物力、财力真不好计算。杨某在进京之前的这些年,所办的三所学馆,用的都是蔡侯纸,学生们非常喜欢。蔡侯真是做出了无法估量的贡献。"

两人志趣相投,无所不谈,相见恨晚,但没有想到,那是他们的永别。

皇宫内,樊丰正在给安帝禀报蔡伦饮鸩自杀的情况。

两个宦官和几个宫中侍卫回京报了樊丰,樊丰就匆匆跑来禀报。

安帝说:"樊丰传旨:废黜蔡伦侯位,收回蔡伦的封地。"

樊丰道:"奴才遵旨!"

樊丰刚刚退下,江京就来觐见。他感觉皇上气色不太好,不知道刚才发生了什么,也不敢多说话,跪拜了皇上,赶忙说点儿让皇上高兴的话。

江京行过跪拜礼道:"禀奏皇上,臣历时半年,访遍我大汉南北,共选得佳丽五千六百人,已经在京城各驿馆客栈等候,由皇上得空亲自挑选定夺。"

安帝这时变得高兴起来,说:"江爱卿为朕广选美女,劳苦功高,赏三万钱。"

江京感激涕零,跪拜:"谢陛下隆恩!吾皇万岁,万岁,万万岁!"

这时,樊闳也来禀报建造南宫之事。樊闳说:"禀奏皇上,修皇宫的工匠都已召齐,徭役民夫是从洛阳当地征用的。为了使大汉的社稷江山千秋万代,皇宫的建造也要非常坚固,因此,建造皇宫的木材,均从东北弦菟郡的长白山运进,而石料则从西南的大理运进。这样的话,开工还需要一些时日。"

安帝说:"难得樊爱卿细心,辛苦了。是这样,在建造南宫之前,先在宫里为荣儿修建一座别宫。"

樊闳卑躬屈膝:"微臣这就去办。为皇上效力,臣肝脑涂地,在所不辞。"

樊闳虽然嘴里这么说,可心里在骂,汉宫嫔妃共分十四个等级,你伯荣虽然上了龙榻,与皇上睡了觉,但是按嫔妃等级还未入流,搞什么别宫啊!

伯荣自从进了皇帝的寝宫,再也没有出来过。到现在,安帝既没有给她正式册封,更没有给她安排寝宫,因此,她一直就黑明和安帝在一起。

　　这天晚上，安帝不知道是临幸哪个妃子，还是到新选的宫女那里尝新鲜去了，都快深夜了，还不见回来，把伯荣一个人丢在寝宫。伯荣有些害怕，不敢睡觉。

　　正当伯荣穿着薄裙，焦急不安地在波斯地毯上来回走动时，突然，一件软绵绵的东西搭在她的脖子上。她吓得丢了魂，正要向门外宫女和禁卫求救时，一个非常有力的男人，一手死死捂住她的嘴，一只胳膊搂着她的脖子，她一点儿气都出不来。她想，完了，一定是歹人进了宫，来绑架她的。

二十五　二奏大兴土木

伯荣的脸都憋红了，那男人趴在她耳边悄悄说："想死我了！"

原来是樊彪。樊彪像饿狼一样不顾一切把她压在地毯上，急不可耐，一边剥她的衣服，一边说："想死我了，美人！"

"你个混蛋，竟敢摸到宫中来，对皇上的女人无礼，当心皇上砍了你的头！"伯荣嘴里骂着，一边极力地推着樊彪的脸。

"你个妖精，你叫刘祜那小子来，老子就是爱他的女人，让他来砍老子的头，你让他来啊！呵呵，看谁先砍了谁的头！"樊彪一边骂着，一边粗暴地扒伯荣的衣裳，三两下就把伯荣扒得浑身精光，像匹饿狼一般把伯荣压在地上尽情蹂躏着。

伯荣挣扎了一会儿，抵挡不住，便不挣扎了，就与樊彪紧紧抱在一起，任樊彪上下翻腾。不一会儿，还摸出香帕替樊彪擦着额头上的汗。

原来，樊彪一个人在皇宫门口等待时机，有一年时间了。

伯荣大闹长乐宫进宫后，他想不到，伯荣一眨眼就成了皇上的女人，这让樊彪实在不能接受。痴情的樊彪每日里在皇宫门前转来转去，盼望着哪天能够见上伯荣一面。他想当面问问她这是为什么。那个没良心的刘祜娶了皇后就不要你伯荣了，我樊彪都没有嫌弃你曾经侍寝过那个刘祜，还备了厚礼准备明媒正娶你伯荣。可是，一夜之间，你摇身一变又成了皇上的女人。这口恶气我怎么能咽得下去？你伯荣拿我樊彪玩呢，那我就跟你好好玩！你不让我舒服，你这个皇上的女人也休想当得稳当。

樊彪满肚子气没地方撒，每日里在家习武弄拳，虽然不学无术，但那身功

夫还算可以。用他父亲的话说，有智吃智，无智吃力。樊彪没有智慧，但有一身的力气，那两百多斤重的铜鼎他一只手就轻松地举起来了。他想着，早晚有一天，他要凭着自己的力气，一拳将那刘祜打成肉酱。你刘祜有了皇后，有了后宫那么多的女人，还不知足，连伯荣也要霸占着，难道天下的女人都要让你刘祜占了不可？凭啥，就凭你是皇上？哼，这种人就得让邓太后收拾。现在邓太后死了，没人管了？哼，等我樊彪得了势，非得纠集那帮江湖上的朋友灭了你刘祜不可！

这天晚上，樊彪穿着宦官衣服终于混进宫里。他躲在暗处，发现一群宫女、宦官打着羽扇，前呼后拥着一个人到别的宫中去了，估计那人就是刘祜。他猜着刘祜今晚肯定是跟哪个妃子睡觉去了，于是，偷偷摸到了长乐宫安帝寝宫。

樊彪来时，带了一件软绵绵的黄缎面黑貂绳边儿的丝锦披风，他在摸到伯荣身后时，就把这件丝锦披风轻轻搭到伯荣肩上，才吓了伯荣一跳。

这时，樊彪用丝锦披风裹住伯荣的身子，两人抱在一起，既紧张恐惧，又久久不想分开。

安帝终于下诏册封伯荣为昭仪。

汉代后宫嫔妃共分十四个等级，从高到低依次有昭仪、婕妤、婧娥、良娣、待诏等，最高的位比三公，最低的也相当于县丞一级。

昭仪是位居皇后之下的第一等级嫔妃，待遇相当于年俸禄四千石的司徒。这样，伯荣一下越过那十一个嫔妃，独个儿拥有皇上。

伯荣入宫不久，安帝就准备纳伯荣为妃。消息传出，杨震等好多大臣纷纷反对，没有纳成。但是，过了这么长时间，伯荣和王圣都不乐意。于是，安帝不顾杨震等众大臣的反对，不光纳伯荣为妃，而且封为嫔妃的最高等级昭仪。

这会儿，长乐宫中，安帝倚在龙椅上，伯荣在铜镜前，亲自为安帝梳着头。天太热，几个宫女正在为安帝摇着绘有仕女游春图的宫纱团扇。

安帝伸出手捏了捏伯荣的脸蛋，然后伸出胳膊一搂再搂伯荣的腰。但伯荣此时的心里，还在回忆着那晚与樊彪偷情时欢愉的情景。

一早,安帝就迫不及待地要与伯荣一起入住新落成的别宫。安帝宠幸伯荣后,不顾阎皇后的大闹,不顾大臣们的反对,下旨在建造南宫之前,先在长乐宫旁边为伯荣修建了一座富丽堂皇的别宫,赐名"甘露宫"。

昨晚,两个人亢奋得一宿未眠,整夜颠鸾倒凤,天明时就伸着龙体、凤腰,起来梳洗。待安帝梳洗完后,都顾不得进膳,就与伯荣、王圣一起,在众多羽扇宫女的前呼后拥下出了宫,携伯荣入住新落成的别宫。

樊丰、樊闳在宫门口恭候着。樊闳一见安帝,跪地就拜:"微臣樊闳恭迎皇上和昭仪娘娘入住新宫!"

安帝高兴地说:"樊爱卿平身,起来领路。"

樊闳赶紧爬起来,与樊丰殷勤地在前边引路。

这天,伯荣特别做了一番打扮,她穿着绣金云纹水粉锦袍,足上穿着绘有彩画、系有五彩丝带的帛屦,走在柔软舒适的波斯地毯上。粉红色桃花般的脸上,一双大大的桃仁眼,加上脸上敷施粉黛,更显白皙,颊上施朱,唇上涂朱,显得红润。她不光在脸上敷粉,而且还在胸上、臂上敷粉,再加之耳垂上挂的腰鼓形耳珰等装饰相配合,显得更加妩媚、性感,更加神采奕奕,在安帝面前不断搔首弄姿。

汉代贵族女性一般都把长发梳成云髻高高盘于头顶,再插上金钗银饰,时称云髻。可伯荣却别出心裁地没有把云髻盘于头顶,而是梳成坠马髻挂在右耳之侧,好像刚刚从马背上掉下来弄歪了,令人平添怜香惜玉之心,自是别有一番娇媚风情。

刚走两步,一座富丽堂皇的别宫就呈现在眼前,安帝与伯荣兴致大增。在樊闳、樊丰引导下进入别宫后,安帝与伯荣更是喜不自胜。

甘露宫虽不是皇后宫,但比阎皇后的甘饴宫规制更为宏大奢华。宫里高墙明月,装饰华丽而不失尊贵,其中有睡觉的寝室、化妆的饰室、冬季使用的温室、夏季使用的凉室,还有用来进行音乐歌舞欣赏的瑶堂,其他如浴室、膳房、道堂一应俱全。各房都由走廊相连,大间套小间。尤其是墙上的涂料,混着香粉,入室温香扑鼻,含有情深意暖之意。安帝将新宫命名为甘露宫,其意不言而喻。整个别宫,其土木之工穷极技巧,廊柱、门槛都是用华美的织锦包

裹起来的。安帝与伯荣一边欣赏,一边赞不绝口。

安帝斥资建造甘露宫,就是为供他常去临幸伯荣。为了讨伯荣欢心,安帝正式册封伯荣为妃后,赏王圣黄金一百斤、锦缎十匹。安帝在伯荣册封前,称伯荣为荣儿,而册封后就一直改称"爱妃"。宫女、宦官纷纷称伯荣为"贵妃娘娘"。

这时,王圣跟在旁边,看着安帝与伯荣亲热,知道皇上这会儿心情大好,便借着皇上高兴说:"皇上,阿母特别喜欢西域的东西,那日皇上说让朝廷去西域的官员给阿母捎一条狐皮披肩,不知带回来了没有?"

安帝放下搂伯荣腰的手,有些难为情地说:"唉,阿母,等等再说吧!"

伯荣正挽着安帝,一听安帝这么说,马上不高兴了,松了安帝的手说:"皇上,阿母要一条披肩就这么难吗?大汉什么没有?大汉的什么不是皇上的?"

安帝又伸手拉住伯荣的手:"爱妃不知,当皇上也有当皇上的难处。"

伯荣却不以为然地说:"皇上有何难处?哪个大臣不听就杀了他!"

安帝说:"皇上有什么难处?你忘了杨太傅给朕的那一堆奏章了?"

原来,那次杨震参奏"牝鸡司晨",临走时,给安帝扔了不少"戒色谋政"的奏折。杨震走后,安帝把这些奏章一一让伯荣和王圣看,两人不认得字,安帝就让樊丰一封一封读。娘儿俩听着,脸都气白了,伯荣没听完就暴跳如雷,说:"这个杨震太可恶了,竟然说阿母出身低微,说我淫乱朝政,要皇上把我们母女俩赶出皇宫。哼,这个杨震真该杀上一百回!"

从此,王圣母女对杨震更加怀恨在心。想到这儿,王圣突然失声痛哭起来,一边哭一边走到安帝跟前,拉着安帝的手说:"皇上,还是让我辞宫归乡吧!"

安帝不解地问:"阿母在宫中住得好好的,怎么突然就决定要辞宫归乡呢?"

王圣抹着眼泪说:"老妇年纪越来越大,也给皇上做不了什么了,虽然在铲除邓氏外戚势力时曾出谋划策,但皇上一亲政,都忘到脑后了。老妇想着终有一日要到阎王爷那里报到,就再也见不到皇上了。所以想趁着还能走动,到皇上殿上坐坐,看皇上还有啥难解之事,尽老妇几十年在宫中所知,再为皇上出出主意,也陪皇上解解闷。可是,那杨震……好像老妇做了什么不该做的事似的。与其让杨震指责,让杨震上奏皇上赶老妇出宫,不如告老还乡,免得皇上为难,也算是为晚年早做个打算。"

安帝掏出锦帕,为王圣擦去眼泪:"阿母虽然是朕的乳娘,但您对朕的养育之恩恩重如山。母后去世后,您就成了朕的母亲,没有人敢嫌弃阿母。朕也没有忘记你在铲除邓氏外戚时的功劳,以后,朕在朝廷大事上还要阿母参与。"

王圣还是流着眼泪:"皇上,你不要为难了,还是准老妇回家种田吧!老妇出身低微,在宫中没有地位,迟早有一天会被杨震一伙赶出宫门。与其那样,不如趁早自己离开宫中,免得皇上难堪啊!"王圣说着又"呜呜"地哭起来。

伯荣一看,甩开安帝的手,拉着母亲的手说:"好,阿母,你走我也走,咱娘儿俩一起离开宫中,省得那杨震明明是想独揽朝政大权,却总拿咱们母女俩说事,以此来为难皇上。"

安帝一听王圣跟伯荣都要走,马上就急了,连忙挡住伯荣说:"爱妃,朕这就下旨,册封阿母为野王君,看谁还敢说阿母地位低微,谁还敢将阿母赶出宫中!"

王圣还是哭着说:"封个野王君算什么?一个野王君住在那个窄门小屋寒舍,地位还不是那么低微?"

低头站在一旁的樊丰一看讨好献媚王圣的机会来了,就推波助澜说:"皇上,既已册封嬷嬷为野王君,不如让野王君搬到太后的永安宫去住,反正那里一直闲着,也能显出皇上的仁孝之心。"

安帝心想,那是大汉太后住的地方,怎么能让一个下人住进去?

樊丰估计安帝有些为难,便又说:"野王君即使不搬到永安宫,但所住的屋舍也该修缮修缮,或者另选一处,修建一座野王君府宅。"

樊闰也极力讨好:"对对对,干脆也为嬷嬷修建一处野王君府宅。"

安帝一听连忙说:"朕这就下旨。樊闰听旨:在紧挨皇宫的地方,为野王

君修造一座新的府宅。"为了讨伯荣欢心，安帝又说："樊丰拟旨，赏赐阿母良田两千顷，以作阿母养老之费。"

樊闰乐颠颠地跪地听旨。樊丰的心一下子踏实了，趁机大加赞赏，而且得寸进尺："陛下仁孝之心感天动地啊！陛下，既然修造府宅，就修造成野王君宫，派上宫女，也能显示出大汉王朝的皇家威仪。"

安帝瞅着伯荣说："爱妃以为如何？"

伯荣破涕为笑，顺势倒在安帝怀中。

樊丰用色眯眯的眼睛偷偷地瞅了王圣一眼，看到王圣差点乐疯了。

樊丰转身偷笑，因为这样一来他就好在他的老姘妇王圣跟前说话硬气了，而且他也能借皇上让他看望"圣母"之机，与老姘妇幽会、偷情了。

樊丰虽然是从小就净了身进宫做宦官，但对女人的心一直未死，特别是与模样俊俏的伯荣和性情开朗的王圣母女多次接触相处，便对母女俩产生了非分之想。但伯荣的心思都扑在安帝身上、牵挂在樊彪身上，对他这个老东西很讨厌、很鄙视，樊丰就把主意打在王嬷嬷身上。他觉得他与王圣两人感情甚洽，就提出要求和王圣做一对梦夫妻，白头到老，共度一生。王圣一直不答应，但樊丰一直死缠烂打缠着不放。后来，经不住樊丰的引诱，加之她想到自己死了丈夫以后，以卑贱身份住在宫中，也没有一个知冷知热的人，就索性默许樊丰到她住舍来。这样一来，樊丰有事没事偷空就往王圣住舍跑。

过了几日，樊闰乘坐着他的那驾红色车轮、彩色轴头的四马车驾进宫。

刚下车，他就颠着肥胖臃肿的身子走进来觐见，跪地应付地一拜，算是尽了君臣之礼。感觉皇上心情那么好，心想，提前再告诉皇上一件更高兴的事情。

伯荣自住进甘露宫，成了安帝的宠妃、贵妃，便朝夕不离左右。安帝正与伯荣玩在兴头，但一看是自己的股肱之臣樊闰，就停下说："樊爱卿，有事尽奏。"

樊闰赶忙大大咧咧地站起来说："皇上，南宫再有一个月就要竣工了，不日，皇上就可移驾德阳殿了……"

安帝一听，脸上更是露出了笑容："爱卿造宫速度惊人啊！以后南宫主要是供大臣们议政，为了朕的安寝，大臣们以后也就不用到长乐宫来惊扰朕了。"

樊丰连连点头："奴才记住了。"

安帝又说："樊爱卿为朕修造宫室有功，朕今日高兴，提前赏钱三万。"

樊闰感激涕零，跪拜："谢皇上隆恩！吾皇万岁，万岁，万万岁！"

安帝说："樊爱卿，南宫竣工以后，下一个工程，就是接着为阿母野王君再造那个野王君宫。"

樊闰赶紧大献殷勤："臣樊闰遵旨！但是，臣今天特禀报皇上，国库空虚，已无法完成南宫建造尾工……启奏陛下，臣有一句话不知当说不当说。"

安帝说："有话就说，朕免你无罪。"

樊闰说："国库空虚，宜加征税收，连同建造野王君宫的费用一起征收。"

安帝说："樊闰听旨，按爱卿奏请办，各州、郡国增加赋税，定期收缴。"

一时间，为王圣修造野王君宫大兴土木的风传，悄然而起。

太尉府里，一个衙吏忙着给屋里坐着的几人端来甘醴，然后侍立在一旁。

只听朱冲着急地说："恩师所言极是，从西凉传来的消息说，零昌正是因为接到朝廷征收赋税的文书后，认为朝廷不守信用，违背当初答应北地五年不缴赋税的承诺，这才起兵犯乱。听说滇零念及恩师和大将军当年不杀之恩，极力阻止零昌犯乱，但零昌年轻气盛，叫嚣决不让大汉安宁。恩师，如此一来，我西北边陲又将动荡不安啊！"

"是啊！就看皇上看了奏折是不是能采纳大臣们进谏，减免赋税。"杨震说。

杨伦说："恩师，看来与西域通商的事得停了。"

杨震说："是啊！零昌这么一乱，'丝绸之路'又断了。"

杨伦说："学生我这个掌管国库的大司农也不好当了。"

杨震忧心忡忡，思忖了片刻说："关于这事，待老夫见了皇上再说。"说着，他转向朱冲问："朱冲，樊闰那个神秘心腹有没有线索？"

朱冲说："还没有。恩师，会不会这个心腹已经逃出了洛阳？"

杨震说："不管怎样，你一直盯住这个神秘心腹，捉拿不住决不放弃。只有抓住这个神秘心腹，大将军的冤案才有可能得到平反昭雪，发生在荆州的那起'连环奸杀母女案'也才可能有个结果。"

朱冲说："恩师，学生一直没有放弃。"

杨震说："大将军虽然过世了，但他是惨遭迫害，不幸遇难，我们所能做的，就是要为他翻案，洗冤昭雪，不能让他带着谋逆之罪含恨九泉。老夫已经给皇上上了奏折，请求皇上亲自主持，重审大将军谋逆一案。"

几个人正说着，这时，只见高舒怒气冲冲进来说："恩师，听说了吗？皇上现在又要加重赋税，征发工匠，还要为那个王圣再造一个'野王君宫'。你说这……这皇上是怎么了？"

几个人都一惊，愤愤不平。杨震说："造了一座别宫，接着又造了一个南宫，耗费巨资，国库已经空虚了。现在，又要再建什么'野王君宫'？"

高舒说："在我们御史台，御史言官们议论纷纷。那个王圣是个什么东西，竟然被皇上封为野王君？现在还要再给修造一座宫室，把她供起来。一个嬷嬷竟然也要住皇宫，真是让天下人耻笑啊！"

朱冲说："那个老婆娘真不知羞耻，皇上肯定也是鬼迷心窍了。"

杨震听着大家的议论，一直在思考。今年春上青黄不接的时候，不少地方百姓断了粮食。尽管太后在时连着三年风调雨顺、五谷丰收，但那三年人们仅仅能吃饱，普遍没有存粮。加之去年七八月份各地出现的水灾、旱灾、蝗灾、地震等等自然灾害，受灾地区普遍出现了饥荒。

大汉灾难四起，皇上却视百姓灾难于不顾，先是广选美女，接着是大兴土木，深居宫中，独享歌舞升平。如此这般，大汉将大难临头了，他还不知道。

杨震说："国库空虚，他们肯定还是要增加赋税，这样一来，势必会加重地方负担，地方为了完成沉重的赋税，必定要强加给百姓。这样下去，民心将乱，大局不稳啊！不行，我明日早朝，必须上奏，进谏皇上，停止大兴土木。"

第二天早朝上,安帝慵懒地坐在大殿之上。

文武百官山呼万岁,行过拜礼之后,樊丰照例宣布:"有本上奏,无本退朝!"

杨震出列:"臣有本要奏。"

安帝说:"爱卿请讲。"

杨震说:"微臣要进谏皇上,停止大兴土木,取消重徭厚赋……"

安帝一惊,不等杨震说完,便打断说:"呈上来,朕阅后再……"

杨震刚正地说:"臣要当面进谏皇上。"

安帝一看,杨震关西人那个犟劲又上来了,就说:"好吧,太傅请讲。"

杨震神情严肃道:"皇上,臣闻,古者九年耕必有三年之储,故尧遭洪水,人无菜色。臣伏念方今灾害发起,弥弥滋甚,百姓空虚,不能自赡。重以螟蝗,羌虏钞掠,三边震扰,战斗之役至今未息,兵甲军饷不能复给。大司农帑藏匮乏,殆非社稷安定之时。臣闻诏书为嬷嬷王圣大造宫室,雕修缮饰,穷极巧技。谷雨时节,万物正在生长,今盛夏土旺,而砍伐树木、动用土壤、攻山采石,对万物生长极为不利。另外,其大匠左校别部将作合数十处,转相迫促,为费巨亿。天下哗然,为朝结讥。臣闻自己老师所言:'上之所取,财尽则怨,力尽则叛。'怨叛之人,不可复使。故曰:'百姓不足,君谁与足?'唯陛下度之,停止修造……"

安帝一听,又是参奏阿母王圣,不等杨震奏毕,仰头置若罔闻。

杨震不管不顾,又掏出一份奏章:"皇上,臣还有一奏,就是重审'邓骘谋逆'一案。"

安帝一听,又是重审"邓骘谋逆"一案,更是置之不理。

杨震一看安帝的神态,好像没有听见他在说话一样。杨震的脸因为愤怒几乎扭曲,他恨不得上去给安帝几个耳光,把他从荒淫无度的美梦中打醒。

大堂之下,群臣都不解地望着安帝。

杨震叫了一声:"皇上,臣所奏,请皇上明示!"

安帝说:"朕累了,散朝!"

杨震喊:"陛下——"

樊丰见此情景,脸上露出不易察觉的奸笑,急忙宣布退朝。

杨震出了大堂,长叹了口气,道:"怨灵修之浩荡兮,终不察夫民心。"意思就是,怨君王太放荡邪僻,始终不知民生之疾苦。

抬眼望去,新宫已拔地而起。不日,南宫落成启用大典隆重举行。

文武大臣们一个个步入新宫南宫,但见这南宫富丽堂皇,规模雄伟。宫墙四周各有一座门,南门为朱雀门,东为苍龙门,北为玄武门,西为白虎门,每座宫门外配一对阙。尤以朱雀门专供皇上出入而更显尊贵,建筑也格外巍峨壮观。并列的三条复道,中间一条为皇上专用的御道,两侧为官员、侍者所走之道。每隔十步设一卫士,头戴盔甲,手持长矛,侧立两厢,十分威武。远在四五十里外的偃师遥望朱雀门阙,其上宛然与天相接,堪称洛阳奇观!

大臣们走在通往德阳殿的青砖走道上,左顾右盼,一个个惊奇咋舌,有大声称赞的,有小声议论的:"这雄伟的皇宫也真配得上我大汉王朝的气势啊!""如此宏伟的建筑,得花掉多少钱财啊?""皇上如此奢华,非我大汉幸事啊!""想当年邓太后提倡节俭,现如今皇上却铺张奢靡,不是好兆头啊!"

正当大臣们议论纷纷的时候,樊丰那尖厉刺耳的声音响起:"皇上驾到!"

文武百官共同跪拜,高声齐呼:"吾皇万岁,万岁,万万岁!"

呼声气势如山洪,震彻德阳大殿。

安帝高高端坐在龙椅上,面带微笑,接受着百官朝拜。

接着,安帝对樊丰说:"宣旨!"

樊丰拿出诏书念道:"奉天承运皇帝,诏曰:为延续我大汉的光耀,弘扬我大汉的浩大气象,年号改'建光'为'延光',并大赦天下。钦此!"

汉安帝亲政后,年号一改再改。新年号"永宁"是邓太后去世前一年刚刚改的,即取"永久安宁"之意。可是,邓太后三月去世后,安帝就又将"永宁"改为"建光",以示他亲政后要"建立新的景象",而且大赦天下。可是,刚刚改了不到一年,现在又将"建光"改为"延光"以示他将"延续他的光耀",而且大赦天下,以显示自己的恩威。

文武百官再次跪拜,共同山呼万岁。这时樊丰喊道:"有本上奏,无本退朝!"

杨伦出列,急急奏道:"禀奏皇上,西北边关战事开始吃紧,军需粮饷供给不上。西域都护班将军说,他已经三次上奏朝廷,要求供给军需粮饷,但朝廷一直没有回复,班将军问皇上是否看到奏章?"

安帝疑惑地看了樊丰一眼:"樊常侍去查一下。"

杨震看到安帝整日沉迷于情色,竟然连战事奏章都顾不上批阅,心里大怒,说:"皇上,臣有事要问。臣等奏请皇上,停止土木修建,皇上何日予以答复?"

安帝看了杨震一眼说:"杨太尉所奏之事朕已阅了奏章,待朕批了再说!"

杨震一听,心里更是愤懑。

正说着,一个传令官跌跌撞撞跑进来,慌慌张张跑到殿下:"急报!凉州及西北雍营同时以八百里加急奏报,滇零的儿子零昌背信弃义,在凉州各郡烧杀抢掠,惊扰边民。"

袁飞一听立即出列:"皇上,平西将军袁飞请求率兵平息!"

安帝思忖了一下。这时,他突然想起被冷落了一年多的阎皇后。自那次阎皇后晕倒在安帝宫门,安帝几次想去看望皇后,但都因伯荣情意绵绵的阻挠而没有去成。以他对阎皇后的了解,肯定不会对伯荣善罢甘休,回去也会大闹后宫。没想到,皇后回去一病不起,非但没有闹,对伯荣也听之任之。这样,倒让安帝内心不安,于心不忍。这次羌贼来犯,何不给国舅阎显一个机会?也让皇后心里舒坦。想到这儿,安帝便说:"飞将军精神可嘉。将军常年镇守边关,也该歇歇了。这次就不劳将军了。"说着,目光投向阎显:"执金吾阎显听旨!"

阎显一听皇上点名,心中暗自高兴,遂急忙出列:"臣在!"

安帝说:"朕命你为抚西将军,率兵驻守雍营,讨伐叛贼。"

这立功的机会来得太突然,阎显来不及高兴,急忙跪地领命:"臣遵旨!"

杨震的两次奏章,并没有使伯荣的行为收敛,伯荣从皇宫到洛阳城外踏春郊游,出入来去都要乘坐皇后车辇,强令沿街遇到的朝廷官员,甚至王孙贵族给她行跪拜礼。

有次,杨震上朝,在大街正遇上伯荣的车辇,其他官吏见到伯荣车辇,纷纷行跪拜礼,可是,杨震视而不见,径直从跟前走过去上朝,气得伯荣在车辇华盖里暴跳如雷。

南宫建成后,皇上把长乐宫的正殿崇德殿专门用作歌舞殿。皇上已经无心理朝,只专心三件事:要么贪恋女色荒淫无度;要么在那个新开的祠殿里,走火入魔一般盘腿打坐;要么整日沉溺在宴饮歌舞之中。

后来,在江京的安排下,安帝在长乐宫歌舞殿,像选美一样,让每个美女闪亮登场,走一圈。安帝用了几天时间,坐在御案后,凭自己的感觉对三千美女逐一目试挑选。安帝用色眯眯的眼睛对每个美女都从脸蛋到胸部最后到臀部,逐一扫了一遍,觉得这些美女这个也好、那个也好,这个容颜姣好、风情万种,那个花容月貌、沉鱼落雁,最后竟越挑越眼花,一个也舍不得淘汰,下旨江京将这三千美女安排到北宫增喜观,等抽出时间挑拣一百名封为贵人,以供他高兴时临幸,其余的以备再挑。这样一来,人数比经过邓太后在世时精减的掖庭宫苑和北宫增喜观的贵人、宫女又庞大了不知多少,这些贵人、宫女的衣食花销又不知增加了多少倍,国库每月都得支出大笔钱帛供她们花销。

这会儿,安帝正坐在长乐宫崇德殿上,如痴如醉地沉浸在歌舞升平中。伯荣、王圣和十几个花容月貌的妃子陪在他旁边,一边吃着案上的水果,一边听歌舞。从不远处望去,安帝面目清瘦,脸色蜡黄,如同得了大病一般。陪他的臣子们知晓,那是皇上荒淫过度造成的身体虚亏,因为他的身体都被伯荣和新选的那些贵人掏空了。

这时,樊闰走进来,觐见安帝,他跪在安帝案前奏道:"启禀皇上,野王君宫修造工程已经竣工，野王君不日即可入住新宫。皇上，我大汉到处是歌舞升平，一派太平盛世啊！"

王圣高兴地说："真是有劳樊大人了！"

安帝高兴地扭头对伯荣娘儿俩说："阿母，选个吉日入住野王君宫吧！"

伯荣娘儿俩高兴得差点儿跳起来。野王君宫建好后，安帝不光将这座豪华的府邸赐给王圣，还当下赐给她一辆皇家专用的乘舆，供野王君王圣乘坐。

这时，安帝正在兴头上，尚书台送来一份奏章，樊丰接过奏章，正要递与安帝，安帝道："谁的什么奏折？"

樊丰翻开一看，道："是太史令张衡。"

安帝道："让歌舞停会儿。念，这个张衡又有什么奏疏？"

樊丰向宫女、乐队摆手，歌舞戛然停止。

樊丰手拿张衡奏章，念着：

"……而今，阴阳未和，灾祸屡见。神明虽深远，却暗暗地看着。仁则得福，淫则得祸，如影随形，如声应响。因德降善，以失获罪，天道虽远，吉凶可见。谨慎小心，一定得福，骄奢谄媚，很少不遭杀身的。前事不忘，后事之师也。如果不是大贤，不能见得思义，所以积恶成罪，罪不可免。假使能瞻前顾后，以往事为戒，那怎么会遭到祸害呢！贵宠之臣，众目所视，有什么罪过……"

张衡、许慎都是京城很有名望、敢于直言的大学问家，两人对安帝重用奸佞妖女、疏远冷落杨震等人很是愤懑，所以也一再上书抨击。

樊丰念到这里，他的脸上发烫，站在跟前的樊闳、王圣也都顿时脸红。樊丰这时偷偷抬头看了安帝一眼，只见安帝耷拉着双眼，似乎已经熟睡，他便打算不再往下念。正准备合起奏章，只听安帝问道："怎么不念了？"

樊丰一惊，道："陛下，下边的话，老奴念不出口。"

安帝有些不高兴："还有什么话念不出口？念！"

樊丰又接着往下念："奖善罚恶，人同此心。所以怨恨满盈，神明就会降下罪祸。近年雨常不足，考求所失，即《洪范》所说的君行有过错，则常阳顺之，常阳则多旱。要警戒群臣奢侈，不守范例，自下逼上，加速罪咎征兆的到

来。君用静唱,则臣以动和之,威自上出,不出于下,这是朝廷的制度。臣担心陛下怕辛劳,政令不一人独揽,恩爱不忍割弃,与众官共威。威不可分,德不可共。《洪范》说:'臣之有作福、作威、玉食,其害于而家,凶于而国。'老天在上看得明白,虽远不误。灾异的出现,前后几次了,而未见改掉、反思过去。人非圣贤,孰能无过?愿陛下考古循旧,莫使刑德八柄,不由天子。如果恩从上下,事依礼制,礼制完备,奢侈越轨的事止,凡事处理适当,就无罪凶,灾异也由此得以消除……"

安帝听出话外音,意识到了,急忙喊:"停!停!停停停!不要再念了!"

此时的大汉王朝,政事渐衰,朝权旁落,权柄被奸佞妖女操纵。张衡不顾个人的安危,给安帝上书,陈述利弊。

樊丰、樊闳、王圣、伯荣,一个个面红耳赤。

樊丰观察了安帝一阵,说:"皇上,十多年来,太史令张衡多次条奏,先是提出司马迁、班固所记与典籍不相符合的十多件史实,后来,又认为王莽本传只应记载他篡夺皇位之事而已,至于编年载事,记录灾异祥端,则应另作元后本纪。"

樊闳赶紧说:"陛下,臣曾听说,这个太史令张衡简直就是一个狂徒,目无圣祖,曾一再在东观说,因为更始帝刘玄即位时,人们并未期望他人,光武帝最初是更始帝的部将,后来才即位称帝,应该将更始帝的年号于光武帝之前。看看,多么狂妄!"

王圣也借机插嘴说:"据说这个张衡还研究什么'地动仪',这简直是天大的笑话!地震能预测到?这简直就是歪理邪说。就说他捣弄的那个什么'浑天仪'能有什么用?我从街上路过,听人们议论纷纷,都说这个张衡有意造谣生事。"

这时,倒在安帝肩上的伯荣,连头都不抬,慵懒地嘟囔着:"皇上,依臣妾看,张衡的'地动仪'又是一个骗人的新玩意儿。"

多少年来,大汉各地常常发生地震,有时候一年一次,甚至一年两次。发生一次大地震,就使得好几十个郡国,城墙、房屋发生倒坍,人和牲畜死伤无数。

安帝和朝中不少官员把地震看作不吉利的征兆，有的大臣还趁机宣传迷信、欺骗人民。樊闰趁机煽动："陛下，张衡是杨太尉受邓后旨意召进宫中的，他必然是邓骘、杨震一党……"

经樊闰这一煽动、一提醒，这样一来，汉安帝的报复性"大清洗"名单中，在铲除了正直宦官蔡伦之后，下一个目标自然就轮到张衡了。因为这个不识相的张衡自投罗网，往枪口上撞。

此时，在洛阳偏僻的一个小巷内张衡居住的屋子里，杨震的三子杨秉正在向张衡请教学问。张衡说："贤侄，还有问题吗？"

杨秉毕恭毕敬地说："没有了，张大人。大人今天的一席话、大人的真知灼见，真是让晚生胜读十年书啊！最后，晚生还想知道大人关于'地动仪'研究的进展情况。"

于是，张衡开始向杨秉介绍他的研究成果。张衡转身把杨秉领到屋中一角，揭开一个大麻布单，墙根放着一个泥塑模型，呈现在两人面前。

这是张衡经过多年对地震的观察研究，正在制作的一个初步命名为"地动仪"的地震预测仪器，仪器已经初具雏形。

这个地动仪模型全用胶泥制作，形状像一个圆圆的大酒坛，直径近三尺，顶盖凸起。张衡揭起顶盖让杨秉看，只见中间有个中心大泥柱，旁边伸出八根横泥杆，设置枢纽发动机件。模型外部捏铸着八条龙，八个龙头分别连着里面的八根泥杆，龙头微微向上，对着东、南、西、北及东北、东南、西北、西南八个方向。每条龙口里各衔一个泥丸，下面与龙头相对的地方，各蹲着一只泥蛤蟆，它们都抬着头，张大嘴巴，随时都可以接住龙嘴里吐出来的小泥球。蛤蟆和龙头的样子非常有趣，好像在互相戏耍。那些枢纽件制作巧妙，都隐藏在坛中，张衡盖上顶盖，顶盖周密，无一丝缝隙。

张衡给杨秉介绍说："如果哪个方向发生了地震，机件的杆子就会朝哪个方向倾斜，然后带动龙头，使那个方向的龙嘴张开，小球就会从龙嘴里吐出来，掉到蛤蟆嘴里，发出声音。守候仪器的人因此得知地震发生在何方位，按

照震动的龙头所指的方向去寻找。能否成功,还没有试验。"

杨秉听了张衡的介绍,万分敬佩。他说:"张大人,在我所看到的古籍中,还从没有预测记载,更看不到曾有这样的仪器。"

张衡说:"贤侄,正因为如此,人们众说纷纭。"

那还是杨震刚刚被召进京,邓太后根据刘珍等人的奏请,特派杨震征召张衡进宫,在东观整理史籍。后来,杨震提出了"以考带察、两相兼顾"的国策后,太后下旨:"从前帝王,秉承天命治理百姓,无以掌握天文仪器,通晓日月五星变化,此时大汉阴阳不调,变异时见。为政根本无有比得到人才更重要的……着令荐举贤良方正、能直言极谏之士,凡有……明政术、达古今、研究灾异阴阳、通晓天文律令之士……以安抚天下百姓……"

张衡当时已经入宫,在东观宫整理《汉记》确定大汉礼仪,听到此诏令后,暗下决心,开始浑天仪和地震的研究。

这时,张衡拿出自己十多年来有关地震记录的笔记让杨秉看。原来,张衡为了研究地震,创造发明地动仪,对大汉十多年发生的地震做了详细记录。

杨秉接过一摞厚厚的笔记翻阅,只见封皮上写着"大汉地震记录",翻开里边,只见工工整整地写道:

永初元年(107),郡国十八处地震。

永初二年(108),郡国十二处地震。

永初三年(109),十二月初五,郡国九处地震;十九日,有彗星出现于天苑星。

永初四年(110),三月初九,郡国九处地震;九月初三,益州郡地震。

永初五年(111),春正月初七,郡国十地震。

永初七年(113),二月丙午,郡国十八地震。

元初元年(114),十一月,郡国十五地震。

元初二年(115),十一月初九,郡国十地震。

元初三年(116),郡国九地震;二十七日,郡国十地震。

元初四年(117),郡国十三地震。

元初五年（118），郡国十四地震。

元初六年（119），春二月十二日，京师及郡国四十二地震；十二月初一，日食，郡国八地震。

永宁元年（120），郡国二十三地震。

建光元年（121），冬十一月十二日，郡国三十五地震。

延光元年（122），秋七月初一，京师及郡国十三地震；九月甲戌，郡国二十七地震。

……

杨秉看着看着，一下子受到了震撼，对张衡严谨研究学问的精神佩服得无以言表。

张衡一生不信神、不信邪，而是利用记录下来的地震现象，经过细心的考察和试验，发明制作那个地动仪。

其实，张衡对天文、宇宙的兴趣，从幼小的时候就开始了。张衡出生于荆州南阳郡西鄂县一个豪族家庭，世代为名门望族。祖父张堪，官至蜀郡太守。

张衡在科学上的创造发明，是由于他从小就爱科学，并且勤奋学习爱钻研，也与他小时候的立志追求分不开。

他从小就聪慧过人，对日月星辰特别感兴趣。他非常着迷于自然界的各种现象，小时就爱想问题，对周围的事物总要寻根究底，弄个水落石出。遇到问题，他总是会想为什么，比如说，为什么天空中会有太阳、月亮和星星，为什么有白天和黑夜交替，为什么会有刮风下雨的天气变化，等等。

张衡很小的时候，就是奶奶的小尾巴，不管奶奶走到哪里，后面总会有小张衡的影子。他总是缠着奶奶给他讲故事。老人家似乎有讲不完的故事，又加上十分喜欢这个聪明的孙子，所以只要小张衡提出要听故事，奶奶就给他讲。在这些故事中，小张衡最喜欢的是有关星星和月亮的故事。夜里，他总是一边仰着头望着天空中眨眼的星星，一边听奶奶讲故事，还不时地问奶奶：星星怎么不会掉下来呢？星星害怕下雨吗？对于聪明的小孙子的问题，奶奶当然也有不少回答不上来，这时候，奶奶就让他问爷爷。

张衡的爷爷张堪，也是个读书之人，在不少地方任过县令、太守。在张衡

五岁的时候,一个夏天的夜晚,张衡和爷爷、奶奶在院子里乘凉。张衡坐在一张竹床上,仰着头,呆呆地看着天空,还不时举手指指画画,认真地数星星。

张衡问:"爷爷,星星是不是会移动?我数的时候看到,原来在头顶的,偏到西边去了;还有的星星数着数着就不见了,又有新的星星出现了。"

爷爷说:"是啊,星星确实是会移动的。你要认识星星,先要看北斗星。你看那边比较明亮的七颗星,连在一起就像一把舀饭的勺子,很容易找到……"

"噢!我找到了!"在爷爷的指导下,小张衡终于找到了北斗星,兴奋地喊着。

这天晚上,张衡一直睡不着,多次起来看北斗星。夜深人静,当他看到那闪烁而明亮的北斗星,已不是端正的上下,而是倒挂着时,他感到多么高兴啊!这让他越发觉得浩渺的夜空里会有无数的宝藏,同时也在他幼小的心灵里埋下了无数好奇的问题。他想:这北斗为什么会这样转来转去?是啥原因?天一亮,他就又跑去问爷爷,谁知爷爷也讲不清楚了。从爷爷那里得不到答案,于是,小张衡就急切地去读天文书,他希望能从书中找到自己想要的答案。

还有一次,那是小张衡八岁的时候,跟着母亲去挖野菜。早上太阳升起的时候,他发现自己的影子比自己长,到了中午的时候自己的影子就短了,缩成了一团。从此以后,他看见自己的影子缩成一团的时候就知道是中午时间,便让母亲烧菜做饭。母亲很奇怪他为什么会知道,他就告诉母亲关于影子的发现。

张衡不仅天资聪颖,而且读起书来非常用功,他十岁就能熟读《诗经》,并对其中的天文、历法非常感兴趣。在他十岁那年,祖母和父亲相继去世了。母亲送张衡到学馆里去读书,小张衡深知读书对他来说是多么不容易,因此非常刻苦。不久,小张衡开始作诗了,他作的诗常常受到老师的夸奖。为增长知识,小张衡博览群书。一天,他看到一本叫《鹖冠子》的书,被书中按北斗星定季节的四句话深深吸引住了。从此,他常常仰望着星空,观察北斗星的变化,日积月累,发现北斗星在围绕着一个中心转,一年转一圈。他顺口就道:"啊!我终于明白'斗转星移'是怎么一回事啦!"

由于勤奋好学，随着一天天长大，张衡的知识也越来越丰富了。十五岁那年，他离开家乡，先后到长安和洛阳，先是在三辅一带游学，接着进了洛阳，在太学院学习。在太学里，张衡用功读书，于是通晓"五经"，贯通"六艺"，尤其是擅长各类诗文的写作。他常常是有感而发，写作的水平也随之不断提升。

张衡常常想着一个人如何立身行事。他认为福祸相依，幽深微妙，难以看清，于是作《思玄赋》，以表达和寄托自己的情志。其中的"仰先哲之玄训兮，虽弥高而弗违"和"伊中情之信修兮，慕古人之贞节"都是流传后世的名句。

张衡不羡慕别人出仕做官，也不贪慕当世的功名富贵，更不趋附当时的那些达官显贵。他自从那年被杨震召进宫，先是为郎中，后升为太史令，十多年来担任太史令官职一直没有迁升，他无怨恨，还以答客问的形式作《应间》一文，以表达自己的志向。

自光武帝刘秀喜好谶纬起，明帝、章帝相继效法，一些学者争相学习谶纬，又以惑众妖言相迎合。张衡认为，谶纬虚假荒谬，并非圣人的准则。于是，他作《巫语》，直言谶纬之术的荒诞。

张衡虽然才高于世，却并不骄傲自大，他举止稳重，神态淡然、宁静，不喜欢与一般的世俗之人交往。和帝永元年间，张衡几次被推举为孝廉，他却不应荐；后来，屡次被三公官府征召，都没有就任；再后来，大将军邓骘认为他才能罕见，是个奇才，曾屡次征召他，他也不去应召。

当时洛阳和长安都是很繁华的都市，张衡在长安和洛阳学习游历期间，看到从王公贵族到一般官吏过的是骄奢淫逸的生活，很看不惯，于是模仿班固的《两都赋》写作了《东京赋》《西京赋》，即《二京赋》，以此来向朝廷进行讽谏。他殚精竭虑，经过精密构思、反复润色，用了十年时间才完成。这两篇赋文，一经传开，便名满天下。

这样，张衡很快成为东汉安帝时期著名的文学家。

张衡一生著述甚丰，除《巫语》《应间》和《思玄赋》外，还著有《周官训诂》等书，他所写的诗、赋、铭等，包括《灵宪》《七辩》《巡诰》《悬

图》等文章著述,共三十二篇。

安帝永初年间,谒者仆射刘珍、校书郎刘余等人在东观著述,撰集《汉记》,因定汉家礼仪,上书邓太后,请求让班昭、张衡参与论定此事。

太后得知张衡文才出众,即派杨震征召他入朝到东观任职。但是,张衡的特长不是文学,而是数学和天文学。太后得知,又让他兼管天文历法,这个工作正好符合他研究的兴趣。从此以后,张衡在整理史籍的同时,又悉心研究天文、阴阳之学。张衡平素特别喜爱扬雄的《太玄经》,他对崔瑗说:"我读《太玄》,才知道扬雄极为通晓天道术数之妙,可与五经比肩。"

为了探明自然界的奥秘,年轻的张衡白天常常把自己关在屋里整理史籍,早晚不是读书、研究,就是站在天文台上观察日月星辰。观察、钻研久了,他想,如果能制造出一种仪器,能够上观天象、下察地运,预报自然界将要发生的情况,这对人们预防自然灾害,揭穿那些荒诞的迷信鬼话,该是多么好啊!

于是,张衡把从书本中读到的知识和观察到的自然现象进行分析研究,又把研究的心得著成《灵宪》《算罔论》二书,书中的论述极其详细明白。在《灵宪》这本书里,他告诉人们:天地是椭圆形的,像个鸡蛋,天就像鸡蛋壳,包在地的外面,地就像蛋清蛋黄。他根据这个研究,创立了"浑天说"。

接着,他又根据"浑天说"的理论,开始设计、制造预测天体的仪器——浑天仪。不知经过了多少个风雨晨昏,熬过多少个不眠之夜,一个当时天下最先进的天文仪器浑天仪诞生了。这个大铜球装在一个倾斜的轴上,利用水力转动,它转动一周的速度恰好和地球自转一周的速度相等,而且在这个人造的天体上,可以准确地看到太空的星象。

东汉中期,京城洛阳及其附近地区经常发生地震,仅从和帝末年到安帝初年的十多年内,这些地区发生地震就达十多次。其中发生的两次大地震,波及范围近三十个郡国,灾情极其严重,造成大批房屋倒塌、人畜伤亡,人们对地震都十分恐惧。安帝和一些文武官员都以为这是得罪了上天,因此增加人民赋税,用来举行祈祷活动。

这时的张衡,由此开始注意并观察地震现象,也更加深入地对天文、历法、数学进行研究。他不相信关于地震的迷信宣传,他认为地震应该是一种自然现象，人们之所以无法预知地震，是由于人们对它的认识太少了。鉴于这种情况，他开始了对地震的研究。张衡细心观察和记录每一次地震现象，用科学的方法分析了发生地震的季节、地域、前后自然现象。经过多年的反复观察和试验，他准备制造出天下第一个能显示地震的仪器，即地动仪。

入宫十多年来，张衡夜以继日地兼顾史籍整理和科学研究，后来东观的刘珍、刘余去世，班昭要完成《汉书》的编写，因此，《汉记》一书的撰集，就主要落在了他一个人的身上。

太后驾崩后，张衡无限怀念，他草拟了一段对邓太后的评价，准备写入史书："邓后临朝行使皇权，功绩卓著，但因力到终年，终未还政于君。所幸者邓后不是为了己身，焦心悯惜忧患，自强者只知有国。然建光之后，安帝王柄在握，竟信逸言戮辱邓骘等贤良，奸佞妖女结伙而进，衰败之来，日趋严重有明显的征兆。"

张衡取来自己精心抄写的两篇赋文递与杨秉道："贤侄，老夫近日有赋文两篇，一曰《忧汉赋》，一曰《归田赋》，你带回去给令尊大人，请令尊大人斧正、赐教。"

此时，张衡并不知道，厄运即将降临到他的头上。

两人正交谈着，这时，忽然听到外面有尖厉的声音大叫："圣旨到！"

二十六　三弹平步青云

二人急忙跑出屋外，原来是樊丰来宣旨："张衡接旨！"

张衡和杨秉跪地听旨。

只听樊丰念道："奉天承运皇帝，诏曰：太史张衡，狂悖不羁，藐视圣上，且对光武帝等先帝不尊。现削去张衡太史一职，黜为庶民，逐出宫中。钦此！"

张衡先是一愣，接着接过圣旨，叩头谢恩："谢皇上隆恩！"

张衡的地动仪才初具规模，他本打算试验成功后，再与浑天仪一样，用青铜铸造出来，没想到这么快便受到打击、排挤、迫害。

张衡的发明创造并不是一帆风顺的，而是在各方阻力下进行的。他研制地动仪的消息不知被谁泄露出去后，洛阳城里的百姓都兴高采烈，奔走相告。可是那些愚昧昏聩、养尊处优、不关心群众生命财产的封建官僚们为了麻痹百姓，加强对百姓的统治和剥削，却把自然灾害说成天意，极力炮制一种谶纬神学。这种神学，宣传迷信，成为几代皇帝崇信的重要国典之一。由于张衡反对谶纬神学，因而朝廷官僚集团对张衡恨之入骨。

一次，几个谶纬神学的信奉者恶毒攻击张衡，说："你发明地动仪是'屠龙之术''雕虫小技'。"

张衡愤怒地斥责他们："你们这些虚伪之徒，歪曲历史，附和谶纬，献媚权贵，逢迎求荣，借以求取个人利禄。"

他们听了张衡切中要害的话，恼羞成怒，猖狂攻击："你的地动仪算不了什么发明，没有大用，做水运浑象，徒劳无益！"

张衡听了这些谬论，哈哈大笑，反击道："你们这些不学无术的笨蛋，靠谶纬吃饭，是一伙不学无术的家伙！"

面对官僚集团的恶意攻击，张衡毫不退缩，连夜奋笔疾书一篇《巫讳赋》，上奏安帝，批驳这些流言蜚语。

张衡与杨震一样，也是一大直臣，素来善于著文立说，写出大量文章，讽谏政事。张衡在宫中也是以清廉著称。太后去世后，安帝骄奢淫逸，奸佞权倾朝野，张衡也是深为不满，他便上书讽谏，请求安帝刘祜树立威严、整理法度。张衡公开与杨震等一批正直官员站在一起，为维护朝廷的威严做出努力。

正因为如此，奸佞樊丰、樊闳、王圣都唯恐张衡给安帝上书讲他们的坏话，认为张衡留在宫中终将成为他们的一大祸患。又因为他是太后时期被倚重的贤臣之一，与杨震来往密切，就一起在安帝面前进谗言诽谤诬陷张衡，说张衡是杨震一党，说他的文章常常危言耸听，他所谓的创造发明是歪理邪说，要将他赶出皇宫。没有想到，张衡的一道奏章，改变了他的命运。因为那道奏章，打中几人的要害，也正好撞在这些人的枪口上，不明就里的安帝听信这些奸佞的谗言，就这样下旨将张衡逐出皇宫。

杨秉难过地回到家中，满含泪水，向父亲讲述了在张衡家中发生的一切。

杨震心情沉重地说："张太史的数术之学可穷究天地之奥妙，制作之巧可同自然之造化。他研究天地，拟照天地而制作浑天仪，使得天地无法隐藏自身的奥妙；他运用精思研制地动仪，没有人能比得上他的智慧。所以他深邃的思想和丰富的智慧，是人类的上乘之学。《礼记》云：德成而上，艺成而下。张太史是我大汉难得的一位奇才，他不仅是我大汉有名的文学家，更是我大汉著名的科学家，同时，他的绘画也相当出色，被列为京城六大名画家之一。张衡的离京，是我大汉的一大损失。"

杨秉惋惜地哭泣着。

杨震说："张太史还有一个宏图大志，就是想继孔子老而好易，补正《象》《象》的残缺，但由于各种原因，一直迟迟难以完成。我要去面见圣上。"

杨震急着去面见安帝，在皇宫大门口，遇到来宫中收拾自己东西的张衡。张衡听说他要面见皇上，死活把他拦住了。

张衡说："像这样的朝廷，不在宫中也好。大人，你是大汉擎天一柱，朝野皆知，有你四知明公在，这大汉的天就塌不下来。"

杨震说："太史公，你离开朝廷，朝廷又少了一个难得的奇才。"

张衡说："明公，我张衡不管走到哪里，都不会停止地动仪的钻研的。"

杨震感动得一时不知道说什么好。

新建的野王君宫内，气氛热烈。

王圣、伯荣在接受络绎不绝的王公贵族、文武大臣的一份份厚重的贺礼之后，樊丰、樊闰兄弟俩摆了几十案宴席庆贺。到了晚间，就剩下王圣、樊丰、樊闰三人还在饮酒欢宴。

王圣知道，她今日能入住野王君宫，当然先得感谢樊氏兄弟。

这时，王圣举樽道："首先要谢樊常侍给皇上的奏请，再是感谢樊大人，你为本宫建造宫室劳苦功高，最后，庆贺在朝堂之上打败了杨震的无理上奏。"

三个人举樽相庆。

邓太后驾崩后，安帝宠幸的后妃一个个都开始骄横起来，就连乳母王圣，也因为抚养安帝有功，并参与铲除邓氏，依靠帝恩，无法无天。

自从那日安帝让王圣母女俩听了杨震参奏她们的奏折后，母女俩就对杨震怀恨在心，发誓一定要除掉杨震这个心头之患。王圣自知自己手中没有一点儿权力，若要除掉杨震这个心头大患，必须要有一把可以借用的刀。

王圣想，这些年，没有大臣看得起自己，但樊闰给了自己不少恩惠。王圣当然知道那樊闰的心思绝不是看中她王圣什么，樊闰无非就是想借用她这个皇上乳母的身份和自己与安帝的那点儿情分罢了。也就是皇上乳母这个身份，让她的女儿伯荣有了昭仪的名分，让她今日风风光光住进了野王君宫。她庆幸自己当年有幸喂养皇上，没想到自己当年的那点儿乳汁，换来了一生的荣华富贵。历朝历代，喂养皇上的乳母成千上万，可是，唯独她王圣有本事独享这份富贵。若不是自己编造故事欺哄刘祜除了邓氏外戚,自己哪里能享受这太后一般的福分哪!想到这儿,她不由得钦佩自己,更钦佩自己生的那个小妖精。若不是这小妖精有心计,依着王圣,早就让她嫁给那樊彪了。那样的话,才让王圣悔死了。

王圣虽然大字不识,但自小聪明过人,颇有心计。给皇上喂奶的其他乳娘,早被她算计得有的死了,有的不知道被赶出宫后在哪儿艰难度日。只有她,因为还有一点姿色,与樊丰那个老宦官私下里勾勾搭搭,得到樊丰暗地里不少的帮助,因此颇得皇上的信任。王圣系一介草民,出身低微,在宫中更没有可以依靠的人,认识了樊丰,便以他为靠山,两人相互利用,狼狈为奸。

三人围着酒案,总共喝了两坛杜康和三罐青梅果酒,喝得面红耳赤,差不多都醉了。樊闰端起酒樽道:"樊某祝贺野王君入住新宫!祝野王君万福大安!"

樊丰也举着酒樽说:"祝野王君万寿无疆!"

兄弟两人还要继续说,却被王圣挡住:"你们兄弟俩一句一个野王君的,我听着怎么不那么顺耳,好像是一个野莽君一样,还是从前叫我王太后顺耳。"

樊丰急忙点头称是:"是是是,奴才叫着也别扭。其实不是说我们称你为太后,现如今,你不就是名正言顺的太后吗?皇上只是碍于那多事的杨震,不好册封你为太后罢了。在我们兄弟俩的心里,你一直就是太后,永远的太后。"

樊闰也赶紧附和:"兄长所言极是,王太后一直是我们心中的太后。"

樊丰明里为讨好安帝,暗里献殷勤拍着王圣,色眯眯地瞅着她说:"太后,我们还可以称您为大汉五大圣贤之外的'六圣母'。"

樊闰即刻附和:"对对对,六圣母!圣母娘娘,这个更雅致。"

三人说着举樽一饮而尽。王圣两腮已经发红,她带着醉意,眯着眼淫笑着盯着樊丰说:"老东西,快给我说说那天朝堂上那杨夫子参奏给我造宫的事。"

樊丰见那王圣醉眼蒙眬地盯着自己,真想起身抱住她,若不是自家兄弟在

跟前，定要好好亲亲这个风韵犹存的老美人。

一说起那天朝堂的事，樊闳就幸灾乐祸地说："圣母啊，你没亲眼看见真是遗憾哪！那杨震参奏你跟昭仪娘娘，皇上根本不听他杨夫子的连番苦谏。"

樊丰也奸笑几声说："你没见杨夫子那狼狈样，说起来还是三公之首，一身朝服不知穿了多少年，像一个乡野樵夫。皇上对他的奏章视而不见、听而不闻，一言不发，惹得文武百官哄堂大笑啊。作为一个三公之首的大臣，皇上对他置若罔闻，好像他不存在一样，这老夫子还不甘心，还要上奏。我一看皇上早就不耐烦了，直接就宣退朝，把那老夫子一个人撂在朝堂上，惹人耻笑去吧！"

三人正说笑得热闹，伯荣一身艳服，在几个宫女前呼后拥下匆匆走了进来。

樊闳赶紧起身举樽说："我大汉能有这样一位光彩照人、有胆有识的昭仪娘娘，真是大幸啊！"

几个宫女在旁边候着，伯荣随三人一同坐下说："伯荣与阿母能有今天，多亏两位大人相助，伯荣自然记在心中，定会在皇上面前替两位美言。"

兄弟俩受宠若惊，连忙施礼："多谢昭仪娘娘厚爱，臣当全力孝敬昭仪娘娘、跟随昭仪娘娘，万死不辞！"

伯荣抬手示意免礼："自己人在家里用不着客气。今儿都是自家人，本宫说话也不掖着藏着。我阿母出身低微，樊常侍常年暗中相助我们母女，让我们母女免于受人迫害。樊爱卿又多次以贵物相送，我们母女受惠颇深。彪儿与我也有交情，我们俩也是真心相爱。虽然伯荣无缘做樊家儿媳，但彪儿的真情伯荣铭记在心，自会相报。眼下，杨震因为我母女蒙受皇恩，对我母女怀恨在心，多次上奏皇上要除我母女二人，长此下去，恐皇上迫于杨震托孤大臣的压力而动摇。依我之见，二位大人要设法尽快除掉这个心头大患，免得夜长梦多，坏我大事。本宫急急赶来，就是与二位交代此事。"

樊丰凑上前去悄声说："昭仪娘娘所言极是。那杨震与我樊家早已势不两立。不瞒娘娘，奴才早有除杨之心，今天娘娘有旨，奴才定当深谋熟虑，伺机除掉杨震，永除大患。"

樊闰也赶紧表白："那杨震不仅嫉妒昭仪娘娘和太后的恩宠，也处处刁难樊某与我儿樊彪，我与那杨震早已不共戴天。邓、杨一党，班昭已死，邓氏外戚被铲除之后，蔡伦、张衡一个个已经被除，下一个目标，自然就轮到那杨震了。娘娘放心，只要娘娘召唤，樊氏兄弟、父子自当义不容辞！"

樊丰又说："诛除了杨震，那许慎、杨伦、虞放、高舒、朱冲一个个自然树倒猢狲散，杨震一党就连根拔了。"

伯荣哈哈大笑着端起酒樽，与樊家兄弟和王圣一饮而尽。

四人商量，下一步先要让他们的人跻身朝廷要职，再一起铲除杨震。

南宫德阳殿早朝上，安帝刚一坐下，就对樊丰说："樊常侍，宣旨吧！"

看着樊丰犹豫了一下，朝下的文武百官都暗自猜想着，皇上一上早朝，什么话也没有说就让樊丰宣旨，这宣的是什么旨？不知道谁的命运又将在这道圣旨中改变，个个心里头忐忑不安。

只见那樊丰似乎犹豫了一下，又像是下了决心似的深吸了一口气，向前跨上一步，清了清嗓子，用他特有的尖厉刺耳的声音宣道："奉天承运皇帝，诏曰：将作大匠樊闰、中常侍樊丰，诛除邓氏外戚，建造南宫，于国有功、于民有利，特擢升樊闰为司空，封为雍乡侯，食邑三百户，并兼任尚书令，统管六曹；封樊丰为都乡侯，食邑三百户，并擢升皇宫尚方令。钦此！"

之前，安帝已擢升司空袁贵为司徒，给樊闰把空腾了出来。明眼人一看都知道，樊闰兼任尚书令，领尚书台总领六曹事务，显然就是架空三公之首太尉杨震。因为，按大汉朝廷规定，只有太尉才有权领尚书事，总理百官。

樊丰与樊闰同伏共拜："谢皇上隆恩！吾皇万岁，万岁，万万岁！"

接着，樊丰又宣一道圣旨："奉天承运皇帝，诏曰：江京、谢恽为江山社稷有功，擢升江京为御史台大夫，谢恽为廷尉府廷尉。钦此！"

原来，樊闰一直蛊惑安帝重用江京与谢恽。让江京任御史台大夫，专门打压曾经一再为"张生法场喊冤案"喊冤叫屈的御史中丞高舒。让谢恽任廷尉府廷尉是一箭三雕：一是取代曾力主"张生法场喊冤案"平反，也曾收受过刘凯打招呼的那个廷尉周忠，让其告老还乡；二是打压曾力主"张生法场喊冤案"

平冤的廷尉丞虞放；三是让自己的死党掌握要害部门——大汉的最高司法机构，便于整治那些悖逆自己的朝廷官员。谢恽转为廷尉，仍属九卿，总算一步一步往前靠了。

这时，江京、谢恽赶紧伏地公鸡啄米一般磕着响头："谢皇上隆恩！吾皇万岁，万岁，万万岁！"

接着，安帝又新封一些官员和侯爵。之前，安帝已封耿贵人的兄长牟平侯、国舅大鸿胪耿宝接替邓骘为大将军了。这天，又封外曾祖父的四个儿子皆为列侯。他没有觉出，新一批外戚势力日盛。

这时，杨震正要出班陈述，不料从偏殿传来伯荣亢奋的声音："皇上！"

伯荣穿一身杏黄团花裙，半裸香肩，提着裙裾，奔进大殿。所有的大臣全部吃惊地看着那伯荣旁若无人地进入大殿朝堂，殿内顿时鸦雀无声。

伯荣直奔到安帝旁说："皇上，臣妾有事禀奏……"

安帝一看伯荣犯了朝廷大忌，面露不悦，压低声音厉声说道："跪下！这里是朝堂，你身为昭仪岂能如此无礼？"

伯荣看了众大臣一眼，不情不愿地跪下说："臣妾有一事要奏……"

这时，大臣们才看清伯荣的装扮，一个个不由得捂住眼睛。原来，伯荣穿襦裙时，腰身裹得紧紧，袒胸露背、突乳翘臀。因为，她最喜欢穿的是在贵族阶层最有名也最流行的那种收窄裙裾的留仙裙，那样更显得高挑俊俏。

安帝一看说："这里是朝廷议事重地，你有要事等朕下了朝再来禀奏。"

伯荣却执意说："臣妾所奏正是朝中大事，所以才会此时来奏。"这时，站在一旁的樊丰，有意轻咳了两声，提示安帝可以允许伯荣讲话。

安帝看着愣在朝下的大臣们，只好说："那你就快快说来，什么要事？"

伯荣说："臣妾要举荐樊大人之子樊彪入朝为官。"

伯荣话音一落，朝堂下"嗡"的一下议论纷纷。

君道不明，遂使政化暗乱。正所谓哲夫成城，哲妇倾城，牝鸡司晨，国家一定颓败。由于安帝的才德不够，以致奸佞当道，社稷江山衰败。

安帝一脸尴尬，正不知如何是好，这时谢恽出列上奏："陛下，臣有本上奏。"

安帝急忙示意他说:"谢爱卿请讲。"

谢恽大声说道:"廷尉谢恽启奏:雍乡侯、司空樊大人之子樊彪,才德俱佳,武艺超群,臣辟举樊彪入朝为……"

杨震一听,不等谢恽说完,急忙出列阻拦说:"皇上,不妥!施政当以任用贤能为根本,治理朝纲应以清除邪秽为正务……"

安帝也不等杨震说完,立即打断他说:"朕早就听说樊彪终日刻苦习武,练得一身超强武艺。近来边关战事不断,朝廷急需勇猛将士。谢爱卿所奏朕准了,先封樊彪为卫尉,接替袁礼总管皇宫禁卫,历练历练……"

九卿卫尉,为朝廷内阁成员。

杨震、杨伦及多数大臣不约而同跪地齐呼:"皇上,不妥!那少将军将如何?"

安帝说:"擢升袁礼为三品辅国将军,仍统领羽林军。"

此刻,在朝廷,已经明显地出现了两股势力:一股为"清流",以杨震为首;一股为"浊流",以樊闰为首。

樊闰马上直起身,扭头对杨震说:"杨大人,有什么不妥?难道你推行的那个什么'以考带察',明里为公,实则为私,借机把你几个儿子弄得当了官就妥?"

杨震霍地直起身子:"一派胡言!"

杨伦也直身道:"如果杨大人有私心,就会把他的弟弟、五个儿子都弄出来做官。可是,他的弟弟杨季至今在老家学馆教书授徒;他的二儿子杨里,从小不用功于学业,至今还在老家潼关一边种地一边刻苦;他的小舅子黄六多次来洛阳,要求杨大人给谋个差,杨大人都予以严词拒绝……"

安帝说:"退朝!"

杨震喊道:"陛下……"他跪在殿下喊着不走。

"太傅是想逼宫吗?退朝!"安帝无视朝下跪地百官,急忙站起来转身就走。安帝显然已经开始对杨震不待见了。

"唉!"跪在地上的杨震一拳砸在地上,手背撞破,鲜血顺着手背滴落在德阳殿的地上。

散朝后,那些得了软骨症的文武官员一个个低眉垂眼俯首帖耳地围着樊闰争先恐后巴结:"司空大人,以后本府就仰仗大人了!""祝樊大人如日中天,步步高升!""樊大人劳苦功高,早就该提拔了!"

樊闰得意扬扬,对围着他的那些人频频点头客套地笑着。

杨伦、虞放、高舒、朱冲随着杨震往下走,一个个气愤不平。

杨伦说:"太后在世时,重用的是贤良文学,而皇上重用樊氏兄弟。"

高舒说:"这明明是重用尚书台,而削弱架空三公的权力。"

杨震说:"几位大人,这儿不是议政的地方,也不是议这些事的时候,当务之急,是阻止这些奸佞的胡作非为。"

从此,大汉政权出现奸佞宦官共同参与的局面,安帝甚至将朝中军政大权交与宦官樊丰、奸佞樊闰,内务大权交与伯荣母女,自己只管玩乐。这导致奸佞相互勾结,玩弄权柄,生活奢侈,贪污受贿,无恶不作。淫妇伯荣,不但不收敛,而且更加骄奢淫逸。

夕阳西下,一片残红。

杨震孤独地站在洛阳城西的五里亭下,远望滚滚黄河,心潮起伏,无限忧愤。

樊闰、樊丰兄弟俩被封侯后,执掌朝廷大权,又合起伙来架空安帝。

安帝沉迷女色,置百姓死活于不顾,大造宫殿,宠幸妖女,重用奸佞,杨震屡次上奏均遭斥责。不仅如此,安帝疏于理会朝政,无视朝纲,昏庸无度,恣意妄为,朝权已被奸佞小人掌握,大汉将大难临头。

这时,杨震面对黄河,仰天长叹:"我大汉内有奸佞作乱,外有西羌南水侵扰,朝廷无宁日,百姓无安康。"

杨伦、虞放、高舒、朱冲和周广几人找遍太尉府和窄巷小院也没有看到杨震,就知道杨震一定又来到了五里亭。自从桓郁去世后,每每杨震心情郁闷,都会来这里远望黄河,不知是思念西面远方的家乡,还是忧虑朝廷。他们一同来到五里亭,果真远远就看见杨震一个人孤独的身影。

皇上是非不辨,朝廷之上,竟然允许妖女指手画脚,简直就是大汉的耻辱。杨伦说:"樊彪这个纨绔子弟,不学无术,就这还是什么才德俱佳?当年'以考带察'洋相百出,被除了名。那次舞弊,就应该抓住治罪。"

朱冲说:"可如今倒好,凭他伯父与王嬷嬷的关系,以及他与妖女伯荣不清不白的关系,竟然不费吹灰之力,一下子被封为卫尉,官居九卿。大汉快要完了!"

虞放说:"大汉已病入膏肓,腐败成风,贪官、庸官多如牛毛。大汉真的到了穷途末路的境地。"

安帝沉迷酒色、无所作为,高官贵宦、王公贵族强取豪夺、醉生梦死,整个社会一片颓靡。法度之废弛、吏治之腐败、民怨之沸腾、贫富分化之严重都到了前所未有的程度。边关震扰,西羌不安,南蛮民变时有发生。面对如此严峻的社会现象,作为托孤之臣,作为皇上太傅,杨震忧心如焚,寝食难安。

他痛心地意识到再不扭转局面,大汉真的将走向穷途末路,后果不堪设想。他觉得挽狂澜于既倒,扶大厦之将倾,都是他们这些儒生大臣的历史使命。

杨震身为首辅大臣,他也知道非议朝政是犯大忌的。他说:"只要我们这些人在朝廷,大汉不会完的。"他不相信大汉真的会完。

杨伦说:"恩师,难道我们还有办法整治这些奸佞?"

杨震回过头来说:"有!老夫准备截发诏令。"

杨震经过反复思索,决定不发诏令。按大汉皇室规定,皇上的诏书诏令要经过尚书台转三公首辅大臣颁行。杨震决定对安帝的这一诏令,拒不执行。

几人一听,纷纷说,这是个好办法。杨震回过头来说:"另外,我思前想后,我们还是要从大将军蒙冤一案入手。我们现在要参倒樊闫,没有证据是根本治不了他的罪的。其实朝臣们都知道大将军是被陷害的,但苦于证据不足,只有查出大将军被陷害的铁证,才能以诬陷忠良罪弹劾樊闫一伙,到那时,在铁证面前,皇上也就无话可说了。"

虞放说:"可是,大将军的案子不是一直都没有线索?"

杨震说:"这还得辛苦朱冲和周郎了。你俩负责,封锁洛阳城门,要像梳子一样,把全城各个角落梳理一遍,务必查出盗窃皇上玉玺的盗贼,也就是樊

闻的那个神秘心腹,将其捉拿归案。"

朱冲、周广说:"下官遵命,誓死完成太尉大人的命令!"

第二天一早,杨震来到太尉府,把诏令原样封好,差人退还给尚书台,并上书劝告安帝:"微臣谨守本职,封还诏书,没有颁行天下,这并非微臣违抗圣意,而是唯恐此事传遍朝野,有损陛下圣威。"

安帝接到杨震上书,得知圣意被抗,而且杨震在书中还抨击樊彪,竟然还封还诏令,一下子怒不可遏,骂道:"这个顽固不化的老夫子!"

樊丰、樊闱兄弟俩得知樊彪擢升的圣旨被封,火冒三丈,暴跳如雷。

樊丰煽风点火:"陛下,应治杨震抗旨不遵之罪。"

樊闱火上浇油:"杨震该杀!不杀,那皇上还是不是皇上,倒让杨震骑在头上?"

安帝更是怒火冲天,一拍御案说:"朕在朝堂上的谕旨不能改,樊彪履职卫尉。封还诏书的事情,朕与那杨震在朝堂上见!"

明月高挂,繁星满天。

袁礼心情不好,独自坐在将军府院中花台上,呜呜地吹着他和樊月最喜欢的那首《高山流水》。袁礼只要一闲下来,就从腰间掏出那个他随身携带多年的黑色埙吹奏。低沉幽怨的埙声让将军府平静的夜晚充满了伤感,所有听到埙声的人皆受到感染。

腐败的朝廷和名存实亡的婚姻,让袁礼愤懑忧虑又无可奈何。自那年东莱再跟杨震,岳丈就将娇妻樊月关在樊府不让两人相见。一晃快二十年了,袁礼也是快四十岁的人了,还过着独身的日子。眼看着少时的伙伴一个个都子女绕膝了,袁府与樊府虽同在京城,可门前的大街就像是一条银河,让他与月儿像牛郎和织女一样分隔两地,不得团聚。袁贵多次与樊闱提及此事,试图说服樊闱放樊月回到夫家,让两个孩子得以团圆。可樊闱总以樊月有病,身子虚弱,需要在娘家调养等诸多理由百般阻挠,却也不让二人解除婚姻,就是这样拖着袁礼,以此来报复袁礼跟随杨震的行为。

袁礼能感觉到樊月也如他一样,心里苦闷,又无可奈何。多少次,袁礼站在樊府的墙外,听着从楼上樊月闺房传来的幽怨的琴声,他知道那是樊月无声的思念与忧愁。妹妹袁仪多次劝他与樊月解除婚姻,可他心里总是割舍不下。只要樊月没有与自己解除婚姻,即便再遇佳偶,他也无法安心续娶。

一到晚上,袁礼就不由得想起他的爱妻月儿,不能自已,就拿出他那随身不离的埙,呜呜咽咽地吹起来,乐曲哀婉,令人牵肠。只要一想到娇妻月儿,袁礼就亢奋不已,无限思念。每次吹埙,他掏出来时,先要把埙套看看、摸摸、亲亲,贴在脸颊上感受片刻。这个埙套是樊月亲手给他织的,上面绣着"袁""樊"两个字。每次看到埙套,他就如同看到了樊月。

袁飞心疼地望着弟弟孤独的身影,知道他又在思念着他的妻子。

一曲吹完,袁礼回头看见哥哥站在不远处望着他,便指指身边的石凳,邀袁飞过来。袁飞走到弟弟身边,拍拍他的肩膀,说:"我不知道樊家人的心都是什么长的,会不会月儿的心也早变了?"

袁礼摇摇头:"月儿善良诚实,她和樊家的人不一样,她一定还在等着我。"

袁飞叹口气说:"你这样无穷无尽地等下去,什么时候是尽头?你看父母为你的事也伤透了心,快二十年了,他们担惊受怕,日思夜念,可迟迟不见月儿归来。父母一再说,他们放心不下你,你为人善良,怎么就碰上了这样的岳父!"

袁礼低下头惭愧地说:"是我对不住父母,对父母没有尽到孝心。"

袁飞说:"弟弟,皇上不让你担任卫尉,任辅国将军其实也省心。你设法把月儿救出来,离开这个是非之地,与月儿过你们自己的日子去,不要再掺和在杨大人跟樊家人之间了。"

袁礼深深地叹了口气,望着天上的月亮无奈地说:"这朝廷都让他们樊家人掌管了,能好吗?没有了清明的朝廷,这大汉能好吗?没有了大汉,咱们哪里还有好日子过呢?就是月儿回来,我们想远走高飞,还能到哪里去?"

听了弟弟一席话,袁飞也陷入忧愁。

袁礼拿起埙又吹了起来,吹着那首广泛流传于民间的情歌《上邪》,以表达对爱妻樊月的绵绵深情和思念:"上邪!我欲与君相知,长命无绝衰。山无

陵,江水为竭。冬雷震震,夏雨雪。天地合,乃敢与君绝!"

此刻,在樊府后院的闺阁绣楼上,同样响起了凄切的琵琶声,那是樊月含泪而抚。屋子里只有樊月一个人。她上身穿着宽袖红衫,下着曳地白裙,怀抱一把琵琶。闺阁里,青烛孤影下,樊月一个人默默抚琴,琴声悠悠,凄凉哀怨。

一会儿,她又抚琴而歌,弹唱着她和袁礼最喜欢的那曲清幽而深情的《高山流水》,曲调悲切忧伤,歌声凄怆。看得出,细纹已经爬上了她那张不再年轻的脸。透过窗纸,她隐约看到天上月亮正圆。今天又是十五了,月亮盈了亏了、亏了盈了,一天天一年年,自己被锁在闺房不能与郎君相见。

一曲《高山流水》弹完,沉浸了一会儿,樊月接着又弹起另一首《竹韵曲》。

长年累月,樊月一个人在她的闺房里整日与乐器相伴。她这时弹奏的凄伤的《竹韵曲》,曲调令人肝肠寸断。这首《竹韵曲》的词义是:久思夫君的孟姜女夜里怀抱琵琶弹奏,听到风摇竹林哗哗作响,以为是夫君回家的脚步声,赶紧出门相迎,结果只见竹影空摇,落叶纷飞。

有时候,袁礼在自家府院的后花园,隐隐听到从樊府传来如泣如诉的《竹韵曲》,凝立默听良久,不由得怆然泪下。

母亲怕女儿一人孤寂,求樊闰给月儿差了一个小婢女,让小婢女整日陪伴月儿。可月儿讨厌有人打搅她,只想一个人清静。但她拗不过母亲,索性不管小婢女的出入,无视小婢女的存在。

父亲因为官场相争,竟然牺牲女儿的婚姻幸福,将近二十年将樊月锁在这深深的庭院,任樊月苦苦哀求都无济于事。这且不说,还编造谎言说是袁礼已经再娶,让樊月死了这条心。可是,樊月与那袁礼乃郎才女貌相亲相爱,新婚不久,郎君就跟随杨震远赴荆州,从此,与樊家背道而驰,遭遇樊闰的多种非议。开始樊月还相信父亲的话,心里一直埋怨夫君对父亲背信弃义。可是,这么多年来,樊月目睹樊丰和父亲以及弟弟一起,结党营私、拉帮结派、贪赃枉法、陷害忠良。如此作恶多端,难怪夫君袁礼不愿与他们同流合污,就连自己也对他们深恶痛绝。她不知道为什么父亲会是这样一个人,为了争权夺利,不惜毁掉亲生女儿一生的幸福。不仅如此,竟然默许那个神秘的心腹来骚扰自己。天底下竟有如此卑鄙无耻的父亲!

樊月欲哭无泪,心如死灰。她默默下了决心,如果父亲真的要把自己许给那个心腹,那她就是死也不会答应的。面对这样的父母,她已经做好了随时赴死的准备了。

琴声刚落,樊夫人就走进了樊月的房间。樊月眉似远山,眼如弯月,眉宇间总含着一副淡淡的忧伤与哀戚。她看着母亲,对她说着自己说过无数遍的话:"娘,放我出去,我要回袁府,我是袁家的人。"

樊夫人用手把女儿额头散下来的一绺头发整理好,然后慢慢地说:"月儿,娘不是跟你说过,袁礼已经娶了妾,他已变心了。"

樊月突然发疯一般一把拨开母亲的手,看着母亲失望地说:"娘,你到底是不是我的亲娘啊?我爹骗我,娘你也骗我。我爹为了升官发财,什么都不顾了,连自己亲生女儿都不要了,那你也不要女儿了吗,娘?"

樊夫人看着樊月满眼泪水、一脸幽怨,心疼地说:"月儿,娘怎能不疼你啊?可是,你爹、你大伯、你弟弟这样做还不是为了樊家吗?不是这样,你爹能入朝做大官,你弟弟能当上卫尉吗?"

"可是,娘,因为他们要入朝做官,就必须让女儿以一生幸福做代价吗?"樊月哭着求着母亲。

"月儿,你饱读诗书应该知道,历代多少王公贵族家的女儿不都为了自己的家族做出过牺牲吗?就连邓太后、窦太后,哪个不是为了自己的家族利益牺牲自己?你爹和彪儿不容易,你就不能为咱们樊家也做出一点牺牲吗?"樊夫人有点不耐烦了。

"娘,你也是个女人,父亲不疼女儿,你也不疼女儿吗?好吧,既然这样,我就去死,我为了樊家去死行不行?"樊月号啕大哭着就往墙上撞。樊夫人赶紧抱住樊月,大声喊着:"来人,来人哪!"待几个下人进门安顿住了樊月,樊夫人便指着女儿说:"你这个孩子,就得你爹来管教你!"说完,气呼呼地走了。

樊月伏在琴上失声痛哭,琴弦发出一阵哀鸣。

樊闳此时正坐在楼下会客厅忙着收礼。

按朝廷规定，司空主管财政、工程，司徒主管官员人事。可安帝不遵守规矩，在朝堂上公开宣称今后朝廷官员的选任由樊闰负责。一时间，樊府门前车水马龙，冠盖如云，门庭若市，朝廷官员、地方官吏进进出出，十分热闹。门生下属想攀升的、州郡县官员想入京的、儒生学子想投奔门下的、文武百官想巴结关系的，人来人往，不绝于道。每人来的时候，不是带上一个鼓鼓的红包，就是带着一个沉甸甸的漆盒。走时，一再点头鞠躬说："请樊大人多加关照！"

无论是想当县令还是想当太守的，无论是想当刺史还是想做朝官的，樊闰都是一边瞄着来者带来的礼物，一边说："可以考虑，包你满意！"

樊闰的官邸极为豪阔，高墙阔门，三进套院，楼阁重重，院内陈设十分奢华，家里养着一妻三妾，连仆童女佣们的衣着打扮都是光鲜的绫罗绸缎。

尤其一到晚间，朝廷官员和地方官吏，这一拨还没有走，那一拨就来了，大门外的车马都摆放不下了。

樊家府邸门口，一到夜间，彻夜亮着两个橘红色的瓜皮灯笼。

这会儿，几个送礼的尚书和侍郎悄悄在樊府门外排着队，彼此心照不宣。

对每一个送礼者，樊闰都是满面春风，笑脸相迎。临走时，总不忘说一句："本官把你的事放在心上了，一旦遇到机会，就禀奏皇上为你晋封。"

那些送礼的人想听的就是樊大人的这句话。不知谁说过，樊闰就喜好珠宝玉器，因此，这些人就心甘情愿拿出家中最为贵重的宝贝送给樊闰，以此换得加官晋爵、荣华富贵。

刚送走了一拨，江京便来求见。樊闰一看江京来府，就知道他一直还在惦记能不能给他再兼任一个更实惠的府衙主官干，因为御史中丞是一个清水衙门的官职。

这时，樊闰连忙解释说："江大人，你那事我一直放在心里，也多次在皇上面前提及。皇上说，御史中丞你先干着，等有空缺自然就给你兼，你不要着急。"

江京摇头急切道："我今儿来不是催问这事的，是有两件事需要禀报大人。"

樊闰吃惊地看了他一眼说："哦？何事如此心急？"

江京一副无奈的样子："一件是那个周广托我转告大人，看能不能再给他一些钱？他想在洛阳城租一个小院，与那高句丽女子成婚，安安稳稳过日子。"

樊闰轻轻冷笑了一下："给他个高句丽女人只是让他玩玩，消遣消遣，他还把这当真了，还要明媒正娶过日子哩！嘿嘿，这个周广想得还挺美。那高句丽女人是我在荆州时挑选的上等美女，是我的一张王牌，后面还有大用处，他娶走了，我后面的事怎么办？绝不可以！"

江京点了点头："下官明白了。不过，那周广说了，杨震那伙人还没有消停。"

樊闰不以为意地冷笑了两声："杨夫子不消停还想怎么样？樊某现在也是三公级大臣，兼管尚书台，统管六曹，我儿子那年考试取士，他揪住不放，除了名不说，还到处捉拿。可我儿子现在已官居卫尉，杨震封还诏书，皇上还没有跟他算账。那年'以考带察'录用的那上百个官员，除了朝廷的杨伦、虞放、高舒、朱冲，有的现在还是太守，有的至今还是县令，有几个能比我儿子强？"

江京点点头："杨震要追究的不是这件事。周广说，杨震还是抓住邓骘一案不放，说邓骘是被陷害的，要追究陷害忠良的罪魁祸首。还说他们怀疑大人身边有一个什么神秘心腹，说只要抓到这个心腹，邓骘的被害就真相大白了。因此，他们一直在秘密查捕大人的那个心腹。"

樊闰内心一惊，但脸上装着生气，睁大眼睛说："谁说我有神秘心腹？这个周广纯粹是胡说，是要挟，是敲诈，他就是变着法地想要钱！"

江京说："大人，看他那样子不像是胡说。他说那天散朝后，杨震、朱冲那几个人就在洛阳城西的五里亭密谋。"

樊闰强压住内心的惊慌，捋了捋胡须说："要是这样的话，那就给他些钱让他先用，但是不要租房子。你就跟周广说，樊大人我刚上任，事务比较繁忙，等过些时日，我樊某亲自为他们完婚。"

江京又说："还有一件事。"

樊闰看见江京手里一直拿着一个紫绸包裹，不知道江京又为何事。

只见江京把包裹朝案几一放,悄悄耳语说:"二十斤黄金,请樊大人一定给犬子谋个好差。"

樊闰看了看,说:"可以考虑,包你满意!"

江京高兴地点点头走了。

樊闰见江京走远,命下人唤来了那个神秘心腹:"你到管家那里取上一百两黄金,这些日子到外面躲一躲,不能再在京城多留。杨震那个老东西还是怀疑你,已经到处追查你了。你要多长个心眼,千万不能落到他们手上。"

心腹点点头,刚想转身走,又退了回来,对樊闰说:"主子,月儿温柔可爱,那个袁礼已弃她而去,在下愿意终生陪伴月儿。"

樊闰斜眼看了心腹一眼:"月儿外柔内刚,恐怕一时难以转过弯子。"

心腹没有看出樊闰的脸色,依然说:"我就喜欢小姐这种性情刚烈的。我日夜盼望着成为大人家的乘龙快婿。"

樊闰笑了笑说:"你只要好好为本官效力,准叫你想啥有啥。"

那心腹一听主子的话,高兴得连忙给樊闰跪下磕头,然后一转身不见了。

樊闰转过身,脸上露出一丝狞笑。

这会儿,弘农太守移良提着两盒礼品来到樊府讨好地说:"恭喜樊大人,贺喜樊大人!樊大人如今可是皇上跟前的红人了,下官特地来拜望司空大人。一点儿心意,不成敬意,还望大人笑纳。"说着,把两盒礼品和一块玉佩递给樊闰。看着樊闰接过玉佩在手中把玩,移良接着说:"下官多年做外放,还求樊大人多提携,如果能在朝廷谋个差,那下官将感激不尽,甘愿为司空大人效犬马之劳。"

樊闰把玩着手中的玉佩点点头:"好说好说,本官都记在心里了,自己人嘛,自然会先考虑的,你尽管放心便是。"

等移良满足地离开,已是深夜,樊闰关上大门后,和夫人迫不及待打开一个个官员们送来的包裹、漆盒,看着那些闪闪发光的珠宝,两人眼睛都直了。

樊闰把手中的玉佩递给夫人说:"成色尚好,夫人收着吧。夫人记住,所有的礼品,先挑选一下,好东西给咱留着,剩下的再送给皇上。"

樊夫人欣赏着给她的玉佩,看着厅堂里堆积如山的各种礼品,乐不可支。

二十六 三弹平步青云

樊闰结交广泛，朋党极多，自从权倾朝野后，广收贿赂，敛财无度。从朝廷官员和地方官员手中收受的贿赂难以计数，光收的礼品就价值连城，富比朝廷。短短时间，仅借此聚敛的家产就有上千万两。府上家仆侍女穿的都是绫罗绸缎，其阔气光鲜，甚至超过了宫中宫女宦官。

此刻，野王君宫中，就在朝廷和地方官员源源不断给樊府送礼的同时，也有不少朝廷官员和地方官吏跑到这里，带着厚礼贿赂王圣，想通过王圣、伯荣给皇上吹耳边风，把他们的官爵再稳固、再擢升。王圣乐得眉开眼笑，也毫不客气，把礼品收下，然后，一有空，就屁颠屁颠地跑进皇宫，设法给这些人办事。

这会儿，洛阳校尉朱冲手持令牌，和周广各自带着一队捕役和兵士，在洛阳城内挨家挨户搜查樊闰的那个神秘心腹，已经多天了，也没有看见人影。前面有个悦来客栈，他们前不久虽然也刚搜查过，但奉杨大人之命，要像梳子一样，把洛阳城内梳理一遍。朱冲率一群他手下的捕役和士兵冲进客栈。

掌柜见官府又来人，急忙出来迎接："官爷，是住客栈，还是拿什么人？我可是守法的百姓，这里可没有窝藏什么逃犯呀，前些日你们都来检查过了。"

"我们是来捉拿要犯的，不要说那么多废话，我问你什么你就说什么。"朱冲说着，指挥其他几个兵士进去逐个房间搜查，接着问掌柜，"你这客栈有没有长住的客人？"

掌柜说："大人，哪里会有长住客？前几年风调雨顺，商贾往来，住客不少。这两年，灾害四起，商贾堵塞，流浪人口增多……"

朱冲摆摆手："掌柜的，少啰唆，你这儿真的没住过长住客？"

掌柜头摇得像个拨浪鼓："大人，没有，真没有……"

这时，一个捕役急急忙忙跑过来说："大人，发现楼上有一个比较隐蔽的客房，里边有一股异香，还有男人和女人住过的痕迹。"

朱冲赶紧跟着捕役上了楼，仔细看了看房间，发现了异常。从客房里散发的这股香味，是一种比较昂贵的香料味道。能用这种香水的人不是富商，就是

达官贵人。可真正的富商或达官贵人，怎么会住这么低贱的客栈？这就说明，这里肯定住着一个既有钱而又不愿让人知道的人。而且，从用过的东西看，里面住的是一男一女，并且住的时间并不短。

朱冲一把揪住客栈掌柜的衣领："你知道，知情不报，窝藏朝廷钦犯，按汉律是要治罪的！你这个客栈，十多年前，我们来京城赴京赶考就住过。你如实交代，这里住的是一个什么样的房客，住了多长时间？"

掌柜浑身像筛糠似的扑通跪在地上："大人饶命！小的老实交代。这客房是住了一男一女两个人，住了有十多天了，他们警告过不许小的声张，否则就杀了小的。所以，刚才官爷问话，小的没敢如实说，还请官爷饶命啊！"

朱冲紧追着问："那男的长什么样？"

掌柜哆嗦着："男的总是晚上来的，穿一身黑衣服，戴着个竹笠，下边脸蒙着哩，看不清面孔，只能看到眼睛，小的也不敢正眼看他，总感觉这个男人像盗贼，又像杀手……"

朱冲说："他们住了十多天，难道不出门吃饭？"

掌柜说："男的一直都没出过门，老是女的出门买吃的回来。那个女的头戴斗篷面纱，也神神秘秘的，看不清长什么样子，隐约能看出正值妙龄，面若桃花。除了出门买吃的，他们老钻在房子里把门关得紧紧的不出来，小的也不知道他们在里面干啥，自以为就是两个偷情的男女，因为他们给的钱多些，也就没有多问……"

朱冲说："是不是上次我们检查时，坐在床上不穿衣裳的那个女人？"

掌柜公鸡啄米似的点着头说："对对对，当时那个男人也在房间，可能就藏在门后或者啥地方。"

朱冲一拍大腿，"唉"了一声，追悔莫及。朱冲这人为人憨厚，忠心耿耿，做事果决刚毅，在整肃吏治时，胆大心细、精明强干，配合杨震办了几个大案要案，被称为"京城第一名捕"。作为"第一名捕"的朱冲，却迟迟抓不住樊闰身边的神秘人，这使已经络腮胡满脸的他时时感到无地自容。

掌柜看着朱冲的神态，知道那两个人肯定是朝廷要捉拿的钦犯，吓得赶紧说："官爷，这是他们第二次来住店，能住一二十天。他们在城里好像没有固定的地方，在几个驿馆、客栈都住过。"

朱冲说："人呢？什么时候走的？去了哪里？"

掌柜说："天擦黑就走了。他们轻纱蒙面，神色诡秘，小的也不敢多问。"

朱冲说："你估计他们又会住在哪个驿馆或客栈？"

掌柜说："不可能在洛阳城里了。他们上次来是深夜来，天不明走。可这次也是深夜来，但走时却很突然，没等到天黑，店钱都没给完，就匆匆走了。走时，男的戴了个竹笠，遮住脸对我说，如果有官府来查，绝不能说他在这里住过，要么哪天回来就杀了小的。官爷，你要保护小的……"

朱冲一听那神秘人离开不久，对捕役们一挥手，一声大喊："追！尽快封住四个城门，捉拿一男一女两个行踪诡秘的人！"

朱冲带着一干人马迅速从客栈出来穿街而过，等追到城门口什么也没有发现，一打听才知道，那一男一女已经在上午时分都出城了。朱冲气得直跺脚，一年多的时间都白忙活了，到底还是让那一对狗男女逃跑了。

朱冲丧气地领着人准备返回太尉府，走在大街上，忽然看见冯宝四处张望着。朱冲刚想开口问，只见冯宝摇摇头不让他作声，然后指了指身旁不远处一个戴草帽穿布衣的人，朱冲定睛一看，原来是杨震。朱冲正在纳闷，杨震凑过来小声说："这儿不是说话的地方，到太尉府再说。"

回到太尉府，朱冲懊悔地说："都怪我大意，让他逃了，朱冲听凭大人责罚。"

杨震安慰朱冲说："没关系，那个神秘人还会回到洛阳的。他为樊丰当差，不管住在哪里，钱花完了，还得回到樊丰这儿来取。"

朱冲着急说："那要等多久啊？"

杨震说："两个人花销一定很快。"

朱冲说："我这就派人专门盯着他回来。"

杨震说："我微服私访，也就是想看看能不能碰上。先试试我的眼力，看看这个神秘人到底是什么样子。"

朱冲说："您再出门，一定要注意安全。怎么？周郎还没有回来？"

杨震说:"你们分两路查。我出去带人反倒惹人注目,带上冯宝一人就行。"

朱冲说:"恩师,我们在搜查驿馆和客栈时,发现有不少州郡的刺史、太守来京城,住在驿馆和客栈里。"

杨震说:"是吗?你不妨顺便看看这些人到底要去哪里。"

樊丰正忙着为皇上整理奏章,那边王圣传话让他过去。樊丰撇了撇嘴,这娘们儿,凭着那一对奶子,摇身一变如今成了野王君,每天躺在野王君宫中,不时将他传来唤去,一会儿缺这,一会儿少那的,还真拿自己当太后了。哼,也不对着镜子瞅瞅自己是个什么东西!也就那一身的骚劲儿,能让人解解馋、销销魂。

进了野王君宫,果真看见王圣悠闲地躺在床上。

樊丰凑到王圣的眼前就要抱要亲,说:"王太后唤奴才来有何吩咐?"

王圣推着樊丰要亲的嘴脸:"樊尚方,你给我宫中派的宫女呢?"

樊丰一拍脑袋说:"哎呀,忙了皇上那边的事,把太后这边宫女的事忘了个精光,奴才该死!奴才这就去安排。"

王圣扯着樊丰的衣袖:"慢!本宫这里只要宦官伺候,不要宫女伺候。"

樊丰一听,顺势将手搭在王圣的腰上:"那只好由奴家伺候太后了。"

王圣扑哧一笑:"还算聪明,如果有宫女在这儿伺候,咱们方便吗?"两人对视会心一笑。

樊丰仰着那张宦官脸嬉皮笑脸地挑逗着说:"几天不见,想我了?"

王圣红着脸在樊丰的屁股上拧了一把骂道:"你个死太监,我隔几天不骂上你几句,你心里就痒痒是不?亏你还是太后和皇上身边的人,在我王太后面前就没有一点儿规矩?仔细我撕你的嘴!"说着伸出手装着要撕樊丰的嘴。

樊丰顺势一把把王圣抱在怀里:"求太后饶过老奴这一次,樊丰再不敢了!"

王圣又扑哧笑了,接着连推带搡笑骂道:"知道的说是老奴仆看老奴仆,不知道的还说咱们在一块儿胡来哩!"

樊丰厚着脸皮挤眉弄眼地笑道:"凭他咋说。谁不想风流事,难道你不想我?"

王圣伸出手拧着樊丰的脸咬牙含笑骂道:"你真得让老娘撕你的嘴不是……"

两人正在打情骂俏,又有人传话说昭仪娘娘到处找樊尚方呢。樊丰整理一下衣裳,对王圣说:"得,让老奴侍候咱那昭仪去。"

安帝懒得再理朝政,整天与伯荣不是一起在内苑踏花弄草荡秋千,就是乘坐羊车在内苑的走道上四处转悠。这天,两人乘坐羊车转悠,御花园处处亭台楼阁、花径曲桥,到处游逛着红肥绿瘦的嫔妃宫女。伯荣任性,不想再坐羊车,要下来让安帝陪她走走,安帝只好下车,让羊车在后边跟着。

刘祜与伯荣相偕,慢悠悠地在御花园的湖边闲逛,身后跟随着几个宦官和众多执扇宫女。一个十三四岁的小宦官听到伯荣衣服上的环佩当啷作响,忍不住望了一眼,正好被伯荣看见。她指着那个宦官说:"你,过来!"那小宦官不知何事,赶忙低头诚惶诚恐地走到伯荣跟前。不想伯荣二话不说,上去就是一记耳光。小宦官"扑通"一声跪下。

"你刚才在看什么?"伯荣厉声问道。

"回娘娘,奴才刚才,没……没看什么。"

伯荣哈哈大笑,说:"你个小兔崽子,刚刚明明在看本宫。"

小宦官吓呆了,急忙磕头求饶:"奴才不敢,奴才不敢,求娘娘饶命!"

安帝知道是伯荣故意在找碴儿,对那小宦官说:"没看什么就下去吧!"

小宦官磕头谢恩,跪着退下。

伯荣回过头,哈哈大笑,笑得让那群小宫女个个心惊胆战。突然,她止住笑,猛然回头,又指着一个年龄最小的宫女说:"你过来!"那个小宫女看年龄也不过十一二岁,听见伯荣唤她,早就吓得走不成路了。她跌跌撞撞小心翼翼地走到伯荣跟前,跪在地上,气也不敢喘,小声说:"奴婢叩见皇上,叩见娘娘。"

伯荣从鼻子里"哼"了一声说:"起来吧!本宫走累了,你就扶着本

宫吧!"

小宫女急忙站起来搀扶着伯荣,不想伯荣扬手又是一个巴掌,怒声骂道:"是谁调教你的,不会服侍本宫吗?"说着,在那个小宫女的脸上又拧又掐。那小宫女不知为何,吓得只是哭着求饶。

一旁的安帝见伯荣有些过分了,脸上也露出不悦,转身对那个小宫女说:"还不赶快退下!"小宫女哭着跪在地上动也不敢动。

回到安帝寝宫,伯荣温柔地为安帝宽衣解带。安帝盯着伯荣问道:"昭仪刚才为何责罚宫女和宦官?"

伯荣挑逗地用嘴咬住安帝的耳垂轻轻地说:"因为那个宫女一直在看皇上,那个宦官一直在看臣妾。皇上和昭仪岂是这些贱人能看的?所以,臣妾替皇上管教管教他们。怎的?看那个眉清目秀的小宫女挨罚,皇上心疼了?"

"你若嫌宦官看你,那以后这宫里就不要宦官伺候了,全部换成宫女。"安帝有些不高兴地说。

伯荣像哄孩子一样用手摸着安帝的脸,歪着头笑着看着安帝的眼睛说:"这才是皇上的心里话吧?皇上恨不得这天下就皇上一个男人是吧?"

安帝无奈地叹口气说:"昭仪都给你封了,你还跟宫女们吃醋?"

身边的两个宫女一听这话,吓得都把腰弯得更低,搀扶安帝往龙榻边走。

伯荣醋意大发,大喊:"樊丰,皇上身边以后不要宫女,由你来侍奉皇上!"

樊丰抬眼看看安帝:"这……这得看皇……"

伯荣瞪了樊丰一眼:"听你这意思,你只听皇上的?"

樊丰赶紧回话:"奴才不敢!奴才就是来侍奉皇上和昭仪娘娘的。"

伯荣冷笑了一声:"想你也不敢。下去吧,今晚不用你侍奉。"

樊丰弓着身子慢慢退出,在心里咬牙切齿地说:这一对母女,沾了点皇上的雨露就不知道天高地厚了。尤其是这个妖女,自以为被封了昭仪这后宫就是她的了,颐指气使,蛮横霸道。才入宫几天,就敢对老奴指手画脚。看这些宫女宦官哪个不恨,哪个不烦?你这妖女也不要太猖狂了,过了头就会引火烧身的!哼,走着瞧!

南宫德阳殿上，文武百官在上早朝。

文武百官行过跪拜礼之后，樊丰刚刚说："有本上奏，无本退……"

不等樊丰说完，杨震就出列上奏，说："皇上，臣有本上奏。"

安帝忍着说："呈上来，朕看了再说。"

杨震说："臣今要当着大臣们上一道奏章，弹劾樊氏兄弟父子。"

安帝犹豫了一下，但见杨震关西人的犟劲又上来了，便说："那你说吧！"

杨震带着愤慨的口吻道："皇上，臣闻，昔日高祖与群臣相约，非功臣不得封赏，故经制父死子继、兄亡弟及，以防篡也。伏闻前日诏书封曾在朝廷考试取士中被除名的司空樊大人的儿子樊彪为卫尉，又封樊氏兄弟为侯。臣闻天子专封封有功，诸侯专爵爵有德。今樊彪无功，樊氏兄弟无德，仅以与王嬷嬷有往来，一时之间，既封卫尉，又封侯。此不稽旧制，不合经义，行人喧哗，百姓不安。陛下用人应知人善任，因材施官。陛下宜览镜既往，司帝之责。有罪者可以逃脱惩处，无功者可以当官封爵。这种腐败恶俗之风绝不可在朝廷出现，恳望皇上能幡然醒悟，正本清源，不然，恐大失民心。对诏书所封，应收回成命。臣诚知言与罪俱，辞与罪会。缘当台翰之任，故不敢不言之。"

杨震抖动着花白胡子，滔滔不绝地向安帝陈述自己的政见。

安帝一听，杨震竟敢当着群臣的面指责自己，差点儿跳起来。

文武大臣都为杨震捏了一把汗。

樊氏兄弟、父子一个个像狼一样，红着眼睛盯着杨震。樊闰在心里骂着：杨夫子，看我不整死你！他想着，用眼睛在周围搜寻自己的党羽。

杨震继续道："皇上，樊闰大收贿赂，广植党羽。他的儿子不算世家子弟，也没有寸功，却担任卫尉。这样做，既不合祖制，又不合朝廷的规矩，只会引得群臣不服。再说，十多年前的那个舞弊案，樊彪脱不了干系。樊彪从一个考试舞弊案的嫌犯，不经考试、不经察举，就进入朝廷；从提出进入朝廷，不到半天时间，樊彪就平步青云，一步轻而易举登到三品大员的位置，他何德何能？这样做，只会招致天下人耻笑。有些官员辛苦半辈子，也未必能坐到这个位上。"

杨震弹劾樊氏兄弟、父子的同时，还弹劾了一批官员，但是这些官员党羽众多，星罗棋布，各占要职，利益链条纵横交错。杨震并没有惧怕，他在奏章中写道："这些人，朝中有樊闰的周旋，下面有党羽们经营，贪赃枉法，横行朝野。"

朝堂气氛森严，无人敢说话。寂静的大殿，如同对安帝静默的反抗。

安帝极为不悦，脸色一下变得异常难看。

群臣的心头都紧绷绷的，无人敢正视此时的皇上。

杨震又掏出一份奏章："皇上，臣还有一奏，就是重审'邓骘谋逆'一案。"

杨震的几次上奏，说是奏疏，但在安帝看来，几乎每次都是对他的面斥训教，对君权的严格限制，由此使他对杨震更加心生厌恶。杨震声色俱厉地谴责安帝，安帝再也忍不住了，不接受杨震的弹劾。他说："杨爱卿，朕念你是帝师、朕的太傅，还没有顾得上质问你，为何胆敢封还朕的诏令？"

杨震说："依汉律，太尉有权封还皇上不合规制的诏书。如果皇上再不听进言，臣宁可辞官回家当布衣、当'孩子王'去，也不愿当这没有用处的首辅大臣。"

樊闰这时急急奏请："陛下，臣以为，应废除前朝邓后在世时，实施的'以考带察，两相兼顾'的选官制，恢复自光武帝沿袭的'举孝廉'选官制。"

安帝说："准奏。从即日起，废除'以考带察'，恢复'举孝廉'，不再考试选官。樊闰拟旨，诏令三公之府选高贵门第各五十人，三公、九卿、六曹、州郡，举荐有道术人士、武猛人士等入朝做官。"

樊闰跪地道："臣遵旨！"

杨震喊道："皇上……"

安帝喊道："退朝！"说毕，甩袖而去。

杨震对安帝苦口婆心的奏章进谏再一次以失败告终。从荆州赈灾开始，他因此得罪了樊闰一党，到此，他为自己树立了一个强大的政敌集团。这个可怕的奸佞集团开始想尽办法诬陷打击杨震。正直大臣与奸佞之间的矛盾也逐渐激化，从此，形成水火不容之势。

这次朝会之后，樊闰更加张扬，每每不上朝，或邀集同党到洛阳城南的洛河边游逛，或乘坐着他的那红色车轮、彩色轴头的四马车驾招摇过市。这天散朝后，他乘着他那红色车轮、彩色轴头的四马车驾，从徒步行走的杨震身边呼啸而过，把杨震险些撞倒。

杨震气愤难平地回到太尉府，许慎一副伤心远行的打扮，来向他辞别。

杨震不由得大惊，不知道又出了什么事情。

二十七　四谏冒死救王密

原来，正当许慎的巨著《说文解字》再有几个月就要完成之时，接到圣旨。许慎同样受到了安帝"大清洗"的打击，被迫离开京城，告老还乡。

杨震说："许君，杨某才说去看望你，不知该如何安慰你。你这一走，真是朝廷又一大损失啊！"

许慎叹着气说："四知公，宦海沉浮，世事沧桑。"说着，流下了伤心的泪水。

这时，许慎的儿子许冲牵了辆装满书籍和行囊的马车，来到跟前。他说："杨大人，想必你都知道了。我们要走了。"

杨震问："你也……"

许冲说："我把我父亲送回去，我不走，我要和这些人干到底！"

杨震送到东门外，许慎坚持让他留步。杨震哀伤地说："你我一别，不知何时才能相见。你走了，我说不定哪天也可能要走了。咱们边走边说。"

许慎挡不住杨震，两人就一边走，一边说着话。许慎说："四知公不能走。四知公为官清正，处事谨慎，有四知公在，朝廷的大局还是稳得住的。"

杨震从衣兜里掏出一包东西塞到许慎手中："许君，没有来得及准备，这点儿钱你带上，以聊补生活。编著书有什么困难，一定写信。"

许慎推挡着，不住地点着头，用长袖擦着泪水说："与四知公的情谊，老朽没齿难忘。难怪凡与四知公接触过的人都说四知公品行高洁。"

杨震与许慎一路走一路送，一直把许慎送到洛阳城东门外十里处的驿站长亭，含泪执手，挥泪而别。

望着许慎远去的背影，杨震心生感伤：朝廷又少了一个难得的人才。

七八月的南方，又进入汛期。

荆州府衙的大门外面聚集了上千号乡民，带头的是江边村的羊孙和陈汤。

索县和其他几个县今年又遇水灾，不少地方农户颗粒无收，吃饭都成了问题，朝廷不但没有救济，反而加重了赋税。乡民们缴不上税，那些县衙的衙吏们就强行夺走乡民们的口粮。如此下去，索县就有可能饿死人。乡民们无奈，先是一同找到武陵郡府，抗议赋税，要求救济，郡府的答复是，他们也没有办法，赋税、救济都是上边的事。这些乡民没有办法，就又一起来找到荆州府。

自从"张生法场喊冤案"结案，樊闰被发配军台效力后，邓太后任用王密为荆州刺史。这时，王密让衙役们打开州府大门，热情地邀请羊孙和陈汤进来。

乡民们站在州府大堂里，一片乱哄哄。

王密没有在大堂之上坐堂，而是与乡民们在堂下说话。

安帝亲政的那年七八月，荆州再发水灾，朝廷赋税加重，乡民们没有粮食上缴赋税，望族人家又扛住不缴赋税，加之樊闰在荆州一手扶持的现在还在职的少数太守、县令不积极配合，不光朝廷的赋税完不成，而且差点儿再次发生民变。

这时，陈汤说："王大人，你也是咱荆州人，算是在咱索县土生土长的，我们也知道你这些年当官为咱荆州人办了不少好事，但这一两年不断地加重赋税，百姓已经再也无法承受了，这种害民的事你管不管？"

羊孙说："王大人，我们就是来问问，这索县全县遭了水灾你也知道，可是县衙不但不给灾民减轻赋税，还不断地催缴皇粮，这样还让百姓活不活？我们找到郡府，郡府说是州府摊派的，你如果再说是朝廷摊派的，我们就要到洛阳去，到皇城去，找当今皇上诉苦去！"

王密点着头说："索县遭灾，王密身为刺史岂能不知？那赋税确乃朝廷所加，州府也实属无奈。我王密已经三次上奏朝廷，要求给荆州、给武陵受灾县

减免赋税，可朝廷一直没有答复。近日，王密已经准备进京面奏皇上，恳请朝廷念及荆州水灾之患，调拨救济钱粮，赈济灾民，减免赋税。王密不日即要进京，还请两位同乡带领乡亲们先行自救，等候我回来。"

陈汤和羊孙深知王密乃杨震一手提携，与当年的杨震一样真心为民着想。如此这般，一定有难言的苦衷。今日听王密这般解释，也无话可说，只是叮咛王密，早去早回，他们等着王密带回来好消息。

送走了羊孙、陈汤一帮乡民，治中看着王密说："王大人，你再好好想想，真的要宫门上书？"

王密点点头："是啊，没有其他办法了。我已经写好了万言折，指陈朝政。"

治中说："依下官看，你是不是到京城先见一下杨大人，听听他的灼见？"

王密说："不。我直接去宫门上书，不牵连杨大人。自我从兖州昌邑调回后，特别是在昌邑杨大人对我'暮夜却金'之后，我就立誓要做一个为民着想、为民做事、为民请命的好官，不辜负恩师对我的厚望。"

治中说："我听说杨大人几次给皇上的奏章都被皇上搁置了，我真担心大人会激怒皇……"

王密打断他的话，说："治中大人，你我同府为官多年，我的秉性和为人你是知道的，为了荆州的百姓，为了能救他们于水深火热之中，我什么都顾不了了。要不然，这些百姓咋办？会出人命的呀！只是，临走前我还有一事放心不下……"

治中说："大人请讲，我知道大人多年受杨大人教诲，是一个刚正的好官。"

王密说："恩师从荆州走后，经历十多年，终于使'张生法场喊冤案'平冤了。但是，杀害王灵母女的真凶，到现在还没有着落。我每次见到恩师，他都急着询问，并多次嘱托我务必调查破解震惊朝野的'王灵母女被害案'。如果我这次真的不能回来，这件事就托付给你了，还望治中大人继续调查此案，抓住凶手，以慰王灵母女的在天之灵。"

治中说:"大人所托之事重大,下官牢记在心。大人这次进京也要多加小心,朝廷已经不是太后时期的朝廷了。"

王密深深地点了点头,忧心忡忡。

野王君宫内轻歌曼舞。

王圣为了迎接皇上和女儿前来自己的宫中做客,特地让樊丰请来乐府班的歌舞伎,于一月前就排演了皇上最喜欢的《踏歌》和《天女散花》。

安帝亲政之初,曾雄心勃勃想当一代圣君,但是,他禁不住樊丰、王圣两人灌输的那些乌七八糟的思想,没多久,曾经的雄心被沉迷酒色之心消磨得无影无踪。

安帝不上朝时,喜欢穿一身黄绸便袍。他的面前是雕龙漆案,案上摆满了他喜欢吃的各色小吃、点心和各种水果。最让安帝惊喜的是,王圣亲自下厨为他制作的核桃酥、肉松卷和葱香饼,酥脆松软,入口即化,唇齿留香。最重要的是,这些小吃勾起了他幼年的回忆。

刘祜很小的时候,父母要到清河封地去,而他则被留在清河王府。他甚至记不清父母长什么样子,真像一个没有爹娘的孩子。刘祜从小就懦弱自卑,是王嬷嬷用自己的乳汁一口一口将他喂养长大。虽然邓太后对他视如己出,可是,他与邓太后之间还是缺少了母子的亲情。在他眼里,母亲的长相就如同王圣一样,也只有在王圣这里,刘祜才觉得自己是个孩子,是个有娘的孩子。

安帝被王圣温暖的母爱包围着,被伯荣姐弟般的亲情包围着,这让这个缺乏亲情的皇帝从内心感动和满足。他想用最丰厚的物质来报答王圣的养育之恩,也想用天下所有来满足给他亲爱的伯荣。

安帝走动时,时常都带着武艺高强的宫中卫尉樊彪来保护他。这天到野王君宫中,他同样让樊彪在身后保护着他和伯荣。伯荣当然也乐意,她和樊彪避过安帝的目光,趁安帝不注意,时不时你摸我一下、我拧你一把,偷偷享乐。满以为樊彪对自己忠心耿耿的安帝,对此全然不知。

安帝、伯荣、樊彪、王圣,四人坐在一起,真是一幅别有意味的君臣图。

伯荣之所以极力给安帝举荐樊彪入朝做官，就是想同时拥有两个男人。那天晚上，樊彪偷偷跳墙翻窗摸到安帝寝宫强行与她媾和偷情，她才觉得，如果仅从满足她的肉欲方面，野性十足的纨绔子弟樊彪更使她心仪。她想，天下的男人们都能拥有三妻四妾，为什么我们女人就不能拥有两三个男人？樊彪担任卫尉之后，整日在宫中，他们偷情更为方便。有时候，樊彪趁着安帝上朝或打坐，就偷偷溜到伯荣的甘露宫媾和一番；有时候，实在没有机会，又熬不住了，他们就约好一起到伯荣阿母的野王君宫中。王圣知道后，当然也不乐意，但是又挡不住任性胡闹的女儿，只能由着她去。况且，樊彪每次去，都给王圣带些好处，以堵住她那张管不住的嘴。

伯荣拥有安帝，就是拥有皇权，拥有天下；拥有樊彪，就是拥有自己所爱。伯荣除了和樊彪经常偷偷摸摸交欢以外，还让周广给她从羽林军中找了几个青壮兵士交欢，以期能使她开花结果，生个假皇子，从而使她凭借假皇子登上皇后大位。

这时，安帝要伯荣为他跳一段舞，伯荣没有推辞，为她的心上人跳开了。

安帝痴痴地看着伯荣口里衔着红玫瑰，一会儿跳着波斯舞，一会儿又跳着埃及舞，他看着长发乱飞、姿态婀娜的伯荣，半张着嘴，一副如醉如痴的模样。

站在一旁的樊彪看到这些，心里很不是滋味。

一个宫女躬身走过来，端起酒樽，把安帝面前的蓝田玉盏斟满。

几人斛光交错，酒意正酣。

安帝享受着这难得的家庭舞会，他觉得自己不仅拥有天下，还拥有亲情和爱情，有了这些，他什么也不想了。

王圣喝了几樽酒，脸上泛着红晕，她借着酒劲，拉着安帝的手爱怜地看着，那眼神真是比亲娘还亲。"祜儿。"她唤了一声安帝的乳名，安帝的心里瞬间涌上一股暖流。王圣继续说，"想想那些年邓后摄朝，我祜儿被压制多年，虽身为皇帝，却连一句多余的话也不敢说，一道圣旨也不能下。那么大的皇宫，祜儿却没有可以信任的人，只能与荣儿说话解闷。那些年，阿母看在眼里，疼在心上。有心想给祜儿做点儿你小时候喜欢吃的点心，可是祜儿的寝宫岂能容阿母这等身份的人随意进出？现如今，祜儿自己掌政，江山真正是刘氏的天下，祜儿得万人敬仰，并可随意做自己喜欢的事，你知道阿母心里有多么高兴吗？阿母老了，也活不了多久了，就是盼着每天能看看祜儿，给祜儿做点儿可口的饭菜，看着你香喷喷地吃下去。这样，阿母将来死了也没有遗憾了。"王圣说着，竟流下了眼泪。

安帝此时已经感动得流泪了："阿母，你就是祜儿的亲阿母！这天下是朕的，朕是吃你的乳汁长大的，定不会忘记阿母的养育之恩，定会让阿母享尽天下的荣华富贵！"

听了安帝的话，王圣和伯荣对视一下，激动得泪流满面。然后，看到伯荣和安帝黏黏糊糊，知趣地闭上了眼睛。

樊彪一看安帝和伯荣的亲热劲，真想拔出刀子把刘祜宰了。

席间，王圣把伯荣叫到内室，悄声对伯荣说："荣儿，我的儿，你现在是昭仪，是尊贵的娘娘，阿母想见你一次都难。阿母要给你叮咛的是，阎皇后已被打入冷宫，这正是我儿的天赐良机。你要想改变命运，大富大贵，必须趁着三千宠爱在一身的好时光，该下狠心就下狠心，争取取而代之。倘若能拼到皇后宝座上，不光不枉阿母的一番苦心，而且咱娘儿俩也就真的翻身了。"

伯荣听了王圣的话，若有所思。

从野王君宫回来以后，安帝就一直在发呆。伯荣把自己的脸挡在安帝的面前，安帝这才如梦初醒。伯荣问："皇上好好的怎么发起呆来了？"

安帝叹了口气："近日朕让樊尚方从大司农府给咱们送一些钱享用，可是大司农府说今年南方水灾、关中旱灾、中原蝗灾，赋税急忙收不上来，国库已经空虚。如此这般，这后宫的花费从何而来？"

伯荣也忧愁地说："是啊，臣妾也觉得奇怪，朝廷和地方官员进贡的人也少了。"

安帝说："贡品樊闰倒是转来了一些，不过较常年也少了许多。"

伯荣皱着眉头，像在思考着什么，左思右想，一会儿，她眉飞色舞地说："皇上，臣妾想到了一个充盈国库银两的好办法。"

安帝急切地说:"有何妙方?爱妃快快说来!"

伯荣神秘地说:"臣妾听那樊闰讲,最近一些地方官员都想动一动,皇上,咱们何不效仿前朝的一些做法,卖官鬻爵?如果咱们能按照官位大小标出价码,不愁那些想升迁的官吏拿不出银两。皇上不要听他们叫穷,其实,那些地方官吏哪个不是搜刮民脂民膏中饱私囊?那府邸修造得不比阿母的野王君宫差。如此一来,就可以将他们的私财收纳于宫中。光武帝时候也曾为缓解财政困难发布诏令,凡是向朝廷贡献钱财的都给官做,我们何不效仿效仿?"

安帝非常高兴:"不曾想到爱妃还有如此见识,这还真是一个好办法。那具体怎么制定标准呢?"

伯荣一看安帝十分赞同,颇为得意地说:"彻底废除杨震推行的那个什么'以考带察、两相兼顾'的选官制后,让从朝廷到地方的官吏,都举荐官员。如果谁想升迁,或者谁想做官,上自公、卿,下至郎、吏都定个价,比如公价千万,卿价、尚书价八百万,侍郎价七百万。地方外放官,是肥缺、有实权的,定价要高。像那些刺史、太守、王侯相等,要价不能低于千万;他们的附属官,不能低于四百万。县令价可按该县的肥瘠,再定价格的高低。富的先纳钱再上任,穷的可以到官后再纳钱,但要价要加一倍。"

安帝捏捏伯荣的脸蛋惊喜地说:"还是爱妃有办法。没看出爱妃这理起朝政来不让须眉啊,颇有当年太后的风范,阎皇后可是比之不及啊,哈哈!爱妃看这样行不行:官职标价可以定高一点,县令五百斤黄金,太守六百斤黄金,刺史七百斤黄金,九卿八百斤黄金,三公两千斤黄金……"

伯荣一听,颇为得意。

但是,安帝作为九五之尊,总不能在朝廷大殿上公开卖官,得把这个差事交给一个可靠的人去办。于是,安帝又在发愁。伯荣知道安帝的心思,就说:"樊闰最可靠,就暗地里授予他办这个差吧。"

安帝说:"朕这就下旨,叫樊闰去办。"

这样一来,樊闰又有大捞一把的机会了。其实,安帝和伯荣不知道,樊闰早在荆州时,就干过卖官鬻爵的事情。郡府的衙吏标价二百斤黄金,郡丞则高达五百斤黄金。这样,不少富家子弟就通过这种办法进了官府,当了吏员。他在武陵郡府的不少吏员都是这样成为他的手下的。

这时,伯荣趁着安帝高兴,就开始实行她的下一个阴谋。

伯荣一翻身爬起来,骑在安帝身上,揪着安帝的耳朵撒娇说:"皇上,臣妾要皇上答应臣妾做皇后。国不能一日无皇后,皇上不答应伯荣做皇后,臣妾就不松手!"

安帝的耳朵被伯荣揪得有些疼,就说:"爱妃松手,朕答应,朕答应!"

伯荣刚一松手,安帝翻身起来说:"废立皇后是关系国家的大事,容朕和那些老臣商量商量。"

樊府的会客厅里,樊丰、樊闳这会儿正窃窃私语,一起密谋着什么。

樊彪走进来报说:"父亲,正好伯父也在这儿,江京捎来周广的口信,说杨震一伙揪住邓骘一案死死不放,在京城内严查搜捕盗窃玉玺的盗贼。"

樊丰心中一惊,但樊闳想,不怕,只要自己那个心腹一离开京城,就什么事也没有了。

樊彪看父亲稳坐钓鱼台的神态,说:"江京说,让我们还是提防为好。说不定杨震一伙在洛阳找出别的什么线索,那麻烦就大了。"

樊丰说:"这倒也是。"

樊彪说:"江京特别叮嘱,要防备那个周广,他一旦反目,好多事也就抖出来了。说上次周广想要些银两租房与高句丽女人结婚,父亲没有答应,周广一直心怀不满。所以,要注意周广。"

樊闳说:"这个小人,越来越狮子大开口。"

樊彪说:"父亲,我派手下把周广杀了吧?免得留下后患。"

樊丰说:"不妥,不妥。"

因为,以樊丰在宫中对周广的了解,周广的武艺,除了袁礼和樊闳那个心腹外,一般人未必就能杀得了他。再说,这个周广在杨震身边,首先对自己人有用;其次,杀他不成,正好能成为杨震参奏的证据。一旦周广有意外,凭杨震对周广这些年的感情,绝不会袖手旁观不管的。

樊闳说:"兄长,我们现在已掌握了主动权,对于杨震一伙的暗中进攻,

不能再被动回避，应当主动出击了。没有了杨震，朝廷中就再没有人能奈何我们了。"

樊丰不清楚弟弟准备采取怎样的办法主动进攻。

樊闰说："罗织罪名，用皇上的手把他们铲除。欲加之罪，何患无辞？"

樊丰说："杨震是一代名儒，为官二十年，在朝十多年，在朝野都有一定的威望，没有一定的证据，不光皇上不答应，也瞒不了朝廷内外的人。你别看皇上倚重咱们，疏远了杨震，但在治国上，皇上还是倚重杨震的。"

樊彪提出，采取暗杀的办法，暗中把杨震杀了算了。

樊丰说："不行。一是杨震身边有袁礼、周广、朱冲这些人保护着。二是杨震真有个意外，他儿子杨秉是太子的少傅，东宫和朝中大臣定会向皇上发难的，还有，朝中的老臣袁家一伙，以及杨伦、虞放、高舒、朱冲会闹翻朝廷的。"

樊闰说："兄长，我们采取文的不行，武的也不行，你倒出一个主意。"

樊丰说："小不忍则乱大谋。暂时按兵不动，等待良机。相信会有机会的。"

王密让州府一个衙役驾着一辆马车送他，经过半个多月，终于到达京城。

王密戴着竹笠、挎着包袱来到皇宫大门口，不料被挡在门外。不论王密如何解释说有要紧公务需进宫面见皇上，那几个禁卫都不许进去。王密百思不得其解，这皇宫乃是皇上上朝议事的地方，为什么那禁卫说要进宫必须要先去尚书台呢？他跟两个禁卫请教了半天，这才明白，最近到京城走动的刺史、太守不少，都是想升迁，或者挪个好地方，那些人都是先到樊大人府上拜访送礼品，然后由他禀报皇上。据禁卫说，一般人还没有见到皇上的，只要樊大人给皇上禀报了，把事办了就行了。现在，皇上都把大殿议事改为小殿议事了，朝廷内，连三公九卿都见不了皇上，一个荆州的刺史还想见皇上？根本不可能。

王密一听，心一下子就凉了。难怪自己三次上奏都石沉大海杳无音信，原来这朝廷大权都掌握在樊家兄弟手中了。在荆州，王密与樊闰不知已过了多少招，早就领教了樊闰的阴险毒辣、诡计多端。王密也有耳闻，当今皇上不重用忠臣，而重用樊氏和王圣母女那样的奸佞，皇上是非不分、昏庸无度，对于恩师杨震的忠言置若罔闻，恩师杨震如今在朝廷之上已没有多少话语权了。唉，太后一去，那个政治清明的时代也跟着死了。今天王密觐见受阻，让他心里也如死水一般。

他满怀希望进京觐见皇上，陈述荆州眼下的灾情，结果连宫门都进不去。难道就这样回到荆州吗？回去如何跟荆州百姓们交代？不行，这次进京，王密抱着不见皇上绝不回去的决心，如果不让进去，他就要硬闯宫门了。无论如何，他也要努力去争取一次。想到这里，王密不听劝阻，硬要进宫。那四个禁卫一看王密要闯宫门，刚想动手拿下王密，看见袁礼走了过来。

袁礼老远看见王密，心里想着王密硬闯宫门，必定有要事要面见皇上，便装着不认识王密，问那几个禁卫："什么事？哪里来的？"

禁卫一看是袁礼，连忙解释说："将军，这个人要进宫，说他是荆州刺史……"

王密很快意识到袁礼假装不认识他，他也就顺势假装不认识袁礼，抱拳相拜："荆州刺史王密拜见将军。"

袁礼说："不必拘礼，王大人进宫有何事？"

王密说："荆州一带灾情严重，民变一触即发，下官王密要觐见皇上禀报。"

袁礼假装看了看王密说："哦，灾情紧急，要爆发民变，那进去吧！"

四个禁卫赶紧挡住王密："将军，樊卫尉说了，没有他的话，谁都不能进宫。"

袁礼大怒说："我是羽林军统领，你们是听我的，还是听他的？"

几个禁卫看袁礼发了火，吓得退到一边。王密看了袁礼一眼，感激之言不再多说，昂着头进了宫。

进到宫里，王密走得很快，因为他进宫参加过朝会，路线还算熟。眼看就要到长乐宫门口，王密又被樊丰挡住了："你就是荆州刺史王密？二十年前荆州发生的奸杀案，就是你一直揪着不放？为什么不先去樊府拜见尚书台樊大人？"

二十七　四谏冒死救王密

王密说:"我不是求官的,也不是办公差的,我是来觐见皇上的。"

樊丰撇了撇嘴说:"呀呀呀,王大人,你好大的面子,好大的口气!要觐见皇上,有什么事?给本尚方令说吧!"

王密说:"我有'万言折',要面奏皇上。"

樊丰冷笑了一声说:"哼,皇上是你随便见的?就连那官居太尉的杨震都见不了,你还能见?把奏章给我,尽快出宫去,免得宫中禁卫把你拿下。"

王密一看这种情形,估计是真的见不了皇上。他想,只要有人能把"万言折"递到皇上手上,皇上能看到"万言折",那也行。但是,他还是不死心,就从包袱里取出"万言折"大喊:"荆州灾情紧急,我必须面见皇上!"王密大声喊叫,就是希望能让皇上听到。

樊丰刚想发火,不知怎么安帝这时真听见了。原来,安帝与伯荣在一起,正在兴头上,听到喊声,不耐烦地走出来:"谁要觐见朕?什么'万言折'?呈上来。"

樊丰一看,也没有办法再阻挡,让宫门禁卫把王密赶出去后,就将王密的"万言折"呈递到刘祜手上。

安帝说:"不看了,等会儿你念吧!"

樊丰把"万言折"放在御案上,就退了出去。半个多时辰后,安帝出来了。传来樊丰,让樊丰念"万言折"。

樊丰只好念道:"荆州洪灾不断,苛政税赋沉重,致使民不聊生。洪水为天灾,人力所难为。《尚书》云:'帝王不能恪尽职守,上天遣灾洪警示。'望皇上正己求仁,以息天怒,再息人怨。重徭厚赋,贻害无穷,臣冒死来奏……近贤臣,远奸佞……"

"停!"安帝听得怒火中烧,不等樊丰念完,勃然大怒,暴跳如雷,从樊丰手上夺过"万言折",狠狠摔在地上骂道,"此人,狂夫也!敢给朕上'万言折',藐视朕!什么正己求仁,以息天怒;什么应近贤臣,远奸佞。完全不把朕放在眼里!樊丰立刻传旨廷尉府,着人把这个狂徒抓进大牢问罪处死!"

樊丰说:"奴才遵旨!皇上,一个不起眼的地方官竟如此狂妄大胆,闯入皇宫,诋毁圣上,朝廷内必有主谋。"

安帝说:"打入廷尉府天牢,先追其幕后主谋,然后斩首弃市,杀一儆百!"

宫廷卫尉樊彪接旨后,率领五乘禁卫军专用的铁甲车驾,疾风般冲向驿馆。车到驿馆门前,樊彪仗剑率禁卫潮水般涌进驿馆,找到王密,二话不说就把王密按倒在地,戴上枷锁铁镣,塞进木笼囚车,然后马不停蹄向廷尉府方向疾驰而去。

王密被抓进廷尉府大牢后,按照惯例,皂吏狱卒扒掉王密的长袍,不问青红皂白先打二十大板。王密是一介儒生,先是苦读诗书,后是当县令、太守、刺史,没有受过如此酷刑。两根十八斤重的硬木板呼呼带风,打得他死去活来。打完了,狱卒架着胳膊把他拖下去,扔进大牢。

宫中,安帝坐在龙椅上闭着眼睛,手拿两个鸡蛋大小的玉球在把玩着。

樊闺闻讯进宫,他看着安帝坐在龙椅上双目紧闭,手掌中不停地翻转着那两个玉球。从安帝翻转玉球的速度上,樊闺就能判断出安帝此时心里极不平静,显然是王密的"万言折"打乱了他往日平静的心情。樊闺一直立志要把在"张生法场喊冤案"中与他作对、坚持平冤、致使他蒙受耻辱军前效力的所有人一个一个地除掉,现在太好了,这个王密自己先跳出来找死了。也好,这次也是个扳倒杨震的机会。

樊闺看着安帝走上前说:"皇上,臣以为,王密乃一介地方官,今日敢于怀揣'万言折'硬闯宫门指陈朝政,诋毁圣上,必有幕后指使,也有内应。"

安帝正在翻转玉球的手停了下来,睁开眼睛看着樊闺:"那依樊爱卿所言,谁会是他的幕后指使?"

樊闺试探着说:"据宫门禁卫讲,王密进皇宫大门,是辅国将军袁礼让进的。"

安帝说:"不要胡乱猜测,袁礼不会与他有任何瓜葛。"

樊闺接着又说:"王密是那年受杨震举荐当了县令,后又是杨震给太后举荐,从兖州昌邑调回荆州的。这些年两人私下来往密切。皇上想想前些日子杨震硬闯宫门,弹劾野王君与昭仪娘娘,其二人所言如出一辙,所以,臣断定,一定是那杨震见弹劾不成,唆使亲信王密以荆州水灾为由,借百姓之口,泄一

己之愤。"

安帝听闻樊闰所言，陷入了沉思："爱卿言之有理。可是，没有证据，杨震岂能承认？"

樊闰凑上前去小声说："皇上，证据臣可以调查……"

安帝想了想说："好，樊爱卿，朕命你与谢爱卿奉旨审案，查出王密宫门上书的幕后主使。"

樊闰跪地就拜："臣遵旨！"

太尉府里，朱冲正在给杨震禀报。

多日蹲守下来，朱冲大为吃惊：没想到樊府门庭若市，樊闰竟敢利用手中权力，大肆收受贿赂。朱冲急忙来到太尉府中，把这些日子跟踪调查的情况说与杨震："恩师，据学生多天的蹲守跟踪，来京城的刺史和太守都带着厚重的礼物，大多数到樊家府上去，少数到王圣的野王君宫去。据一个侍卫说，这些地方官员来时，都是带着两份重礼，一份是进贡皇上的，另一份是给樊闰的。樊闰的儿子樊彪给手下交代，给皇上进贡的官员一律禁止入宫，先拜望尚书令樊大人。于是这就成了公开的秘密，一传十、十传百，有点头脑的官吏们都争先恐后地往樊府跑，在樊府门口排着队等着给樊闰送礼，唯恐自己因送礼太薄或者没有送礼而遭到樊闰排斥和贬谪。"

杨震听朱冲这么一说，气愤地说："都是些鼠目寸光的势利小人。难怪最近情形不对，老夫就说不是什么好兆头，原来樊闰大肆收受贿赂，卖官鬻爵。这样下去，大汉江山将败坏于这些奸佞之手啊！"

朱冲点点头："恩师所言极是。我们能不能把樊闰抓了，参他个收受贿赂、贪赃枉法？"

杨震摇摇头："不行。抓樊闰必须要皇上下旨，皇上凭什么理由下旨？我们现在参他收受贿赂还可以，但是参他贪赃枉法理由不足，因为我们还没有抓住樊闰贪受贿赂后，为谁枉法行事的证据。"

朱冲着急地说："那就参他收受贿赂，理由总成立。"

杨震说："但必须要有证据。我们就是在朝堂上参了樊闰，皇上下旨搜查还有一个过程。一旦樊闰转移了赃物，行贿的人又不为我们做证，我们不但参奏樊闰不成，还有可能被扣上个诬陷朝廷大臣的罪名。"

两人正在商议着，袁礼急匆匆跑进来："大人，不好了！王密宫门上书，皇上龙颜大怒，下旨将王密打入了廷尉府天牢！"

杨震、朱冲听闻大为震惊，周广也跟着跑了过来。

杨震心急地问："消息可靠吗？"

袁礼说："消息绝对可靠。王密进宫是我放进去的，而抓捕王密是樊彪带的人，其中有我过去的几个手下，他们随樊彪将王密抓捕后，送入天牢。其中一个赶紧把消息告诉了我。"

杨震说："知道为什么吗？"

袁礼说："详细情况不清楚。据说可能是为朝廷加重赋税，王密怀揣'万言折'，硬闯宫门，为民请命。"

杨震一拍桌子："唉，这个王密，莽撞啊！事先为何不来见一下老夫呢？那样我是绝对不会让他硬闯宫门的呀！"

袁礼懊悔地说："大人，只怪我一时糊涂，没有多想。现在咋办？"

杨震想了一下说："你们几个都放下所有事情，全力解救王密。"

朱冲说："恩师知道，樊闰这个阎王爷，凡进廷尉大牢的，活着出来的少。"

杨震说："上次没能救得了大将军，我是惭愧万分。这次，说什么我们也要想办法救下王密。你们几个的任务是设法从虞放那里先弄清详细情况，然后通过各种关系打通关节，减轻王密的牢狱之苦。我设法从宫中弄清情况，然后，向皇上上奏，阻止向王密问罪。"

周广急忙说："大人，不行我们就劫狱救人！"

杨震摇摇头："万万不可，那样，即使救出王密，他也只能隐姓埋名亡命天涯，以王密读书人的性格决不会答应。你们分头行动，我这就去面见皇上。"

说完，杨震就急匆匆进宫。

安帝斜坐在龙椅上闭目养神，伯荣正在给安帝轻轻揉着太阳穴。看见杨震

进来,安帝睁开了眼,不等杨震开口,便淡淡地问:

"太傅今儿个进宫,又奏什么?如果是说王密的事,就请太傅免开尊口吧。"

杨震一听自己还没有张口就被安帝拒绝了,心里很是气愤。他忍着心里的怒火,压低声音说:"皇上,王密他也是为大汉……"

安帝提高声音再次制止:"太傅,朕已下过旨,任何人不得为王密说情,说情者与王密同罪。"

杨震说:"皇上,臣不怕同罪,怕的是荆州百姓,再次爆发……"

安帝龙颜大怒:"太傅,朕累了要休息。看在你是三公之首,又是朕的太傅,朕就不责怪你了,退下吧!"

杨震看着安帝不耐烦的态度,气愤地说:"还望皇上好自为之,不要忘了太后的遗言,不要辜负了天下百姓的期望。"

说完,杨震毅然离开。伯荣望着杨震的背影冷冷一笑。

王密遍体鳞伤,肩扛枷锁、脚戴铁镣,被狱吏从天牢押往廷尉府大堂。

廷尉府大堂上,樊闰与头戴獬豸法冠的谢恽高高在座。樊闰看着王密被带上来,"咣"的一声敲了一下惊堂木,那破锣嗓音厉声问道:"堂下所跪何犯?报上姓名。"

王密连头都没有抬,更别说理睬樊闰。

樊闰大怒,厉声喝道:"人犯王密,你手携'万言折'硬闯宫门上书,是受谁的指使?你如实招来!"

王密用力抬起头,鄙夷地看着樊闰,虽然声音很小,但是却很坚决地说:"我作为朝廷命官,作为荆州地方父母官,是职责所使,是受百姓所托,为民请命,何须受人指使?"

樊闰一愣说:"那你的同谋是谁?如实招来!"

王密冷笑一声:"我的同谋就是荆州七郡一百一十三县千千万万的百姓。"

樊闰一听,气急败坏地指着王密的鼻子:"王密,你以为你巧言善辩,本官就会免你的罪？还是如实说了吧，谁是你的同谋？你幕后的指使人是谁？说了，本官看在你过去是本官的老部下，或许可以免你的罪，放你走出牢房。"

王密用袖口擦擦嘴角的血，嗤之以鼻："你是什么人，我王密知道。你不就是报十多年前荆州死里逃生的仇吗？别费神了，想怎么样你就怎么样吧！"

樊闰眼睛一瞪，大声喊道："来人，大刑伺候，不信撬不开你的嘴！"

两个衙吏从两边走来拖着王密拉了出去。

杨震听虞放说，樊闰在天牢对王密严刑逼供，要求王密说出幕后指使，就知道樊闰这是把矛头指向了自己，更是愤怒。因为王密是他提携的，所以，樊闰一伙便以小人之心度君子之腹，认定王密上"万言折"乃受杨震唆使，妄想以此事为突破口扳倒他杨震。

杨震临窗而立，心事重重。樊闰居心不良，别有用心，对王密严刑拷打，这样下去，儒生出身的王密，身子骨怎么能经受住那天牢的折磨和几十套刑具？他越想越气，越想越担心，除了再去奏请皇上，再无其他办法。

杨震想到此，再去觐见安帝，恳请皇上明鉴。谁知安帝一听杨震又提王密一事，就满脸不悦："太傅怎么又提王密一案？朕不是下旨让廷尉府在审吗？"

杨震恳切地说："皇上，那王密身为荆州刺史，十余年来忠于朝廷，一心为民，如今为了万千百姓上书进言，即使言语不当，也不至受廷尉府严刑拷问……"

安帝把玩着手中的玉球，头也不抬地说："太傅又在为王密说情？朕说过了，任何人不得为王密说情，凡说情者与王密同罪！"

杨震着急地说："皇上，王密宫门上书有何之罪？"

安帝一愣，大怒："有何罪要等廷尉府审理后就知道了，不是朕与太傅说了算的。下去吧！朕还要悟道。朕念你是朕的太傅，就不责罚你了。"安帝说着，转身从侧门出去，剩下杨震一人呆呆站立在宫中。

透过天牢的栅栏，樊闰看到王密伏卧在狱中的地上，头发散乱，衣服破烂，遍体鳞伤，奄奄一息。

樊闰嘴角露着阴笑:"王密,本官再问你一次,你的同谋是谁?幕后指使是谁?你是招还是不招?"

王密听见樊闰那破锣似的声音,用尽力气抬起头,朝樊闰呸了一声,不卑不亢地说:"卑鄙小人,想让我诬陷好人,做梦去吧!我再告诉你一遍,荆州千千万万的乡亲就是我的同谋,就是我的幕后指使,你抓去吧!哈哈!"

樊闰气得咬牙切齿,大叫一声,说:"王密,你上'万言折'诋毁圣上,今天本官要让你看看,是大汉的刑法硬,还是你王密的骨头硬!来人,用刑!"

天牢的上空,传来一声接一声的惨叫。

就在王密因为民请命遭受酷刑的同时,在司州的弘农郡弘农县县衙大堂,太守移良与弘农县县令正逼迫百姓纳税。

县令大声喊:"移太守说了,对凡不纳税的刁民,轻则当众鞭打,重则投入牢房,施以重刑!"

县衙大院被拉来的百姓,一个个浑身筛糠一样。

翌日早朝,气氛异常。

朝堂之上,安帝正中而坐,樊闰、谢恽、江京组成的"智囊团"位于安帝右边,樊丰低头站在安帝的左边,文武大臣列于堂下。

安帝巡视了一下满朝文武,对樊丰说:"樊尚方,宣旨吧!"

樊丰大声宣道:"奉天承运皇帝,诏曰:樊闰、谢恽、江京三人,于大汉社稷有功,特设为大汉朝堂'三独坐'。钦此!"

三人走下大堂,伏地跪拜:"谢皇上隆恩!吾皇万岁,万岁,万万岁!"

樊丰说:"皇上有务,退朝!"

杨震急忙出列:"皇上,臣有本上奏。"

安帝说:"杨太傅,樊尚方不是已说了,朕有务,如果是王密一案,免奏!"

杨震说:"皇上,正是王密一案。臣有言进谏。"

安帝说:"你不怕引火烧身获罪吗?"

杨震刚正地说:"臣不怕。在皇上还没有免臣的托孤大臣之前,即使与王密同罪，臣还是要进谏。"

安帝说："既然太傅不怕，就说吧，有何事？"

杨震刚直挺立，慷慨陈词："皇上，臣闻，尧舜之世，谏鼓谤木，立之于朝；殷周哲王，小人怨詈，则还自警德。所以达聪明，开不讳，博采负薪，尽极下情也。今王密宫门上书，指陈朝政，虽言辞激切，但与杀人纵火、谋逆篡位、蓄意诋毁皇上有别。臣恳请陛下免于治罪，从而使不管是仕官达人，还是乡野樵夫都能言路广开，坦率直言……"

杨震上书直谏多次，每次的奏折都说得入情入理，安帝也听得面红耳赤，但安帝都冷着脸不理不睬，置若罔闻。

杨震继续奏陈："皇上，广开言路是圣明之举，如果因为向皇上进谏就被砍了脑袋，岂不是等于堵塞言路，加害诤臣？如果因为大臣说了几句不中听的话就杀了他的头，那今后朝堂上恐怕再没有人敢直言了。"

安帝一想太傅说得也对，正在犹豫，樊闰出列急奏："陛下，杨大人所言看似正确，但对王密这种妄言犯上的人，必须捉拿下狱问罪，陛下绝不能仁爱宽厚，因为王密的背后站着一帮人支持他。"

安帝先是一惊，转而说："那就依樊爱卿所奏。"

杨震不管不顾愤然说道："自皇上亲政以来，灾祸连年不断，百姓饱受煎熬，皇上置上天屡次警告于不顾，执迷不悟，纵情声色，迷恋于卑贱之女。皇上如此自毁形象和声望，朝野上下莫不惊叹，臣冒死上言，望陛下深思慎行！"

这时，安帝非但仍然置若罔闻，而且很不耐烦，不等杨震奏完，便起身咆哮："臣闻、臣闻，朕听够了！"

杨伦、虞放、高舒、朱冲等几位大臣出面跪地，力保王密："王密冒犯圣上，恳求陛下收回成命，将王密贬为庶民，罚做苦役。"

安帝不听几位大臣力保，不耐烦地说："退朝！"

安帝正要转身，樊闰出列上奏："皇上，臣有本上奏。"

安帝一看是樊闰有奏，便又坐下来问："爱卿何事？"

樊闰说："关于王密硬闯宫门一案，经廷尉府审理，王密犯有'诬罔圣上，大逆不道'一罪，按汉律当斩首。"

安帝手一挥,坚决地说:"准了!按'斩立决',明日午时三刻行刑。"

樊闰跪地道:"臣遵旨!"

"皇上,万万不可……"杨震等文武大臣纷纷跪地。

安帝不顾朝下多数大臣的跪求,转身拂袖而去。

此刻,就在安帝上朝的当儿,他一手提拔的卫尉樊彪,正在后宫伯荣的甘露宫与伯荣偷情偷得不亦乐乎。

廷尉府天牢,王密被打得遍体鳞伤。

下了朝,樊闰在谢恽陪同下走进牢房,盛气凌人地对王密说:"王大人,皇上已经下旨明日午时三刻对你行刑。本大人再问你最后一次,杨震是如何在幕后指使你诽谤当今皇上的?你若如实招了,本大人可禀奏皇上免你一死,还保你加官晋爵,尽享荣华。"

王密用尽力气说:"诬陷好人是尔等无耻小人所为,我堂堂七尺男儿,岂能与尔等奸佞小人为伍?痴心妄想!实话说,我王密从荆州到京城,又从皇宫到牢狱,就没有想过再活着出去,你就是杀了我,也难改我对大汉的一片忠心和对荆州百姓的牵挂。只要我还有一口气,我就要向皇上弹劾你,揭穿你那卑鄙无耻的真面目!"

樊闰七窍生烟,恶狠狠地说:"好,那本官就成全你!"说完,一挥手,狱吏们便又拖起王密,又是一番惨无人道的折磨。

樊闰向谢恽交代了一番走了。

当杨震跟虞放赶到廷尉府天牢的时候,王密已经不省人事,他蜷缩在一堆干草上,身上的血迹渗透了破烂的衣衫。

杨震默默看着,眼泪已经模糊了双眼,他双手剧烈地颤抖着,胡须颤动着,强压住心中的悲痛和怒火,嘴角不停地抽搐。

王密似乎感觉到了,挣扎着睁开眼,看到杨震,嘴角露出了一丝笑容。他捂着胸口剧烈地咳嗽着,强撑着想要挪动身子,挣扎了好久,也没能动一动。

虞放叫来狱吏打开牢门,两人泪流满面地快步走到跟前扶起王密。王密靠在虞放的胸前,双手握住杨震的手。他身着破烂的褐色囚服,囚服前后都印着一个大大的白色"囚"字。囚服上下前后，血迹斑斑。他两眼泪水："恩师，学生没让您失望吧？"

杨震已经泣不成声："王密，是我连累了你啊！"

王密强打起精神笑了笑："恩师不必自责。这帮奸佞不除，大汉将永无宁日。这不仅是大人的责任，也是每一个臣子的责任。恩师你不必为我难过，我这样死去，也算对得起你对我的教诲，对得起我们天下读书人的信仰和追求。只是我没有完成你交给我的侦破'连环奸杀母女案'的重托，没能将真凶正法，没能说服皇上除奸佞、远小人，至今还让荆州百姓处在水深火热之中，王密深感惭愧和不甘。"

杨震紧紧握住王密的手："王密，你因说真话而获罪，我作为三公之首却没有能力保护你，老夫痛心疾首啊！"

这时，狱吏走过来说："大人，时间到了。"

杨震依依不舍地拉住王密的手。王密松开杨震的手说：

"此生能做恩师的学生，乃王密之大幸也，学生别无所求！"

狱吏又在催："大人，时间到了……"

杨震松开王密的手，背过身，闭上眼，在虞放的搀扶下走出牢房。

五里亭下，已近黄昏。

杨震悲愤至极，一个人又默默地来到洛阳城西。

他临风而立，望着眼前的田野和远处北邙山的混沌轮廓，失意苍茫的面容被血色夕阳冻结。王灵母女、邓骘一族、王密等人一个个含冤而死，他们满含悲愤的眼睛无奈地望着他；蔡伦、张衡、许慎一个个离开京城而去，蔡伦饮鸩而死；四方灾害，百姓们一个个背井离乡……这一切都让他喘不过气来。他的胸口像是压上了千斤大石，沉重、悲怆、凄凉、无奈，这错综复杂的感情他难以抑制。

"不抚壮而弃秽兮，何不改乎此度？"杨震吟诵着屈原的诗句，意思是：君王啊，你为什么不改变态度？为什么不趁着盛壮之年抛弃恶德？

"苍天哪！王密因为说了真话就惹来杀身之祸，从今往后，还有谁敢在朝

堂之上吐露真言？奸佞当道，大汉将向何处去？难道大汉真的要完了？"

暮色中，杨震的身影更显孤单。他抬头看着纷乱的云天，低头远眺汹涌的黄河，悲从中来。

王密被"斩立决"后，杨震不禁为大汉的前途担忧，他不知道大汉的前途在哪里。几天几夜，他在太尉府翻遍了《离骚》《论语》《史记》《今文尚书》等书简，找不到答案。在悲愤无奈中，他一个人跑到桓郁的坟前，祭奠恩师，倾吐自己的无为和无奈，但孤野的坟地，沉睡在九泉之下的老师也没有能给他答案。他只能是"路曼曼其修远兮，吾将上下而求索"。

"既然皇上不再听我杨某的谏言，我在朝廷还有什么用？"杨震想。

杨震已经想好了，他决定，不管安帝听不听，他对安帝再上最后一次奏章，同时写一份辞呈请求开缺，一并交给安帝。

杨震非常愤懑，他回到太尉府，坐在案前，写好奏章和辞呈，来到皇宫，交给安帝，然后挺直腰板走了出去。安帝看着杨震出去的背影，一下子愣怔在那里。

安帝打开杨震的最后一份奏章看着，全文都是引用屈原的话："彼尧舜之耿介兮，既遵道而得路。何桀纣之猖披兮，夫惟捷径以窘步。惟夫党人之偷乐兮，路幽昧以险隘。岂余身之惮殃兮，恐皇舆之败绩。忽奔走以先后兮，及前王之踵武。荃不察余之中情兮，反信谗而齌怒。余固知謇謇之为患兮，忍而不能舍也。指九天以为正兮，夫惟灵修之故也。"

屈原这段话的意思是：古代的贤明君主尧舜那么光明耿直，遵循着正道找到治国的途径；昏君桀纣如此放纵败德，只想走捷径弄得步履窘困。那些结党营私者贪图享乐，政治昏暗，前途充满危险。难道我害怕自身遭受灾殃？只是担心社稷覆亡不远。我匆匆奔走在君王前后，为赶上圣明先王的步伐。君王不体察我的一片耿耿忠心，反而听信谗言怒气大发。我本知正直敢言会给自己惹下祸端，但忍下心来不能放弃。指着九重天宇作为明证，确实是为社稷我才如此。

辞呈最后写道："杨某不才，品才欠佳，愿为贤者让路，特请开缺！"

杨震从皇宫出来后，又回到太尉府，把官服、印信放在太尉府的公案上，然后收拾他的东西，准备离京归乡。临走前，向属下吏员说明了自己决定辞职归家，然后与属下吏员一一作揖告别。属下吏员们猛然听到杨震辞职归家，一个个惊得瞪大眼睛，似乎不相信这是真的。但是，放在公案上的官服、印信说明了杨震辞职是真的。

多年来，这些属下吏员与杨震在太尉府朝夕相处，被他谦和的人品、诚恳的待人态度、虔诚的敬业精神及广博的学识所打动，特别是对他清廉耿直的人格时时钦敬。当杨震走到府衙大门口，回身向送他的吏员们再次鞠躬告别时，不少人深感惋惜，依依不舍，潸然泪下。

听到杨震请求辞职归家，奸佞拍手称快。伯荣说："杨震一走，朝廷从此将要安宁了。"

杨震一遇难事、心烦事，就跑到五里亭眺望黄河。而樊闰一有空闲时间，或遇到高兴事情，就乘着他的四马车驾，来到洛阳城南的洛河边，然后，邀集朋党，摇着羽扇，在洛柳枝下，漫步闲逛，谈笑风生。这时，他听到朝廷来人汇报说杨震要辞职归家，便说："杨震在朝廷之外，议论朝政；在朝堂之上，借上书之机，教训皇上，诋毁圣上，以下犯上，违背了为臣之道。他的辞官，天意也！"其他的同党拍手称快。

袁贵等大臣听到消息，极为惋惜，极为着急，集体上奏安帝说："杨大人为当朝太尉，忠君爱民，日月可鉴，太后赐其为'大汉第一清官'，皇上又拜为太傅和托孤大臣，让其归籍，史上未有。"

看了杨震的奏章和辞呈，安帝慌了。别看安帝是一个沉迷女色、昏庸无能的皇上，但他作为一个帝王的人性还没有完全丧失。

这时候，杨震递上辞呈，提出辞官归家，摆明了不给安帝面子，这让安帝很被动。眼下的情形，对于安帝来说，确实很尴尬。

安帝没有想到，太傅会这么执拗。他知道，杨震道道奏章中说的话，也是出于一个托孤大臣的好心，但是，应该对事，不应该过分对着昭仪伯荣、阿母王圣、樊闰这些人。

太后去世后，安帝在对待自己的老师杨震的问题上，内心一直极度矛盾。一方面，从内心说，他清楚在太后摄政时期，杨震是太后难得倚重的一个辅政

大臣,在自己亲政后,杨震也是自己难得的一个首辅大臣。杨震忠君爱民、品德高洁、勤政务实,深得民心,深孚众望,朝野上下甚高的政望无人可比。但是,另一方面,杨震做事又极度挑剔,特别是一根筋,揪住"邓骘谋逆"一案是冤案死死不放,搞得他极度烦躁、日夜不安。安帝对杨震的态度概括起来,是既尊重又有怨言。现在太傅突然撂下国事,辞官不干,谁来替自己打理国事啊?

安帝知道,以太傅的脾气和秉性,说走肯定会走的,这一走,不是给自己摆难堪嘛!安帝看了袁贵等大臣的奏章,在这个时候,不管再有什么人蛊惑,他决不会放杨震离开朝廷。安帝想到此,赶紧唤来樊丰,让袁礼带路,亲自去请杨震。樊丰得知是去请杨震回朝廷,想阻止安帝,但没有阻止住。

于是,安帝着便装乘车赶到洛阳城西北角杨震居住的窄巷小院,结果扑了个空,杨震没有在家,家里只有冯宝一个人在摆弄菜园子。

袁礼一问冯宝,冯宝只说老爷把拿回来的东西往屋里一放,告诉他,收拾东西,准备回关西,出去之后,再没有见人。其他,一问三不知。

安帝当下没辙了。但他并没有立即离开杨震的住宅,而是把杨震住宅的整个院落和居室转着看了一遍,特别是杨震居室兼书房门顶的那幅"心忧天下"字幅,使他顿时脸红,感慨良久。他没有想到,一人之下万人之上的太尉,生活如此俭朴,待己如此苛刻,他的内心就受到了触动,随口说了一句:"这就是吾大汉'心系天下'的太尉的家?"

其实,他还不知,杨震深知百姓之苦,每逢各地遭遇严重水旱之灾,就坚持节衣缩食。看到杨震家中的情景,如今不知杨震的去向,安帝一时愣怔在那里。

良久,安帝口授,让樊丰跪趴在蒲席上为他写了一封言辞恳切的诏书,内容如下:"母后委政于太傅为托孤之臣,不料太傅弃朕而去,让朕十分伤心。朕恳切企望太傅回朝莅职问事!朝中除了太傅,您说百官中还有谁可以倚重啊?"

二十八　身陷牢狱

不日，又是早朝。

南宫德阳殿上，龙位上空空如也，只有樊丰站在上面用那尖厉刺耳的声音，宣读加封诏书："奉天承运皇帝，诏曰：封樊要为镇军将军，樊堤为洛阳尹，樊戴为荆州刺史，王国为……"

"停！停止宣诏——"这时，一个如电劈雷鸣的声音从大殿门口传来，穿过大殿，响彻朝堂。文武百官纷纷回头去看，只见身材高瘦的杨震举着朝板激愤地大声说道："樊尚方，杨某作为托孤之臣，有权质疑皇上的旨意。杨某要亲眼看看圣旨。"

人们纷纷惊诧，这杨震不是辞官归乡了吗？

原来，那天，杨震从太尉府收拾完东西，准备回住宅，刚到大街，见到许慎之子许冲来求见，急忙相迎。许冲告诉杨震，父亲回乡后，在杨大人的资助下，一边在学馆教书维持生活，一边呕心沥血修改《说文解字》一书。书稿即将完成时，因为年高多病，突然卧床不起，已不能再来洛阳面见杨震。杨震得知情况，回家放下手中的东西，匆匆与许冲一起乘坐马车赶到汝南乡下许慎的家，探望许慎。许慎见到杨震，分外激动，病情也有好转。

杨震抚摸着那一卷卷书稿，心生敬佩。在许慎家的几天，杨震连饭也顾不上吃，打开书卷，一卷一卷地认真细读，不几天，那十五卷书稿被他全部看完。

许慎耗尽毕生精力研究撰写的传世巨著《说文解字》，共十五卷，首创汉字部首，系统地分析汉字字形和考究学源，逐字解释字体来源。全书解析出汉

字部首五百四十个,收字九千三百五十三个。推崇古文经的许慎,以广博的经学知识为基础,根据六书条例编写的此书。此书,是汉字和文献语言学的奠基之作。

合上书卷,杨震长叹一声:"圣典!"

临走时,杨震说,他虽然已经离开朝廷,但他会交代朝中的大司农杨伦等几个学生,寻找适当机会,通过朝廷出资,把这一圣典传抄天下。

杨震回到京城,看到安帝留下的言辞诚恳的圣旨,沉思良久,心想奸佞还没有除,眼下还不能离开朝廷,因此,就又回到太尉府。

王密被斩首之后,朝廷上下文武百官对安帝重用奸佞一事,表面上一律保持沉默,私下却觉得心寒。

这时,那些被加封的樊家班见势不妙,看着樊丰的眼色,放开嗓门大声跪地齐呼:"谢皇上隆恩!吾皇万岁,万岁,万万岁!"

杨震和众大臣做梦都没有想到,安帝竟用这等方式一下子任用这么多樊家官员。

此诏一出,朝堂之下一片哗然。

显而易见,这帮奸佞的势力正盛,他们大肆保举自己的亲信和子弟为官,这帮人布满朝廷和地方州郡,竞相贪污受贿,朝野怨声载道。

此刻,太后摄政时定下的"以考带察,两相兼顾"的选官基本国策,顷刻间就被这一纸诏书变成了历史。十多年来,朝廷严格按照"以考带察,两相兼顾"的制度选拔官员,给朝廷从各个阶层选拔了一批又一批诸如杨伦、虞放、高舒、朱冲等清正廉洁、有才有识的官员。可如今,这个受老百姓拍手称赞的考试制度却遭到奸佞的亵渎,那些身无寸功、腹无才学的奸佞亲信竟然可凭着一人得道,从而鸡犬升天。如此,大汉朝廷岂不是真正成了樊氏小人的天下?那些满怀抱负的青年才俊和一生戎马的老臣,岂能甘心与这等奸佞小人为伍?杨震坚信,这绝非皇上心愿,绝非皇上所为。

杨震一声质问,让本就心虚的樊丰更加惊慌。但樊丰毕竟是在朝中官场中混迹多年的老手,对于杨震的质疑他早就有所准备。他带着笃定的神情把圣旨递到杨震手中说:"杨大人,请看仔细喽!"

杨震接过圣旨仔细地看了一遍,圣旨果真是没有问题。可是,杨震依然不相信这圣旨的内容出自安帝之口。

杨震并不知道其中的内幕。樊闰和王圣不断收到别人给他们进献的贿赂,他们也就隔三岔五地拿着这些人的拟任名册,让安帝给这些人封官。刘祜也不细问,甚至连看都不看,只有一条——拿钱便是。交过钱后,就让樊丰把御玺大印一盖,就算是下诏了。于是,不少人看到,樊闰权倾朝野,靠近樊闰的人都步步高升,也都纷纷巴结讨好樊闰。更有甚者,像江京、谢恽,都让自己的儿子把樊闰认作干爹。人们纷纷骂道:真是认贼作父!

这时,杨震把圣旨归还给樊丰,坚定地说:"杨某还要面见皇上。本官以为皇上对这些无寸功之人加官晋爵,思虑欠妥。"

樊丰见杨震看了圣旨也说不出什么问题,便得意地说:"杨大人,你是三公之首的太尉大人,本尚方会把你的意见转呈给皇上的。但是,在皇上未召见太尉大人之前,太尉大人还得居府待召。现在,皇上已经变革了理朝惯例,皇上没有大事一般不再上朝。皇上有旨:今后凡有圣旨,就由本尚方令代宣;大臣若有奏本,就由本尚方令代奏。散朝!"

散朝后,众大臣围着杨震,个个关心杨震辞官归乡的事情。

百官知道了杨震重回朝廷,也都放下了心。但面对眼下的朝局,人人不安。

这天皇上的这道圣旨,让大臣们个个心惊胆战。太后仙逝,安帝本该放开手脚好好亲理朝政,以此展现自己的治国才能。没想到,转眼之间,皇上却成了奸佞的傀儡。朝廷让这帮奸佞小人当道,那这些大臣往后的日子怕是都难了。大臣们万分担忧,纷纷提议让三公之首又是托孤大臣的杨震一定要设法面奏皇上,万万不可拿着江山当儿戏啊!

这天这道圣旨,也让杨震再次感到了大汉朝政面临的严重威胁。樊氏兄弟结党营私,扩大势力,独揽了朝廷的军政大权,一旦有异心,大汉危在旦夕。安帝本就缺乏天子的威严,又因受太后压制多年,像一个不谙世事的孩子,头脑简单,性格软弱,哪里是樊丰和樊闰这等狡猾狠毒小人的对手。

杨震越想越担忧,回到太尉府,看到公案上堆积如山的奏章,坐在那里顾

不得吃饭，一本一本地看。看后，更加沉重地抱起那摞子奏章就进宫去觐见皇上。因为杨震这次是皇上请回来的，所以，杨震进宫觐见皇上，樊丰也不敢阻拦。杨震进到宫中，看见安帝并无异样，好像对他的到来也并不吃惊。杨震把一摞子奏章放在安帝面前的御案上，只见安帝手中还玩转着那个玉球，他压制着满腔的怒火说："皇上，这是各地州郡送到太尉府的奏章，臣不得不报。"

安帝斜眼看了看那堆奏章，皱着眉头："都奏了些什么？爱卿替朕看看吧！"

杨震吃惊地问："皇上难道连奏章也不亲自御览了吗？"杨震指着那堆奏章说道："皇上，西北催饷，去年，南方又是水患，中原又遭蝗灾，关中又遇大旱，纷纷要求减免赋税，眼看又要到二三月青黄不接的时节了。另外，在此多事之秋，皇上却对那些身无寸功、腹无才学之人封官加爵，实在令人担忧，令群臣不服啊。皇上，废除考试选官，让少数别有用心的小人钻了空子，他们肆意亵渎汉律，置选拔官员的标准于不顾，任意所为，文武百官皆为我大汉朝廷担忧啊！"

安帝张口结舌，无言以对。他看了看身旁的伯荣，结结巴巴地说："太傅先退下吧！待朕看完奏章再说。"

杨震盯着安帝那张毫无血色的脸，不禁心痛地摇头叹息："要知皇上还是这老样子，臣就不该再回朝廷。"

待杨震退下，王圣从偏殿来到安帝身边，看安帝一脸愁容、心事重重，便坐下来拉住安帝的手："皇上有心事啊？"

安帝看了看王圣，轻轻点点头："朕有一事请教阿母。朕亲理朝政以后，为何灾害四起，内忧外患，让朕寝食难安？难道朕做事真的违背了皇天圣意才会让大汉多灾多难？朕真的是想按照自己的意愿治理我大汉，壮我大汉之雄威啊！"

王圣站起身来回走着，边走边说："阿母不比太后，没有坐堂，原因自然说不好，但阿母有个想法。皇上你看，自皇上登基已有二十年，亲政也已有四年，这些年，皇上一直没有祭过祖，也一直没有祭过天。阿母以为，皇上应登泰山祭天，以求上天庇佑，保天下风调雨顺，四方平安，千秋万代。"

二十八　身陷牢狱

王圣用"天人感应"和"天谴"那些歪理邪说，蛊惑安帝东巡祭祀泰山。

恰巧，这时济南来报，凤凰集于台县，县丞收住舍树上。安帝要樊丰赶快从宫外请来术士解疑。术士告之，凤凰出现，是吉祥的征兆。安帝大喜，当下赏术士帛十匹，台县县令帛五十匹，县丞二十匹，县尉半数，吏卒每人三匹。凤凰所过行人停留的亭子及衙署，免缴当年田租。赐男子爵，每人二级。

安帝自小熟读诗书，性情温和，但他最大的弱点就是遇事没有主见，容易被别人左右。他渴望成为一代明君，但又沉湎于声色犬马。

安帝本就厌烦了那些乱糟糟的朝政，这时王圣建议他东巡泰山祭天，这可是一个与伯荣外出游玩散心、放眼风物的好机会。安帝兴奋之余，为保万里江山风调雨顺、四方平安，决定走出皇宫，东巡齐鲁，登泰山以祭皇天。

安帝激动地拉住王圣的手说："阿母说的极符合天理人道。朕悟道以来，已经悟出一些道理来。好！就按阿母的建议，择日东巡泰山，以祭皇天。"

安帝东巡期间，将朝政大务委于杨震总理。杨震上奏安帝，要安帝东巡期间，顺带祭祀孔子及其七十二弟子。

早春二月末，春风和煦。

皇上东巡祭天，是大汉朝野的一件大事。加之，百姓已有二十多年没有看到皇上出巡，于是，这天一早，洛阳城的大街上，百姓潮水般涌到大街两边。

清晨，全身盔甲的洛阳校尉朱冲和羽林军总领袁礼，两人策马在洛阳城的中央驰道来往奔驰，指挥调度三千名身着铜盔甲的羽林军兵士沿洛阳正街一字排开，手持长矛盾牌，把老百姓挡在街道两边。

"起驾！"随着樊丰一声尖厉刺耳的呐喊，皇城门内乐声大作，高大沉重的红漆宫门缓缓而开。由执金吾阎显率领的四百名精壮禁卫军，清一色金盔金甲、高头骏马，手擎象征"金、木、水、火、土"的五色旌旗，分两列鱼贯而出，列队开路。接着是皇家乐府一百二十八名乐师组成的方阵，击鼓鸣锣，吹管弹弦，徐徐行进。后面是八十名宫廷侍卫，怀抱寒光闪闪的鬼头错金刀，肩飘红披风，胯下雪青马，个个虎背熊腰，眼中精光四射，一望而知是绝顶的武林高手。他们分两排行进在大道两侧，警惕地守护着中间的皇上乘舆。

圣驾长约一丈，华盖高张，左车辕上插着一面金黄色猎猎皇旗，六匹长鬃的雪白健马披着绣龙护衣，由奉车都尉亲自驱策，整个圣驾金碧辉煌。

安帝头戴前低后高的冠冕，身穿龙腾云霞的皇袍，安然端坐于青盖车中。作为皇权最高象征的传国玉玺与斩蛇剑一并带着。座后踏板上，一边是身着紫色朝服的文官樊丰，手里紧紧捧着那黄绸包裹的传国玉玺；另一边是身披金盔金甲的耿宝大将军，他骑着高头大马，威风凛凛地护在帝辇之旁，手捧着镇国之宝，即高祖帝刘邦用过的斩蛇剑。传国玉玺为秦始皇所制，斩蛇剑为刘邦所造。再往后，是两位符节令乘铁甲兵车，须臾不离。

安帝生平第一次的东巡，威武、庄严而神圣。圣驾之后，紧跟着两辆并排行进的高车，车上威风凛凛地立着四名手持方天画戟的卫士，护卫着前面的圣驾。

圣驾后面是伯荣乘坐的一辆五彩凤辇。左侧一列披红挂绿的厢式车驾上面立着四十名衣着鲜丽的宫女；右侧四十名宦官跟随在车辇后面一路疾走。再后面是伴驾出行的野王君王圣、文武大臣的车驾，数十辆载着皇上和伯荣及嫔妃日常用品的辎重车。殿后的是二百名手持大刀、长枪、铁棍、铜锤的皇宫卫队。

整个东巡车队浩浩荡荡，阵容惊人，穿过洛阳城大街向泰山方向的正东进发。放眼望去，金戈铁马，旌旗猎猎，声势浩大。大街两旁的人群挤得水泄不通，人们踮脚抻脖子，痴痴等着看当今圣上的威仪和昭仪娘娘的风采。圣驾刚到，沿街十几万城中百姓纷纷跪倒，"吾皇万岁，万岁，万万岁"的欢呼声此起彼伏，响彻云霄。

王圣和伯荣出身低贱，因为上天给了王圣奶养安帝刘祜的机会，使她们娘儿俩第一次看到如此壮观的场面。特别是伯荣，凭借自己的花容月貌和狐媚之技，使她的命运得到奇特转机而一步登天。

这天，伯荣身穿粉红色小袖、下摆很宽的无缘式留仙裙，丝带系扎，裙上绘有精美华丽的纹样；发髻为"结椎式"的少妇梳法：将头发先束于脑后，从下朝上反搭，绾抛于右肩。发髻上插着珠花、步摇等各种饰物。

第一次以皇帝昭仪的身份招摇过市，接受万民的欢呼，伯荣亢奋极了，在车辇里,不断撩起流苏帷帘,不知天高地厚地向大街两旁的百姓招手致意。

洛阳城外,威武的宫廷车辇、皇家仪仗,占满了东行的驿道。

目送东巡的车辇在太阳冉冉升起的东门外渐行渐远,文武百官纷纷回到各自的衙门。樊闳径直回到樊府上。

皇上东巡,竟然将朝政大务委以杨震,出乎樊闳的意料。依他起初的判断,安帝最近对樊氏兄弟无比信任,对杨震多次参奏干预他理朝也颇有微词。因此,这次东巡,必然会让他樊闳代理朝政,怎么会将朝政大权交与他厌烦至极的杨震呢?樊闳思来想去,感觉皇上虽然厌倦杨震无休止地参奏樊氏兄弟和王圣母女,但关键时刻,安帝心里还是极其信任这个太傅的。由此看来,皇上对他们并没有完全依赖。樊闳想着,心里多有不甘。如此这般,在皇上面前还需谨慎啊!

樊闳想着,看见樊彪也在府上。樊彪这小子,自从伯荣帮忙让他在宫中当了个卫尉,近日也有所长进。每日习武也更加刻苦认真,樊闳看在眼里喜在心上,心想,壮大樊氏家族后继有人啊。这样想着,便跟樊彪商量着说:

"彪儿,这次皇上东巡没有带你这个卫尉也好,皇上这次东巡需要一些时日,这期间我也没有多少事,想着把咱这府院修缮修缮,另外,再在洛阳城外或者城内新建两座府院,一座给你伯父,一座给咱自己。你伯父虽被封了侯,但他无儿无女,最终也都是你的,所以你要亲自监工,把两座府院建好才是。"

樊彪因为这次皇上东巡没有带他,使他这段时间无法与伯荣朝夕相处、相伴相随,心里老大不高兴,这会儿一听父亲说给自家新建府院,也来了精神。

樊彪赞同地说:"父亲英明!去年建造甘露宫、南宫和野王君宫,不是还剩了不少上等的木料、石料和砖瓦吗?刚好为我们所用啊。"

樊闳笑了笑说:"彪儿很有心眼呢。对,我也正想把那些木料石料都用上。明早,咱父子俩把地方看一看,选一块风水好的地方,你再把造野王君宫的那些工匠找来,先把地基打好。"

樊闳这家伙在被免职、军前效力时,为了打通各方面的关节,几乎到了倾

家荡产的地步。可是,咸鱼翻身之后,由于深得安帝信任,主管皇家重点工程,他借机虚报造价,掏空国库,后执掌官员升迁大权后,他又大肆敛财,收受贿赂,贪腐成性,其资产很快到黄金十亿斤以上,富可敌国,堪称大汉第一巨贪。

第二天,父子俩乘着车驾在洛阳城内,跑了不少地方,就是找不到可心的地方。后来,父子二人又乘车驾在洛阳城外找,可是,从东门外跑到南门外,又从西门外跑到北门外,还是找不到一个可心的地方。

这时,樊闰说:"彪儿,跑了几天,找不到可心的地方,依父亲看,干脆找一块离京城远一点儿的地方,地方要阔,风水要好,风景要美,造一次,就造一个大些的府院,父亲老了,就在那儿颐养天年。"

"好,父亲这个想法好。明儿个开始,咱们坐上马车到方圆百里看看。"

于是,父子俩又跑了几日,终于在东距洛阳几十里的地方,找到一个可心的地方。樊闰又找来风水先生、术士,分别看了,都说是好风水。樊闰决定,将自己的府院就建造在此处,给兄长的就在洛阳城里找一处建造就行了,他知道兄长不想离王圣太远。之后,樊闰就让儿子监督工匠挖土凿石,先打好地基。

几天后,樊彪从工地回来,给父亲说,地基已经打好,要父亲尽快把木材、石料和砖瓦运到工地上去。

樊闰一拍脑门说:"哎呀,这些东西都还在大司农府的钱库里,我得给杨震说一下,找个借口弄出来。"

樊夫人插嘴说:"啊?你是司空,不是掌管工程吗,怎么还得给那杨震说?"

樊闰瞥了夫人一眼:"杨震总理朝政,不说行吗?"

樊彪一听还要给杨震说,显得有点担忧:"父亲,如果杨震不答应怎么办?那些工匠还在工地上等着呢。"

樊闰神秘地说:"我先给他打个招呼,就说皇上走时交代,让把长乐宫里的歌舞殿修缮修缮。你伯父走时,盖了两份皇上的空白诏书,咱们拟好内容让尚书台一填,这不就有了圣旨了吗?你伯父担任中常侍这些年,专门掌管皇上诏令起草颁布，像这样调拨财物的圣旨是小菜一碟。再说，你父亲我现在位居司空，负责朝廷的大小工程，由不得他杨震不信。"

皇上的诏书须通过尚书台才能正式下达，这些年，樊闰利用尚书仆射身份把持尚书台的便利之机，也曾与兄长樊丰干过偷改诏书的事。诏书的字迹，按惯例都是尚书台文员写的，上面盖有安帝玺印，樊丰胆大妄为，模仿尚书台文员字迹伪造圣旨，偷盖安帝玺印，不知干了多少次。

樊彪说："父亲，皇上这次把总理朝廷的大权交给杨震，看来还是相信杨震，不太相信我们。我看我们不如趁皇上东巡，想办法把朝廷控制了，把皇上废了。"

樊闰赶紧捂樊彪的嘴说："胡说！这种话让人知道是要杀头的。刘祜这个皇上，虽然是个永远长不大的孩子，但也不是随便可以废的。就你这一句话，让杨震一党知道了，我们全家都得掉脑袋。好了，现在先修造咱们的府院。"

樊彪说："皇上不在宫中，我一会儿还得到宫中看看，叮咛叮咛。"

樊闰说："我们要学会用软手段，让刘祜这个儿皇上为咱们所用。"

樊彪说："父亲，能不能让刘祜这个儿皇帝给我们樊家也授予丹书铁券？"

樊闰说："那不可能，丹书铁券只能授予托孤大臣。"

樊彪不以为然地说："什么托孤大臣？说他是他就是，说不是就不是，那还不是皇上说了算？我整天跟在刘祜和荣儿屁股后边，给他们当奴才，心里真不好受。刘祜后宫有那么多女人，还要霸占着荣儿。我有一天当了皇上，也要让刘祜给我当奴才！"

樊闰没想到樊彪这小子还有这样的心计，赞许地点点头，父子俩会心地笑了。

樊闰从一个铁匣子里取出一个卷轴交到樊彪手中："你这就带上圣旨，到大司农府领取木料、石料、砖瓦，还有粮饷。"

樊彪接过圣旨高兴地说："姜还是老的辣啊！"说罢，拿着圣旨就跑了出去。

皇上东巡,太尉府的事情千头万绪。

因为皇上外巡,也不用到宫中上朝,文武大臣们都把各自衙门需要上奏的事情、需要解决的问题,直接送到太尉府。杨震的公务比平日里多了不知多少倍。他整天日理万机,既要一份一份地看奏章,还要一个一个地处理回复,常常是废寝忘食,夜以继日。为了节省时间,他索性住到了太尉府值朝,免得回住宅来回走路耽误时间。

在这多事之秋,杨震免不了比平日里多操不少心。

晚饭都过了一个多时辰,杨震还在看着案头上厚厚的一摞奏章,顾不上吃冯宝给他送来的饭。这时,杨伦急匆匆跑来,手里攥着一个卷轴,见到杨震急切地问:"皇上修缮长乐宫一事,恩师知道吗?"

杨震肯定地说:"知道,樊闰说过,他说有皇上的圣旨。"

杨伦向外边四下张望了一下,压低声音说:"恩师,圣旨有假,恩师请看。"杨伦说着将圣旨举到杨震面前。

杨震大吃一惊:"什么?圣旨是假的?"说着展开圣旨细看,但未看出问题。

杨伦指着圣旨上的印章说:"恩师,你仔细看看,正常的圣旨是先写字后盖印章,而这个圣旨是先盖上印章后写的字。"

杨震仔细辨认了一会儿,发现确实如杨伦所说,圣旨的确是先盖上印章后写的内容。按理来说,皇上颁发圣旨,不可能先盖玺印,而后再书写内容啊。这个樊闰,真是胆大包天,竟然敢假造圣旨!既然圣旨是假的,那么,修缮长乐宫自然也是假的。这样的话,樊闰冒着杀头的风险,打着修缮旧宫的幌子在大司农府领取石料和木材,是想贪墨,还是想干什么?杨震想了想,只有两个答案,如果不是想贪墨窃为己用,那他用这么多的石料和木材,无疑就是想给自己造府邸。

想到这儿,杨震对杨伦说:"只要这个圣旨能确定是假的,那就是我们一直在寻找的参倒弹劾樊闰的一个千载难逢的好机会。假造圣旨,是欺君之罪,依汉律是要斩首的。杨伦,你再仔细甄别,必须要有万分把握,否则,就是诬陷朝廷大臣之罪。"

杨伦说："恩师，我就是经过仔细甄别，万分确定之后才来禀报恩师的。圣旨为假，的确属实，杨伦敢以自己的人头担保。"

杨震长出了一口气。只要伪造的圣旨在手，等皇上东巡归来，不怕弹劾不倒樊闰，不怕把樊闰治不了罪。樊氏家财，富可敌国，但仍贪婪不足，还想用国库物资为自己造府邸。要不是樊闰那个兄长上下走动，要不是皇上大赦天下，樊闰这个罪恶累累的奸佞也不至于现在危害朝廷。这一次，定要将这奸佞小人绳之以法，为皇上和朝廷永除后患！

杨震收好假圣旨，又问了杨伦大司农府最近的事情。

杨伦最后说："恩师，一定要保管好这道假圣旨！"

樊闰的耳目遍布朝廷，遍布宫禁。

一早，樊闰正在为自己的得意之作兴奋着，忽见樊彪连滚带爬跑进尚书台：

"父亲，大事不好了……"

樊闰见樊彪惊慌失措的样子，打着官腔说："什么事嘛，看看你，哪像一个朝中卫尉的样子。"

樊彪急得话都说不利索了："大司农……大司农……那个杨伦，拒付木料、石料，而且还把圣旨拿去让杨震看了。大司农府我们的一个耳目刚刚跑来告诉我的。"

樊闰得知假圣旨被识破，吓得颏下的山羊胡子颤抖不止，手中的茶杯失手掉在青石地面上摔得粉碎。

因为他知道，假造圣旨，是欺君罔上之罪，一旦发现，是要被砍头的。

樊彪看父亲大惊失色，急成这样，跺着脚说："父亲，快想办法，咋办呢？"

樊闰瞪着樊彪说："蠢货，这点事情都办不好，弄不好咱父子俩是要被砍头的！"说着，心急如焚，像只热锅上的蚂蚁坐卧不安。

樊彪浑身颤抖说："父亲，那咋办？"

樊闰显然比儿子镇定，说："彪儿，这事是躲不过去的，你的胆量跑到哪

里去了？"

樊彪一听，瞬间有了主意："父亲，我即刻去派人，暗中把杨伦杀了！"

樊闰冷笑了一声说："杀了杨伦，杨震现在也知道了，怎么办？"

樊彪不知从哪里来了勇气："父亲，那我们只有鱼死网破了。马上召集我们的人，把杨伦、杨震一伙统统杀了，控制整个皇宫，挟持皇后和太子，逼刘祜小儿让位！"

樊闰听着樊彪的话，赞赏起儿子来："看来，我儿还有几下子。其实，皇上出宫前，我和你伯父早商议过几回，先把杨震除了，到必要时候，让皇上禅让退位，那样，我们不用动一刀一枪，就可以把江山夺过来了。可是，眼下这个形势，怕是等不到那个时候了。"

樊彪握着拳头："那我们只好一不做二不休，动武的，发动宫廷政变。"

樊闰说："宫廷政变，必要流血。虽然我们可以控制皇宫，但是，京城控制在朱冲手里，羽林军还掌握在袁礼手中，朝廷的兵权一部分还在耿宝大将军手中，大部分控制在杨震手里，就算我们废了皇上，取得了皇位，也还是控制不了大汉。"

樊彪说："那我们总不能坐以待毙，束手就擒吧？"

樊闰定了定神说："彪儿，你冷静，皇宫禁卫上千人掌握在我儿手上。静观其变，再等一天，一到天黑，马上通知我们所有的人到这里听命，封锁皇宫，改朝换代，不成功也要成仁。如今事情败露，早晚也是一死，我们已经没有选择了。与其坐以待毙，不如先下手为强，大不了鱼死网破……"

樊闰开始准备，他头戴高高的刘氏冠，穿着一袭紫红锦缎长袍，腰挎佩剑，准备与杨震一伙鱼死网破。

突然，两人发现窗外好像有个人影闪了一下。

"谁？"樊彪喊着，提刀追了出去。

片刻，樊彪折身回来。原来，是宫中的一个老宦官在偷听。樊彪不由分说，一刀下去，那老宦官来不及出声就毙命了。

京城的夜空，星月交辉。天刚一黑，月光就洒下来。

二十八　身陷牢狱

这月夜本该好好地赏一下明月，可是，张衡此时心神不宁。他闭上眼睛，想让自己的内心安静下来，可是，越是想安静，心里就越是发慌，令他无法安睡。张衡索性披上外衣，起身踱步到屋外，仰观天文。突然发现天空中太白星白气上升。张衡心里一惊：不好，太白犯昴，贼臣乱国！他来不及多想，急急忙忙出了门。

张衡气喘吁吁赶到杨震住宅，一问，杨震在太尉府。他赶忙又跑到太尉府，这时，见杨伦、虞放、高舒、朱冲、周广也都在这里，更感觉情况危急。

张衡自从离开朝廷，两人再没有见过。杨震一见张衡突然深夜来府，不免吃惊，想不到张衡还在京城。不等杨震问他，张衡就着急地说："明公，不好了！我夜观天象，见一颗太白星冒着气直入上空。这是太白犯昴，星变逆行，昭示人臣有悖逆行为。从地界上看，应该在皇宫上空。因而，不敢怠慢，跑来禀报。"

杨震几人一听，心中大惊。

杨伦急忙说："恩师，会不会是樊闰那伙人要发动宫廷政变，篡夺皇位？"

杨震还没来得及说话，宫中的那个小宦官永信神色慌张地跑了进来："大人，不好了！樊闰、樊彪在尚书台密谋宫变。一个老宦官已被他们杀害了，皇宫已被樊彪指挥宫中禁卫戒严了！"

几个人一听，瞠目结舌，一下子都惊住了。

杨震说："大汉律法规定：正常情况下，要调兵，须有太尉的兵符和皇上的玺印；特殊情况下，太尉有见机行事之权。樊闰、樊彪既没有太尉的兵符，更没有皇上的玺印，私自调兵是犯有杀头之罪的！"

"恩师，怎么办？"杨伦的问话让杨震的情绪一下子显得格外沉着冷静，杨震道："我大汉江山社稷危在旦夕，看来，一场大乱已不可避免了。"

朱冲着急得直跺脚："恩师，快快决策吧！"

杨震环视了一下身边的人，果断命令："朱冲听命！本官命你即刻带领京城卫兵封锁京城四门！"

朱冲高声应答："是！"转身离去。

杨震又说:"周郎听命!你立即通知袁礼到太尉府来领命。"

"是!"周广领命即刻出门。

杨震看了看张衡和小宦官永信,转身对杨伦三人说:"杨伦,你三人设法把张太史和小黄门安排好,确保他们的安全。"

周广拿着令牌,骑马出了太尉府,并没有先去通知袁礼,而是直奔宫中尚书台。尚书台门前一片杂乱的脚步声,周广躲在黑暗处正要仔细观察,樊彪一下子冲到周广面前,举刀就砍。周广喊着迅速闪身躲开,樊彪仔细一看,是周广,不等樊彪说话,周广压低声音就说:"情况危急!京城四门现已封锁,羽林军即刻要包围皇宫,你与樊大人设法迅速出宫出城,快!再迟,就没命了!"说完,周广一闪身消失在夜色中。

眨眼工夫,周广跟袁礼都骑着马又一同来到太尉府。

杨震命令道:"周郎听命,本官命你即刻带领羽林军,包围皇宫,不许任何人进出,然后带人拿下樊闰、樊彪父子,如遇抵抗,就地正法。袁郎听命,本官命你即刻带羽林军进入宫中,设法保护好皇后和太子。"

很快,在周广的指挥下,大批提刀持剑的羽林军兵士把皇城包围了一圈。至此,以杨震为首的"清流"集团与以樊闰为首的"浊流"集团展开了血腥的宫廷厮杀。

皇城内,火光冲天,如同白昼。

周广带领羽林军冲到皇城下,宫廷禁卫军猝不及防,纷纷向宫内撤退。

袁礼带领部分羽林军兵士从前、后两个大门冲入宫中。一时间,整个皇宫气氛紧张,灯火通明,人影晃动,杀气重重,不安和恐惧笼罩在皇宫的上空。

杨震与杨伦站在长乐宫前。袁礼跑来急报:"大人,皇后和太子安然无恙。长乐宫、南宫、甘饴宫和东宫已经布防羽林军守卫。"

周广跑来禀报:"大人,没有抓到樊氏父子,到处找不着,只抓到司空府、廷尉府、尚书台、御史台樊闰的那些同党。"

杨震说:"他们没有说樊彪父子在哪里,樊彪父子让他们进宫干啥?"

周广说:"他们说到了尚书台就没见到樊大人,也不知樊大人让他们来干啥。"

杨震说:"这些人中,有没有谢恽、江京?"

周广说:"都没有。"

杨震肯定地说:"樊闰父子出不了宫,继续搜查!"

夜色中,洛阳城东西南北四面大门已经被关上,朱冲指挥着守城卫士迅速站上城墙,京城戒备森严。

洛阳城外,依旧平静安宁。城外的百姓正在酣睡,睡梦中谁也不知道,此时,洛阳城内正在上演着一场惊心动魄的血腥斗争。

夜色漆黑,伸手不见五指。黑夜中,樊闰、樊彪两人在江勇的帮助下,猫着腰上到城墙上面没有兵士的地方,又猫着身子,顺着江勇拉好的绳子溜出城外。

樊闰下了城墙,摇晃着绳子对城墙上头的江勇说:"江侄,即刻回去禀报你父亲和谢大人,所有的人都不要乱动,待在家里,就当什么事也没有发生,我们的事对任何人都不要说。我现在就去面见皇上,一切等我回来再说。"

说完,樊闰和樊彪就一下子消失在夜色中。

过了一会儿,那神秘心腹来了,给樊闰找来一身百姓的衣服让他换上:"大人,换上这身衣服更安全。"

樊闰换上衣服,心里也平静许多。他定睛看着心腹和儿子说:"你二人趁黑埋伏到去山东的驿道上。那杨震肯定要派人拿着那道假圣旨去禀报皇上,你俩设法在路上拦截信使杀了灭口,坚决不能给杨震留下把柄。没有了证据,他杨震就是浑身长满嘴也说不清,他就拿我们一点儿办法都没有。"

樊彪担心地问:"爹,那你咋办?"

樊闰紧张地说:"设法给我弄一匹马,我要立即赶往泰山面见皇上,先下手占领先机。只要我能抢先见到皇上,一切都有转机。"

樊彪和神秘心腹相互望了一眼,点点头表示明白了。

这时,在太尉府,杨震果然正在给袁礼下命令:"袁郎,你即刻派两名精骑信使,拿上本官参奏樊氏父子私自调兵意图谋反的奏章和他们伪造诏书的证

据,星夜兼程赶往泰山,亲手交到皇上手中。皇上若祭天下山,请皇上不要停留,速速返回京城。另外告诉耿大将军,樊闾发动宫廷政变,望大将军务必保护好皇上的安全。"

不久,袁礼秘派的那两个亲信精骑,骑着骏马出了洛阳城,风驰电掣般一路向东飞奔。在赶往山东泰山的半路上,突然,两匹骏马被横拉在路边树上的绳索绊倒,马失前蹄,两人同时从马背上摔了下来。不等两个精骑起来,两个黑影迅速扑上去向他们一阵砍杀,瞬间,两名骑兵倒地身亡。

这两个黑影就是樊彪与那神秘心腹。两人得手后,樊彪安排神秘心腹骑马逃离,自己也赶紧骑上马,趁着夜色慌慌张张朝东奔去。

安帝这次东巡祭天,可谓是一路行走,一路接受朝拜,一路祭祀先祖,一路赏赐地方官员。

东巡半路上,齐王刘无忌、北海王刘翼、乐安王刘延前来朝拜。第二日,当銮驾行至汶上明堂,安帝祭拜了五帝。第三日,安帝接着祭拜了高祖刘邦、光武刘秀二祖;接着,当天又祭拜了孝文、孝武、孝宣、孝元、孝明、孝章六宗。一路上,安帝因为心情愉快,慰劳赏赐了当地郡县,并作乐鸣奏。

三月初,到达阙里,安帝按杨震的叮嘱祭祀了孔子及其七十二弟子。祭祀期间,鲁国的相、令、丞、尉及孔氏亲属、诸生都参与其中,安帝分别赏赐褒成侯等人数帛不等。

安帝最终登上泰山,以实现望岱宗、上告祭天的夙愿。

泰山之巅,皇天之下,礼乐声声,歌舞翩翩。

祭祀台上,天青缎子搭成的神幄,中间正位供奉着皇天上帝神位牌,两侧从位各自供奉着日月星辰和云雨风雷牌位。神位的前方摆列着玉、帛,以及牛、羊、猪和酒、果、菜等大量供品,单是盛放祭品的器皿和各种礼器就达上千件之多。编钟声声,鼓乐齐鸣,场面盛大,肃穆壮观。

安帝沐浴更衣,着盛装,迎帝神,行献礼,送帝神,三叩九拜。

祭师拖着长音,诵着《祭天辞》:"皇皇上天,昭临下土。集地之灵,降甘风雨。庶物群生,各得其所。靡今靡古,维予一人某,敬拜皇天之祐……"

二十八 身陷牢狱

安帝东巡一月，三月末返回。

祭天活动圆满成功，皇家威仪的仪仗队、车马队浩浩荡荡一路向西直奔洛阳。

完成了与皇天的对话，此时，安帝端坐在帝辇之上，神情超然。

半晌，东巡祭天的銮驾正在行进当中，突然，一个衣服破烂、浑身是泥土、看不清面孔的人，骑马迎面飞奔而来，一边狂奔，一边狂喊："八百里加急！禀皇上——"待前方开路的羽林军卫士挡住马匹，来人一下子从马上滚落下来。所有的人都大吃一惊。耿宝持剑一下子冲到跟前，这才认清此人是樊闰，不由得又是一惊。樊丰已经看清是弟弟，他不知道到底发生了什么事情，弟弟竟如此狼狈。

樊闰跑到安帝的华盖旁，伏在地上，惊慌失措地大喊："皇……皇上，宫内出大事了！杨……杨震谋反了！"

"什么？你再说一遍！"安帝听说杨震谋反，犹如五雷轰顶，揭开车帘，连声追问，"为什么？"

随驾的耿宝、樊丰、伯荣等人皆大惊失色。

谁都知道，汉律规定，凡是被视为犯有谋反之罪的大臣，那可是犯了大逆不道、犯上作乱、夷灭九族的滔天大罪。难道身为太尉的杨震不知道？

樊闰声泪俱下："皇上出宫不久，臣就发现杨震夜不归家，住在了太尉府中。昨日深夜，太尉府灯火通明，杨震纠集朱冲、高舒、杨伦、袁礼、周广、虞放等人密谋宫廷政变。臣手下一个侍卫无意中发现了他们的密谋行动，赶到尚书台报信时被周广跟踪砍杀。臣那侍卫用最后的一口气爬着来到尚书台，碰上巡夜的卫尉樊彪，将杨震密谋宫变的消息告诉了樊彪。臣情急之下，命樊彪召集各路大臣速到尚书台商议对策，被杨震手下发现。杨震一看事情败露，即刻让朱冲控制、封锁了整个京城，让羽林军包围并占领了皇宫，然后让袁礼、周广带上叛军，在京城里到处抓捕臣父子，还有跟皇上亲近的大臣。周广手下的一个禁卫兵士得到这一消息，冒死偷跑到尚书台告知臣，臣和儿子樊彪在几个兵士的帮助下，翻越城墙，才逃出城。由于天黑，两人跑散了，臣跑到城外一个客栈偷了一匹马连夜一路飞奔，来给皇上报信。皇上，那杨震一贯善于

伪装,貌似忠臣,实为大奸大恶,早有谋反之心哪!此刻,他们已经占领了皇宫,占领了京城……"

这突如其来的消息让安帝惊呆了,愣怔在那里一句话也说不出来。

樊丰急着去扶他的弟弟。耿宝看着安帝发呆,急忙说:"皇上,应当机立断!"

樊闻说:"皇上怕是进不了洛阳城了。请皇上当机立断,调集兵马,向京城发兵,将叛臣贼子一网打尽,向天下昭示陛下的圣明与威仪。"

耿宝说:"皇上,我马上从城外调兵围城平叛。"

樊闻说:"皇上,只有耿大将军率大军包围洛阳城,剿灭反贼头目杨震,才能夺回京城,夺回皇宫啊!"

朝野皆知,杨震为大汉一代名儒,关西大儒。安帝此时反倒冷静了许多:"两位爱卿,朕总觉得这一切像是做梦一样。朕无论如何不能相信杨太傅会谋反。樊爱卿是不是消息有误啊?"

樊闻一听皇上不肯相信,心里焦急万分,他抹着眼泪说:"皇上,杨震自邓骘一党被铲除之后,一直心怀怨恨,因为当初是邓骘举荐他入朝为官的,他对当今朝廷及皇上一直存有愤恨之心。据有人报,杨震常常一个人跑到邓府旧宅和永安宫旧宫念旧,可以为证。他多次给皇上上书,诋毁皇上,这可是皇上亲眼所见、亲耳所闻。再加上去年底,他的门生荆州刺史王密因携'万言折'宫门上书,被皇上下旨问斩,他多次给皇上上书,皇上不予采纳,因而心生怨恨。他上递辞呈,辞职归乡,被皇上劝回,便更加肆无忌惮,更加狂妄。因此,他趁皇上东巡祭天期间,便生了谋逆之心。"

跟前的樊丰也急了,说:"皇上,奴才多嘴,您忘了圣母给您讲过的前汉昭帝元平元年(前74)的那个教训吗?当年,昭帝病故,昌邑王刘贺即位,刚刚登基不久,就是现在这个杨震的祖先杨敞,当时任丞相,他串通其他人废了昌邑王,而拥立汉宣帝刘询为君。现在,阎皇后和太子都在宫中,而且阎皇后一直对皇上宠爱昭仪娘娘不满,杨震又手握太尉大权,皇上又命他总理朝政,他只要倒向阎后,一声令下,皇上进不了宫,刘氏江山就改朝换代了啊!皇上,该是当机立断的时候了。"

正在这时，樊彪也骑着一匹快马狼狈地跑来。樊闰正要问其故，安帝示意不要问了。樊彪会意地看着父亲点点头，樊闰心里已经清楚，他交代的事已办妥。

这下，樊闰心里更有底了，精神大振："启奏皇上，杨震谋反，罪恶滔天，必诛杀之！"

樊闰、樊丰、耿宝、王圣几人觉得扳倒杨震的时机来了，于是，联手发起反攻，诬陷杨震。王圣趁此煽风点火说："皇上，优柔寡断乃君王之大忌。"

安帝虽然平日不理朝政，但只要一听有人谋反，马上高度紧张、高度重视。因为这是对他皇权的威胁，弄不好就有可能改朝换代，自己将身首异处。

樊丰摸住安帝这一心脉，先发制人，说："杨震谋反之心早已有之。"

安帝说："既然是这样，国舅以为如何是好？"

耿宝说："依臣之见，由皇上事先拟好免去杨震太尉之职的圣旨，臣带兵和圣旨进城见机行事。如果皇宫和洛阳城果真被叛军占领，无法进城，我便带兵征剿。如果能顺利进城，我再看城中迹象，如果发现苗头不对，即刻对杨震宣布圣旨，免杨震太尉之职，并收回太尉印绶，从而稳住皇宫和京城局势。"

樊闰说："不行，不行，必须将其一党抓捕入狱，打入天牢，再行问罪。"

安帝天性懦弱，优柔寡断，说："打入大牢，恐怕证据不足，先免太尉一职。就依国舅所言，见机行事。"

樊闰诬陷杨震说："陛下，杨震一直跟随邓后，眼中就没有陛下，由此可见他的不忠；整肃朝政那年，他的老母去世，按说他应该在老家守孝三年，可是，他怕他刚刚获升的大司徒一职大权旁落，于是，让自己的弟弟为母亲守孝，而他却赶回朝廷揽权，由此可见他的不孝。为此，微臣认为，杨震是个不忠不孝之人，像这不忠不孝的人，怎就不能做出谋逆之事？"

自荆州起，樊闰一直认为，杨震是他的克星，是他通往权力道路上的绊脚石、拦路虎，他多次设陷阱要将杨震扳倒，都由于皇上的软弱和袒护，让杨震至今还留在朝廷。可是，这次天赐良机，他再也不能错过了。

樊闰赶紧乞求："陛下，此事关系江山社稷，对杨震一党，如皇上不能当

机立断,斩草除根,则后患无穷,悔之晚矣!"

接着,樊闰借口张衡看天象,发现"星变逆行",预测人臣有悖逆行为之类的"突异之兆",罗织莫须有罪名,弹劾杨震为臣不忠,罔上不道,请安帝将杨震免职下狱,严加处置。安帝还是不相信太傅会悖逆自己,一时沉默不语。

樊丰给耿宝使了个眼色,耿宝赶紧帮腔说:"皇上,如今连杨震的好友、被逐的太史张衡观看天象时,都发现'星变逆行',肯定杨震有悖逆行为,皇上还有什么好犹豫的?皇上万万不可再心软,犹豫不决,以致酿成后患。"

樊丰先是"扑通"跪下,接着耿宝也"扑通"跪下,樊闰等人也纷纷下跪。樊闰道:"陛下,当断不断,必有后患。请陛下速速决策,速速下旨。如果陛下再不下旨,臣宁愿辞职,也不愿在这样的朝廷担惊受怕。"

最终,安帝的沉默,经不住王圣的蛊惑以及樊闰、樊丰、耿宝三人的纷纷跪地请旨,他在犹豫不决及无奈之中,勉强同意。

要说,安帝对"杨震谋逆"一事还是半信半疑,可是,当他想到杨震这些年一直揪住"邓骘谋逆"一案是冤案,又处处为邓氏家族说话,心就一横,决定借机免去杨震太尉一职。按说"谋逆罪"是要灭族的,但安帝又不忍心痛下杀手,于是,安帝叹了一口气说:"好吧,就依几位爱卿之意执行。"他让樊丰拟旨:

"朕念你是当朝大儒,官居高位,辅佐朝政,又是朕的帝师太傅,一直很敬重你。朕还放心地把朝政大事托你总理,想不到你竟然死死追随邓氏,借朕东巡之机,心怀谋逆,令朕痛心。要知今日,当初就不应该把你请回。朕念你现任太傅之职,是朕的老师,不忍心交廷尉府依法去办,也不忍心按大汉三公获罪'策书'去办,特命你上交太尉印绶,免职罢归。"

耿宝听后大吃一惊,当即撩起袍角跪拜于地说:"皇上,臣以为万万不可。杨震免死必生大患,杨震推行'以考带察'十多年,这些被录用的官员遍布朝野,他们都是杨震的心腹。"

樊闰听后,跪地大喊:"皇上,万万不可!高祖建汉,早有规定,没有皇上的朱批,在京城擅自调动军队,是满门抄斩的大罪啊!皇上怎么只给杨震免职罢归处置？"

这时，袁贵与大儿子袁飞接驾刚刚赶到跟前，听到说杨震谋逆，根本不信。

袁贵不仅与杨震是儿女亲家，而且自杨震入朝以来，一直钦敬亲家公的正直人品和儒学学识。他听了安帝的这份诏书，很为亲家公感到不平，当即跪拜劝安帝慎重从事，他说："启奏陛下，微臣斗胆进言，自古师如父母，尊师敬师从三皇五帝开始，就是吾华夏民族的一大美德，杨大人的人品学识举国皆知，这次皇城戒严，臣不知详情，估计事出有因。况且，'杨震谋逆'，臣根本不信。如果有人上奏'杨震谋逆'，臣以为还有待于进一步查实。臣以为，给杨太尉处分过重，期望陛下宽大仁爱为怀，不说报答恩师，算是对得起自己的良心。否则，臣将长跪不起！"

跪在一旁的袁飞也赶紧奏道："请陛下采纳家父进言！"

安帝一看袁贵父子这样的态度，又有些动摇。沉思片刻，最终，看在袁贵父子俩都曾为江山稳固而驰骋疆场的分上，只好改变诏书，说道："奏可。"算是给了袁贵父子俩一个面子，让樊丰重新拟旨。

天破晓之后，皇宫内外依然没有看到樊闰父子的影子。

这一夜，杨震调兵遣将，抓奸佞，保皇后，护太子，精神高度集中，这会儿已略感疲劳。一直未见到樊闰父子的踪影，让杨震十分纳闷。这时，他才想到小宦官永信的禀报、张衡的观测会不会有误。

朱冲也不解地说："太奇怪了，京城四门、高大城墙内外都围得严严实实，他们插翅都难以飞出城啊，为何就找不到他们父子的踪影呢？"

几个人正在判断着樊闰的下落，突然听到太尉府门外传来杂乱的马蹄声和脚步声。朱冲反应敏捷，连忙把杨震挡在身后，还没等看清楚是怎么回事，就听到一声喊："圣旨到！杨震接旨！"

杨震几人从大堂匆匆赶到府院里，只见大将军耿宝已经站在院子中央，周围是四五十个身穿盔甲的羽林侍卫。杨震几人一看情形不对，赶紧跪下听旨。

耿宝展开圣旨大声宣读："奉天承运皇帝，诏曰：太尉杨震，在朕东巡

二十八　身陷牢狱

祭天期间,总理朝政,主政失职,致使朝政内乱,特免去杨震太尉一职。钦此!"

杨震听罢圣旨,气得脸色发白,抬起头吃惊地看着耿宝,一下愣怔在那里。

当他缓过神来,心中不觉大惊,连说:"糟糕!"他已经猜到了密奏和伪造的圣旨被截,不由得重重"唉"了一声,对自己的疏忽大意追悔莫及。想不到樊闰暗设埋伏,截走罪证。这下,没有了证据,他拿什么去弹劾樊闰?樊闰狗急跳墙,反咬一口,让杨震始料不及。看来,樊闰谋逆没有假。是啊,看来樊闰父子是逃出城了。可是,他们是什么时候、怎么逃出去的呢?一连串疑问在杨震的脑海里翻腾,让他苦思冥想,不得其解。

这时,朱冲、高舒、虞放也都赶了过来,得知情况,感觉事情已经变得更为复杂了。朱冲一听立刻大喊:"这是诬陷!这是诬陷!"

耿宝说:"朱将军勿冲动。杨大人,还是接旨吧!"

杨震这才回过神来,慌忙接旨:"谢皇上隆恩!"

满脸络腮胡的朱冲愤怒地冲上去,被杨震挡住。杨震虽然很生气,但很镇静地站起身来,不得不取下身上的太尉紫金印绶,摘掉头上的太尉三梁冠,递与耿宝。

朱冲几人眼看着耿宝拿走太尉印绶,一下子急红了眼。

耿宝带着一行人,返回城外十里的安帝的车辇前,奏道:"启禀皇上,司空樊大人所奏属实,京城被朱冲控制,皇宫被袁礼控制,羽林军大牢关押着司空府、尚书台、廷尉府不少被樊大人召来商议大事的官员,这一切均为杨震所为,这纯系谋逆行为。臣奉圣上旨意,现已将杨震免职,太尉印绶收回。京城、皇宫正被臣派兵接管。"

其实,耿宝根本没有按他事前给安帝说的到城内见机行事,而是进城后,直接找到太尉府,先向杨震宣旨,然后,才到宫内转了一圈。

这时,只见袁贵、袁飞父子重重"唉"了一声。

惊魂未定的安帝并没有立即回宫,而是在京城内的太学院停留了三日。原来,樊闰对安帝说,鉴于情况特殊,让安帝先到太学院歇息,等平息了叛乱,再行回宫。这时，安帝惊魂稍定，在宫内报知确实安然的情况下，才在袁贵、袁飞的护卫下，小心谨慎地入了宫。

安帝看着失而复得的皇宫，心情极为复杂。没想到东巡月余，差点儿丢了皇位，想想真让他后怕。好在他的皇宫还在，皇位还在，安帝悬着的心这才放下。

翌日早朝，安帝一上朝堂，就看见袁贵、陈忠等几位老臣跪在殿下，齐呼：

"启禀陛下，杨太尉在朝二十年，清廉正直、忠君爱民、光明磊落，为政一丝不苟，人品德才，令天下人敬佩，更有先太后授予的'大汉第一清官'的金匾。杨太尉所言所行众人皆知，堪称我朝一代栋梁。如今，说杨大人谋反，人心难服。老臣等恳请陛下，万万不可让忠臣蒙冤哪！"

原来，安帝东巡归来，听了耿宝到京城内查看情况的奏报，在半信半疑中，按照耿宝已宣的圣旨"免去杨震太尉之职，居家反省"执行。杨震居家反省不到半天，耿宝在樊闰的唆使下，不断到宫中觐见、请旨，说皇上下旨"免去杨震太尉之职，居家反省"，但是，杨震不服，这明明是犯了"大臣不服处置之罪"。安帝招不住耿宝的不断觐见请旨，不得不接受耿宝的意见，最终将杨震押入大牢，在狱中反省。

安帝几天几夜一直没有休息好，一脸的疲惫。他看着众大臣，有气无力地说：

"袁爱卿，你对朕的赤胆忠心令朕感动，但是，杨太傅所为却令朕痛心。他不仅是太后为朕钦定的太傅，也是朕的托孤之臣啊，无论如何他不该步邓国舅的后尘。因此，不是朕不听袁爱卿等众位爱卿的进言，朕失望至极，心痛至极啊！袁爱卿不要再为他说情了！"

袁贵说："臣以为，杨大人忠君爱民有目共睹。杨太尉既是三公之首的朝廷重臣，也是皇上的太傅，此案事关重大，必须由皇上亲自主审。"

文武大臣们全都纷纷跪下请求："臣恭请陛下亲自主审！恭请陛下明鉴！"

这时，樊闰忽地站出来大声喊："陛下，杨震谋逆，证据确凿，应该问斩！"

安帝瞪了樊闰一眼:"杨太尉乃朕的太傅、帝师。"

樊闰急了,说:"陛下,王子犯法与庶民同罪,况且……"

安帝:"好了!师如父,杀师如同弑父,恐遭天下唾骂,天理难容。你想让朕成为不仁不孝之人,遗臭万年吗?"

樊丰一看皇上不愿诛杀杨震,心里就急了,赶紧给耿宝递个眼色。耿宝上前一步说:"皇上重情重义令人敬佩。皇上念及与杨太傅之情不忍问斩也在情理之中。可是,皇上,杨震常常借口诵屈原那个什么《离骚》,把自己比作屈原,把皇上比作昏庸的楚王,抒发对皇上您的不满。还有,毕竟杨震所犯谋反之罪乃死罪,若免予追究则难以服众。臣以为,皇上可判其终身监禁,留着杨震一条老命,一来可慰藉皇上内心,二来也给朝臣们有个交代。"

安帝沉思许久,抬起头说道:"既然已把太傅押入大牢思过,先这样吧!"

"皇上,还有杨震的那三个儿子如何处置?"樊闰紧追不放。

安帝头也不抬,懒懒地说:"发配做邮差、苦役去吧!"

耿宝又接着说:"皇上,这次樊大人冒死报信,保护皇上有功,理应奖赏。"

安帝看了樊闰一眼:"就依耿国舅所言,樊闰护国有功,封樊爱卿为太尉。另外,擢升樊丰为司空。"

兄弟俩一听,激动得伏在地上,连忙磕头谢恩:"谢皇上隆恩!吾皇万岁,万岁,万万岁!"

而堂下文武大臣皆惊。翻遍大汉三百多年历史,宦官位列三公是绝无仅有的。这下,耿宝也不高兴了,几年前,铲除邓氏外戚集团,他虽然接任大将军,但没有进入三公。这次,扳倒杨震,他也功不可没,可是,樊闰接替杨震当了首辅,安帝却没有让自己进入三公,而让一个宦官樊丰进入了三公,自己仍然是大将军。

安帝摆摆手:"好了,以后谁也不要再提这件事了,退朝!"说完,垂头丧气地转身走了。

杨震被免去太尉之职后,樊闰升为太尉,消息传开,京城一片哗然。

620

但是,樊闳则是一脸的得意悠闲,不是邀上耿宝几人在樊府喝酒、聊天、下围棋,就是邀上谢恽、江京等追随者到城南洛河边谈天说地、高谈阔论。

这天,他把耿宝、王圣、江京、谢恽邀到他的樊府,设酒款待,弹冠相庆。樊闳说:"杨夫子标榜自己一身正气,洁身自好,又被邓婆子树为'四知清官'、百官楷模、大汉大儒,可是,依照他的祖师爷、前汉的大儒董仲舒的'春秋决狱'来对照,他在荆州,不顾'男女授受不亲',几次夜间潜入王灵母女孤女寡母的裁缝铺,与这对风流母女纠缠不清,他就是一个道貌岸然的伪君子,就凭这一点,早就应该受到刑责。"

其他人一片赞呼。

廷尉府大牢里,杨震成为阶下囚。

安帝东巡归来,给杨震下的第一道圣旨是"总理朝政失职,致使朝政内乱,免去太尉一职",第二道圣旨更是成了"疑有谋逆行为,打入廷尉府大牢反省"。

原来,耿宝奉命收回杨震所带的太尉印绶,违背律法,没有"上请"安帝,还假传圣旨,将杨震关入大牢。安帝知道后,却也默许了。

杨震被打入狱中那天,悲愤交加,在狱中几次呕血而倒。一夜之间,杨震白发苍苍。他整日坐在牢中地上铺的干草上,闭目沉思,一言不发。

牢房是半地下室,顶端开了一个铁栅栏小窗,四壁由石块砌成,潮湿阴暗的地面一角,铺着一层发霉的稻草,那是睡觉的地方。杨震此刻穿着胸前和后背都有"囚"字的囚服,坐在稻草上沉思。

想当初,他在泉湖学馆潜心读经教书,领着无数学子,日出晨读、夕下习字;在渭河岸边那几亩田地上,日出而作、日落而息,粗茶淡饭,边耕边读。杨震真想回去再过那样的日子。可是,他人功成名就,衣锦还乡,荣耀故里,而自己却背着谋反的罪名被罢了官,身陷牢狱,自己有何颜面再见潼关的父老乡亲?有何颜面再站在泉湖学馆的讲台上为弟子讲学?从今往后,自己再也看不到黄河边上的日出日落,再也听不到泉湖学馆里的琅琅读书声了。这把老骨头也将要身首异处,葬在异地他乡了。

二十八 身陷牢狱

此时,杨震心里十分悲哀。不是哀叹自己丢了官职,而是哀叹自己无能:带累了王灵母女,还迟迟未能抓到凶手,至今让那一对母女的冤魂得不到安息;明明知道大将军邓骘含冤而死,却找不到证据为大将军昭雪;牵连王密葬送了性命,自己却只能眼睁睁地看着王密血洒刑场而束手无策。蔡伦、张衡、许慎一个个离他而去,他却保护不了。杨震想到这些,心揪着痛,他真想杀光那些蛊惑皇上的奸佞,与他们同归于尽。

可是,谁为王灵母女一家鸣冤?谁为邓骘和王密昭雪?杨震感到自己背了一身的债,这些债压在他的心头,让他窒息。

他悔恨自己的疏忽大意,错失了铲除奸佞小人的绝好时机,反而陷自己于被动,让小人得了志。他懊恼、悔恨、愤懑、痛苦、失望,这些情绪日夜纠缠着他,让他陷入绝望,几近崩溃。

杨震靠着从小到大博览群书读到的经史,被"修齐治平"儒家思想所滋养,逐渐成为大汉名震一方的大儒。面对人们一再喊着"大汉完了,大汉完了"的局势,他不愿意看到大汉到日暮途穷的地步,他决定与杨伦、虞放、高舒、朱冲等人一起挽狂澜于既倒,扶大厦之将倾。

太后去世后,奸佞纷纷而动,横行朝堂,祸害国家,杨震与奸佞殊死斗争,为此,他的政敌遍布朝野。

杨震日夜在反思着。

二十九　民变战事纷纷起

杨震还不知道，邓太后死后，奸佞们唆使安帝报复性大清洗的名册中，除了杨震，还有一个人——太傅班昭。因为，在刘祜看来，太后迟迟不交政，坏主意一定是她那个太傅班昭出的。但由于班昭已死，刘祜这次不但未涉及死后之名，连家族也未受牵连。这让人不能不想起若干年前班昭的那位祖姑母、成帝的皇妃班婕妤，觉得班家女子似乎有一种很奇怪的天赋，使得她们能够在各种政治凶险的风浪中心游走自如，轻易脱身而毫发无损。

虞放日夜守候在杨震所处的牢房外，他要设法保护杨震在狱中的安全。他常常为那年没有保护好邓骘大将军而痛苦万分。

杨震身陷牢狱，眼前的事就够他忧虑不尽了。另外，他听虞放说，皇上还背着他这个首辅大臣，为樊闰在荆州"张生法场喊冤案"中枉法被惩处军前效力而进行了平反。樊闰让皇上提拔谢恽这个死党做廷尉府主事，专管朝廷及全国刑狱，专门打击杨震等正直人士。樊闰、谢恽又偷偷背着皇上，抛开了荆州三级地方衙门，秘密逮捕了儒生张生，在索县县城外就地斩首。

杨震被罢官入狱，消息传出，震动洛阳。之后不久，在洛阳大街小巷纷纷传扬着一个小道消息："皇上昏庸到这地步，这个汉朝确实快完了！"

邓太后时期，大汉兴旺发达，百废俱兴，风调雨顺，四海升平。

到安帝时期，特别是安帝采纳樊丰的"重徭厚赋"主张后，大汉一百零四郡国中，有四十六个郡国相继发生了旱灾、蝗灾、水灾，受灾者多达十五万户，以荆州武陵、青州东莱、司州弘农灾情最为严重，特别是京城洛阳又发生了地震。灾民们饥寒交迫，流离失所。但是，地方官吏、地主豪强对百姓的压迫剥削有增无减，于是，连同杨震的离朝，在南方的武陵、西凉的北地又引发了新的政治矛盾。另外，西南的越族也开始造反，东北的鲜卑族也屡屡进犯，大汉南北烽烟再起，社会问题日益严重。

自邓太后去世后，边患一直未断，各地纷纷报送战情也从未间断。

永宁二年（121），邓太后去世，大汉不再安宁。虽然安帝将年号随即改为"建光"，但是，四月，鲜卑就开始寇掠辽东，辽东太守蔡讽出兵伐鲜，不幸阵亡；九月，鲜卑再次寇掠居庸关，云中太守成严出兵伐鲜，又不幸阵亡；十月，鲜卑围乌桓校尉于马城，度辽将军耿夔去援救，遭遇伏击；十一月，护羌校尉马贤讨伐西羌于金城，出师不利。

第二年，安帝又将年号"建光"改为"延光"以示将"延续他的光耀"，他未曾想到，大汉从此陷入了多灾多难时期。西羌王滇零死后，其子零昌即位，他认为，大汉朝廷出尔反尔，邓太后当着全天下人答应了五年免缴赋税，可是，太后去世后，大汉朝廷强行追缴赋税。于是，零昌与上郡胡人联合反汉，攻掠谷罗城，杨震命度辽将军耿夔率诸郡兵及乌桓骑兵征讨，收效甚微。同时，鲜卑也屡屡进犯。过去，鲜卑多次寇掠东北边疆，上一任度辽将军邓遵率南单于多次打败他们。自从度辽将军邓遵因"邓骘谋逆案"被逼迫自杀之后，鲜卑多次寇掠东北边疆，新任度辽将军耿夔兵少将寡，粮饷供给不足，顾此失彼，致使鲜卑进扰雁门、定襄，攻掠太原，杀害百姓。

延光二年（123）正月，蜀郡汉源蛮夷反汉，攻零关，杀死地方长吏。汉益州刺史张乔与西部都尉出兵征讨平之，并分置蜀郡属国都尉。

延光三年（124）五月，南匈奴左日逐王反叛，杨震派匈奴中郎将马翼出兵征讨。同年，鲜卑多次寇掠边郡，度辽将军耿夔与温禺鞬王呼尤徽率重新附汉的匈奴降者连年出塞进攻鲜卑。因征发频繁，使新降匈奴的大人阿族等人反叛出逃，中郎将马翼率胡骑追击。同年六月，鲜卑寇掠玄菟郡。七月，鲜卑又寇掠山西高柳。

兵曹尚书袁飞把各地送达的奏章呈送尚书台，作为尚书令的樊閈，把这一切皆压着不报安帝。袁飞就将手下抄写的另一份，呈送给太尉杨震，杨震心急

如焚,急于呈安帝御览。安帝连看都不看,只简要问了下内容,然后说,命尚书令樊闰和耿宝将军处理。如此等等。

四方边境频频告急,安帝仍不理朝政,先是追尊父亲皇考清河孝王为孝德王,母亲皇妣左氏为孝德皇后,祖母祖妣宋贵人为敬隐皇后,接着,尊孝德皇元妃耿氏为甘陵大贵人。

之后,安帝沉迷女色,修道入魔,对奸佞纵容不束。

延光三年(124)六月,安帝封乳母之女伯荣为圣女、昭仪娘娘,封乳母王圣为野王君。母女两人从此更加肆无忌惮,横行霸道。安帝的父亲清河王葬在河北邢台清河县南部的甘陵,所以,安帝数次遣黄门常侍及昭仪伯荣往来甘陵。伯荣出行到甘陵,沿途前呼后拥,征发百姓筑路,修缮驿站,役夫动辄数以万计。州郡县官员夹道欢迎,刺史、太守、王侯和地方官员迎着她的车子叩首行礼。光赠送给伯荣仆役的丝帛,每人都达数百匹。

伯荣四处威风,令朝野不满,杨震曾上书,希望皇帝加以追问"伯荣之威,重于陛下",安帝并不理会,如此一来,皇权都掌握在皇妃手中。朝中"清流"集团与奸佞的矛盾日益尖锐,各地百姓的疾苦也更加显现。

天灾人祸,使积累了多年的民怨终于如火山爆发一样,首先在荆州爆发了。

王密死后,荆州多发水灾,民不聊生。这年,荆州再遭水灾,稻米颗粒无收。

一早,武陵郡府的大门外,已经胡须一大把的江沅亭亭长羊孙和江边村村长陈汤领着数千人聚集在这里。太守听闻,带着郡丞天刚亮就从后墙翻墙逃走了,府衙内只剩下几个衙役值守,乡民们跟着羊孙、陈汤无阻无拦进了郡府大门。

几天来,羊孙、陈汤带领民众数千人,先是冲进县衙,要求赈济,减免赋税,县令因为找上司太守得不到答复,民众又闹得凶,吓得逃跑了。羊孙、陈汤无奈,又找到武陵郡府衙,要求尽快赈济灾民,减免三年赋税。郡府太守找州府,由于刺史王密被处斩之后,朝廷虽然任命了樊家班的樊戴接任,但他一直没有到任，州府无人做主，民众闹得不行，武陵郡太守只得逃跑。因此，从索县到武陵郡府，再到荆州府，一片混乱。

这时，羊孙、陈汤坐在府衙大堂之上，衙役吓得躲在一旁一句话也不敢说。

羊孙站起身来说："乡亲们，当年杨大人在荆州的时候，亲民爱民，一心为民，处处为咱乡民们着想，赈灾救民，惩治贪官，开仓放粮，帮助咱们治理水灾，减免赋税，咱们的日子一天比一天好。杨大人真是为民办实事的青天大老爷。"

陈汤也站起来激动地说："对，还有咱们索县的王大人，当县令、当太守、当刺史，跟杨青天一样，心里总想着咱荆州的百姓，为了给咱们减轻赋税，携'万言折'宫门上书，把命都搭上了。再看看这些狗官，荆州不少县闹水灾，他们不管不问，还要加征赋税，根本不顾百姓的死活。"

人群中有人大声说："听说朝廷现在由樊闰那个狗官控制着，这家伙在荆州的时候就贪图贿赂、贪赃枉法，现在在朝廷做太尉，更是贪得无厌。听说各地的官员把搜刮百姓的钱财都给他进贡了。"

还有一人笑着喊道："哎！羊亭长、陈村长，听说樊闰与你们俩还是酒肉朋友哩，那你俩快快进京找找你们这位朋友，给咱荆州百姓把赋税免了呗！"

众人一听都哈哈大笑起来。

羊孙朝那人笑骂了一句："去你的！那都是老皇历了，现在我们俩也看清了，樊闰这家伙就是个小人，他父子野心忒大，说不定还想当皇上哩！"

有乡民说："让他们当皇上？那还不如让你俩谁当皇上呢。你俩做了皇上，准能跟杨大人一样，也是个青天大老爷呢！那个高祖刘邦当年也是当亭长，后来不是几下子就当了皇上？"

有人赞同地附和着说："对对对！两位老兄，听说几年前，西羌的滇零带领羌民起义，烧了官府，杀了益州刺史，朝廷害怕，太后就下令给滇零封了个北地王，以后北地郡改为北地国，由羌族人自治。我看二位何不趁此机会，也举旗一反，要求朝廷给你们一人封荆州刺史，一人封武陵太守，让我们也自治？你们肯定会为咱荆人说话的。"

那人话音刚落,人们就齐声高呼:"说得对,我们拥护!拥护!拥护!"

羊孙赶紧制止:"现在先不说这个,咱们先要求朝廷尽快赈灾放粮。"

陈汤也说:"乡亲们,羊亭长说得对,咱们现在先要求朝廷赈灾放粮,减免赋税,他们再不答应,本村长和羊亭长就去联合居住在巴郡和南郡一带的巴人,以及居住在嘉陵江流域的巴人,加上咱们武陵,再把反对他们的几十万汉人联合起来,到洛阳进宫找皇上说理去!"

"好!""好!""好!"乡民们纷纷响应。

但是,百姓们的要求没有得到任何回应,于是,羊孙、陈汤带着数万民众,拿着锄头、镢头、铁锹等农具,烧官寺、围州城、占领州郡府衙。他们冲进官府,见人就杀,见房就烧,一时间,荆州府衙和武陵郡府烟火冲天,尸横遍野,血流成河。

早晨,新任太尉樊闰起来后,照例束起他那头苍发,套上宽松的白绸武功服,来到后花园打了几路拳,又舞了一阵子剑,才走进房间,开始批阅朝臣和各郡国报上来的奏章。上百卷的奏章,他不请示皇上,完全由自己做主。他不怕朝臣们说他刚愎自用,独断专行。他认为,他不刚愎自用,独断专行,就会被杨震一党打入牢狱。

樊闰位居三公之首,理应辅佐安帝,及时处理内外政务、朝廷要事,批阅奏章。可是,樊闰由于学识浅薄,加之心浮气躁的性情,只会饮酒作乐,根本坐不下来,他便指示尚书台挑拣着阅览,然后报与兄长樊丰处理,其余的奏章就扔在那里。时间一长,奏章堆得像山一样高,没人问,也没人管。

铲除了心头大患杨震,樊闰获封首辅大臣,樊丰升任尚方令。樊丰心满意足,他不仅攀升到了蔡伦当年取得的宦官中的最高职务,而且达到了一般豪门都难以企及的司空之职。兄弟俩要使樊家成为大汉第一名门望族。

抑制不住内心的兴奋,樊闰召集了耿宝、谢恽、江京,以及被新封赏的樊要、樊堤、樊戴等樊家班子的成员,聚集在樊府举樽庆贺。樊家班都已上任,唯独樊戴因惧怕蛮人一直不敢到荆州赴任。

如今,樊闰大权独揽,恣意行事,朝廷不少官员对他是趋之若鹜。

耿宝端起酒樽畅饮一口："各位大人，我们虽然将杨震赶出了朝廷，关入了大牢，但是，杨震还没有被处死，他的同党杨伦、虞放、高舒、朱冲等人还在朝廷，我们绝不可以掉以轻心啊！"

樊闻不以为然地说："大将军不必担忧，杨震一党很快就会树倒猢狲散。我们既然能将杨震赶出朝廷，那几个小小同党又算得了什么？干干干！"

饮酒同庆，畅饮半天。不到十个人，喝了几十坛酒。

送走了几个同党，樊闻半醉半醒地对儿子说："彪儿，铲除了杨夫子这个心头大患，也解了我们父子二十年的心头之恨。现在已经没有拦路虎，大半天下都是我们的了，后面，咱们该放开手脚干我们自己的事了。"

樊彪高兴得直点头，凑到樊闻跟前说："父亲，下一步咋办？该在洛阳城外建造咱那官邸了吧？"

樊闻摇摇头，故作深沉地说："不，父亲已有了更为宏大的目标，打算在洛阳城东咱们踏勘的那地方，建造一个咱们的私人宫苑，方圆百里，气势宏伟。"

樊彪一听父亲要建私人宫苑，惊喜地张大了嘴。

樊闻接着说："宫苑里边再建造两座豪华的宫殿。这座宫殿要比长乐宫和南宫更为宏伟壮观、气势浩大。这两座宫殿，一座给父亲，一座给我儿。"

樊彪好像明白了什么："父亲，你是不是要……"

樊闻赶忙捂住樊彪的嘴，悄声说："先准备好。给父亲的那座就是皇宫，给我儿的那座就是太子东宫。一旦机会成熟，废了刘祜那个长不大的皇上，一把火把长乐宫、南宫、甘露宫和刘保的东宫都烧了，留下一处永安宫，把刘祜贬为庶民守在那里，也算有个地方住。"

樊彪愁眉苦脸地说："父亲，还有一事，你看儿臣已经年近四十，如今还是单身一人……"

樊闻拍拍樊彪的肩膀："父亲也着急，正在为你想着哩！你想，我们那么大的基业，总不能断子绝孙，后继无人吧？等宫苑建好以后，父亲打算再从民间广选美女三千作为嫔妃，到时有你挑的。"

樊彪说："父亲，儿臣看上的女人是伯荣，却让刘祜这个狗皇上霸占了。"

儿臣今生谁也不要，就要伯荣！"

樊闻嗔怪地说："欸，选下的那么多美女你先享用着，等把刘祜的皇位废了，再把伯荣抢夺回来不就得了？现在还有大事需要你干，不能跌在伯荣这个女人裙下。彪儿，咱既然要做，就要做一番惊天动地的大事。"

樊彪说："不就是废除刘祜，改朝换代吗？还惊天动地，故弄玄虚！"

樊闻不高兴了，压低声音说："这还不惊天动地？不说了，先建好宫苑，这项工程就由你监造，我已命禁卫军让那个风水宝地周围的乡民都搬离了。"

樊彪瞪大眼睛说："那这么浩大的工程，父亲是咋计划的？"

樊闻说："调发民夫十万，半年时间建造成。那个大司农杨伦，皇上已把他降为部丞，他再不听话，就免了他，由江大人接替。上次建造南宫和建造别宫、野王君宫剩下的那些上等的木料、石料全部运走，给咱们修造宫苑还差得远哩，其余的大部分我想办法从国库调。"

樊彪问："父亲，那不怕皇上知道？"

樊闻说："怎么能不怕？不过，皇上现在有你伯父给指点的道儿，悟道哩，有伯荣日夜侍寝哩，有那新选的三千宫女供他花天酒地、沉溺女色哩，他顾不到这些。而且他长久不用上朝，朝里的大小事情由父亲这个一人之下万人之上的首辅大臣说了算。另外，让江勇协助你修造工程，主要防止当地的刁民。等工程完毕，让他去雍营与阎国舅镇守西北边关，那里也得有咱们的人。还有，彪儿，当务之急还要继续清洗杨震一党，扩大我们的势力。杨震虽然被免了，但还没永绝后患。杨震虽然关在大牢，但朝中反对我们的人还不少。你要把你们那帮富家子弟召集起来，笼络在你周围，习武练剑，到时候会派上用场的。"

樊彪说："父亲，你说的孩儿都记住了。父亲，还有一件事，就是谢大人让孩儿告诉父亲，说杨伦、高舒、朱冲一伙几次到大牢要探望杨震。"

樊闻说："是吗？让他给我多盯着点儿。"

樊闻给儿子交代后，第二天，他精心挑选了三个亲信、死党，召集到太尉府密谋迫害杨震的毒计。这三个人是耿宝、江京、谢恽，三人都与杨震有过过节。不久，三人在樊闻的授意下，密谋了一道新的奏章，由三人分别将奏章亲自递交到安帝手中。这份千古奇闻的奏章成为再一次将杨震击垮的雷电。

奏章中罗列了杨震五大罪状，分别是：不敬于君，不忠于汉，诋毁朝廷，结党营私，阴谋篡逆。另外，说杨震满嘴的儒家学说，实际上是一个道貌岸然的伪君子，二十年前荆州发生的"连环奸杀母女案"，杨震脱不了干系。

三人请求皇上将杨震治以死罪，并彻底清除杨震在朝中的党羽。

安帝看过奏章后，沉默良久，最后说，杨震死罪之事，待他思虑后再说。

樊闰一看皇上的态度，就知道自己没有达到目的。他知道，他要想实现那个野心，杨震不死必有后患。樊闰心不死，找来谢恽商量，看能不能使杨震毙于狱中。谢恽说不好办，杨震那个学生虞放日夜都在狱中转悠。樊闰说，他想办法把虞放调走。谢恽说虞放在廷尉府这么多年，朋党不少；再说，杨震一旦在狱中毙命，不说杨震的几个学生要把朝廷闹翻，就是作为亲家的袁家父子他也饶不了他谢恽。

樊闰让谢恽另想办法。于是，三人很快将杨震的五大罪状及与王灵母女有私情之事，广为散说，杨震亦得知此事。然而，经受着樊闰一党一浪高过一浪的诋毁和陷害的杨震没有垮，而是以超常的智慧和意志力坚守着。

了解杨震人品的官员和百姓此时都纷纷站出来，为杨震鸣不平。

这时，就在廷尉府大牢，杨伦几人正在探望杨震。

在汉朝，廷尉不仅负责审判，还管理监狱，又称廷尉狱。原来，将杨震打入大牢以后，廷尉谢恽秉承樊闰之意，下令监狱，说杨震是钦犯，没有他的手令，任何人不得探监。没想到袁礼跪求安帝，说杨太傅长期为国操劳，身体不好，请求皇上允许亲属及朝廷重臣探狱，以显皇上的仁政盛德，就这样从皇上那里讨来手谕，使得柳氏及杨伦等人得以出入监狱探望。

杨震入狱后，先是杨妻柳氏带几个孩子探望。后来老将军袁贵和儿子袁礼也来探望，但是，狱卒还说"没有樊大人手谕皆不能探望"，袁礼大怒，训斥了狱卒一顿，进入牢中探望。谢恽知道后，也无可奈何。后来，杨伦、高舒、朱冲也来探望，同样受到狱卒阻挠，被虞放训斥了一顿，领着三人探望了杨

震。正好杨妻也在这里。

杨震被罢官入狱，杨伦几人眼看忠良遭陷害，奸佞逍遥自在，对安帝已经失去了信心，开始悲观消极，不愿再为朝廷卖命。想着恩师一代忠良，却被小人暗算，遭此大难，便一起到狱中探望恩师。牢头开了牢门，杨震拉着他们进来，他们就围着杨震席地而坐。

杨伦几人一个个愤愤不平，替杨震鸣冤叫屈。

高舒说："皇上是叫奸人蒙蔽了眼睛，大汉真的快要完了！"

杨伦说："皇上是忠奸不辨，如果再不清醒，大汉就彻底完了！"

"作为臣子，背后议论皇上是不道德的，不要再说了。"杨震说。

杨伦看着杨震明显消瘦的脸，心疼地说："学生杨伦蛰伏乡间，幸遇恩师的'取士变法'，才有幸为国效力，恩师的提携之恩，学生没齿难忘。但是，恩师遭奸佞陷害，作为学生却无能为力，真是万分惭愧！恩师，还有什么需要我们去做的，您请说。"

杨震说："老夫希望你们一个个都成为一代忠良。眼下，老夫有两桩心愿未了：一是一直没有把'连环奸杀母女案'查个水落石出，让王密白白冤死；一是'邓骘谋逆案'没有查出个结果。老夫的这两桩心事就靠你们了。"

虞放说："恩师，放心！真相总有大白于天下的那一天。"

柳氏插嘴说："为了这两桩案子，你自己受害不说，还要再连累他们。"

杨震看着这些人说："我们这些读书人，当官就是为民做主的，如果不为民做主，我们还不如不读书。我走入仕途，只要能让天下的百姓碗里有饭吃、身上有衣穿，我就不遗憾了。"

虞放说："恩师说得对。樊闰陷害恩师，又把杨伦兄从大司农府贬到礼曹做了个属员。恩师，你离开朝廷后，大臣们对皇上都已经心凉，有二十多个老臣已经借口辞官告老归乡了。唉，说不定哪一天我们也会离开朝廷。"

杨伦说："若我们几人也离开朝廷，一是皇上身边再无人为国操心了，再就是樊闰那伙人更是肆无忌惮了。所以，我们不光不能走，还要完成恩师未竟的事业，为王灵母女申冤，为大将军昭雪，为江山社稷铲除祸国殃民的奸佞！"

二十九 民变战事纷纷起

杨震忧虑地说:"大汉如今是内忧外患,你们四个绝不能走,你们走了,谁来帮皇上?谁来为大汉铲除奸佞?"

柳氏叹口气说:"我算是看清了你们这些读书人的秉性,都啥时候了,连自己的生死都保不住,还想着天下百姓,还想着皇上呢。"

杨震叹了口气说:"我们这些读书人,受儒家文化的思想影响太深,仁爱思想已融入我们的血液。我们生为百姓生,死为百姓死。"

杨伦说:"恩师永远是我们的楷模。"

一直没有说话的朱冲语出惊人:"皇上久不上朝,我们进不了宫,连皇上的面都见不到,怎样为皇上操心?既然皇上已经成了这样的昏君,还不如联合大臣中的正义之士,废了他!"

"对!推翻昏君!"几个人纷纷应和着说。

杨震赶忙用手制止:"万万不可,万万不可!推翻了皇上,谁来做皇上?要改朝换代定会伤亡流血,最后遭殃的必然是老百姓。皇上也是一时受奸佞蒙骗,奸佞不除,国无宁日。我现在虽然入狱,但朝廷还有你们,还有袁郎、周郎啊,如果遇到大事,你们要依靠袁将军父子和陈忠等老臣。我们的目的,就是要想方设法除掉皇上身边祸国殃民的奸佞们。"

杨伦几个人走后,杨震想到一个个老臣被迫辞职归乡,内心更加悲凉。奸佞当道,妖女乱朝,皇上昏庸,内忧外患,杨震为大汉的前途无限担忧。

他在狱中走来走去,口里不停吟诵着:"'进不入以离尤兮''阽余身而危死兮,览余初其犹未悔'……"意思就是:想迈进难以前行反而获罪,即便我面临死亡的危险,我也毫不后悔当初的志向。

柳氏见狱卒送来的饭还放在地上,杨震没有动,她知道老爷茶饭不思,倍加忧心。她坐在杨震身旁的干草上,看着那些已经放凉了的稀饭,想起了被发配劳役的三个儿子。老四让儿好不容易当上洛阳县令,被罚在洛阳城拉大粪;老五奉儿最小,考试取士后,当着京城城门校尉,被罚在京城跑邮差;可怜老三秉儿,才华出众,被太后选定给太子刘保当少傅,深得皇上和皇后的赞赏,如今也遭厄运,在很远的荆州跑邮差。想到这儿,柳氏不禁老泪纵横。

荆州通往索县的驿道上,杨秉身挎邮包,快步奔走着。

杨震被投入大牢之后，樊氏兄弟又将杨震的三个儿子全部发配苦役，把杨秉逐出京城。一个月来，这个给太子当少傅的斯文青年，一夜之间从人生的顶峰跌落到了低谷，让这个两耳不闻窗外事、一心只读圣贤书的年轻人一下子明白了许多世事。

杨秉独自走在乡野小路上，他想，这儿也许是父亲在荆州遍访民间疾苦走过的路。想到这儿，他想起京城牢狱中的父亲和窄巷小院家中的母亲、妻子和儿子，不由得两眼含泪，吟诵着《长歌行》中的诗句："岩岩山上亭，皎皎云间星。远望使心思，游子恋所生。驱车出北门，遥观洛阳城。凯风吹长棘，夭夭枝叶倾。黄鸟飞相追，咬咬弄音声。伫立望西河，泣下沾罗缨。"

尽管是受父亲牵连被发配在这偏远的武陵山区当邮差，可杨秉心里没有对父亲一丝一毫的抱怨。在他的人生中，刚直不阿、清正廉洁、爱国爱民、爱护家人的父亲永远是自己的人生楷模，他从内心敬佩父亲，感激父亲的养育之恩。尽管父亲被小人陷害不幸入狱，可是，在他的心里，父亲永远是大汉的忠臣。

杨秉一边走着，一边想到临走时去狱中探望父亲，父亲的叮嘱又响在耳畔："秉儿，你到荆州，不要忘了到索县城外王灵母女的坟前烧几张纸，告诉她们，你爹一直没有忘记为她们申冤。即便不做官了，爹也会想尽一切办法，让她们的灵魂得到安息。让她们再等等，会有那么一天的。"

杨秉带着父亲画的草图，找到索县城郊野外王灵母女的坟地。走进那乱坟岗，杨秉正准备挨个寻找，忽然，不远处传来一个男人嘤嘤的哭泣声。杨秉望过去，看见一个和尚模样的中年男人在一个坟头前一边烧纸一边哭着。

杨秉见这人上坟不同常人，便觉得好奇，悄悄走到那个男人的背后，仔细看着坟头石头上的字，禁不住脱口而出："王灵？"那个男人正伤心地哭着，忽听背后有人喊王灵的名字，惊了一跳，转过身撒腿就跑。

杨秉一看那男人要跑了，心急地赶紧唤住他："老兄，不用害怕，我也是来给王灵母女上坟的。"

那男人一听，这才站住脚转过身，看看杨秉的穿着是个邮差，不像是衙门的人，手中也的确拿着祭品，便慢慢走了过来。他看上去五十岁左右，一身和尚装扮。

杨秉见那男人也像是良善之人，便说："家父杨震，二十年前在荆州做刺史，晚辈受父亲之托，来给王灵母女、张生父子上坟烧纸。听家父说，王灵家再无亲人，那你是谁？为何也来为她们上坟？"

中年和尚一听来人乃当年荆州的青天杨大人之子，突然跪倒在杨秉面前："我终于盼到杨青天大老爷了！"说着号啕大哭，哭了很久，才止住了哭声。他擦着眼泪，抽泣着对杨秉说出了自己的身世和十多年来的遭遇。

原来，他是王记缝补铺东边杂货铺的掌柜。那年，当樊闰得知邓太后批复廷尉府重审"张生法场喊冤案"，要王家店铺左右邻居杂货铺和布庄两个店铺的主人到京做证，便派手下利用夜间秘密将两家老少九口人拉到野外杀害了，之后丢弃荒野。两家九口人中，八口人不幸死亡，而杂货铺掌柜命大没死，他挖坑掩埋了八个亲人之后，便逃到外地山上一个佛寺隐姓埋名，做了十多年和尚。直到听说张生出狱几年后，又被官府砍头行刑，知道此案以后官府不可能有人再追究，这才怀着忐忑不安的心情回到索县。

这时，杨秉看到，这乱坟岗埋葬着十二个无辜者，有王灵母女，有张生父子，还有杂货铺一家和布庄一家。王灵母女坟头石头上的"王灵母女之墓"是张生出狱后，找石匠凿下的；而张生父子坟头上"张生父子之墓"不知道是哪个好心石匠凿下的。

杨秉说："这些年你真不容易啊！"

这时，杂货铺掌柜又给杨秉说起当年常来王家店铺的一老一少两个人骚扰王灵母女的事，说老的一副商人打扮，少的一副富家子弟模样。

杨秉看着杂货铺掌柜忧伤的眼泪，又同情又感激。这个线索，对父亲太重要了。没想到，无意之间，自己竟然能为这个困扰了父亲二十年的凶杀案做点儿什么，难道是冥冥之中苍天对父亲的帮助吗？如果真的能破解此案，那杨秉就是再辛苦也值得。他看着杂货铺掌柜激动地说："看来你还真是个重情义的人。"

杂货铺掌柜说："都是街坊邻居，谁遇到难，都应该帮忙，何况我们都是遭此生死大难、死过一回的人了。"

杨秉望着坟头上王灵的名字，忽然转过身问："如果再见到骚扰王灵母女的那一老一少，你还认得出来吗？"

杂货铺掌柜咬着牙说："那两个人的样子已经刻在我的脑子里，就是把他们烧成灰我都认得出。再说，杀害我们两家八口人的可能就是这两个人，我活下来，就是要找这两个人，为我们几家报仇！"

"张生法场喊冤案"以及王灵母女的案子，只要有店铺邻居杂货铺掌柜的指认，真相很快就可以大白于天下。

杨秉问："如果找到了那两个人，你敢站出来做证吗？"

杂货铺掌柜大声说："我已经是死过一回的人了，连死都不怕了，还怕站出来做证？我现在只有一个愿望，抓住凶手，将他砍头！这样，我就可以让王灵母女、张生一家和我们两家八口人在九泉之下安息。"

杨秉一拳砸在腿上："好！我就在索县一带跑邮差，一有情况，就来找你。"

那人点点头："我住在荆州城，你若需要，随时可以来找，我定会尽力。"

南宫的大殿里，稀稀拉拉地站着一些百无聊赖的文武官员。二十多个大臣纷纷告老还乡，还有几个因年老多病未来上朝，剩下的这些，一个个没精打采，萎靡不振。

安帝坐在大殿之上，看着下面的公卿百官，刚想发作，突然自己也慵懒了下来。不知道为什么，没有了太后，没有了大将军，没有了杨震的朝堂，显得如此冷冷清清、死气沉沉。再也听不到杨太傅站出来，固执地上奏这个上奏那个，奸佞啊，妖女啊，说得甚是难听，今儿个"臣闻"，明儿个"臣闻"，让他烦心透顶。可是，如今，没有了那个让他烦心的太傅，也听不到让他烦心的声音了，为什么自己的心里非但没有轻松，反而更加空虚、更加不安了呢？没有了杨太傅在朝上，自己连发火的兴致都没有了，更没有当皇上独理朝政的威仪了。

安帝看着站在头排的樊闰低着头，嘴巴一张一合上着奏章："臣樊闰启奏陛下，关中大旱，自今年初春至仲夏，滴雨未降，恰逢黄河干涸，灾情殃及弘农、冯翊、扶风三郡。禾苗枯死，颗粒未收，民生艰苦，灾民总计十万余户。弘农太守移良率众凿井济旱，旱情稍减，至八月，又率三老、绅士及郡属吏员至华山祈雨，七日七夜，诚心感动天地，天赐大雨，关中旱解。臣以为移太守办事得力，诚心可嘉，应大加奖励，并予以擢升。"

樊闰陈词一番之后，顿首等待安帝回复。良久，大殿上寂静无声，他偷偷抬头向上观望，发现安帝正在出神，不知道脑子此刻在想什么。

谢恽发现了樊闰的尴尬，即刻出班跪奏："臣以为移良赈灾有功，忠心可表，应晋升礼曹侍郎，以辅佐议政大事。按例，应赏帛二百匹，赠钱三千。"

安帝打了个愣怔，似乎被谢恽的声音惊动。他看看殿下的大臣们，根本不知道樊闰刚才都说了些什么，似乎是要擢升哪位官员。安帝不知道该如何回复樊闰，只好含糊地说："待朕着人核实后再议吧！"

只见樊闰脸上红一阵白一阵，和谢恽都愣在那里，两个人尴尬地对视着。

散了朝，樊闰回到太尉府，江京跟在樊闰身后进了门，说："樊大人，我儿的事还要你多提携。"

樊闰说："我在心头放着呢，你就不必操心了，我会在适当时机给你一个担当大任的机会。"

江京一听，连忙拱手作揖致谢，心里想着，那夜江勇冒死帮助你父子爬出城墙，你樊闰还真没有忘了江勇的救命之恩呢。这下江勇也会像那樊彪一样，不用参加考试，就能有机会进朝廷做官了。想到这里，江京心里跟吃了蜜一样甜丝丝的。他赶紧讨好地说："下官替犬子多谢大人了。大人刚才在朝上说，尽快催促各地上缴追加的赋税，依下官看不敢再加了吧？往年的赋税都急忙收缴不上来，今年各地仍是受灾，再增加，恐怕更难收缴啊。"

樊闰说："你这个大司农，要设法逼着让地方官想办法，他们有的是办法，就看你逼不逼他们了。记住，只要他们的刺史、太守和县令还想干，就不用担心他们缴不上来。哼，他们缴不上来，自然有人能缴上来。"

江京点头哈腰地说："大人所言极是！不过，凉州北地郡的惨剧不能再重演。那年，就是因为追缴赋税太急，迫使西羌战事再起的。"

樊闻瞥了江京一眼，轻蔑地说："那几个羌贼早就对我大汉俯首称臣，如今他们也只敢叫唤叫唤，你看看他们还有那个胆量吗？"

这时，谢恽匆匆跑进来："太尉大人，尚书台刚刚收到武陵郡太守送来的奏章，奏报南蛮民反，要廷尉府去抓人。依下官之见，应尽快把这些情况禀奏皇上。"

樊闻不动声色地说："压住不报。我作为首辅大臣都不急，你急什么？"

谢恽看了看江京，站在一边没有作声。

正在这时，一个宦官急急来报："樊太尉，青州刺史奏报：青州东莱蝗虫盛行，农田谷禾被蚕食十之八九。蝗虫过处，乌云行天；蝗虫过后，谷禾被食净。其情其景，惨不忍睹。请求朝廷赈……"

樊闻不等他说完就摆摆手说："知道了，放下吧！"

宦官放下奏章退了出去。

江京看了看樊闻，试探着说："大人，东莱蝗灾紧急，怕是要禀报皇……"

樊闻厉声说道："不报！皇上现在是把后宫当作朝廷，把朝廷当作后宫来理呢。"说罢，阴险地笑了。

江京和谢恽先是相互茫然地看了看，似乎明白了，又相互会意地对视着笑了。

待两位离开，樊闻差人传来了樊彪追问自家宫苑建造工程的进展情况。

樊彪这些日子可忙坏了。从大司农府的国库领来的石材和木材建造那么大的皇宫肯定是远远不够，为了设法弄到造宫材料，他想让父亲看看他为儿的本领，樊彪就以父亲太尉的名义差人去往各州郡县衙，明要暗夺，收了不少的贿赂，一下子弥补了造宫的不足。樊闻一听儿子居然还有这等头脑，立刻对樊彪刮目相看。樊彪得到父亲的赞扬，得意扬扬。

樊彪摇头晃脑地说："宫苑建造工程进展顺利，父亲不必操心。儿对那些民夫规定，任何人不许触动苑中一草一木。可是，就有几个民夫不好好干活，追抓一只野兔子。为了给其他民夫看，儿让江勇把那几个民夫抓捕，当众砍了他们的手脚，这下子，那些民夫个个干活卖力，再也没有人偷懒耍滑了。"

樊闻这家伙年轻时做事就凶狠，没想到樊彪这小子做事的凶狠劲更胜老子一筹。樊闰呵呵一笑："我儿好手段,将来必成大事。我们眼下还要着手其他方面的事。宫室修造好以后,还得建一些仓库,计划仓库的大小要能堆积粮食上百万石。另外,宫中还要摆设上等的饰品。"

樊彪说："各地官员给咱家送的就够咱摆设了吧?"

樊闰摇了摇头说："你看看皇上宫殿里的摆设,咱家敢比吗?家里那点儿货根本不够。前几天我已着人从各地搜寻。另外,你要设法让各地的官员都到新宫去拜父亲这个国相,他们自然就知道该怎么做了。"

樊彪敬佩地看着樊闰："爹,这姜还是老的辣啊!"说罢,坏笑着跑走了。

被罢了官的杨震就像一只折了翅膀的老鹰,空有满腔的热血和宏远的志向,只能心怀惆怅仰望着天空,暗地里独自伤感。

杨震入狱后,樊闰还假惺惺地到狱中看望过,他劝杨震："樊某奉劝杨大人与我们和睦相处,共同辅佐皇上。"

杨震以决绝的态度拒绝了同流合污："休想!你滚出去!"

杨震在狱中度过了暗无天日的数天后,要虞放给他从外边弄来蜡烛,又要虞放给他把书房中的《离骚》《论语》《太史公书》《今文尚书》送到狱中,他在幽暗的烛光下一卷一卷地仔细看着。

这天,柳氏又到狱中探望杨震,眼看杨震日渐消瘦,知道他心存怨愤,便心疼地说："老爷心里有怨气就说出来,憋在心里会落下病的。"

杨震深深地叹了口气："信而见疑,忠而被谤,能无怨乎?"

柳氏说："既有怨,我找亲家公袁老将军,求皇上让您告老还乡。"

杨震顺口诵道："古者富贵而名摩灭,不可胜记,唯倜傥非常之人称焉。盖文王拘而演《周易》;仲尼厄而作《春秋》;屈原放逐,乃赋《离骚》;左丘失明,厥有《国语》;孙子膑脚,《兵法》修列;不韦迁蜀,世传《吕览》;韩非囚秦,《说难》《孤愤》;《诗》三百篇,大底圣贤发愤之所为作也……"

柳氏说："老爷,咱们还是回到关西学馆,做老爷所喜爱的事。"

杨震摇摇头："那些人不会让皇上放我们回去的。再说，奸佞不除，老夫怎能安心回乡？老夫要与杨伦他们一同与那些奸佞斗争到底，老夫要看着这些惑乱朝纲的奸佞得到应有的惩罚。否则，老夫死不瞑目！"

柳氏正在劝慰着杨震，看见杨伦几人匆匆来到牢房，知道朝中又有事需要与杨震商议，便赶紧到牢外去。

杨伦见师娘出去，急匆匆地对杨震说："恩师，前几日学生听大司农府的一个衙役说，樊彪拿着太尉府的公文，调走了大司农国库里建造南宫和野王宫时剩下的所有木料和石料，说是给皇上建造行宫。朱弟也派人跟踪了，发现材料都是从东门出城，运到洛阳东边去了。当时，我们三人商议，觉得情况可疑，皇上建造行宫，怎么会离京城如此之近？我们怀疑是樊闰在捣鬼，遂开始暗中调查。现已查明，樊氏父子正在洛阳东约百里处大修宫苑，耗钱上亿，规模空前，气势恢宏，堪比皇宫！"

杨震听闻大吃一惊："老夫凭感觉宫中要出大事了，樊闰是个窃国大盗，樊贼可能要谋反了！"他心急如焚："樊闰这个人在荆州的时候，我早都看透了，野心勃勃，胆大妄为，诡计多端，心狠手辣，关键时，估计皇上也奈何不了他。现在看来，其谋逆之心已昭然若揭。依老夫之见，皇上可能还被蒙在鼓里。看来，这樊贼父子并不满足现有的地位和荣耀，早已觊觎皇位，一旦让他们的阴谋得逞，那我大汉江山的命运将不堪设想啊！"

杨震颤抖着花白的胡子说："樊贼犯下的都是犯上作乱、杀身灭族之罪，我须尽快写一奏章，密奏皇上。"

杨伦四人听了以后，觉得杨震分析得有理，都非常着急。

杨震深思了一会儿："不过这样也好，樊氏父子的谋逆之心终于昭然若揭，正好也为我们提供了证据，现在为大汉铲除奸佞的机会来了。"

朱冲摸摸手中的佩剑，悄声说："我看咱们现在就下手，即刻捉拿樊氏父子。"

杨震摇头说："不行，不行。樊闰现在掌握兵权，身边又有那么多的羽林军卫士，恐怕不好接近。弄不好，让他抓住把柄，连你们也会搭进去了。"

杨伦急切地说："那总不能眼看着樊氏的阴谋得逞吧？"

杨震说:"现在最为重要的,是要想办法将此事密奏皇上。樊闰现在是皇上跟前的第一重臣,没有充分的证据,皇上是不会相信的。"

杨伦摇摇头,为难地说:"皇上被樊丰一伙宦官软禁在宫里,宫中禁卫又是樊彪控制着,周围都是他们的人,别说奏章送不进去,恐怕连蚊子都飞不进去。"

杨震说:"再难也要想办法让皇上知道樊闰一伙的阴谋,这关系到社稷安危。"

高舒说:"对,要是樊氏一伙掌了天下,我们这些人都得人头落地。"

杨震说:"不仅是我们,大汉的百姓更要遭殃啊!你们回去后都想想办法。"

杨伦几人走后,杨震无限担忧,他不止一次担心:"皇上昏庸,奸佞谋逆,这样下去早晚要出大事啊!"

杨震要虞放给他拿笔墨纸砚来。这时柳氏又走进来,见杨震要虞放给他拿笔墨纸砚,就说:"要那做什么?写奏章?都到了这个地步,还写什么?"

杨震说:"虞放,还记得我给你讲过'文死谏,武死战'吗?给你师母说说。"

虞放说:"记得。恩师说过文官要敢于进谏,武将要勇于献身。"

柳氏说:"知道了。"

杨震说:"那你们就什么都别说了,虞放尽快拿笔墨来。老夫只要一天不离开京城,就会力谏皇上,这样才不失大汉子民的本分。"

虞放从廷尉府拿了笔墨木牍和油灯给杨震送来。在狱中,为了杨震的安全,虞放设法买通牢头,嘱其关照恩师。

杨震在昏暗的牢狱里,借着仅有的一缕光线和烛光,草拟奏章。

杨震再次上奏:"臣曾蒙受圣恩,应为社稷着想。前不久,京师地震,臣记得恩师桓郁说过:'地是阴气,应当安静承阳。'而眼下有近臣竟然背着圣上,偷动土木,是阴气过盛的缘故。这一天是戊辰日,戊、辰、地三者都是'土',位置在中宫,这是近臣宦官过于专权用事的征兆。臣伏望陛下以边境不安宁,崇尚节俭,勿要动土,不要有所兴造,让远近都知道政化如清澈的流

水般纯洁,京师像商邑一样整整齐齐。而亲近的佞臣,不与圣上同心,骄横不法,骄奢淫逸,大修房舍,卖弄威福。地震之变,近在城郭,大概为此而引发。去冬没有积雪,今春不按节气降雨,百姓焦心,而修缮不见停止,实在是招致旱灾的原因。《尚书》说:'君有过失当顺阳气,臣下不得作威作福,享受皇权。'愿陛下奋起阳刚品德,彻查骄奢的臣下,听从上天的警告,不让威福长久掌握在近臣宦官之手……"

在狱中,杨震不顾劳累,连写两道奏章。

另一道是,上书安帝,直接弹劾樊丰、樊闳、谢恽、江京等人勾结伯荣、王圣结党营私,扰乱动摇朝纲,假造圣旨,几乎挪空了国库财物,为各自建造宫府。请求皇上明察,按汉律,将他们革职问罪。

杨震草拟完后,让虞放秘密交给袁礼设法转奏皇上。虞放赶紧把木牍收好,藏在胸前的衣服里。

凉州北地王宫内,身形彪悍、身着羌式服饰的零昌戴着孝布坐在王宫大堂之上,狼莫、杜琦坐在零昌左右。堂外的院子,出征的西羌将领列队站立,威风凛凛。

零昌看着列队的西羌将士和堂下的文武士官,大声说道:"众位爱卿、各位将领,高堂过世,这振兴大羌的责任落在了我辈肩上。汉室皇宫,背信弃义,欺我羌民,杀我羌兵。先皇乃是重情重义之人,在世时念及太后、杨震与邓大将军的恩情,一直忍受着汉人的欺压和蹂躏。如今太后驾崩,我零昌绝不受汉人的欺压,我们不能再忍!本部宣布,恢复天子称号,再次称帝。朕在这里,封我们羌人的领袖狼莫为丞相,辅佐本帝。拜汉人将军杜琦为大将军,联合西凉十二郡国反汉,占领长安,进攻洛阳,推翻汉朝,拓展我大羌王朝疆域!"

原来,太后去世后,安帝在樊闳等人的怂恿下,说什么封王不封异姓王,安帝就将伐羌战争结束后,邓太后给滇零及其北地郡的封号废除,将北地国恢复为北地郡,将北地王恢复为北地太守。由此惹恼了滇零的儿子零昌。

狼莫与杜琦走下大堂面向零昌跪拜:"谢主隆恩!吾皇万岁,万岁,万万岁!"

大堂内外高声齐呼,震耳欲聋:"万岁,万岁,万万岁!"

一大臣出列上奏:"启禀皇上,我们大羌可以称帝,但不可急于与汉朝决战,更不可以取代汉朝。"

零昌瞪大眼睛看着他:"为何不能?他汉朝的江山难道不是刘邦从秦皇手中夺来的?他们可以从别人手上夺得,我们为何不可以从他们手上夺得?"

大臣说:"汉虽国力衰弱,但仍有雄兵几十万哪。依我大羌的军力,恐不是对手啊!"

零昌哈哈大笑一声:"没了太后、没了邓骘、没了杨震,即使有雄兵百万,汉朝也是一盘散沙,太尉樊闰成不了大器,耿宝早已是我们的手下败将。"

这时,又有一人出列说道:"皇上,大汉是没了太后、没了邓骘、没了杨震,但是,还有一个天下无敌之人。"

零昌一听,当下愣住了,不知道他所说的人是谁。

三十 "清议"起泉湖

原来,那人说的是天下无敌之人便是袁贵,以及袁家一门忠烈,即袁贵之子袁飞、袁礼等猛将。

零昌继而冷笑了一声:"那个皇上刘祜陷害忠良,重用奸臣,奸佞充朝,袁氏将领受到冷落,早已心灰意冷,他们怎会再替这样的朝廷冲锋陷阵?再说,我们这次举兵关中,进兵中原,乃举我大羌全国之力。这次是我们对大汉进行的第二次大规模的反抗战争,除了北地,青海、陇南、蜀中的我羌民部落均已响应了号召,参与战斗。这次参战人数是上次的两倍之多,那乱了朝纲的大汉已经人心涣散,溃不成军了。据探子来报,奉命前来抵抗我们的阎显军部,因为缺少粮饷,士兵饥饿难耐,到处夺人粮食,淫人妻女,军纪败坏,军心大乱。这样的对手还可怕吗?哈哈哈!"

那个大臣再无言以对,转身退回。

零昌拔出佩剑大声命令:"大将军杜琦听旨!"

杜琦说:"臣在!"

零昌说:"朕命你率我大羌军队,挥师东进,突破三辅,先占长安,掘了汉室的祖坟,然后越过潼关,直捣洛阳。"

随即,北地郡城内,队伍浩荡,军旗飘扬,骏马奋蹄,直扑关中。

西羌兵马长驱直入关中,直扑长安。

阎显部下的兵士因为粮饷不足,违反军纪,遭到百姓的痛恨和阎显的惩罚,兵士心怀不满,抱怨朝廷,军心涣散,在西羌兵马进攻下,多数士兵不战自降,阎显带兵一退再退。

三十 「清议」起泉湖

零昌屡战屡胜，愈战愈勇，将士们士气大增，很快踏破雍营，越过了三辅，短短几天，就长驱直入，占领了长安周围地区，准备围城。

阎显没有在长安城中坚守，而是带着汉军一路退到新丰。然后，一再给朝廷奏报，请求运送军饷粮草，以招兵买马，准备在此与叛军决战。阎显知道，此地是当年西楚霸王项羽给高祖刘邦设"鸿门宴"的地方，也深深知道汉军与西羌叛军在此一战的重要性。

袁飞接到西线急报，找到大司农府，要求尽快向西线运送军饷粮草。

江京即刻匆匆忙忙赶到太尉府禀报："樊大人，兵曹接到西北前线阎将军急报，零昌称帝，集结川北、甘南及北地等羌贼大举进攻我大汉。羌贼这次势力强大，粮草充足，军械装备齐全，已今非昔比，羌军现已攻破三辅，直取长安。汉军将士因粮饷不足，怨声载道，军心涣散，节节败退。眼下羌贼已围住长安城，汉军主力寡不敌众，退守新丰，请朝廷速速增援军饷粮草，以招兵买马，充实军力。樊大人，现在，羌贼已兵临长安城下，依臣之见，应速报皇上。"

此刻，樊闰心知，国库的粮饷已被他们父子全部用到建造自家宫苑上，新追加的赋税还迟迟收缴不上来，哪里有军饷粮草供给西线战事需要？

樊闰慢悠悠地捋了捋山羊胡子，沉思着："嗯，奏报皇上？那你知道，国库中有没有军饷粮草？皇上那儿就不用奏报了，也就不在新丰一带招兵买马了。依本太尉之见，就从洛阳召集兵马，以补充汉军实力。江大人不是多次求本官提携干儿子吗？看，大好的机会来了。干儿子英勇无畏，本府就先替皇上封他个偏将军，由他带领后续兵马，赴新丰驰援阎将军。你叮嘱让他在前线英勇杀敌，多立战功，本府即可奏明皇上，封他做个征西将军。"

江京一听，大惊失色。自己就江勇一棵独苗，还指望着他给江家传宗接代呢，如果战死沙场，那江家可就断子绝孙啦！没想到，这个樊闰如此心肠歹毒，还干爹呢，这个关键时刻，为何不派自己的儿子皇宫卫尉去往前线立功？还口口声声说是提携干儿子，难道就是这样提携的吗？一想到自己把成百斤黄金贿赂给樊闰，江京这时恨不得上去扇这个家伙几个耳光。但他知道，这樊闰眼下掌握着朝廷的生杀大权，自己和儿子还指望他升官发财哩，还是不能

得罪。"

但江京还抱着侥幸心理,道:"大人,战事紧急,最好还是禀报皇上吧?"

樊闰斜眼看了看江京:"皇上正到处寻求那长生不老方和壮阳之方呢,根本没有心思管这事。好了,就按本府的命令做吧,皇上追问下来有本太尉做主呢!"

江勇只好作为偏将军,拉了乌合之众充作兵士,赶赴新丰支援阎显部。

叛军与汉军一场异常惨烈的厮杀在长安城外展开了。

战马奔腾,战车奔驰,刀光剑影,喊杀震天。

西羌叛军锦旗飘扬,战鼓声声,催人奋进。彪悍的西羌铁骑勇猛追击,士气高昂。汉军将士们招架不住,战旗纷纷倒地,丢盔弃甲,逃回城中。叛军一拥而上,纷纷爬上长安城。眼见着,长安城池一攻即破,危在旦夕。

此时,长乐宫的崇德殿中,歌舞升平。

杨震离开朝廷,安帝时常不上朝,听了大汉各地报来的那些烦人的政事、要命的灾情,他就心烦意乱,不知所措。最让他生气的是,面对纷乱如麻的难题,不光众大臣,就连樊闰这样的首辅大臣也像哑巴一样,不给他出出主意。于是,他更不想上朝了,朝廷大事让樊闰看着处理就是了,而他自己,整日沉迷歌舞女色。

这时,大厅四壁烛灯高照,一百二十八名乐师就座于宫殿东厢,随着大汉流行的《凤凰朝汉》乐曲徐徐展开。

安帝头戴刘氏冠,依然穿着那身黄绸绣龙便袍。他与众皇妃面前的雕龙漆案上,摆着美酒佳肴、各种水果和各式点心。

安帝面前摆着古琴,与王圣坐在案后看伯荣跳舞。两侧坐着几个嫔妃、彩女和随身侍女。樊彪身着青铜盔甲站在后面不远处。

原来,伯荣为讨安帝欢心,偷偷苦练月余,今日,在安帝弹奏的古琴曲《高山流水》的伴奏下,舞动长袖,正给安帝表演她前不久刚学会的长袖舞。她用自己独特的方式演绎着自己编排的《扇舞丹青》和安帝最喜欢观赏的《楚腰》。这天,伯荣身着红色裙衫,随着乐曲纵飞腾跃,翩翩起舞,足有一丈长的白色水袖，时而如涌泉泻地，时而如彩虹飞空。伯荣踏着舞步，不停地向安帝展示着她的才艺和魅力。伯荣的长袖舞刚柔并济，飘逸潇洒，浑身上下从里到外散发着一种诗意的美感。这份惊喜让安帝情不自禁，几乎忘记了弹奏。当他与伯荣炙热的眼神相交会时，魂魄都随着伯荣的长袖飘然而去。

一曲完后，又一曲歌伴舞《凤凰朝汉》开始，琵琶铮鸣、洞箫深幽、埙声悠悠，令安帝心神往之。

随着歌舞声，两队舞伎鱼贯而出，分两翼展开，她们身着蝉翼般的薄纱长裙，赤橙黄绿，异彩纷呈，在波斯地毯上，随着乐曲节奏翩然起舞。当她们聚集在一起又霍然分开时，中间忽然飞出了身姿美艳的伯荣，安帝看得一阵惊喜。

伯荣正在给安帝唱歌舞蹈，安帝说："爱妃，再给朕来一段儿《凤求凰》吧！"

伯荣身着长袖飞带、绿衫红裙舞蹈服饰，云髻高耸，翩翩起舞。

伯荣感觉到了樊彪投来的热辣辣的目光，故意伸出染了红指甲的纤纤玉指，拢拢耳边一缕青丝，把天鹅般的颈项完全展露出来。

安帝没有看见樊彪的眼神，而是如醉如痴地看着伯荣跳舞，笑着对伯荣说："爱妃香肌玉肤，可别让什么碰着。"

伯荣表演完毕，接着，歌舞、杂技、驯兽表演、器乐合奏、刀剑对打等十多个精彩节目接连登台，随行大臣和四周围观的嫔妃宫女、宦官侍卫不时报以热烈的掌声和叫好声。

伯荣表演完后，不让宫女跟着她，一个人去了盥洗室。从盥洗室出来，伯荣突然看见樊彪出现在不远处的黑暗处，急忙提着裙裾匆匆跑至樊彪跟前，与樊彪拥抱在一起。原来，樊彪看到伯荣跑出去，就一个人偷偷跟出来，借机在外边的黑暗处与伯荣幽会偷情。樊彪体格健壮，又会调情，跟她玩起来生龙活虎，因此，她不想把自己一生全给了安帝，她还要给樊彪。

伯荣回殿后，又与安帝相偎在一起。安帝看着眼前的美人，身心愉悦，充满激情。如果可以成仙得道、长生不老，那么，此生就可与伯荣在这轻歌曼舞中享尽人间欢愉。舞会结束了，寝宫安静下来，安帝依然沉浸在伯荣美妙的歌

舞之中。伯荣的这份惊喜实在是太突然,太意外了。

舞会结束后,安帝与伯荣在宫女宦官的前呼后拥下回到寝宫。大白天,安帝不等宫女给他宽衣解带,就心急火燎地把轻罗黄色丝袍和翘头丝履一甩,迫不及待地把伯荣衣裳剥掉,然后一把将她揽入怀中紧紧抱住,生怕一松手伯荣就没有了。他半醉半醒地盯着伯荣,看着伯荣娇羞的模样。伯荣替安帝将额前散开的一缕头发整理好,看着安帝的眼睛轻声问道:"皇上眼里,伯荣与阎后哪个好看?"

安帝将伯荣搂得更紧:"自然是爱妃更加妩媚动人。"

"那皇上心里是不是最爱伯荣?"伯荣把嘴贴在安帝耳朵边。

"这还用问?朕有伯荣一人足矣!"

伯荣轻轻地笑了笑:"那臣妾想要的东西,皇上是不是什么都可以给?"

"那是自然。荣儿是朕最爱的贵妃,再贵重的东西朕都会给爱妃的。爱妃想要什么尽管开口,只要不是朕的皇位。"安帝微醺,把自己的脸贴在伯荣的脸上,身体里即刻涌上一股暖流。

"皇上说话当真?"伯荣直起身子认真地看着安帝,见安帝闭着眼睛点头,便撒娇地说,"臣妾想入住甘饴宫,入主后宫。"

安帝一愣:"入住甘饴宫?那里有什么好,难道住在甘露宫不好吗?"

"皇上是真糊涂还是装糊涂?伯荣想让皇上立臣妾为后!"伯荣提高了声音。

"立后?那皇后怎么办?"安帝睁大了眼睛。

"当然是废了啊。"伯荣也睁大了眼睛。

"废后?这怎么可以?皇后是太后在世时立的。"安帝一惊。

伯荣不高兴了:"托孤大臣不是太后临终前交代的?怎么两个都废了?"

安帝说:"朕已废了两个托孤大臣,现在若朕废了当朝皇后,这等于彻底废了太后遗愿,大臣们会怎么想?大臣们会不会寒心?这样恐怕朝廷不稳哪!"

伯荣噘着嘴:"阎皇后有那么重要吗?废了她朝纲就不稳了?"

安帝想,阎皇后贤良淑德,深得众大臣赞赏,又是太后所立。但他却说:

"阎国舅正率兵镇守雍营，这个时候废后，朝纲恐怕会不稳吧？"

"可是，臣妾就是想当皇后，想万人敬仰，想母仪天下嘛！"伯荣装作要哭的样子，甩开安帝的手。

安帝连忙把伯荣再次搂在怀里哄着说："朕的好昭仪，好荣儿，你与朕现在这样还不好？朕也已想好了，过几日朕就带你去寻仙，求得长生不老之法，朕要与荣儿一同长生不老，永生永世恩爱。待皇后和那些多事的老臣都归了西，荣儿想做什么就做什么，不然就与朕一同打理朝政，治国安邦，可好？"

伯荣一心想当皇后，见安帝还没有答应，索性裸身套上绣金云纹水粉锦袍，趁安帝酒还没有完全醒来，光着小脚在安帝寝宫的地板上与安帝戏耍打闹。这时，她拧着安帝的耳朵要安帝下旨，安帝说不是他不答应，恐怕大臣们难以答应。

伯荣气得说："废皇后、立皇后是皇上自己的家事，皇上一言九鼎，说一不二，谁还敢不答应？谁不答应，就以罔上不尊把谁脑袋砍了！"

安帝说："说起来容易，做起来难。爱妃一定不知废立皇后乃是朝廷大事和国家大事，大臣们都有参议权，袁贵、陈忠那几个老家伙都会咬着说爱妃出身太过低微，不能母仪天下做皇后。如果朕的那个帝师杨震还在朝，他坚决反对，这事儿更办不成，这老头是个倔老头。"

伯荣强词说："阿母不是被封为野王君了吗？怎么还说臣妾的身份太低微？"

安帝说："再说要废掉阎姬这个皇后，阎家四兄弟也不会罢休。"

伯荣哭着说："照皇上这么说，臣妾永远就没有出头之日了？与其这样，还不如早些离宫。"

安帝看伯荣真伤心了，就赶紧哄着："办法还是会有的，只是得耐心等待。"

伯荣一听安帝话已至此，破涕为笑说："还是皇上好。那皇上可不能食言啊！"说着，用手亲昵地拍拍刘祜的脸。

到了晚上，安帝让御膳房做了两碗雪莲银耳羹、两盘玉粉红枣糕和一盆丝瓜虾子汤，与伯荣用了膳，然后搂抱着上了御榻。

第二日一大早，王圣就大摇大摆来到安帝寝宫。刚到门口，就看见樊丰悄悄向自己招手。看看周围没有宫女宦官，她便跟着樊丰来到偏殿门外。

樊丰四下看看，嬉笑着在王圣浑圆的屁股上捏了一把。王圣在樊丰的脸上拧了一下，佯装生气地说："老不正经的，喊老娘过来干什么呢？当心老娘告诉皇上，下辈子还让你做宦官！"

樊丰听王圣这么说，心里乐滋滋的，眼睛瞪圆："下辈子我若还当宦官，那你就还当寡妇，咱俩还是一对。"说罢，急忙躲开王圣抬起的脚，"嘿嘿"笑着。

"有话快说，老娘还要去看皇上呢，哪里有闲工夫跟你在这儿闲扯。"王圣收回脚，催促樊丰。

樊丰收住坏笑，表情严肃地在王圣的耳边悄声说："杨震那帮死党，最近借到狱中探望杨震之机，密谋推翻大汉，篡夺皇位呢！"

王圣一听，大吃一惊："这大胆杨震，竟敢有忤逆之心，还不快禀报皇上！"

樊丰急忙捂住王圣的嘴："不要声张。我兄弟也是听密探奏报，但眼下还没有找到证据。可是，这杨震不除，早晚是要祸乱朝纲啊！你想，皇上处置了邓骘，又罢了杨震的官，他心里能舒坦吗？所以，他一直怀恨在心啊！"

"那杨震是咱们的心头大患哪，整天给皇上参奏咱们，还要弹劾我们娘儿俩。哼，那次谋反，皇上就该杀了他，留着他后患无穷啊！"王圣忧愁地说。

"太后不必担忧，"樊丰接着说，"太后刚才所想正与奴才想法不谋而合。杨震必除之而后快。但是，杨震是皇上帝师、太傅，皇上不愿落得世人指责，因此才留得杨震性命。所以，要想让皇上下令除掉杨震恐怕很难。现在，咱们自己要想办法主动出击，除掉这心头大患。"

"那你有何法？快快说来。"王圣催促道。

"欲加之罪何患无辞？不过，需要太后帮忙。皇上最近一直提及想求长生不老之方，不如太后就借此名义，鼓动皇上尽快出宫。只要皇上不在宫中，我兄弟樊闰即可代理朝政，这样，就可以找个机会除掉杨震。"

王圣点点头："我懂了。"说罢，屁股一扭一扭地进了安帝的寝宫。

三十 "清议"起泉湖

安帝与伯荣一夜狂欢,此时两人正在用早膳。

王圣来到两人面前,宫女们赶紧像伺候太后一样伺候王圣就座,安帝也赶快端起一碗御膳房专门给他做的清心益肾汤递给王圣。

王圣没有客套,真把自己当太后和丈母娘一样,端起碗喝了。

安帝看着王圣喝下汤,便说:"阿母,朕这几年悟道,一是想悟出长生不老之法,二是想悟出天下太平之法。现在四夷平安,天下太平,朕最近想到海上求仙问道,以求得长生不老之法。"

王圣一听,喜笑颜开:"好啊,皇上乃真龙天子,必要与天齐寿。上次皇上到泰山祭天,这次应到东海祭仙。早就听闻那蓬莱有仙,皇上真该去寻仙问道了。"

安帝摇摇头:"朕早年听闻,秦始皇当年到东海的秦皇岛上去求仙,晏驾于返程途中。朕想,定是这东海龙王不灵验,而且东路不吉利。因此,朕这次想到南海去求仙,阿母以为如何?"

王圣大赞:"甚好甚好!就是这南海山高路远,皇上既有此意,何不趁着天气还不冷,早早去往南海,早日求得益寿延年、长生不老之大法?"

安帝说:"朕就是想趁这北方寒冷还未来临,及早动身,到南海度暖过冬。"

安帝的想法得到伯荣与王圣母女的大力赞同。

伯荣有自己的小算盘,她想借安帝南海求仙,为自己求子。

伯荣想做皇后的心一直没有死。伯荣越来越渴望有个儿子。有了皇子,她才有望成为皇后。到那时,她再让安帝废掉太子刘保,封自己的儿子为太子。儿子当太子,继承了大统,自己就是太后了。

恰好这时,樊丰又送来尚书台刚刚收到的一摞各地奏报:东郡奏报,八月中旬,濮阳出现黄龙两条、麒麟一只;扶风奏报,八月末,白鹿出现于雍;颍川奏报,九月初,阳翟出现白鹿、麒麟;未出十天,颍川再次奏报,阳翟出现麒麟一只、白虎两只;九月中旬,济南奏报,历城出现黄龙;九月末,关中新丰奏报,西界亭有凤凰飞集。

安帝让樊丰又请来术士进宫,术士解疑告之,麒麟、凤凰、黄龙、白鹿、

白虎的接连出现，是吉祥的大兆，大汉将红运齐天。但也有不吉的影响，皇上应离京避之。各地奏报是实，术士解疑，说大汉大吉、红运齐天是真，但说"也有不吉的影响，皇上应离京避之"，是樊丰花钱让术士胡说的。

此时，樊丰和王圣再次蛊惑安帝南巡。安帝生性懦弱，优柔寡断，生怕再次出现那次东祭泰山差点儿丢掉皇位的事件，因此，对南巡之事又一时犹豫不决。

这时，洛阳突然出现地震。这次地震震级不小，洛阳不少居民房屋倒塌，特别是皇宫内伯荣的甘露宫以及南宫，墙壁出现裂缝，局部倒塌。朝廷朝会不得不又改在长乐宫崇德殿；伯荣晚上没有住处，只好与安帝住在长乐宫安帝寝宫。

安帝这时下旨要追究樊闳当年造宫的责任，樊闳巧言善辩，说当时主要是为了赶工程进度。其实，之所以出现地震宫塌情况，主要是樊闳偷工减料建造的"豆腐渣工程"。

樊丰趁此说："皇上，再不南巡，去南海祭神，上天都不高兴了！"

樊丰为了让弟弟躲避安帝对"豆腐渣工程"的追查，再次鼓吹"天人感应"之说和"天谴"之说，在那些歪理邪说盛行的当下，疑惑不定的安帝仓促决定南巡。

偌大的大汉帝国，此时看上去如同樊氏与王氏两个家族共同掌管的家天下，而刘祜这个皇帝看似天下独尊，其实就像戏台上的木偶一样，任樊、王两家摆布，而且一旦他们不高兴，可能就会把刘祜扔在一边，就连小孩都能看出的把戏，可唯独刘祜看不出来。

安帝南巡期间，他打算令耿宝代行总理朝政，由樊闳随驾南行。但是，樊闳借故有疾，樊丰又一再给安帝进言，认为安帝南巡，带上国舅、大将军最为适宜。犹豫不定的安帝，最后听从了樊家兄弟的进言，仓促带上耿宝、樊丰、伯荣母女南巡，朝中大事由樊闳总理。伯荣要安帝南巡期间带上樊彪，安帝没有准许，他说皇宫安全重要。其实，他也察觉到了伯荣与樊彪的秘密。

虞放得知安帝准备南巡，尽快通过袁礼把杨震写的两道奏章趁机呈给安帝。可安帝急于到南海求仙，连看都不看，就摆在一边。袁礼怕樊丰、伯荣一伙看见，由此给杨震再惹下大麻烦，趁机又把奏章偷偷带了出来。同时，以杨伦为首的朝臣也多次上书要求约束王圣母女和奸佞，安帝仍然置若罔闻。

秋分过后，太阳开始向南移动，中原洛阳一带早晚已经显出森森冷意。一群群大雁开始南飞。

不日，安帝再次离开洛阳，南巡南海求仙。安帝南巡南海求仙，圣驾的气势和车队的规模，胜过上次东巡泰山祭天，其声势更加浩大。

清晨，南巡求仙的圣驾青盖车和车队驶过洛阳城大街，全身盔甲的皇宫卫尉樊彪和羽林军总领袁礼指挥调度的羽林军兵士由三千名增加到五千名，护送的禁卫军由四百名增加到八百名，后面的宫廷侍卫由八十名增加到一百五十名；伯荣五彩凤辇左右，已经没有衣着鲜丽的宫女，全部换上宦官，而且由上次的四十名增加到一百名；殿后的皇宫卫队由二百人增加到五百人。整个南巡车队看去，规模几乎比上次翻了一番。王圣和伯荣依然如上次一般，在各自的车辇里撩起流苏帷帘，向大街两旁的百姓招手致意。

这次，伯荣让宫女们给她的头发里加了不少假发，再叠盘式绾成高耸的云髻发式。这种发式，看上去高贵巍峨，被称为"高鬟望仙髻"。头上饰有各种珠宝、步摇，再加上耳戴大大的银耳环，脖子上戴着一串白色的珍珠项链，手指上戴着指环，就更显华丽高贵。

天气刚过十月一，进入初冬，伯荣就戴上了玉冠。

尽管皇上出巡是朝野的一件大事，尽管这次皇上南巡其规模和气势胜过上次，但是，由于朝野对朝廷贬谪忠臣杨震、重用奸佞樊闰一致反对，加之，一年之内皇上两次出巡，百姓已没有新鲜感，所以洛阳城的大街上看不到潮水般的百姓涌到大街两边欢呼的情景，只有街上行走的人们遇到出巡的圣驾和车队才跪地山呼："吾皇万岁，万岁，万万岁！"

安帝南巡寻求长生不老之法和壮阳之法，车驾一离开洛阳，越来越多的人叹息，大汉王朝快要完了。

一路上，安帝带领随行官员，一路南行，一路祭祀章陵园庙，告长沙、零陵太守，祭祀定王、节侯、郁林府君。

安帝亲政五年，懒于朝政，昏庸无能，把朝政大权委于樊氏兄弟，或听从于伯荣母女，致使大汉朝政乱七八糟，官风日下，乱象丛生，民怨沸腾。

杨震入狱，樊闰当政，安帝不仅整日与伯荣缠绵，还四处寻求长生不老之法和壮阳之法。樊闰主政后，许多正直大臣或罢官免职，或下狱治罪，朝中文武百官，人人惶惶不可终日。面对濒临万丈深渊的大汉，很多朝臣都在思考和期盼，有谁能够力挽狂澜于既倒，扶大厦之将倾？

就在朝野皆是"大汉快完了"的一声声民怨之声时，一股席卷大汉朝野的"清议"之风和"呼吁杨公出山"的声音，从关西潼关悄然出现了。

此刻，潼关泉湖学馆里，四面八方拥来听陈冀等人讲演的学子挤满了学馆讲堂和院子。原来，杨震三十年所教过的三千弟子，得到朝廷罢免老师太尉之职，将老师打入大牢的消息后，不顾路途遥远，纷纷跑来学馆，关心老师的处境。加之，"考试取士"选官制实施十年，本给天下学子带来希望，突然又于一年前废除了，断了这些学子的上进道路，引起天下学子的强烈不满。

在学馆院子，杨震的弟子们举行集会。

陈冀站在学子前面，高声道："太后逝去，刘祜无能，奸佞当道，诛杀良臣，荒废朝纲，大汉王朝，每况愈下。"

一学子道："越是这样，明后的政绩愈发显著，她不愧是大汉政绩最好和声誉最高的明太后。"

又一学子说："自从我们发动'清议运动'以来，恩师的弟子已有三千多人纷纷奔来。我们的举动，已得到京城上万名太学生的响应。"

陈冀说："我们为何'清议'？完全是因为目前政治黑暗，仕途垄断，谁若想被察征、被征辟，都得按照樊氏的爱憎行事，我们的上进之路被侵夺了。"

一学子说："我们的口号就是：激扬名声，互相挈扶；品核公卿，裁量执政。我们要为恩师鸣冤。"

陈冀讽刺地说："看看当今樊氏把持用人大权所选的官员吧：举茂才，不知书；察孝廉，父别居。寒素清白浊如泥，高第良将怯如鸡。"

学子们哄堂大笑。

另一学子说:"我们的目的是要求朝廷请青天大老爷杨恩师回朝主政。"

学子们举起拳头齐声高呼:"请杨恩师回朝主政!请杨恩师回朝主政!"

众学子群情激昂,你一言我一语,对时政高谈阔论,或褒或贬,各抒己见。

陈冀说:"自太后驾崩以后,国运急转直下,究其原因,皆由'四害'所致。我们称之为大汉的'四内患、二外忧'。"

一学子大声问:"学兄,何谓'四内患'?"

陈冀说:"'四内患'其中王圣、伯荣为二患。妖女伯荣妖媚惑主,使当今皇上整日沉迷女色歌舞之中,致使朝政荒废,无人理政;老妪王圣,仗其是当今皇上奶妈,倚老卖老,且私收贿官之赂,为买官者牵线搭桥,出入皇宫,致使'以考带察'一制遭到废除,新官员鱼龙混杂。"

又一学子问:"那另外的二内患呢?"

陈冀说:"另外的二患更为可恶。一为不男不女的樊丰。身为宦官,私自参政,尽给皇上讲些歪理邪说,出些馊主意,使皇上走火入魔,整日悟道,不理朝政,误国误民。且实行猛虎一般的苛政,重徭厚赋,致使百姓负担加重,民不聊生。二为假皇亲,樊丰的族弟樊闺。此人身居一人之下万人之上的首辅大臣之职,把持朝政,名为大臣,实为奸贼。他的党羽遍布朝廷及全国一十三州一百零四郡。他倡导顺他者昌,逆他者亡,不少有识之士、耿直之士惨遭他的迫害。杨大人一案便是证明。樊闺的做法,叫人不寒而栗,多少正直的文武大臣忧心忡忡。"

众学子纷纷点头称是。

此刻已是深秋,秋风掠过关中东部苍黄的原野,农夫们赶着牛车,络绎不绝地把刚收割下来的大豆、粟米,运到自家场院。

杨秉风尘仆仆,日夜兼程,从荆州回到关西潼关。他松了一口气,纵目远眺,只见远山秋野,荒村古树,炊烟袅袅,还有荷担而行的商贾、荷锄而行的农夫村妇和老牛瘦马。杨秉先回水峪口村看望家人,然后来到泉湖学馆。

陈冀正在激情演讲,忽听人群后边有人大喊:"师兄,我回来了!"

陈冀与众学子纷纷回头一看,惊喜地高声说道:"三师弟,你可回来了!快看,这些都是恩师的弟子,也是来参加'清议运动'的同人。"

原来,杨秉自从在王灵墓前不期而遇杂货铺掌柜后,回到住处,根据自己的判断,画了樊闰樊彪父子两人的画像让杂货铺掌柜辨认。杂货铺掌柜一看,当即就说:"就是这两个人!但不敢完全肯定,只有见了人,看了体形,听了声音,才敢断定。"杨秉急着问:"老的是不是矮胖身材,一副破锣嗓?"杂货铺掌柜说:"对对对,没错,没错!"杨秉当下断定,残害王灵母女的一定是这父子俩,然后嫁祸张生,陷害父亲。他和杂货铺掌柜相约,一个月后,在京城见。然后,杨秉决定星夜兼程赶回关西老家,并叫回在长安府做官的大哥杨牧和在家的二哥杨里,到家里和二叔杨季商量如何扳倒樊闰,救父亲出狱。没承想大哥已经从长安回来,二叔、大哥、二哥都在水峪口村家中。他们听了杨秉的想法,都认为有一个最好的办法,就是让杨秉找他的岳丈袁老将军站出来,联络老臣,上奏皇上,救出父亲,然后一起弹劾扳倒樊贼。这时,老二杨里又给大哥杨牧和三弟杨秉说陈冀正在学馆发起组织父亲三千学生的"清议运动",他们决定,随这次参加"清议运动"的学子一起进京,去救出父亲。

杨秉这时看到这么多父亲的弟子回到学馆,参加"清议",又惊又喜。

陈冀拉着杨秉的手激动地说:"你回来得正好,我们的'清议运动'已经得到京城太学院学子的支持,他们也在京城组织了上万人的声援队伍,明日咱们就率领这三千师兄弟们奔赴洛阳,与太学院的盟友们联合,发动一场更大规模的'清议运动',不信撼不动那个昏庸的朝廷。"

与此同时,京城洛阳太学院的广场上,许慎的儿子、五经博士许冲,和太学生代表郭林也集结了上万名太学生,声援呼应陈冀等人在关西泉湖学馆发动的"清议运动"。

十多年前,杨震受命整顿朝政、整肃吏治、倡导教化、倡导太学和兴办学馆之后,兴办学馆之风吹遍大汉各地,大大小小的学馆在大汉各州郡县到处出现。

洛阳的太学院,经过这几年的兴办,可以说得到长足发展,学生人数达到三万余人。中国古代的国立大学太学院,是在西汉时期,经著名学者董仲舒倡导，于汉武帝元朔五年（前124）建立，首任院长为董仲舒。开始规模很小，仅接收弟子五十人，后来逐步增至一千人。王莽当政时，有人上书说，孔子布衣养徒三千人，我们搞的太学太小了。于是，就又增至三千人。东汉初期，朝廷初定，光武帝刘秀在洛阳建立太学院，逐渐扩大规模。到汉明帝时期，明帝本人崇儒好学，精通《春秋》和《尚书》，亲临太学讲经论道，使太学院学生的学习热情空前高涨，就连北方的匈奴都派遣子弟来洛阳留学。那时的学生，大概也只是数千人的规模。

　　直到杨震入朝，在邓太后的支持下倡导太学，洛阳的太学很快形成了"内外讲堂，诸生横巷"的盛况。杨震在祭酒许慎的邀请下，多次到太学院做博士讲学，使太学盛况空前，听讲者达上万人。

　　洛阳太学院是无数儒家弟子的梦想之地，太学院里人才济济，是全汉人文鼎盛所在。太学院的教师称博士，其主要职责是掌教弟子，以教学为主，但"国有疑事，掌承问对"。朝廷规定，博士都得参加朝廷的政治、学术讨论，帮助朝廷解决遇到的疑难问题。

　　洛阳太学素有"严于择师"的传统，从西汉建立太学始到东汉再建太学，太学院博士都采用征拜或举荐的方式选拔，在太学院执教的博士不乏鸿师硕儒，如董仲舒、孔安国、匡衡等都曾在太学院掌教弟子。杨震入朝，倡导太学后，他建议太学院的博士都要经过征拜、举荐和考试相结合的方式，严格遴选。在太学院执教的鸿师硕儒有桓郁、许慎、张衡、杨震、许冲等。太学院里的博士，都是国家的"智库"，皇帝在国家大事上有什么疑难问题都要向博士们咨询。

　　太学院采用大班上课的教室都为大教室，长十丈，宽三丈，每个教室能同时容纳二三百名学生听课。学生们学习的不仅有儒家经典，还有天文、历法、数学等方面。太学院鼓励和引导学生自学，太学生们有充裕的自学时间，可以自由研讨学问和向社会名流学者请教。太学院常集会辩难，博士中相互论难蔚然成风，学术气氛浓郁。学生也可和负有盛名的学者论辩，很多学生都思维敏捷，善论辩难。这样的学习风气，使太学院造就了一大批学识渊博、思路开阔、研究能力强的高才生，像王充、马融、张衡、许慎、王符、崔瑗等名垂青史的一代天骄，都是经太学院培养出来的。高才生们为世代后人所传诵，如：

张衡赋作中的典范《二京赋》以及"杂文"《七辩》等流传于世；马融学兼百家，为一代学者和音乐大师；王符博古通今，是著名的政论家，直到后世，他的《潜夫论》都是研究汉代社会的重要资料；而崔瑗精于文史，又多才多艺，精通天文、历法、数学、物理。

经过十多年的发展，后来学生人数达到三万余人，这在当时世界上也是独一无二的，成为中国古代教育的奇迹。可以说，世界上还没有哪一所大学，在当时拥有规模如此宏大、师生如此众多，产生了如此多的影响一代风气的大人物。自从平羌战争结束，原有的"丝绸之路"打通后，西域各国都把京城洛阳的太学院称为世界第一名校，纷纷派子弟到太学院留学。

邓太后重用杨震。杨震进言太后倡导儒学，使得京城太学的学术气氛浓厚，科技、文化、教育取得了前所未有的巨大成就，在中国历史的发展中占有非常突出的地位。

这次，太学生们的"清议"行动得到了高舒等御史台言官们的支持和指导。

这时，高舒站在广场中间的台阶上，面对黑压压的人群大声说道："我们京城的'清议运动'，是对关西泉湖学馆发起的'清议运动'的呼应和声援。我们身处京城，更能感受到朝廷昏庸，奸人当道，忠良遭害。我们要为忠臣喊冤，为大汉锄奸。我们要联合起来，反对樊氏专权，保我大汉平安！"

杨震入狱后，杨伦、虞放、高舒、朱冲等人对樊闰一党揪住不放，在高舒看来，这不是一次单纯的"清流派"反腐行动，而是天下读书人借杨震的影响力，在对现行政治体制发起冲击，与儒学夫子追求相同的一批有理想的文武官员，也希望打破樊闰一派专权的局面，在限制君权、广开言路上，提出了经邦治国之道，而这种治国理念主要来源于有儒学思想的读书人。这是一股日渐高涨的政治势力。而另一股势力就是以樊闰为首的"浊流"当权派，他们极力打压读书人，维护看似安静平和的政治局面，听任君权独断、公权膨胀和君臣苟安。这个时候，作为读书人中最有影响力的人物，杨震的品质和精神便显得难能可贵。

接着，郭林说："我们的太学院，应该成为京师洛阳'清议'的中心，我们要树立自己的领袖,以与樊氏兄弟专权集团相对抗。我们的领袖是'学子模楷许叔重(许慎),一代清官杨伯起(杨震),天下才俊张平子(张衡)'。"

许冲慷慨激昂,纵论天下:"我大汉朝廷如今内忧外患,危机四伏。我辈有识之士怎能眼睁睁看着朝纲混乱,国家衰微?"

一太学生问道:"先生,学子们都知道朝廷现在是奸佞妖女当道,实乃内忧也。可是,外患何在?"

许冲说:"有二:其一为南蛮民变。表面上来看,民变是平息了。但是,宦官樊丰给皇上建议的苛政制度,致使荆州百姓又一次处于水深火热之中。尤其是荆州刺史王密为民请命遭樊闰迫害致死,又一次激起了荆人民愤。南蛮头领羊孙、陈汤等人率领成千上万荆蛮,高呼:'还我王密!还我杨青天!'要进京面见皇上,民愤正在扩大和蔓延。"

听到这儿,又一学子大声问:"先生,听说西羌反叛,占领长安,是真的吗?"

许冲说:"对。此乃又一外患。繁重的苛政制度及重徭厚赋,让西羌人认为我大汉朝廷言而无信。西羌头领零昌再次称帝,联合陇南、蜀中羌人,举全羌之力,强势来犯。他们一路势如破竹,挺进关中,占领长安,直逼洛阳。"

太学生们顿时大惊。

许冲大声喊着让学生们肃静,等大家安静下来,他接着说:"各位学子,你们饱读诗书,满腹才华,乃未来国之栋梁。然当今皇上遭奸佞蛊惑,昏庸无度。樊氏家族,专横跋扈,陷害忠良,堵塞我们学子的上进之路。西羌反民,不堪受压,要向朝廷讨说公道。我等有识之士,拳拳报国之心,日月昭昭。今日聚会,乃吹响报国之号角。我们将会集全国爱国学子,共同上书,讨伐奸佞,声讨昏庸朝廷,要求杨大人回朝主政,要求朝廷出兵平叛,保我江山国土不受侵犯,保我大汉子民平安!"

许冲话音刚落,万名学子高声齐呼:"铲除奸佞,重用忠良,平息反叛,保我大汉!"

许冲又说:"社会积弊日甚一日,天灾人祸连年不断,可是皇上只知道与那淫女伯荣颠鸾倒凤,不问政事,任由奸佞横行朝堂。长此以往,朝政废于荒疏,黎民处于水火,大汉眼看已衰,气数将尽,吾等不能坐视不管。"

"清议"中有众多熟读经书史籍的饱学之士,对大汉的历史和现状了如指掌,话题一点即透。诸多的仁人志士、鸿儒名流,呼唤整肃官场腐败,遏制贫富分化。

一时间,群情激愤,呼声震天!

谢恽听闻学子"清议运动"已经波及京城,这时,他的一个亲信惊慌失措地跑来告知他,"清议"学子一致要求朝廷放出杨震,回朝主政。

谢恽匆忙来到太尉府,向樊闰禀报:"禀大人,弘农太守移良急奏,从杨震家乡泉湖学馆传来一股反对大人执掌朝政的热浪,名曰'清议运动'。这场运动现已波及京城,今日,已有太学院学生与之遥相呼应,声称要声援'清议运动'。移良奏报,关西学子三千余人今日已起程奔赴京城,与京城太学府许冲为代表的太学院学子会合,欲共同声讨大人与王圣母女。据下官所闻,这场运动来势汹汹,且一浪高过一浪。有亲信来报,这些学子要求放出杨震,回朝主政。大人,依下官之见,应急奏皇上。"

樊闰听闻谢恽所言,先是心里一惊,但表面上纹丝不动,等谢恽说完,他嘴角浮出一丝冷笑:"又是杨震背后唆使。好了,我知道该怎么做了。这等小事,不必惊扰皇上。"

谢恽一听,万分焦急:"樊大人,前有西羌叛军犯乱,后有学子'清议',若不禀报皇上,京城恐会大乱啊!"

樊闰从鼻子里哼了一声:"这帮乳臭未干的穷茂才!我倒要看看,是他们的呼声厉害,还是我的刀箭厉害!本府即刻命宫中禁卫,杀无赦!"

"父亲,宫苑已完工落成,即刻……"这时,樊彪兴冲冲地说着走了进来,一看谢恽在此,便打住话。

谢恽见樊氏父子有话要说,便知趣地退出了。

樊闰见谢恽走远,便拍拍樊彪的肩膀说:"我儿有功!爹这次让你监工,就是要历练历练你,一旦将来樊氏执政,定然堪当重任。"

三十 "清议"起泉湖

樊彪受到父亲夸赞,心里十分得意:"爹,儿子还在宫苑周围,夺得百姓宅舍三百八十一所,田地一百一十八顷,强夺宅第六十区。"

樊闰一听,张大嘴、睁大眼说:"当初杨震通过'以考带察'选拔官吏,说我儿不行,没想到我儿有奇才啊!"

之前,樊闰利用建造南宫和伯荣别宫、野王君宫之机,贪污挪用了工程费一千斤黄金,动迁征地费五千万钱,在洛阳东为自己修造宫苑。

樊闰强行征地,老百姓敢怒不敢言,谁敢说个不字,樊彪就指使手下绳子一捆、枷锁一戴,男的押走服劳役,女的卖身为奴。樊家建宫院需要移民搬迁,对钉子户,樊彪杀人不眨眼。这时,樊彪接着又说:"儿子没有禀报父亲,已经招募了三百男女家奴,以备宫内使用。"

樊闰一拍巴掌,那沙哑的破锣嗓音大声说道:"好好好!选个良辰吉日咱们就住进去,把父已选好的那三千美女招进宫去。今后咱们父子俩轮流在京城和宫苑,一人半月。比如这半月父亲在宫苑住宿休闲,你就在京城守着;下半月父亲守在京城,你就住宫苑消遣。不然京城有个啥变故,一时还不能知道。"

樊彪点点头:"就听爹的安排。"

樊闰像是又想起什么,突然问道:"这宫苑耗资巨大,亏空的部分彪儿是如何弥补的呢?"

樊彪一听父亲问这话,又来劲了,兴奋地说:"儿就依照父亲指点,差人找到洛阳城外那个富商孙愤,向他借五十万钱,说是西北边关战事吃紧,朝廷粮饷不足,以弥补军费。可那孙愤不识抬举,只给了三万钱。儿大怒,即刻派人到孙愤家里说孙愤的母亲原是我樊家的奴婢,偷了我们樊家白珠十斛、紫金千斤,才使孙愤发了家。于是,就下令宫中的禁卫逮捕了孙愤兄弟押在禁卫大牢。谁知这兄弟俩经不住打,都死在狱中,全部家产被儿没收了。儿让人盘了一下,其资产共值一亿七千多钱!"

樊闰捋了捋他那山羊胡子,听后哈哈大笑:"我儿确有做大事的做派和风范哪!"

樊彪凑到樊闰跟前低声问:"爹,什么时候登基?"

樊闻慌忙捂上樊彪的嘴："什么登基？彪儿这种话说出去不光要砍头，还要灭我们樊氏满门的！"

樊彪说："爹，真的，樊丰伯父通晓天文，有次他夜观天象，对我说，刘家气数将尽，当是爹你继承皇位的时候了。"

樊闻说："我儿不得胡言！"

樊彪说："自古有道伐无道，无德让有德。刘祜这个无德无能的儿皇帝只知道与伯荣鬼混。父亲应该早继大位，坐拥天下。"

樊闻像是自言自语："这些话暂且不要再说。眼下最当紧的是先要除掉杨震。杨震虽然关押狱中，但他一天不死，我们一天都不要想登基之事。"

樊彪也赶紧说："爹，杨伦一伙还是常常探监，几人一去，就在狱中与杨震密谋什么，走后，杨震在狱中还没黑没明地写什么。这次太学院的什么学子'清议'，肯定也与杨震有关。怎么下手，请爹明示！"

樊闻说："拉倒吧！他杨震都到了大牢中，离死不远了，还不死心，他是找死！"

樊彪问："爹，你说如何办，儿即刻去办！"

樊闻眯着眼睛，捋着胡须沉思着没有作声。不一会儿，一个阴谋已经在他心中生成。这父子俩各怀鬼胎，志在必得，老子要夺了刘祜的皇位，儿子要夺了刘祜的女人。

安帝南海求仙问道的銮驾，已经行到江南会稽。

西子湖畔，安帝揽着伯荣漫步湖堤，微风拂面，心神荡漾。

安帝与伯荣卿卿我我间，忽听飞马信使急报。安帝不耐烦地问什么事。

樊丰接过奏折匆忙打开一看，故作一惊，便对着安帝叹了口气说："唉，杨震犯有大臣不服处置之罪，他的余党还不安分哪。"接着，便给安帝念着樊闻送来的急奏："大奸似忠的杨震，善于伪装，是名副其实的伪君子，在陛下东巡祭天时，图谋不轨，密谋篡逆，理当问斩，株连九族，皇上念与他的师生之情，免去死刑，关入大牢思过。但是，近日以来，杨震一党杨伦、虞放、高舒、朱冲、袁礼等人常常利用探监之机，夜间频繁地到廷尉府大牢与杨震密谋。这些人，一进牢房，便把狱吏打发开去，秘密会谈，少则一个时辰，多则两三个时辰，常常至更深人静。之后，洛阳校尉朱冲便召集他的部下、京城卫士上千人及许多行踪诡秘的人舞剑弄棒，大有谋反之……"

还没等樊丰念完，安帝就痛苦地闭上眼睛说："别念了……"

樊丰说："陛下，杨震一党谋反罪证确凿……"

安帝失望地说："朕念及杨夫子是朕的太傅、帝师，遂对他一再宽恕，没想到他被罢了官，进了大牢还是不安分。"

伯荣把安帝的胳膊缠得更紧，说："皇上，那杨夫子贼心不死，岂能安分？事已至此，皇上应当机立断。留下杨震，必成大患。"

过去，安帝念在杨震在朝廷变法取士、整顿吏治、平定西羌这些重大事情上不仅功不可没，更念在杨震是当朝大儒，是自己的太傅，一直不敢对杨震表示不尊，不敢把杨震怎么样。可是，这次不一样了。

只见安帝扭过身像是痛下了决心，说："樊丰拟旨，朕念太傅与朕师生之情，特将杨震释放出狱，贬为庶民，遣归原籍。在京其子，一律免职罢归。拜太尉樊闰为太傅。"

樊丰、耿宝、伯荣、王圣四人都急了："皇上，杨震必杀！"

安帝虽然生性懦弱、昏庸无能，但他不愿背上一个"弑师"的恶名，给后人留下千古骂名。刘祜还知道，诛杀敢于犯颜直谏的大臣，历来是做皇帝的耻辱，况且是杀了与自己有师生之情的太傅、帝师，定要遗臭万年。只见他摆了摆手："不要再提了。杨震毕竟是朕的太傅和托孤重臣，年纪也大了，他入朝后也做了几件有所建树的重大事情，就不必追究其事了，遣他回到原籍算了。"

但是，樊丰仍不死心，又拿出一份樊闰的奏章道："陛下，这儿还有一份太尉奏章，奏章中写道：杨震图谋不轨，密谋篡逆未遂，陛下对其已经处置，但是和他私交较深、结为朋党的官员，应严加惩处。经查，吏员杨伦、廷尉丞虞放、御史中丞高舒、洛阳校尉朱冲、羽林军总领袁礼等重臣都是杨震的死党，这些人留在朝廷，实为大患，请陛下予以罢免，以除奸佞之党，绝群邪之望。"接着，他又接连递上几份奏章，举报弹劾经杨震之手在朝廷通过"以考

带察"录用的上百名朝廷官员和州郡县衙的地方官员,请求将这些官员罢职查办,同时递上补缺的官员名单。

刘祜思索了一下,举起朱笔正要一挥批奏。忽然转而一想,变了卦,说道:"朝廷总得留一些有用的人。如此,上百个受到牵连的朝臣和地方官员相继被罢免,朝廷和地方将会为之一空。"刘祜没有批奏。

樊丰几人,一个个愣怔在那里。

月黑风高,野外朦朦胧胧。

袁礼远远地跟踪在周广身后,观察着他的一举一动,看他今晚到底要干什么。

袁礼早就觉察到周广的异常,但他压在心里从未对人讲过。起初,他不相信周广能背叛杨大人投靠奸佞小人。可是,几次全城秘密搜捕樊闰神秘心腹的行动,均走漏风声。袁礼仔细分析了身边的每一个人,发现周广的疑点越来越多。他曾经悄悄跟踪过周广几次,也发现了他与高句丽女人私会。袁礼知道,岳父早在荆州就青睐高句丽女人和乐安女人,特别遴选了几个美女专为施展美人计所用。对岳父的歹毒,袁礼早已领教,因此更加憎恨樊闰父子。只是碍于翁婿关系,碍于月儿的感受,他一直没有与樊闰正面冲突过。可是,他的心里,早就不认这个岳父了。让袁礼万万没有想到的是,樊闰用那种下作的伎俩收买了自己的好兄弟周广。

袁礼实在不忍心看着好兄弟愈陷愈深。今夜,他再次发现周广神神秘秘,行为异常,遂紧紧跟在周广的身后,想搞个水落石出,也真心想与周广谈谈,拉这个曾经的好兄弟一把,现在悔过为时不晚。

他紧紧跟着周广来到城外。在一个偏僻的农家院落旁,周广停了下来,站在那里环顾四周,好像在等什么人。袁礼蹲下身子隐蔽着,忽然,他看到从旁边黑暗处蹿出一个黑衣蒙面刺客,从体形看,似乎有些熟悉。这时,不等周广回头,一支飞镖过去,周广哼都没哼一声,瞬间倒地不动。袁礼刚要上前解救周广,发现另外一个蒙面刺客蹿出来,持剑向杀死周广的凶手刺过去,两个黑衣蒙面刺客厮杀起来。

三十 "清议"起泉湖

袁礼顾不上这些，急忙去救周广，他抱着浑身是血的周广不由得痛哭，毕竟两人还有多年的私交、多年的兄弟之情。那年，杨震带着袁礼、周广等人进京后，被朝廷封为九卿之一的太常，同时，袁礼也被朝廷任命为九卿之一的卫尉，与杨震同级。这时，杨震征求周广去留意见，周广表示要跟随杨震，因此他留在太常府做了一名一般官吏。后来，在杨震举荐下，周广被朝廷任命为太常丞，成了杨震的副手。再后来，杨震被朝廷封为司徒，位列"三公"。这时，杨震告诉周广要挤时间多读书，勤勉效忠朝廷，将来做一名"九卿"官员，可是周广表示要跟随杨震，在杨震劝说无效后，周广跟着杨震进入司徒府，被朝廷任命为长史，还是做杨震的副手，官职虽然与"九卿"是平级，但是不属于朝廷内阁成员，也没有卿官的实权。然而，杨震发现周广随他到司徒府之后，没有了上进心，而且司职大不如从前，不知道朝余时间都在干什么。直到杨震到太尉府，他跟到太尉府，还是做长史……

袁礼抱着已经咽气的周广，还在想着周广的一生。这时，后来的那个刺客发现了袁礼，撒腿就跑。射杀周广的刺客便向袁礼刺来，两人一阵厮杀，大战了几十个回合难分胜负，双方都精疲力竭、气喘吁吁，各自扶着剑柄稍事休息。

与那刺客交过手后，袁礼心里已经明白了八九分。趁着双方歇息的机会，他对那刺客说："我找了你整整二十年。我们曾经在樊府的后院交过手，不想今天又在这里遇见。你为何要杀害我的兄弟？今天不说，休想从我的刀下逃脱，我要与你新账旧账一起算！"

"我是受人之托，休得多问！"那人瓮声瓮气地说。

袁礼问："谁指使你杀了王灵母女？谁指使你盗窃玉玺，陷害大将军？"

那人生气地说："与你无关，休得多问！"

袁礼"哼"了一声："你眼看就要人头落地，还替人扛着。刚才那人是谁？为何要取你性命？"

"你问得太多了，看剑！"那刺客不由分说，持剑又向袁礼刺来。袁礼躲过利剑，一个假动作将刺客闪到一边，接着反身出剑，一剑刺在刺客的手腕上，只见他手中的利剑"哐当"一声落到远处的地上。刺客一看情况不妙，捂

着手转身想逃。袁礼大喊一声:"刺客休逃!"

袁礼几步追上前去,一剑刺向刺客的大腿,刺客一下子跪倒在地上。袁礼上前一把扒下他的面罩一看,不由大惊失色:"是你?"

"嗖!"一支飞镖正中刺客的咽喉,刺客一下子倒地。

黑暗中,袁礼迅速回头寻找目标,但射出飞镖的刺客早已不见踪影。

眼前的刺客躺在地上,断断续续地说:"王、王灵……不是我要杀,袁、袁……将军,快、快……月儿……后院,樊……要……谋……"正说着,又是一支飞镖飞来,眼前的刺客当下毙命。

袁礼一听月儿有危险,顾不上眼前这一切,飞一般跑到樊府,用轻功越过樊府高墙,急忙来到后院,就听见月儿那间闺房里有哭泣声。他推门一看,是陪伴月儿的那个小婢女在哭泣,抬头一看,原来月儿已经用一尺白绫悬梁自尽了。

袁礼抱着月儿仰天大叫:"月儿——"凄厉的哭声划破夜空。

小婢女哭得更是止不住:"小姐一个人在弹琵琶,边弹边歌,弦突然断了。我不敢打搅,刚出去上个茅房,就一会儿,小姐她……她……"

原来,这晚,樊月抚琵琶而歌到深夜,低头边弹边唱着《陌上桑》,声调圆润低沉,婉转动人。突然,一根琴弦绷断了。樊月悚然一惊,她知道琵琶是有灵性的,心里不由得难过起来,觉得她的生命到了尽头,于是……

袁礼双手抱着月儿的尸体来到樊府客厅,眼睛直直地盯着樊闰,充满仇恨地对樊闰喊着:"还我月儿——"樊夫人一见女儿的尸体,趴在上面一会儿大哭一会儿大笑,樊府顿时一片混乱。

樊闰见势,趁着乱,急忙溜出会客厅,惶惶不安地来到太尉府上,坐在太师椅上气喘吁吁,流着眼泪想着女儿的后事该如何办。

还没等樊闰平静下来,樊彪就急急忙忙来报:"爹,大事不好了,据周广告知,杨伦、虞放、高舒、朱冲四人正在洛阳校尉府密谋,由朱冲带着他手下的京城卫士和捕役一千多人,准备今夜动手诛杀咱们父子……"

樊闰一听,大吃一惊,抹了一下眼泪,仓皇中赶紧下令:"快,快!你即刻带上你的宫中禁卫上千人,先下手为强,以谋逆之罪将杨伦四人秘密抓捕,不得声张。先将四人趁夜秘密打入廷尉府地牢严加看管，封锁地牢，任何人不得接近。抓捕中若遇反抗，就地诛杀！"

樊彪问："那杨震呢，如何处置？"

樊闰奸笑了一下："杨震嘛，目标太大，当然由皇上处置喽！"

樊彪一听就明白了，也跟着樊闰奸笑了几声。

樊闰接着说："彪儿切记，三日后夜里你看好时机，差人暗中一把火烧了东宫，一定要烧死太子刘保，使宫中混乱，然后趁乱潜入甘饴宫杀了阎姬。这样，咱们就没有后顾之忧了。"

樊彪听到樊闰的命令后急忙出去调兵遣将。

此时，朝廷内部，以杨震为首的"清流"官员集团与奸佞集团开始了殊死斗争。

洛阳校尉府中，杨伦、虞放、高舒、朱冲四人在秘密谋划诛伐樊氏一党。

朱冲说："杨兄，樊氏父子在京城东建造了一个比皇宫还要大的宫苑，其谋逆之心昭然若揭，我们应该及早动手。"

高舒说："宫中有人透露，那樊彪趁皇上南巡，以卫尉身份每晚进宫，夜宿龙床，奸淫宫女，夜夜都有从宫中发出的宫女惨叫声，实在令人发指！"

杨伦说："好！我们再不能等待了，今夜就动手，由朱将军从守城卫士中挑选二十名武艺高手，在樊府秘密诛除樊氏父子。"

朱冲说："我已派人盯好了，这父子二人，今夜都没有回他们的宫苑，而在京城的樊府，正好是我们动手的绝佳机会。可是，周郎不知怎么回事，到现在还不见来。"

虞放说："要不是袁郎与樊家的那层关系，有袁郎就好了……"

几人正商量着，突然，洛阳校尉府外，一阵杂乱的脚步声。刚听到外边站哨的卫兵喊了一声，大门就被一脚踢开，四人大惊，不由得纷纷向大门口看去。

三十一　魂断夕阳亭

只见二十余名宫中禁卫忽然冲进来，将杨伦、高舒、虞放三人死死擒住。

朱冲拔出利剑刚想自卫，一个彪形大汉冷不丁从后面给了他一刀，朱冲一下倒地，几个禁卫蜂拥而上将朱冲压在地上反手死死捆绑住。

这时，樊彪大摇大摆走进来说："杨伦、虞放、高舒、朱冲，觊觎皇位，犯上作乱，图谋不轨，犯有谋逆之罪，即刻带走，押入廷尉府天牢！"

樊彪把抓捕杨伦等四人的情况告诉父亲，樊闰大笑着说："终于把邓、杨一党一网打尽了。"

此刻，樊闰父子并不知道，由于西羌起兵反汉，荆州出现大规模民变，"清议运动"从潼关泉湖学馆引发，在京城太学院已发展到三万多人。消息传到京城，迅速在文武百官中传开。许多忠直之臣情绪激动，义愤填膺，纷纷上书提出："奸佞当道，国将不国，长此以往，大汉完了！"百官强烈要求安帝"振朝纲，清君侧"，治奸佞樊氏和伯荣母女之罪，一道道奏章被送到尚书台。

时候已到了农历的十月初一，再过几天就要立冬了，天气突然间就开始变冷。

杨震出狱后，拖着瘦弱的身体，孤身一人，先是到恩师桓郁坟前祭奠，然后又来到邓太后的陵地，默默拜别太后。

陵地杂草丛生，一派萧条。

不远处的大树上，有几只老鸦在叫着。

看到这一切，白发苍苍的杨震心中无限悲凉，不觉潸然泪下。

他的耳边响起宦官宣旨的声音："朝臣杨震，本应依罪问斩，朕念及师生之情，押入牢中反省。但其在此期间，不思悔改，常利用夜间探监之机，与探监之人秘密会谈，图谋不轨。特将其贬为庶民，遣回弘农故里，即日起程。"

之前，在狱中，袁礼已告知杨震，他写的那两份奏章皇上没能看到，并将奏章奉还杨震。但是，杨震还不死心，他一定要把樊闰私造宫苑、密谋篡逆的事密奏安帝。他快速写好密奏，让袁礼无论如何派飞马信使以"八百里加急"赶上南巡途中的安帝銮驾，将密奏亲自交付安帝手中。完后，杨震如释重负。

这时，杨震跪在墓前，抚摸着邓太后的墓碑，嘴里念念叨叨地说："太后，臣要走了，已不能到太后的旧宫缅怀，就在此看看太后。臣惭愧呀，没能完成太后的托孤之重负，没能照顾好皇上，没能亲手铲除祸国殃民的奸佞妖女，唉，百年之后羞于见太后啊！"

跪了许久，杨震擦了擦眼角的泪水，颤颤巍巍地起身，拖着步子，走在铺满落叶的陵地上。树叶在他的脚下沙沙作响，留下两行深深的脚印……

初冬一早的天气，寒风飕飕。

已是古稀老人的杨震，不再穿着官服，而是穿着他平时在家里穿的那身朴素长袍。他满头白发，头顶绾髻扎着布条，显得有些凌乱。他带着家人，带着简单的行装和几大捆子书简和书籍，离开京城洛阳，心情沉重地返回关西老家。冯宝与妻子春兰牵着牛车拉着书籍、行装走在前边。杨让、杨奉兄弟俩一人扶着父亲，一人扶着母亲跟在后边。孙儿杨赐跟在柳氏身边。

他们走到洛阳城西的夕阳亭下歇息。杨让看着冯宝牵着的那辆牛车上，父亲那几十卷书简、书籍，特别是父亲一生最喜欢读的屈原的《楚辞》、孔子的《论语》、司马迁的《太史公书》，以及那《今文尚书》，一阵茫然。

杨震的行动迟缓多了，他弓着腰依恋地回头瞅着洛阳城的方向，看着那巍峨的连绵起伏的汉家宫阙已没有往昔的神采，感慨无限。只见那满头的白发在风中瑟瑟抖动着，像是他的心，隐隐地揪着、疼着。

三十一　魂断夕阳亭

当年,杨震是带着读书人的责任,带着儒家学派的仁爱之心和儒家的理想,出仕为官,先后去荆州、东莱赈灾济贫,去挽救深陷灾难之中的天下百姓;进入朝廷后,辅佐邓太后;太后去世后,他辅佐安帝,用自己的理想和人格来挽救大汉的危局。

这二十年来,从"追赃赈灾"到"双改双植",从"选官变法"到"从严治朝",知民间疾苦,系国计民生,平抚西羌,打通西域,发展商贸,治国安邦,杨震为这片土地、为朝廷呕心沥血、鞠躬尽瘁。眼看着大汉国库充盈,国力强盛,谁料想年轻的邓太后驾鹤西去,大将军蒙冤受屈,皇帝昏庸无度,奸佞妖女当道,朝风急转直下,弊政丛生,吏治腐败,横征暴敛,贪风炽盛,边关震扰,国库亏空……

亲历了大汉朝廷由盛到衰,杨震痛心不已,愧疚不已,悲愤不已。难怪朝廷的官员和天下的读书人纷纷说,在江河日下、贪腐成风的汉安帝时期,像杨震这样严格践行儒家道德标准、出淤泥而不染的官员真是稀有。

那座若隐若现的汉宫皇城,杨震此刻望去,一片暗红。

杨震望着京城,心情复杂,满腹惆怅。

杨震的妻子柳氏也是满头白发,她拿了一件夹袍披在杨震的身上,她以为老爷还在等着谁:"老爷,我让冯宝去告诉杨伦、虞放几人,替你向他们道别,可是冯宝没找见人。若是他们知道了,一定会来给老爷送行的。袁郎家出了事,袁郎、儿媳仪儿怕是来不了了,不过周广也该来送行了,不知怎么没来。"

杨震没有吭声,他掀掉妻子披在他身上的夹袍,让妻子收拾起来。他其实是在等皇上的消息,可是一直都没有。这时,他在心里责怪自己:"已矣哉!国无人莫我知兮,又何怀乎故都?"意思就是:算了吧!国家缺少忠良没人理解我,又何必深深地怀恋故都?

柳氏埋怨着说:"老爷,这真应了'宦海沉浮,仕途险恶'那句话。"

杨震苦笑着,想:唉,自己终究还是没有逃脱这句话。

牛车慢悠悠地向潼关行驶,杨震还在想着心事,他想,想不到一晃二十年了。想到此,他的心情极度沮丧,极度灰暗,他开始反思他离开潼乡出仕做官二十年所走过的路。想着想着,他的心情竟然不再那么沉重。他从荆州到东莱，再从朝廷到西凉边关，他没有想到他的所作所为，特别是他推出的多项新政，他施行的一系列举措，受到那么多百姓和朝廷官员的称赞和欢迎，并为他带来了巨大的声望。想到这些，他沮丧灰暗的心情得到些许安慰。

此刻看着夕阳亭，勾起了他记忆深处的两件事：一是五十五年前，也就是十五岁那年，自己跟着恩师桓郁初次来洛阳求学的情景。从潼乡家里走的时候，母亲对他叮嘱的话语，如今记忆犹新。母亲说："儿啊！你若辜负了你父亲的清名，辜负了你恩师的恩情，娘永远不认你！"

现在，他想到逝去母亲的那一句话，百感交集，嘴里喃喃地说："母亲，几十年来，儿没有辜负父亲之清名，也没有辜负恩师之恩情。"

另一件是，二十年前受旨出仕，虞放和陈冀携百名学子把他送到夕阳亭时说盼他回学馆时的话，而今学馆虽在，但学馆人数急剧减少，而且牛心峪和豫灵街上的两个学馆，在安帝不重视太学、不重视百姓疾苦的情况下，学生退学，学馆早已停办。剩下潼关的泉湖学馆，在杨震的几个儿子相继出仕为官后，就由一直不愿为官的陈冀和一直没有出仕的老二杨里以及弟弟杨季坚持着。

夕阳亭依旧，而人事皆非。想到此，他不由得潸然泪下。

许是站得久了，他弯腰费力地坐在亭下的石台上，让妻子坐在他旁边的石台上。他瞅着老四、老五两个儿子，指指那几十捆书简、书籍，语重心长地说："爹和你娘养育你们兄弟五个，只有一个期盼，就是你们一个个通过勤劳耕种生活，通过努力读书，都有出息，如今你们没有辜负爹和你娘的心。为父一生清贫，没能给我儿留下万贯家财，觉得你们兄弟五人有出息就够了。为父一生是个清贫吏，也一直要求你们做清贫吏的儿子，因此，也没有给你们留下什么房屋田产，唯一留下的是'耕读立身，清白传家'八个字的家风和那几捆书，作为你们享不尽的一笔财富。还有，为父耗尽一生心血写的那二十卷《大汉国政要略》，已经写完，就剩下整理了。为父老了，心力不支，还望我儿能将它加以整理校对，待时机成熟，交与朝廷，也算是老父没有白拿朝廷这些年的俸禄。"

两个儿子看着苍老的父亲，心里不禁一阵酸楚，双双跪下。杨奉道："父

亲的话,孩儿都记在心里了,孩儿定以父亲为楷模,'耕读立身,清白传家',怀一颗仁爱之心,心系天下百姓。"

杨震满意地看着两个儿子,接着又对妻子和儿子说,他决计从此继续重操旧业,开馆授徒,以实现自己未了的政治抱负。就这样,满怀壮志实现抱负却屡屡受挫的杨震,雄心不泯,准备"蜡炬成灰泪始干"。

杨震几人在夕阳亭下歇息,长风吹拂着老人的满头白发。正在这时,忽然,远处马蹄声声,几辆马车疾驰而来。原来是樊闰、樊彪父子乘着他们那驾四乘马车追来。在不远处,樊彪和后边马车里的随员都下了车,樊闰被儿子扶下车,樊彪和一个年轻宦官走过来。

杨让、杨奉和冯宝站起身迎过去。杨让问:"你们还有何事?"

樊彪说:"让你父亲一看便知。"他说着,让宦官把一黄轴圣旨递给杨震:"本官就不宣了,杨夫子自己看吧!"那年轻宦官把那个黄轴策书送至杨震手上。

皇上策书不是当场宣读的,而是交给本人看的。杨震跪拜于地,接过系着紫绫、加盖玉玺封印的卷轴策书,展开细看,只见策书中写道:

"爱卿入朝以后,母后下旨,让朕拜爱卿为帝师太傅,母后临终前遗嘱,定太傅为托孤之臣。多年来,朕一直奉尊太傅为师,企太傅辅佐朕治理大汉,不想太傅作为当朝一代鸿儒、一代首辅重臣,一向自律甚严、威望很高的帝师,不思如何辅佐朕治理大汉,却趁朕东行泰山祭天之机,谋逆篡位。朕思虑无数,对太傅之举百思不得其解,只觉得太傅有愧于母后,有愧于朕。现特命太尉樊闰、卫尉樊彪赠送皇室专用美酒一樽、牛肉一盘,请太傅审慎自处。钦此!"

杨震看着看着,嘴唇胡子开始颤抖,直到读罢,肝胆俱裂,双泪长流。

原来,自西汉文帝以来,大汉政坛上有个约定俗成的"规则":为不辱将相之尊严,如果三公九卿被认定犯有重罪,可以不接受刑罚而选择自杀,皇上决定处死三公也不明说,只是将种种罪过写成策书,连同美酒、肉牛送至府中,公卿本人一看即会明白,即"君要臣死,臣不得不死"之意。然后饮鸩自尽。

三十一 魂断夕阳亭

杨震谢旨后，沉默了好一阵。接着，情绪又有些激动。

他愤慨的是，自己因"谋逆"一案被罢官，本身就是一桩遭人陷害、诬为"忤逆"的冤案，可是，皇上至今仍是非不辨、黑白不分，认定自己有罪。

杨震脸色铁青，嘴唇发紫，原来这是皇上赐他自裁的策书。他悲愤至极。

一贯忠君爱民的杨震突然明白，这是奇耻大辱，自己宁可不做这个官，也不能让任何人辱没自己的清白，哪怕是皇上。他决定以死明志。

柳氏和两个儿子看到杨震的脸色，得知策书内容，为之一震。

樊闳父子来时，还带着廷尉谢恽和尚书台官员，他们一起追到杨震跟前，说是送达策书，实际上是逼杨震按"规则"自行了断。在樊闳父子的催促下，杨震决定去死，但他要自己选择死的方式给樊闳父子看看。

尚书台来的是个年轻宦官，他和小宦官永信一样，一向敬重杨震的忠直刚烈。他带着符节和一干随员，在樊闳父子的监督下，来向杨震送达策书，但他不忍目睹杨震服毒自决的情景，只把策书递给杨震，就躲到了远处。

这时，樊闳的心腹谢恽让手下的一个法员，当着杨震一家人的面，把毒药放进酒中，恭恭敬敬端到杨震面前，其他随员齐刷刷跪地而拜，有的失声痛哭。

杨震凛然地把酒樽推开说："我杨震作为一介儒生立身于世，一生活得清清白白，但死也要死得明明白白。我一生忠君爱民，无愧天地，更无罪过，为什么要这样死去？请你们回禀皇上，如果我杨震有罪，就由廷尉府依律公开审判。"

谢恽得意地说："杨大人，你任过太尉应该知道，大汉自文帝以来，将相无论是否有罪，一概不对簿公堂，这是规定。就请杨大人饮酒自决吧，不然，本官回去也不好给皇上交差复命。"

樊闳说："杨四知，你已不是朝廷官员，更不是太尉太傅，本官只好这样称呼你。到现在了，你还不明白？你已是阶下囚，是死囚犯，别一口一个皇上的。"

杨震鄙视地瞅了樊闳一眼。

樊彪急了，骂道："杨夫子，你这个老东西，真是给脸不要脸！"

杨震怒目喷火。杨震的几个儿孙更是怒火中烧,孙儿杨赐弯腰从地上抓起一块不大的石头砸过去,砸向樊彪的头上。樊彪一躲,没有砸着。

杨震气得一挥手把酒樽打翻到地上说:"我杨震身为太尉,位列三公之首,作为首辅大臣、托孤重臣,我上不愧皇上,下不愧百姓。如果有罪,应当经过公开审判,然后押赴刑场斩首示众,以警世人。我不是不明法度的妇孺,为什么在不明白的情况下,要服毒而死?"

杨震的话说得在场的人无言以对。

杨震看樊闰的架势,心里明白,樊闰今天是不会放过他的。就说:"我杨震枉为太尉,枉为百官之首。不能除奸佞,这样说来,我真是有负太后重托,死有余辜。尔等作为奸佞之辈,祸乱朝政,危害朝廷和百姓,我不能亲手将你们绳之以法,严加惩处,实是大罪。我会以我的方式,以死谢罪!"

杨震的话慷慨悲切。

樊闰却装作若无其事地围着杨震转了一圈,讥笑地说:"杨四知,杨夫子,你这个青天大老爷,今天怎么不见有人送行?你虽然犯有谋逆之罪,是死囚犯,但皇上感念你在朝多年,日夜操劳,特赐御酒一樽,着本太尉为杨四知送行。杨四知,还是请吧!"说着,对身旁的那个廷尉府的法员使了个眼色,那法员便把手上端着的一壶酒,又倒了一樽,再次端着递与杨震。

杨震悲愤交加,没想到樊闰心肠歹毒到令人发指的程度,竟然当着家眷孩子的面让自己饮鸩。杨震只恨手中没有寸铁,否则,他定要与这祸乱朝纲的奸佞小人同归于尽,那样,死也值了。

柳氏忽然想到什么,她让儿子杨让赶快从包袱里取出丹书铁券,放在樊闰面前:"我家老爷一生清正廉洁,有丹书铁券在手,你们休想逼迫!"

樊闰嘿嘿阴笑了两声:"持丹书铁券的托孤大臣可以免死,那都是旧皇历了。再说杨震犯有谋逆之罪,即使有丹书铁券也是一块废铁。依汉律,本应株连九族,若不是皇上重情开恩,怕是连你们也一同株连了。杨夫子,快饮了吧!"

柳氏一听樊闰的话,气得眼冒金星,她一步上去就想抢那樽毒酒代夫饮下:"你们这伙人不赶尽杀绝是不会罢休的,这樽酒我代夫饮了!"

三十一 魂断夕阳亭

杨震伸手拦挡，没想到冯宝更是眼尖手快，抢先一步从那法员手里夺过酒樽要替杨震饮下。樊彪忽地扑过去夺过酒樽，递给杨震。杨震的两个儿子及冯宝紧握拳头，挡在杨震面前，怒目而视面前的樊彪。

樊彪吃了一惊，后退几步，没想到杨震的家奴也如此仗义，关键时刻甘愿替主子去死。

兄弟俩舞动拳头要跟樊闰父子拼命，几个禁卫立即手持兵器挡在前面。

杨让指着樊闰的鼻子："怪我父亲心慈手软，没有早日杀了你们这些祸国殃民的奸佞！"

杨奉说："你们陷害忠良，罪恶滔天，皇天不佑，你们定会遭灭九族！"

杨震的孙子杨赐说："你们这些奸佞坏蛋，我长大要替我爷爷杀了你们！"

樊闰听任杨家儿孙谩骂也不生气，依旧对着杨震说："杨震，从荆州开始，你就与我作对，二十年了，你处处跟我过不去，一次次在皇上面前参奏弹劾，想扳倒我，除掉我。可是，你做梦也没有想到，最终还是败在了我的手下，哈哈哈！杨夫子，服输吧！"说着，用眼睛死死盯着杨震："你杨四知不是杨青天嘛，你整天咒骂我们樊家兄弟、父子扰乱朝纲，大奸大恶。可是，皇上还是倚仗我们樊家坐天下。而你，大忠大善的青天大老爷，皇上却不信任你，你不觉得悲哀？"

杨震朝着樊闰那张丑陋的嘴脸，"呸"一口唾在他的脸上："卑鄙无耻的小人！人在做，天在看。苍天长着眼睛呢，你作恶多端，必有恶报！你这种奸佞小人，终究会遭万民唾弃，遗臭万年！"

樊闰气得鼻孔朝天，大喊着："杨震，你死到临头了还嘴硬，彪儿，去，送上皇上的御酒。"

樊彪举着酒樽再次递给杨震，得意忘形地说："杨老夫子，你能活到今天也算命大，来，把这樽酒饮了，樽酒泯恩仇，你和我父亲这一生的恩怨也算了了。"

杨奉举起拳头说："你们父子，不要狗仗人势！"

杨震死死盯了樊闰许久，盯得樊闰把头都扭到一边，然后杨震毅然地接过

酒樽说："无耻小人，用不着你们逼，读书人自有读书人的节操。我自打踏入荆州的那天起，就注定要跟你们这些奸佞小人斗到底。欣慰的是，我堂堂正正地生活在光明之下，而你们这些鼠辈，却只能躲在阴暗的角落里不敢见人。我会在阴曹地府看着你们父子人头落地，记住，老天是有眼的，不会让你们逍遥法外的！"

"你你你……"樊闰指着杨震气得说不出话。

杨让、杨奉兄弟扑过去夺父亲手中的酒樽，被杨震推到一边。

一生刚正不阿的杨震，决定以死明志。他转过头，慷慨悲愤地说："夫人、儿孙们，死节，本是士大夫的寻常分内之事。几百年前，楚国三闾大夫屈原面对死亡尚且坦然，我又有何惧怕？你们都不必悲伤，我蒙太后、皇上之恩，位居堂堂大汉的三公之首。遗憾的是，我痛恨奸佞误国而没能来得及诛之，厌恶妖女乱朝而没能来得及讨之，我还有何颜面见于世人？我的死，若能使皇上迅速醒悟，看清这伙奸佞的嘴脸，我也死得其所了，也算为江山社稷尽心尽力了。"

樊彪说："杨夫子，你一个乡野教书匠，腐儒之流，死到临头，嘴还这么硬！"

小杨赐喊着"爷爷"，去抢夺杨震手上的酒樽。杨震推开他，高举着酒樽。

这时，杨震已悲愤至极，说："我杨震受太后之托，辅佐皇上，继承太后遗志，立志在几十年内，振兴大汉，使大汉国强民富、国泰民安、四海升平、天下唯一。没想到，如今奸佞妖女横行，抱负难以施展。与其受辱受刃，不如自赴黄泉。若能警醒皇上，不枉杨震之命。"

说毕，转身对妻子和儿孙们交代后事："夫人、儿孙们，我死之后，以杂木做棺，用麻布做盖，不要送我回归祖茔，更不要设堂祭祀。我儿若都有出息，能继承为父的遗志，报效朝廷，就是对为父最好的安葬。"

小杨赐和杨奉、杨让都还在抢夺杨震手中的酒樽。

杨震说罢，更加悲愤，翘着胡须，端着酒樽仰头高吟："'屈心而抑志兮，忍尤而攘诟。伏清白以死直兮，固前圣之所厚'。夫人哪，儿孙啊！我去也!"

这是杨震所喜欢的屈原《离骚》中的诗句,表明了杨震内心委屈。他强自压抑着心志,压抑着激愤,忍受罪名而遭小人羞辱,忍受冤屈和耻辱苦苦煎熬,保持清白之身,保持清白之道,像前代圣贤屈原一样,为正义而死。

说毕,杨震并没有饮鸩,而是直身而起,怀着满腔的冤和无限的恨,愤然将酒樽砸向樊闰头上,转过身,一头向夕阳亭的方柱上撞去。"哗"的一下,头部的鲜血喷流如注,之后便倒在柱前的地上不动了,鲜红的血洒在夕阳亭。

全家大惊,待柳氏和两个儿子反应过来扑向杨震时,一切都晚了。杨让和杨奉抱起父亲,杨震浑身软塌塌没有一丝气息,已经咽气了。

夕阳亭内,一片鲜血红如残阳。

樊闰父子没想到杨震如此清风傲骨,以死明志,一下子慌了神。小杨赐转身从地上捡起一块石头,向樊闰砸去,吓得樊闰、樊彪转身上车,带着谢恽、宦官、禁卫仓皇而逃。

顷刻一片哭声。柳氏将满头是血的杨震用夹袍盖着,抱在怀里,哭得昏天黑地。

杨奉哭着说:"娘,不管我爹临终前如何叮嘱不要送他回归祖茔,我们兄弟二人都要把我爹运回潼关老家安葬,不能埋在这儿!"

柳氏和孩子们一定要把杨震拉回潼关安葬。他们心里明白,潼关老家是杨震一直的牵挂,那里有他的父母、亲人和友人,有他亲手开办的学馆,有他成百上千的学生,有养育他的黄土黄河,他怎么能不想回去呢?今天,就是再难,柳氏也要跟孩子们一起,把杨震的魂灵带回家。

杨让给母亲说:"娘,我和奉儿跟宝哥去城门口把咱们身上所有能卖的东西都卖了,看着给我爹买好衣物及棺木,回来给我爹入殓。这儿,娘你和春兰嫂子、赐儿先照顾我爹。"

柳氏看着白发苍苍、满身是血的老爷,泪眼模糊。她知道,眼前所有的家当,除了车上那些书,没有值钱的,就是卖掉身上所有值钱东西,也无法买下一口棺木和衣物。柳氏想到此,一时难住了。

冯宝也在盘算如何料理老爷的后事,他也一筹莫展。

三十一 魂断夕阳亭

因为，杨震这二十年所遭遇的一切只有他最清楚。他在想：老爷呀，这些年你把自己克扣尽了，也把苦受尽了。同是在朝廷做大官，人家刘凯家的"刘府"是豪华府第，而老爷自到洛阳直到官居首辅大臣，十多年却一直住在洛阳城西北角窄巷小院里的那个"杨宅"；听说人家刘章家的生活，鸡鸭鱼肉甚至鲍鱼海参、美酒长年不断，而老爷一家，平时除了来客，都很少买菜；听说樊闰一家连奴仆穿的都是绫罗绸缎，而老爷一家穿的都是粗布衣裳；听说樊闰父子上朝下朝，不是坐车驾，就是骑马，而老爷父子进宫上朝，永远都是轻装简从，徒步行走；听说樊闰在荆州时，土地田产就有上千亩，在洛阳郊区就更多，而老爷家在老家水峪口不过薄田二三十亩。曾几次有人劝他为儿孙留点儿产业，他回答说："让后人称我的子孙是清廉吏的子孙，这不就是最宝贵的产业吗？"听说别人给樊闰父子送的贿赂数都数不清，而这对父子将其挥霍一尽，可老爷月月的俸禄舍不得花，大多用于儿孙读书，用于周济亲戚和其他可怜的人；听说在朝廷，老爷总是勤以务朝，廉洁从政，而那个樊闰总是疏于朝政，贪赃枉法。老爷，你太苛待自己了！

杨震几个儿子后来都通过考试取士，相继出来做了官，杨震经房东同意，在北边正房的庄基上盖了三间瓦房，东边又盖了一间茅屋灶房。老大杨牧因在长安做官，一家子都去了长安。而这庄院落，杨震住正屋东间，老三杨秉一家住西间，老四杨让一家和老五杨奉一家住在西厢房上两间，冯宝仍住下屋。一个狭窄的小院住着几十口子人，但杨震十多年一直没有离开过那个窄小的"杨宅"。杨震的母亲还在世时，杨妻柳氏一边侍奉八十多岁的婆婆，一边一年四季不分白天黑夜，坐在纺线机前、趴在织布机上纺线织布，为丈夫做衣做鞋。后来，婆婆去世后，几个儿媳也进了门，按说该歇口气了，可是，几个儿子相继通过读书考试，出去做了官，老二杨里学业一般，没有出去，家里就剩下柳氏和老二一家子收种那几十亩地，大部分种粮食，少部分种麻，一点点能浇水的地种菜。这些年，杨震与冯宝，以及后到洛阳的几个儿子吃的蔬菜和粮食，主要是从潼乡供给，因为洛阳距潼乡也不是太远。蔬菜方面，夏秋季节，主要收种芋头；初冬季节收获葵菜、芜菁等。漫长的冬季和青黄不接的二三月，正是人们日子难熬的时候，冯宝按照潼乡老家人的习俗，把从潼乡送来的各种蔬

菜储藏在院子东墙根他挖下的地窖里,吃时再取。在冬季,他把一少部分葵菜叶子腌在小缸里,而把大部分的葵菜叶子和芜菁叶子用豆腐浆做成酸菜,就饭吃。一年有多半年都是吃这酸菜。主食方面,杨夫人与二儿子杨里把地里收种的大豆在村后的水磨上磨好,磨成大豆面、大豆糟,连同豆腐用牛车送到洛阳。朝廷发的俸禄谷物小米,舍不得吃,就又带回潼乡让年老的母亲吃。潼乡水峪口那一带山坡地,由于地处山根,见太阳的时候少,种不成小麦,种下的十年有九年没收成,因此,他们一家长年吃粗粮,一年除了大年初一包饺子,很难吃到细粮。这是遇到好年成,若是遇到歉收年或干旱年,颗粒无收,人们只好挖野菜,吃山上的葛兰叶。冯宝常常感叹老爷太苦自己,杨震总是心情沉重地说:"我们的大汉多灾多难!今儿个几十个郡国水灾和冰雹,明儿个几十个郡国旱灾和蝗灾;今年几十个郡国震灾,明年又是多少个边地郡备受战乱之灾。比起天下那么多缺吃少穿的百姓,我们好多了。在朝廷,太后尚能节衣缩食,我们更应该如此。"杨震离开潼乡那年,走时叮嘱五个儿子,他不要求什么,只要求他们每月把各自的学习情况写信告诉他。他教子极严,教育他们"勤以修身,俭以养德"。因此,他把他的俸禄一点儿都舍不得花,都给孩子买了灯油、笔墨,供他们读书用。

  人人都知道杨震是一个清官,但不知道他清贫到什么地步。其实,他清贫到连回家乡关西的盘缠都没有,撞死在夕阳亭后,连买棺材的钱都没有。他在朝为官二十年,只有一身朝服和一双朝靴,晚上洗,白天穿,勤俭朴素几十年。他把自己每月领到的俸禄一部分寄回老家,作为学馆的办学之用,一部分,早先用于奉养自己在家的八十多岁的老母和养活妻子儿子,老母去世、几个儿子成人成家后,他又把这一部分俸禄用于他所看到的所知道的贫苦人家。妻子曾劝他为后世子孙置办一些田产,他说,他的后世子孙,种庄稼的就凭自己的双手置办田产,出仕的都要做清白吏,用节省的钱自己置办田产。

  二十年前,冯宝原是潼乡泉湖学馆的一个下人。当时,学馆住着一些家在外地的学生,需要一个做饭看门的人,在老腔戏班子的冯宝父亲与杨震是朋友,杨震就把住在附近村子潼亭村里的冯宝找来,白天给学生做饭,晚上看门。杨震赴荆州时,冯宝见杨震一直把他当作自己的儿子一样看待,舍不得离开杨震，一定要跟随杨震。后来，杨震考虑到自己到外地，人生地不熟，生活也需要有人料理，就把冯宝带上了……

杨让、杨奉安放好父亲的遗体，然后就急着与冯宝去洛阳城为父亲想办法置买棺材衣物。这时，成百的城中百姓从洛阳城里跑出来，追送杨震，他们追到夕阳亭一看，才知道杨震已经遇难，一个个跪在杨震周围哭泣。原来，杨震一家被遣回关西的消息一传十、十传百，百姓纷纷追到夕阳亭为杨震送行。

百姓一看现场的情景，知道杨震死后杨妻与孩子们都没有钱办后事。

这时，不知道谁喊了一句："杨大人周济我们的太多了，我们凑钱，为杨大人到城里买棺材、买衣裳！"

听到喊声，众人纷纷响应，身上有钱的现场掏钱，没有带钱的跑回家去凑钱。于是，你掏出几个铜板，他带来几匹丝帛，纷纷凑钱为杨震买棺材、买衣裳。前后不到一个时辰，就凑够了。最后，在喊话人的领头下，到洛阳城里为杨震买了口棺材和入殓的衣物。

杨让、杨奉兄弟俩跪在地上，一再感激，在磕头作揖答谢过百姓后，就忙着与母亲、冯宝为父亲入殓。

杨震被罢职遣归原籍，城西殉道，经那些回家凑钱的人一路说道，消息迅速传遍两京。杨震生前没有想到，他主政期间推出的几项新政，因为使地方官府和百姓普遍受益，所以给他带来巨大声望，他死后还有这么多百姓记挂他。百姓纷纷说，皇上认为杨震是罪臣，但我们百姓认为杨震是恩人。

这时，又有不少百姓得知杨震殉道遇难的消息，纷纷奔走相告，赶到夕阳亭。当得知杨家母子遇到困难时，又纷纷凑钱。他们说，凑的钱到村中再买一套牛车，载运杨震灵柩回潼关。

樊月的灵柩安放在袁府厅堂，袁家一家人都沉浸在悲痛之中。

里里外外，除了袁礼父母，都是穿白戴孝的人。真是白发人送黑发人。

袁仪柳眉秀目，脸若带水珠的莲花，一身缟素套在透花素罗深衣裙上，忙着二嫂的丧事。她看着悲伤的二老，擦掉脸上的泪珠，说："爹、娘，忘了告诉你们，皇上已下旨，将我公公贬为庶民，遣回潼关故里，我公婆今日一早全

家已经离开洛阳,他们不能来咱家为二嫂奔丧了。"

全家人一惊。

"什么?"袁贵吃了一惊,"皇上怎能如此昏庸?罢了他的官、削了他的职还嫌不够,还要遣回关西?"

"是啊,"袁飞听闻也过来说,"杨大人刚正不阿,敢于谏言,早已成了奸佞妖女的眼中钉了,这分明是他们加害杨大人啊!"

袁礼一听更是气愤:"这哪里是皇上的圣旨,我看分明就是他樊闰所为。这帮奸佞,不除掉杨大人他们是不罢休啊!"

袁贵想了一下说:"不行,看来杨大人这次回乡的路上怕是凶多吉少。飞儿,你速带二十精兵,追上杨大人,一路护送他们安全回关西。"

袁飞遵照父亲命令,刚要起身,这时,一名羽林军军官急急忙忙跑来,冲到袁礼跟前:"报告将军,杨大人奉旨离京返回关西,刚出城走至夕阳亭,被樊闰父子带兵追上,逼迫杨大人饮鸩自裁。杨大人不甘受辱,悲愤交加,撞柱身亡!"

"什么?!"袁家全家人都被这突如其来的消息震惊了。

"还有,"来人接着说,"下官得到确切消息,杨伦、虞放、高舒、朱冲四位大臣,夜里在校尉府商议,准备秘密抓捕樊闰父子,由于手下人告密,被樊家人先下手,樊彪带领上百个宫中禁卫将四位大臣秘密逮捕,现不知关押在哪里。"

袁家父子又是大吃一惊。

袁礼说:"父亲,我看樊家人狼子野心,怕是要图谋不轨了。"

袁贵也道:"要出大事了。看来,樊闰这是借皇上南巡,朝廷空虚,要下狠手了,朝廷要大乱啊!"他说着惊得站起来,一下子担忧起来。他在想,为铲除奸佞,杨伦这些文臣都冒死行动,现在要保护大汉的江山社稷,该是武将们挺身而出的时候了。他说:"朝廷内部,看来情况十分危急,说不定一场厮杀、一场宫廷大乱马上要出现了。"

这些年,袁贵在心里,不由自主常把自己的两个亲家公樊闰与杨震进行对比。

三十一 魂断夕阳亭

樊闰咸鱼翻身入朝做官之后，锦衣玉食，讲求奢华，住的是大街边的官府大院，手里摇的是白色羽扇。无论早朝还是进入皇宫问安，总是乘四匹披甲健马，彩绘车轮，红色轴头，黑漆车厢轿式马车，宽敞的厢内，铺着波斯地毯，座位上铺着锦垫。这车驾在洛阳城里是最漂亮、最显眼的，其规制虽然没敢超过皇上，可豪华舒适的程度却是数一数二，十分张扬。

而杨震无论是做太常、司徒，甚或是百官之首、三公太尉，一直住的是贫民区的窄巷小院，行走从不乘车驾或骑马，而是弃车简从、安步当车；天热手里拿的总是一把旧蒲扇。自己与朝中的陈忠、张衡、许慎等人每谈及杨震生活俭朴、为人低调、粗茶淡饭、素衣简从的人品和作风，感触良深。

樊闰良田万顷，黄金上亿，富可敌国；而杨震清德洁白、两袖清风。自己曾劝杨震为后辈置些良田产业，他却说，够吃就行，让他的子孙后代做个清白吏。

两个亲家公人品和作风相比，真是杨震在天上，樊闰在地下。

这时，袁飞站在父亲面前说："父亲，决不能让樊家这帮奸佞阴谋得逞。礼儿因月儿的后事脱不开身，儿臣谨遵父亲指令，请父亲发命令！"

袁贵此时在激烈地思考：该是我们这些武官武将站出来的时候了。这些年，作为骠骑将军的袁贵，在太后时期谨守本分，安帝时期虽有不满，但从没有像亲家公杨震那样挺立朝堂。他有两大爱好，即在将军府下围棋和莳花弄草。下围棋是为了研究战术以运筹帷幄，莳花弄草是为了修身养性。可如今，面对朝廷的诸多变故，他再也不能袖手旁观。说不定樊闰的绳索下一个就要套到袁家人的脖子上。

此刻的袁贵心急如焚。他在想，一代忠臣、大儒杨震遭归故里又死于途中，其他几个重臣杨伦、虞放、高舒、朱冲被捕入狱，放眼朝中，忠直大臣再无他人，在这个关键时刻，自己再不站出来，大汉真的要完了。

糟糕的是，兵权都在樊闰这个太尉和大将军耿宝手上，樊闰要谋反，肯定要在就近的郡国调集数万兵力发动宫廷政变，而自己的兵符所能调动的兵力仅仅一万人，而且还不在洛阳。哦，二儿子礼儿统领的羽林军有一万人，都在京城。

袁贵冷静了一下，沉着地说："樊闰谋逆之心已昭然若揭，当务之急是保护好皇后和太子。你们兄弟二人兵分两路，立即行动。飞儿，你带羽林军卫一千人，秘密保护好皇宫，保护好皇后和太子。礼儿，你带羽林军卫九千人，包围廷尉府大牢，杨伦四人肯定被关在那里，先要救出四人加以保护。宫中的情形，以及西羌边关战事，我前几日已差人以八百里加急赶往南海的路上密奏皇上，按理信使这时已经见到皇上，圣旨很快就会到了。樊闰秘密建造宫苑、企图谋反的事情，以及调动兵力的事情，已经来不及上奏皇上，现在情况危急，咱们等不到圣旨，只能先斩后奏了。礼儿你救出杨伦四人后，即刻带羽林军，包围樊家宫苑，不要靠近，以注意宫苑内的动静，等待命令。"

两兄弟听到父亲的命令后，袁飞即刻出门行动。袁礼转身看了看樊月的灵柩，犹豫了一下。袁贵走过来拍拍袁礼的肩膀说："儿啊，忍住悲痛，国难当头，当以国事为重。月儿的后事，由你母亲和你嫂嫂暂且料理。"

袁礼点点头，眼含泪水狠下心扭头出门。

袁礼按照父亲的安排，带领羽林军，包围了廷尉府大牢，经过血战，救出了杨伦、虞放、高舒、朱冲四人。浑身是血的四人拉住袁礼的手表示感谢。

袁礼说："先别说这些。杨大人被樊家人逼得离开京城，回归关西潼关，刚出洛阳城，在城西的夕阳亭就遇难了。"

四人感到震惊。

朱冲大惊："什么？恩师被逼迫离京，在城西遇难了？"他说完剑已出鞘："我杀了那狗日的奸佞樊闰！"

"对，杀了奸佞！"他的手下一齐喊。一时间，屋内剑光闪烁，一片杀气腾腾，朱冲回望着周围卫士们悲凄、愤怒、恳求的眼睛。

杨伦说："要杀奸佞，不急于一时，眼下我们得赶紧追上恩师的灵柩，为他送行。"

袁礼急着带人去包围樊家宫苑，杨伦几人急着要去追恩师的灵柩。

夕阳亭中，杨震的遗体已经入殓，躺入灵柩。原来是城里的那些百姓，纷纷搭手帮着把杨震入了殓。牛车也已经从村子里买来。听到杨震遇难的消息，还有不少乡民向夕阳亭奔来。夕阳亭周围，围满了百姓。

一个白发苍苍的老伯伯挤进人群一看，说："原来是给杨青天杨大人的，我的棺木不要钱了！"牛车的主人——一个小伙子也从村中跟着来到夕阳亭，听了老伯的话，就说："我的牛车也送给杨大人用。"

但是，无论是城里凑钱的百姓，还是乡间凑钱的百姓，都不同意，要让棺木主人和牛车主人收钱。双方推让不下。

杨夫人一再感谢。杨让、杨奉、杨赐、冯宝跪在地上，一再磕头向百姓们谢恩。当看到百姓推让的情景，他们都感动得哭了。

这时，杨伦几人匆匆追赶来，一看眼前的情景，一个个跪在灵柩前，手扶棺木，用拳头捶打着自己的胸脯，哭喊着，后悔不已。柳氏让儿子把他们一一往起拉。

杨伦几人听说百姓纷纷凑钱为恩师置买棺材和牛车，而且一个个真诚倾囊相助，就说："乡亲们，我知道，大家的日子都不好过，谁家都没有多少钱。是这样，卖棺材的老伯和牛车主人，你们一点儿不收也不行，就少收点儿。其余物品所需费用大家凑，我们几个恩师的学生，也都出些。这个事情就这样定了。"

杨伦几人与乡民们七手八脚帮忙把棺材抬放到牛车上，前后牢牢实实绑好绳索。虞放几人与乡民百姓们又都纷纷跪地，为杨震烧了一堆祭魂冥钱。由于杨伦他们还有更重要的事情去做，不能久留，只好让师母几人先行。这时，他们都把身上仅有的钱全部掏出来，让师母他们一路上用。

虞放拉着师母和杨让、杨奉的手说："师母，一路小心。让儿、奉儿、冯宝，你们一定要保护好恩师和师母。等我们把朝廷这边的事情处理了，我们几人就尽快追上你们，赶到潼关去。"

送行的人群目送着拉运杨震灵柩的牛车缓缓行驶，向西而去，一直不肯散开。

冯宝在前边牵着载灵的牛车，一路走着，一路伤心，哭唱起了潼乡黄河老腔戏里一段最苦的"哭板唱腔"《哭孔子》。后边的一辆牛车由杨奉牵着，车上坐着柳氏，放着书简、书籍和衣物。

灵车刚刚踏上潼关的土地，突然，一队官兵挡住了去路，只见弘农太守移良缓缓从马车上下来，说："本太守秉承太尉樊大人的旨意，罪臣杨震之灵柩不得运回本籍！"

杨让兄弟俩见势利小人如此猖狂，愤怒地冲到前边。杨奉说："我父亲是当朝皇上的太傅，没有皇上圣旨不算事！"

移良"嘿嘿"奸笑了两声："樊太尉乃是当朝三公之首，他的指示就是圣旨。兵士们，上，将棺木拉下牛车！"

"谁敢！"杨奉两兄弟及冯宝挡在棺木前，拼死保护灵柩。

于是，双方发生了冲突，由于官方人多势众，灵车被推倒在道旁。柳氏一看阵势，也看穿了这伙人的阴谋，为了暂且不让孩子吃眼前亏，她说："奉儿两兄弟，听娘的话，哪里黄土不埋人？就将你爹安葬在道旁的黄土坡上吧。"

移良说："不行，不准安葬！樊太尉说了，谋逆罪犯杨震变法失败，应该像当年的商鞅一样五马分尸，暴尸野外。兵士们，上！"

杨奉两兄弟怀抱石头，拼死大喊："谁敢！谁再敢往前走一步，定叫他陪葬！"

正当双方相持时，附近村庄听到杨震不幸遇难消息的百姓，纷纷肩扛镢头、锄头、铁锨等来到杨震灵柩前。看到移良如此没有人性，百姓们把移良带领的衙役和兵士们团团围住。

一个壮汉号召大家说："我们大家共同动手刨坑，安葬杨大人。"

两小吏上前阻拦，冯宝扑上去就打，百姓纷纷连喊带打，把那两个小吏打倒在地。其他兵士纷纷向前拥。

移良说："反了！反了！"边说边往高处走，吩咐着："郡丞，去，把郡兵都调来！"

正在这时，杨秉、陈冀率领的泉湖学馆的三千学子进京"清议"，正好赶到这里。他们一看一伙府兵正围着一辆载运灵柩的牛车打砸，不知道是怎么回事。杨牧、杨里、杨秉三兄弟这时看到母亲和两个弟弟及冯宝衣衫褴褛地护着一个灵柩，愣在那里。

五弟杨奉扑过去哭着说："大哥、二哥、三哥，父亲遇难，魂灵升天了！"

三十一 魂断夕阳亭

三兄弟当下五雷轰顶，没想到他们正准备救出的父亲已经不幸遇难了。他们一个个夺过乡亲百姓手中的农具，像愤怒的狮子一样，哭喊着与二叔杨季扑向移良和兵士，杨季举起镢头向正准备搬兵的郡丞头上砸去。

陈冀所率三千学子得知恩师已被奸佞樊闰害死，也愤怒了，纷纷动起手来。

三千学子手搬石头、土块，把移良带领的衙役、兵士团团围住，打倒在地。

挨了一铁锨的移良慌了，他想，要阻止杨震的灵柩回潼关可以，但要阻止就地安葬杨震，杨家兄弟和众多学子以及当地百姓不会答应。于是，他命令官府兵士撤出来，远远挡在路上，而他自己撒腿跑去搬兵。这样，百姓们一起动手，才在陕县驿道路边的黄土坡上，挖坑的挖坑，搬石头的搬石头，把杨震的灵柩安葬入土。

驿道边的黄土坡上，一个黄土新堆的坟出现在众人眼前。坟前跪着杨震一家及冯宝、春兰。杨牧、杨里、杨秉三兄弟抱着母亲，杨赐从后边抱着奶奶，一个个哭得死去活来。他们的身后跪着众多乡民和三千学子。坟前一片哭声，震天撼地。

南国广州野外的驿道上，冬日斜照，气派豪华的皇上南巡的仪仗队伍在缓缓南行。安帝坐于华盖车辇内。车辇前后左右，国舅、大将军耿宝威武地骑着马，怀抱刘邦的斩蛇剑，带着羽林军护卫在华盖车周围行进着。前边有几面举起的大牌子上写着"回避"二字。伯荣的车辇、王圣和大臣的车轿紧跟在后边。

华盖车辇内，安帝正在打盹，他梦见杨震站在他面前，满脸是血地说："皇上，您醒醒，再不醒来，宫内就要出大事了！"他看着满脸是血的杨震，吓得惊叫醒来，满头大汗，才知道是在做梦。

已老得走路蹒跚的樊丰，抬头向着车辇内急问："皇上，您怎么啦？"

安帝没有吭声。过了片刻，隔着帘子朝车辇外问："樊丰，京城有没有什么消息？这几天怎么不见有什么奏章？朕总觉得心里不踏实！"

樊丰殷勤讨好地说:"回陛下,不曾有。皇上,您难得离开皇宫南巡放松一回,洛阳无报,肯定是一切平安,您就安心南巡求仙吧!"

安帝南巡的銮驾继续缓缓南行。

离开皇宫已经月余,眼看离南海不远了。安帝心里祈盼着这次南海求仙顺利圆满,得到了长生不老秘法,就可与伯荣永远享受这醉生梦死的神仙生活了。

安帝坐在车内,心情随着车身的颠簸一摇一晃。连着多天没有接到洛阳的奏报了,不知为何,安帝心里反而觉得空落落的。安帝正想着,突然,一飞马信使一路飞奔从后面狂奔而来,边跑边喊:"八百里加急!"南巡的车队纷纷让开一条道来。一飞马信使跑到安帝车辇前,滚身下马,跪地就拜。

华盖车停下了。安帝心里"咯噔"一下,一种不祥的预感袭上心来。樊丰刚想接过奏报,不想安帝却说:"飞马信使报。"樊丰尴尬地又退了回去。

原来是老臣袁贵暗差的密奏刚到。飞马信使气喘吁吁地奏报:"皇上,八百里加急!西羌反叛,叛军送达宣战书!"飞马而至的信使欲将密信送到华盖车内。

在场的人都大惊。

樊丰想阻挡已经来不及了,只听安帝在华盖车内说:"快奏上!"

飞马信使大声奏报说:"禀皇上,在下受袁老将军密遣,前来向皇上密报,须皇上亲启。"

安帝急了:"免礼!朕赦你无罪,直接奏。"

飞马信使站起身,奏道:"西北前线送来八百里加急:滇零死后,零昌继位,联合西凉十二郡国反汉,纠集铁骑十万、步兵十万,声言要直取洛阳,取而代之。零昌送来宣战书,称:其大汉朝儿皇帝刘祜,藐视我等之民族,我先皇滇零在世,大汉假以招抚,名以平等相待,实则与大汉别郡亲疏有别、厚薄不均,只委以小小的北地王。然不过几年,又被儿皇帝刘祜复为郡太守之职,羞辱我皇,此罪行其一。大汉先太后曾当着天下众人许诺西羌五年内免缴税赋,仅三年,大汉皇上就出尔反尔,背信弃义,加征赋税,此罪行其二。汉人官吏、豪强,长期欺压我等民族,使民不聊生,此罪行其三。我等之民族已忍无可忍,现向尔等宣战。新皇零昌将倾全国之力,率大军东征,讨伐大汉皇上上述罪行。我等之民族铁骑之剽悍凶猛、军威之雄武强大，汉人尽知。我军所到之处，将如风卷残云，将汉之朝廷灭顶……"

飞马信使说到这儿，喘了一口气，接着禀读袁贵奏章："皇上，零昌宣战书已达朝廷一月有余，但我朝廷却按兵不动。眼下，叛贼已联合川北、甘南等羌族部落彪悍铁骑十万，一路势如破竹。前方将士粮草不足，阎显将军多次奏报朝廷皆无回应。现军心混乱，无力抵御，节节败退，已退至新丰。至二十日，西羌叛军已达长安城外，长安城危在旦夕。我军前线内无粮草、外无援兵，情势十分危急。一旦叛军占领长安城池，突破新丰，攻破潼关，洛阳危矣！皇上，臣冒死以八百里加急密奏皇上，恳请皇上以江山社稷为重，速速下令调兵增援，御叛军于长安，以保我大汉江山……"

安帝听着袁贵的密奏，龙颜大怒，说："停！停！休要念了！有……有这等事？什……什么时候送达我朝的？"心想，樊丰不是一直都在说朝廷平安无事吗？怎么出来月余，西羌叛军都已打到长安了？好久，他才像是从梦中惊醒一般，揭起帘子，直直地盯着车辇旁的樊丰问："怎么回事？叛贼何时下达的宣战书？朕怎么一点儿都不知道？樊丰，这是怎么回事？快说！"安帝突然发疯一样对着樊丰大喊。

樊丰低头说："回……回皇上，奴才见皇上太过劳累，再说皇上还要陪昭仪娘娘，还要打坐，奴才不想给皇上增添烦心的事，就跟几位大臣商量，想着西凉塞外漠北，天高路远，征剿不便。再说，那零昌是一介小儿，口出狂言也不足为信，不想这小儿居然……"

安帝更加愤怒，大叫着："大胆奴才！竟敢私自扣压奏章，贻误战机，你不想要你的脑袋了吗？"

樊丰一听，吓得立刻跪倒在地上："皇上饶命！奴才也是担心陛下龙体才……"

稍稍平息下来，安帝焦急万分，追问耿宝："耿国舅以为如何是好？"

耿宝说："先把袁将军的密奏听完。"

飞马信使接着念："大灾之年易生民变，前有秦亡教训，又有绿林赤眉之祸。如今，南方连年水涝，北方连续干旱，百姓颗粒无收，造成了灾民流民无

数。有的地方数十万灾民拥入县城、郡城、州城，形成人患。有的灾区饿死者十之七八，到了'人相食'的地步。西北西羌大举进犯，将士由于粮草供给不上，无力抵抗，一退再退，士卒死亡者达十之六七，且瘟疫横行。中原一带，蝗虫满天，飞向京城，乌云般遮蔽了洛阳。如此巨大的天灾人祸，即使在国库充足、朝野稳定的情况下也难以应付，何况发生在动荡不安的年代。故此，老臣袁贵跪请陛下速做决策，以保大汉江山之稳固！"

安帝更加焦急，再次追问耿宝："耿国舅以为如、如、如何是好？"

耿宝说："皇上，西羌叛军这次来势汹汹，彪悍强大，臣以为，眼下军心涣散，要保住大汉江山，皇上唯有速速回朝，效仿先武大帝御驾亲征，如此这样，既可以吓退羌贼叛军，也可青史留名……再说，皇室规定，没有皇上朱批，在京城擅自调动军队，是满门抄斩的大罪。皇上不在京城，没有朱批，如何调动大军抵抗？"

安帝一听耿宝身为大将军，还要他来御驾亲征，心生不满。再说了，眼看就要到达南海，神仙还没有见到，长生不老之法和壮阳之法还未求到，这时让他返回京城御驾亲征，岂不是前功尽弃？

安帝想到这里，摇摇头："不行，朕不能回去，南海求仙绝不能半途而废！"

耿宝见大汉朝廷都快要不保了，安帝还要固执地去南海，妄想长生不老、得道成仙，他这是上了樊氏兄弟、伯荣母女的当，走火入魔了！直到这会儿，耿宝才看清了樊氏才是藏有忤逆之心的奸佞小人。眼看皇上皇位不保，耿宝恨不得绑着皇上回宫而去。他焦急万分又无可奈何地央求安帝："皇上，京城危在旦夕啊！一旦叛军占领了洛阳，我们就回不去了。再说，皇上失去了皇位，即使长生不老又能如何？皇上醒醒吧，速速回朝才是上策啊！"

耿宝手把车辇哭求安帝，谁知安帝却坚定地说："朕不能回，见不到神仙，朕绝不回朝！樊尚方，你以为如何是好？"

樊丰急急献策说："皇上，奴才以为，要保住大汉江山，唯有放弃西域、放弃长安，同时下旨命袁贵将军率兵在潼关迎击叛军。然后，待皇上南海求仙归来，返回京城，再效仿汉武大帝御驾亲征，亲临潼关阵前……"

安帝已经怒不可遏，不等樊丰说完，喝道："什么？既要朕放弃这么多疆土,还要朕御驾亲征?这就是你的馊主意?"听了袁贵的密奏和樊丰的进言,一向很少发脾气的安帝大发雷霆。在车辇内,安帝一甩袍袖,气冲冲对外边的樊丰说:"你不是说各方均好吗?你们隐情不报,现在还出馊主意,让朕御驾亲征?你们是何居心?"

樊丰和耿宝都吓傻了,他们从未看到过安帝发这么大的火。

气氛一下子僵滞起来。

三十二 末　日

　　正在这时，忽然又一飞马信使从后面飞驰而来，人们不由得又是一惊。原来是杨震出狱后的密奏才到。安帝让飞马信使不必拘礼，速速奏报。

　　信使气喘吁吁地奏报道："皇上，八百里加急！在下受辅国将军袁礼密遣，前来送上前太尉杨大人出狱密奏：荆州民变，占领郡府、州府；西羌狼烟再起，零昌率领西羌叛军直扑关中，因军饷粮草供给不上，我军节节溃败，阎显将军一退再退，叛军占领长安，掘焚长安汉室祖坟，继而直扑洛阳，被潼关守军死死抵挡在潼关以西数日，潼关频频告急，洛阳危在旦夕；朝野清议，呼声震天。据杨某所知，在朝廷，大批官员不干正事或不作为，使得政治之腐败、经济之凋敝、民生之艰难、边塞之危机到了难以收拾的地步。尤为可怕的是，奸佞樊闰在洛阳城外私建宫苑，规模气势堪超南宫，且宫苑大门上雕有龙凤呈祥的图案，整个造型酷似皇上听政的南宫德阳殿。樊闰在宫苑中养着从州郡县层层选送来的美女三千，朝野皆知樊闰为'大汉第一巨贪'，其谋逆之心昭然若揭。三边震扰，内忧外患，情况危急，请皇上明鉴，早做决断，铲除忤逆之贼，以保汉室天下。"

　　杨震在魂断夕阳亭之前久久等待的，就是他在出狱后委托袁礼送达的这份密奏是否送达皇上手中，皇上看后是何态度。

　　安帝听了杨震的密奏，不禁惊出了一身冷汗，而且气得怒目喷火，呼呼直喘粗气。他万万没有想到祸起萧墙。他亲政后，把大权交给樊家兄弟，这兄弟俩把大汉弄到了举步维艰、危机四伏的境地。

　　自太后去世，自己亲政，始终宠信樊家兄弟和伯荣母女，没有看到樊丰阴险狠毒，樊闰野心勃勃，伯荣风流淫荡，王圣贪得无厌，致使大汉王朝渐渐走到了穷途末路不说，更没有想到的是，这个奸贼樊闰还在日夜觊觎自己的皇位！

"太傅——"安帝不由得大叫一声，又惊又气。

此时的安帝，像一头发疯的狮子，瞪着眼睛，看着南巡的队伍，懊悔不已。他感到五内俱焚，心想：多亏杨太傅谏言在潼关设关。他浑身发抖，嘴唇乌紫，揭开帘子，颤抖着手指着樊丰："你这个狗奴才，跟你的兄弟串通一气，觊觎朕的皇位，你、你、你……"说着，从车辇内拔出佩剑，决定就地斩了樊丰，于是一剑刺向樊丰。但由于离得远，没有刺着。

于是，安帝向耿宝大喊："樊闰作为首辅重臣，却欺君罔上，藐视皇家制度，不遵法度，修造宫苑，修建形似南宫的建筑。请国舅传旨，并以大将军身份，立即将樊闰打入大牢，会同廷尉府，比照汉律，将其革职问罪，严加惩处，以重振朝纲，严明法度。在此给朕先把贻误国事和伙同谋逆篡位的樊丰拿下！"

两个飞马信使都在为安帝捏着一把汗。后来的信使是想告知安帝别的事情，但见樊丰在场，没有机会，这时见安帝命令耿宝拿下樊丰，他才爬上帝辇，附在安帝耳边嘀咕："皇上，宫中出大事了。樊闰、樊彪父子已经反了，提前动手了！"

安帝大惊："樊闰真的谋逆了？"

这时，耿宝已经抽出两把剑，一手拿着尚方宝剑，一手拿着刘邦斩蛇剑，刺向樊丰。樊丰一躲，没有刺着。

耿宝大喊："羽林军，上，拿下！"

耿宝做梦都没有想到的情景出现了：羽林军出现了哗变。周围的羽林军侍卫纷纷抽出佩剑，但宝剑的剑头不是指向樊丰，而是一齐指向了耿宝。

耿宝震怒："怎么，你们敢犯上作乱？看我的剑！"

羽林军侍卫并没有退却，而是齐声大喊："我们不是犯上作乱，我们要杀了刘祜这个昏君！"

耿宝转头对华盖旁的两个宦官说："赶快保护好皇上！"说毕，冲向那群

反叛的羽林军侍卫,与羽林军叛军兵士刀光剑影拼杀起来。

这时,那两个宦官一起跳上御驾,钻进安帝的华盖里,遮好周围的帘子,以保护安帝。外边,耿宝与羽林军侍卫厮杀成一片。华盖内,那两个宦官坐在安帝两边,把安帝夹在中间。安帝以为这两个宦官真的在保护他,谁知一个宦官掏出一条细绳,没等安帝反应过来,就勒在安帝的脖子上,像扎口袋一样,两人一边一个使劲勒。安帝的脸被憋得发紫,一句话也说不出,两手乱抓,两脚乱踢。

这时,忽见帘子一动,樊丰进来了。两个宦官打个愣,手上的绳索松了。安帝见有人进来,眼中露出一丝求生的企盼,刚要说什么,还没有说出口,但见樊丰从袖筒里抽出一把短剑,安帝尽力大喊了一声:"国舅救……"樊丰手中的短剑突地刺在安帝脖子上,瞬间就是一道血口,鲜血直流。安帝此刻又想到了他的太傅杨震,但为时已晚。原来,樊丰、樊闶兄弟俩早已密谋好,在路上乘机弑杀安帝,但一路上耿宝把安帝保护得无法下手。樊丰来时就带着四个心腹宦官,他们一直跟随在樊丰左右,听候指挥,现在,有两个在外边华盖左右站哨。那些羽林军叛军,其实不是真的御林军,而是樊彪在宫中禁卫中的同党,其中还有十几个宦官。樊丰之所以如此狠毒嚣张,是因为周围布置的都是他的心腹。

这时,安帝脖子上的细绳还套着,一边拉在一个宦官手里。樊丰从怀里掏出两张四叠纸,递给安帝,怪怪地说:"这是一道诏书,你览一下。"他既没有称安帝"陛下",也没有说"御览",而是说"你览"。

安帝脖子上的血还流着,他把"诏书"拿在手上一看,是一份"退位禅让诏书"。安帝气得颤抖着双手看下去,只见"诏书"中写道:"朕在位近二十载,以薄德之身,奉祀郊庙,继承大统,不能兴隆和善,为社稷造福,反而灾祸迭起,寇贼纵横,夷狄寇掠,战争不息,以致百姓贫困,税役繁重。加之蝗虫滋生,为害庄稼,稻不结实,秋收无望,令人伤痛。朕因不圣明,统治失当,危机存乎,致百姓陷于深渊之中。夫大道之行,天下为公,选贤与能,故唐尧不私于厥子,而名播于无穷。朕羡而慕焉,今其追踵尧典,禅位于雍乡侯樊闶。刘祜钦此!"

三十二 末日

在权臣当朝、皇室暗弱的年代，处于弱势的君王不得已把皇位禅让给大臣。一般禅让诏书要有三份，第一份是由皇帝在禅位前首发退位诏书，自责罪过，宣布退位，然后在禅让大典上由主持仪式的大臣拟定一份禅让宝册。新的皇帝登基后，再下一道诏书，宣布登基，内容不过是冠冕堂皇的自谦，然后册封百官，大赦天下一类。而位高权重的奸佞樊闰兄弟野心勃勃，强奸安帝意志，采用强按牛头来喝水的办法逼宫，强迫安帝退位。

安帝说："樊丰，你这不是逼宫吗？"

樊丰说："不错，就是逼宫。刘祜，老奴——不，今后我不再是你的奴才。我樊丰今天就给你把话说清，你退也得退，不退也得退，京城你是回不去了。与其送死，不如做个仁慈皇上留名于后世。何去何从你自己选择！"

安帝懊悔得无法言表，因为惧怕，只是在心里一个劲念叨：这简直就是弑君犯上！太傅杨爱卿，你在哪里？耿国舅，你在哪里？

樊丰又对刘祜说："刘祜，你已经下了退位诏书，新皇登基后会给你一个安乐的去处。现在，你已经不是皇上了，就先把玺印盖了，然后把传国玉玺交出来，由我这个大司空兼尚方令代为保管。"

此时的安帝显得可怜巴巴，无可奈何，只得按照樊丰所说，揭开那个皇箱的盖子，取出传国玉玺，在那份伪诏上盖上大印。这样，这枚由秦相李斯亲自篆刻，后在西汉末年被太皇太后王政君摔掉一个角的传国玉玺，经历了将近四百年，现在被迫传到大奸宦樊丰的手里。樊丰奸诈得意地一笑：这下弟弟称帝就无后顾之忧了。

皇上懦弱到这份上，看来大汉确实气数将尽了。

过了一会儿，在后边车驾内的伯荣趁着外边大乱，溜着跳上安帝的华盖车，揭开帘子一看，安帝已经惨死。她尖叫了一声，心惊肉跳，脸色惨白，跳下了车。

华盖车周围死伤一片。耿宝武力过人，万夫不当，提着两把利剑，杀得那群羽林军叛军几乎片甲不留，剩余少数的叛军侍卫，一退再退，转而逃跑。耿宝平息了外边兵变，回头跳上御驾，赶紧来保护皇上。当他揭开帘子，看到安帝倒在龙座上，一条细绳还勒在皇上脖子上。他抱起安帝，发现已经没有一丝

气息。地上有两个宦官,也被人刺了数刀,倒地毙命。而樊丰早已不见踪影,周围只剩下三辆车驾和没有逃走的随行宫女。

耿宝回头再次抱起外甥刘祜,号啕大哭:"皇上,臣来迟了!"

这真是古来帝王多短寿。可惜、可怜的汉安帝年仅三十二岁,在位近二十年,亲政还不足五年,就……

"皇上——"耿宝仰天大哭。

人们万万想不到,荒淫无度又怯懦无能的安帝刘祜,就这样一命归西了。

新皇登基大典正在紧锣密鼓中进行。

樊氏新建的皇宫规模宏大,气势磅礴。宫中堆山造湖,台观殿阁分布在山上。沿湖修筑水渠,宛曲入湖,飞桥阁道,别有洞天。宫中十六园,雕梁画栋,风格各异。宫廷内名花异草,缀绫装饰,穷奢极侈。

皇宫大殿内,威严神圣,金碧辉煌。

此时的樊家皇宫正在准备举行盛大的新朝皇上登基大典。

在众多宦官和执扇宫女的簇拥下,樊闰身穿金黄色的绣龙皇袍,头戴前低后高、缀有十二条白玉垂旒的通天皇冠,不安地站在丹墀之上的御案后面。他已经决定登基,改年号为"樊启",帝号为"闰帝"。

樊闰和樊彪父子俩在夕阳亭眼见杨震已经死去,他们的心头大患终于已除。不管兄长如何处置南巡路上的刘祜,樊闰都可以开始放心大胆地做他的皇帝梦了。

这时,那群宦官、宫女正小心翼翼地围在樊闰周围,服侍着戴龙冠、穿龙袍的樊闰,准备登基。

主持登基大典的"太尉"谢恽神色慌张地问:"启奏皇上,一百二十八名乐府艺人在下边等待高奏礼乐,您看,即位大典何时开始,即位诏书何时宣读?"

江京在一旁献媚地说:"一切准备就绪,皇上即可登基。"

樊闰对着铜镜转了一圈,满意地点点头:"即刻召文武大臣进殿,先举行登基大典再说。"

谢恽、江京转身即去召集文武大臣准备进殿。

正在这时，樊夫人仍是平时那身已变旧的绫罗绸缎，哭哭啼啼地向樊闰追来说："老爷，月儿还未入土，尸骨还停放在袁家，你等女儿入土了，再说你登基的事吧。"

樊闰扫兴地说："妇人之见！现在哪里还顾得了这些？"说毕甩袖转身。

樊闰话音刚落，这时，只见谢恽和江京惊慌失措连滚带爬地跑进来，谢恽惊呼："皇上，大事不好了！"

樊闰瞪了他一眼："大吉的日子说什么丧气的话？亏你俩还算开国大臣、丞相司徒哩！何事让你们如此惊慌？朕都不慌。"

江京说："不是，大、大人，不，皇上，羽林军……"

樊闰说："江爱卿，你到底要说什么？羽林军怎么啦？"

谢恽慌忙跪下："皇上息怒！皇上，有人来报，袁礼率羽林军上万人，包围了廷尉府大牢，杀死狱吏二十余人，救出了杨伦等四名朝廷要犯。看来势，下一步怕是要包围这皇宫哪！"

樊闰先是大惊，接着很快又镇静下来："哼，又是袁礼！早该连他也打入廷尉府大牢。怕什么？先不说朕是新朝新君，就说我樊某还是旧朝太尉，手中有太尉印绶和兵符，可调动千军万马，号令三军，谁能奈何得了？两位大人放心，太尉印绶在朕手上，没有印绶，谁也不能调兵遣将。谁敢调兵，就是谋反，就是叛军！"

这时，樊彪也跌跌撞撞跑进来接着樊闰的话说："父皇，你虽有太尉印绶，可他们未必会听从指挥啊！"樊彪理了理凌乱的衣服和头发说："父皇，我们去迟了一步，没能杀掉杨伦四人，还被袁礼率领的羽林军叛军包围在廷尉府大牢，孩儿差点命丧你那贤婿的剑下。不知是谁告密，说四人关在廷尉府大牢。"

樊闰一听，气得七窍生烟，恨不得即刻杀了袁礼。可是，现在是关键时刻，绝不能乱了方寸，小不忍则乱大谋。登基是头等大事，等坐上了皇位，第一个就先拿下袁礼的头！

樊闰问："杨震死了，袁家人戴丧，袁礼受谁的旨意，竟敢包围廷尉府大

牢，救出杨伦四人？"

樊彪带着哭腔说："父皇，什么都不用说，就是咱家的乘龙快婿自作主张。他带领的羽林军叛军不光救出杨伦四人，而且从迹象看，已经有叛军兵士分散在咱家皇宫的周围，孩儿是趁他们的包围圈还没有形成时，冲进来的。"

樊闰看了看身旁站着发呆的江京和谢恽："眼前这状况，二位大人以为如何是好？是先举行登基大典，还是先剿灭了袁礼等反贼？"

谢恽惶惶不安地说："皇上，您穿上这身龙袍，一旦被擒，按大汉律法，谋逆之罪成立，是要诛灭九族的，比当年邓骘的死还要糟。臣以为，皇上应暂时脱掉龙袍，待剿了袁贼等逆子叛军，再举行登基大典。"

江京却不以为然地摇摇头道："皇上，依臣之见，眼下有两条路可走：一是即刻脱掉龙袍、卸掉龙冠，即使羽林军叛军包围宫苑，也发兵无由；二是戴着龙冠、穿着龙袍，即刻登基，改朝换代，诛剿羽林军叛军，拿下皇宫和洛阳城。成者为皇，败者为寇。何去何从，请皇上定夺。"

樊闰这下意志坚决了，志在必得地说："朕决不卸下龙冠，不脱龙袍，不落在这些人手里，而要改朝换代！太子彪儿，不要怕，羽林军叛军仅有一万人，而且袁礼及杨伦四人，群龙无首。再说，按汉室皇家规定，军队调动，需执有太尉的虎符和皇帝的朱批方可行动。没有太尉的虎符令牌，一兵一卒都动不得。他们就羽林军叛军那一万人马，其他的一兵一卒都调不动。你先调你们的宫廷禁卫过来，保卫咱们的皇宫，抵挡住袁礼的羽林军叛军。然后，迅速派我们樊家军的震军将军樊要——樊要在吗？"他说着，扭头找侄子樊要："樊要，拿着朕的太尉令牌，带着朕的口谕，就近调兵十万。羽林军叛军一万人把我们皇宫包围，你调来十万大军，把包围皇宫的这些叛军从外边死死包围住，然后里外夹攻，把这一万羽林军叛军全部剿灭。"

"儿臣遵旨！""臣遵旨！"樊彪和樊要高声说毕，匆匆离去。

然而，此刻在洛阳城里樊府的旧府院里，那个年轻的家仆趁家里无人，在逗鹦鹉。鹦鹉便学起舌来："樊氏称帝，难合民意。樊氏称帝，难合民意……"

由于得知羽林军已开始包围樊家皇宫，大殿里的气氛变得异常紧张。

三十二 末日

那些追随樊闰的朝廷官员和州郡官员站在大殿上，神情紧张地注视着樊闰。

已近似癫狂的樊闰在大殿中央来回踱步，尽可能地保持着镇静。他仍穿着那身龙袍，戴着龙冠，翘着山羊胡子，与以往的风格迥然不同，显得威严，目空一切。但是，那双布满血丝的眼睛，使他看起来更加狰狞。

樊闰的目光扫视着众官员，最后停留在谢恽的脸上。他发现谢恽的目光显得犹豫、躲闪，就问："太尉，你怕了？"

樊闰谋逆，决定登基，自封皇上，封兄长樊丰为皇长兄，享万户侯，樊彪为太子兼任羽林军总领，封谢恽为太尉，封江京为大将军，江京之子江勇为执金吾。诛杀刘氏家族，诛杀杨震余党。

本来，谢恽一进樊家私苑，就已有一种风声鹤唳、四面楚歌的感觉，现在又是这种情况……谢恽强打精神说："不，皇上，臣高兴还来不及呢！"

此时的江京心里很不是滋味，他在心里骂着：你樊闰没有良心，初在荆州，"张生法场喊冤案"我为你掩饰罪过而遭免职，到敦煌军前效力三年；后来，你儿子遭朝廷通缉，没有落脚处，我江京曾协助你，让你儿子跟着我儿子从事商贸，让你挣足了大把的钱。如今你得势了，不让我做太尉，却让我做大将军，让那个什么也没有做过的谢恽做太尉。

"好啊！"樊闰突然大笑，"既然太尉不怕，朕决定，戴龙冠、穿龙袍，即刻登基！"

这样，折腾来折腾去，闹了大半天，樊闰终于决定登基。

顷刻，樊氏皇宫大殿内的气氛不是变得热烈，而是突然间变得异常紧张。

樊闰坐在龙椅上，三五十个追随者左顾右盼地站在殿下，个个心神不定，惴惴不安，不知此刻的选择福兮祸兮。

已近疯狂的樊闰看起来更加狰狞，故作威严，目空一切，尽可能保持着镇静。但是，那双布满血丝的眼睛显然充满了恐慌，那双扶着龙椅的手不知是兴奋还是紧张，不住地抖动着。

樊闰凶悍的目光将殿下的追随者挨个扫视了一遍，然后提高声音强装镇静，大声宣布："众位大臣，先皇已无心于朝政，南海归隐，留有一诏：皇后

悖逆,太子年幼,托我等辅佐太子登基。然太子仁善,不愿登基,愿禅让于我。樊某唯恐背负篡位罪名,不愿即位,然大汉朝廷必要有人担此重任。樊某推诿不过,故今日登基,愿继承大汉之大业,呕心沥血,治国安邦。"

樊闰之所以如此自信,是他坚信,兄长在刘祜南巡的路上一定会采取措施,使刘祜命丧黄泉,以保证他在洛阳新宫顺利登基。

樊闰说完,殿下一片寂静。

江京恍然醒悟,慌忙带头跪拜:"吾皇万岁,万岁,万万岁!"

樊堤、樊戴等大臣们也赶紧跟着齐呼。

樊闰双手抬起,说:"平身吧!众爱卿。"待大臣们起身,他话锋一转说:"今日殿下之大臣均为新朝开国元勋,日后朝廷定当重奖重用。然朝中仍有一些大臣,如杨伦、虞放、高舒、朱冲等心存不服,敢与朝廷为敌,蠢蠢欲动,犯上作乱,大逆不道。因朕匆匆登基,初定国号,新朝欲稳,须先废旧朝皇后、太子,除逆贼,平叛乱,随之稳定朝堂、稳定天下。待天下稳定,再择吉日良辰,举行登基大典,发布国号。"

谢恽带头高呼:"皇上圣明!万岁,万岁,万万岁!"

堂下接着有零零散散的呼喊声:"万岁!万岁!"

樊彪带着一群全副戎装的同党突然走到大殿中央,抽出利剑,划破手腕,歃血为誓:"父皇,宫中禁卫已全部调来,誓死为新皇效力!"

他的身后站满纨绔子弟,个个身着戎装,神色严峻,一副拼命三郎的架势。

一个同党说:"我们向樊大人明誓,誓死跟着皇上!"

在场的一些同党也纷纷效仿。

樊彪又说:"父皇,十万大军已派人去搬。只是儿臣看到,在宫苑周围,有羽林军叛军的兵士走动,但我们进出,他们并没有阻击。可是,儿臣进洛阳皇宫去搬宫中禁卫,发现皇宫内外已被袁礼的羽林叛军接管。儿臣搬来的只是儿臣的那帮弟兄们。"

樊闰先是一惊,接着哈哈大笑:"他羽林军叛军怕是还没有胆量来与朕作对。"接着,大声命令:"太子樊彪听旨!朕封你为车骑将军,尽快从樊要手上收回太尉令牌,将各路兵马向我们樊家皇宫集结,我儿统一号令。赶在羽林军叛军动手之前搬兵回朝,剿灭反贼,保护新朝。他上万羽林军叛军算什么?只要十万大军一到,上万叛军定会不战自降!"

樊彪担忧地说:"父皇,关键时刻,如果那耿宝大将军回……"

樊闰瞪了樊彪一眼:"皇儿,你作为太子,将来是要继承大业的,连征战沙场的这点儿能力都没有,将来如何继承大位?刘氏的大汉天下也是刘邦带领韩信、张良一伙人打下来的,不是谁拱手让他的。就是那个汉武大帝刘彻,他的江山也是从他的那个祖母窦太后手上夺下来的,也是亲征与匈奴作战保下来的。打天下,不打怎能拥有天下?这点儿道理还要父皇教给你吗?父皇让你整日习武练剑,就是为的这一天。我们要推翻刘汉天下,建立大樊王朝!"

樊彪如梦初醒,大声说道:"父皇,儿臣遵命!"

"还有,"樊闰说,"皇儿,你放心,大汉的一十三州一百零四郡国,除了那些刘姓诸侯王可能一时不会听我们的,其他的州刺史和郡太守都是父皇一手栽培提携的。你不用到远处去,就近搬兵,把京城周围的守兵和中原各路府兵先搬来,就够十万。"

樊彪说:"父皇,儿臣即刻出宫搬兵。"

樊闰说:"皇儿,这才像干大事的做派和风范。"

樊彪带着他的那帮人走后,樊闰说:"大臣们,我们眼看就能功德圆满,决不能功败垂成。我们箭已在弦,谁敢围攻我们,定让他死得难看!"

在樊家的皇宫里,樊闰一伙又是折腾了半天,没有发现羽林军有所动作。

傍晚了,宫内烛火通明。樊闰坐在宫殿上。

谢恽、江京等不少官员也已疲惫,坐在殿下。

袁贵派出的密使飞马赶回,气喘吁吁地禀报:"报袁将军,皇上晏驾……"

袁贵听到安帝晏驾的噩耗,惊得目瞪口呆,一下子从太师椅上弹跳起来,揪住密使的衣领,瞪着眼睛惊恐地问:"什么?你再说一遍!"

"袁、袁将军,皇上南巡行至广州遭遇不测,樊丰反了,谋害了皇上,千

真万确。耿大将军拉着皇上遗体护送皇辇一路马不停蹄,不日就到。"

袁贵得到这一情况,非常担忧目前朝廷的危局,差人即刻找来陈忠和杨伦四人。几人一起来到老将军家会客厅,得知皇上被害,悲愤交加。

朱冲发疯一般誓死要除掉奸佞。

陈忠说:"将军,现在皇上遇难,樊家那伙人又蠢蠢欲动,江山社稷危在旦夕,说不定大汉王朝就会毁于一旦。现在朝中的老臣中只有你有能力挽狂澜于既倒。你尽快站出来,辅佐皇后、太子,一定会扭转危局。"

杨伦四人纷纷说:"将军,不要再犹豫了,必须当机立断!"

正在这时,袁礼也差人送来消息,说他们抓住宫中禁卫中的一个兵士,得知樊闰在樊家宫苑着龙袍、戴龙冠,樊彪带着太尉令牌已经出去搬兵去了。

一听樊彪搬兵,袁贵大惊,但是作为大汉老将军,他非常清楚,按汉室皇家规定,军队调动,须执有太尉的虎符和皇帝的朱批方可行动。没有太尉的虎符令牌,都动不得一兵一卒。在京城擅自调动军队,是满门抄斩的大罪。樊闰可以利用他手中的虎符令牌趁皇上不在,调动千军万马,而我们拿什么调动军队?他思来想去,现在只有小儿子手下可以以公务及特殊情况为由,调动羽林军,抵挡一阵。其他,现在必须觐见皇后阎姬。

袁贵道:"眼下情况非常危急,羽林军只有一万人,如果樊闰利用太尉令牌,混淆视听,就近搬兵数万,包围羽林军,羽林军将寡不敌众,我们剿灭樊氏一党将可能功败垂成。陈大人,你与老夫一同去往甘饴宫迎驾皇后和太子于长乐宫,即刻辅佐太子登基。朱大人,你们四人马上去樊家宫苑,协助袁礼,必须赶在樊闰搬来的大兵到来之前,指挥那里的羽林军一举围剿诛灭樊氏叛逆一党。"

"遵命!"随即,在场的人纷纷分头行动。

袁贵与陈忠快马来到皇宫大门口,见皇宫内外已经布满了羽林军卫士,是袁飞按照父亲袁贵的命令带领将士在宫中守护着皇后和太子。

袁贵和陈忠很快就进宫来到甘饴宫,向阎皇后禀报了皇上遇难的消息。

阎皇后听到皇上遇难的噩耗,一下瘫坐在凤椅上,抑制不住疯一般地放声大哭,悲痛欲绝,那凄厉的哭声响彻甘饴宫,泪水洗刷了她那憔悴的面孔。

三十二 末日

沧桑岁月对于女人总是无情的，安帝自从册封伯荣为昭仪并为伯荣建造别宫甘露宫之后，日夜缠绵在甘露宫伯荣的凤榻上，再也没有踏进甘饴宫的门。安帝虽然没有废掉阎姬的后位，但似乎把这个皇后彻底忘了。五年来，她日日盼、夜夜等，却始终不见安帝的影子。五年来，她以泪洗面，翘望晓月晨星，倚窗聆听冷雨敲窗。如今已年过三十的她知道，无论怎样浓施粉黛，也掩饰不住眼角和额头细细的皱纹，坐在铜镜前，她常常黯然伤神，懒于梳妆。每到夜晚听到门前的车马声和脚步声，她就不由自主地心跳，希望是安帝深夜来踏进她的门。在等待之中，她彻底绝望了，在心灰意冷中过着日子。

半炷香的时间过去了，袁贵和陈忠一直在等待阎皇后的态度。

侍奉她的宫女说："皇后娘娘，您能等来这命运最终的垂青，这要归功于您的坚忍。"

想不到阎皇后听完，哭得更伤心。她这些年冷月孤烛，形影相吊，心境十分凄惨。天气闷热时，她拿着随身宫女给她找来的一把秋凉团扇，边扇边看着扇子上写的诗句，诗里隐含着西汉流传下来的一个女子失宠的典故。当年汉成帝的一个婕妤班恬，也就是太傅班昭的祖母，被人陷害打入冷宫后，心境十分凄伤，写下了不少诗词歌赋，流传下来的有《怨歌行》等三首。在《怨歌行》一诗中，班恬把自己比作秋扇，写道："新裂齐纨素，皎洁如霜雪。裁为合欢扇，团团似明月。出入君怀袖，动摇微风发。常恐秋节至，凉飙夺炎热。弃捐箧笥中，恩情中道绝。"

阎皇后常常朗诵着这首诗，深情回忆着她与安帝刘祜两情相悦、恩爱有加的快乐时光，每读到伤心处，禁不住泪水直流。

宫女说："娘娘，收拾吧，我们很快就会回到久违了的长乐宫。"

阎皇后还在哭。

阎皇后被打入冷宫之后，面对空寂冷清的甘饴宫，春去秋来的落花流水，她自叹命运多舛，辉煌难再，荣华富贵转眼成空，时常珠泪涟涟，长吁短叹。

袁贵说："皇后娘娘，现在还不是悲伤的时候，国不可一日无君，皇上突然晏驾，太子年幼，恳请皇后即日起临朝听政。"

袁贵上前劝说："皇后娘娘，来不及悲伤了。叛贼樊闰现在已经在他秘密

建造的樊家宫苑里穿上了龙袍自立为皇帝了。看来叛贼忤逆之心早就有了，他族兄樊丰诱导皇上南海求仙是商量好的，樊闰正是要借皇上南巡，朝廷空虚，篡夺皇位啊！朝廷上下都知道您在后宫受了不少委屈。眼下，朝政需要您重整，您要速下决心，我们来接您和太子入长乐宫。"

阎皇后听了袁贵的话，还有些犹豫。但是，没有人知道，此刻的阎皇后内心是想借此机会废掉太子刘保，另立新君。那年，邓太后确立刘保为太子时，她才知道，皇上与宫女李氏生有一子。她恨自己肚子不争气，也恨死了刘祜和李氏。为了以后能控制住太子刘保，那事之后不久，她暗中派人秘密将李氏鸩杀了。

另外，她的心里牵挂着还在潼关抵御西羌的她的亲兄长阎显，要保护好自己在朝廷的地位和安全，必须依靠自己的四个亲兄弟。可是，潼关也必须守住。

这时，袁贵一再催促："皇后娘娘，皇上驾崩，诸多大事关系到大汉之稳定、社稷之安危，如果您不出来，谁来主持朝政？先帝的大殡又怎么办？"

阎皇后一想，这个时候废刘保立新君，袁贵、陈忠这些老臣肯定反对，从时机看，还不成熟，要废刘保立新君还得从长计议。

袁贵说："娘娘，依臣之见，当务之急是要让太子即刻登基，继承皇位，让那些被樊闰蒙蔽的大臣看清楚樊闰谋逆之心。太子登基，即刻宣旨剿灭逆臣之流。皇后娘娘，依照汉律，军队调动，须执有太尉的虎符和皇帝的朱批方可行动。没有太尉的虎符令牌，一兵一卒都动不得。在京城擅自调动军队，是满门抄斩的大罪啊！樊闰可以利用他手中的虎符令牌借口皇上南巡，颠倒是非、混淆黑白，亲自调动千军万马，而我们拿什么调动军队？樊彪已经出城搬兵，很快祸起萧墙，皇宫将会迎来一场血战。一旦樊闰大军一到，一切都悔之晚矣！还有，一旦西羌叛军得知朝廷眼下的情况，后果不堪设想。皇后娘娘，朝廷危急，大汉危急，万万不可延误时机啊！"

阎皇后听到这儿，快速擦掉眼泪，果断地说："袁将军，即刻派人赴潼关，密报阎将军，一是死守潼关关隘，二是皇上晏驾的消息一定不得让西羌零昌得知。"

侍候皇后的宫女在为她收拾行装。袁贵赶紧指使陈忠等人："带人快去东宫，给太子更衣，即刻接太子去往长乐宫。"

这是一个诡谲而血腥的夜晚，双方都在调兵遣将。一方是以樊闰为首的奸佞集团，紧锣密鼓地在篡权夺位、改朝换代；一方是以袁贵为首的朝廷正直的官员集团，在极力维护风雨飘摇中的大汉王朝。

深夜，皇宫大门紧紧地关闭着，皇宫内戒备森严，一切都进入非常状态。在袁贵、陈忠和袁飞的保护下，阎皇后和太子很快进入皇宫。

在长乐宫宣室嘉德殿，阎皇后坐于殿上。大殿里的气氛显得凝重、冷静。下边，不仅袁贵、陈忠，朝中重要的大臣几乎都聚集在这里。

这时，阎皇后意欲先立主，后讨逆。

袁贵进谏说："皇后娘娘，国不可一日无主，朝政必须有人主持。但眼下应当先除逆、讨贼，然后扶太子登基，统一号令，控制天下。再不当机立断，朝廷就会出现大乱，奸佞小人也会蠢蠢欲动，各地州郡也会大乱。再不当机立断，恐怕万里江山就会在犹豫不决中断送了！"

陈忠进谏说："皇后娘娘，樊闰私造皇宫，谋逆之心早已昭然若揭……"

阎皇后说："容本宫再作斟酌，都先退下！"

都到了火烧眉毛的关键时刻，大臣们不明白阎皇后为何如此犹豫。其实，阎皇后之所以不速做决断，是有她的打算。众大臣无奈，只好退出。

袁贵走出大殿，刚走到皇宫大院，正碰上大儿子袁飞火急火燎地又来奏报。父亲告诉了他阎皇后眼下的态度。

袁飞说："父亲，礼儿差人刚刚来报，他们已将樊氏一党围在樊家宫苑，等待皇后下旨。并说，樊闰利用手中的太尉令牌和印绶，号令洛阳周围的守军和中原各路大军向京城集结。皇后再不下旨，后果会不堪设想。"

袁贵说："父亲也很心急。但不管怎样，耐心等待，皇宫里的事情有父亲在。去，快去告诉礼儿，不到万不得已，绝不能动手！"

父子俩一同出了皇宫。袁贵回到府上，在厅堂走来走去，一直没有睡，在等待懿旨。午夜过后，袁贵还没有等到阎皇后行动的懿旨。这时，陈忠和几个

老臣、老将军都没有睡觉,他们一起来到袁府,说都睡不着,总觉得朝廷要出大事。袁贵便带着他们再次来到宫中,与守在皇宫的袁飞一起准备再次向阎皇后进谏。

深夜,宫中帷幕高张,红烛如昼,燎灯里的炭火把嘉德殿里烘得暖烘烘的。

这时,袁贵他们看见太子也在宣室,老臣们拜过皇后和太子。另外宫中出现了三员大将,三人都拜过了他们,他们也回了礼。阎皇后这才告诉袁贵等大臣,说这是她的三个弟弟阎景、阎耀、阎晏。袁贵一下子明白了许多。同时,他也看到,由于阎氏兄弟三人站在阎皇后身边,阎皇后精神振作了许多。

袁贵急急进谏说:"启禀皇后,据围剿樊家宫苑的几位将军来报,樊闰利用手中的太尉令牌和印绶,号令洛阳周围的守军和中原各路大军向京城集结,情况十分危急。臣请皇后当机立断,先剿灭叛贼,新皇登基大典可随后进行。臣袁贵等老臣恭请皇后娘娘早做决断,尽早诛灭……"

不等袁贵说完,阎皇后说道:"袁老将军,面对危局,你以为如何办好?"

袁贵跪伏在地说:"皇后娘娘,如果不把樊氏这帮奸佞和王圣、伯荣这对妖女彻底铲除,他们不仅会为害朝廷,而且会继续祸国殃民!"

面对袁贵的上奏,阎皇后的大脑在激烈地思考:接下来,要铲除樊氏一党,要为新帝举办登基大典,再要为先帝举行葬礼,还急需任免一批要害部门的官员,一连串的大事要事接踵而至,关键是急需一个主持朝政的大臣。阎皇后没有多思考,就认定,三公之一司徒,眼前的袁贵定是众望所归,也是历史所向。阎皇后认为,袁贵是铲除樊氏一党、匡正除弊的不二人选。

袁贵奏请要抓捕樊闰一伙,依大汉律法必须奏请皇上,而且还不能加刑具。

在非常时期,阎姬以皇后名义,做出了应有的抉择。她下定了决心,说道:"诸位大臣,皇帝不幸晏驾,太子年幼,本宫只得暂且协理朝政。现颁发两道诏令:其一,袁老将军不愧为国家之栋梁,能力挽狂澜于既倒。为稳定朝廷,以防不测,朝廷的发兵符节及羽林军的统领调动之权,由袁贵老将军统一掌控；文武百官奏事，经由袁将军统一向哀家上报。其二，奸佞樊氏兄弟、父子，妖女伯荣、王圣等人，长期迫害忠良，祸害朝廷，祸国殃民，使得大汉几乎濒临深渊。从即刻起，免去樊闰太尉之职、樊丰司空及尚方令之职，削去二人侯爵。同时，免去樊彪侍中、卫尉之职，废除伯荣昭仪之位和王圣野王君之号。由陈爱卿通知尚书台迅速把这两道诏令颁行天下。记住，抓捕樊闰父子这样的乱臣贼子，不光要加刑具，而且须加重刑具，若遇反抗，就地斩首！"

大臣们纷纷齐呼："皇后圣明！我等谨遵皇后懿旨，万死不辞！"

阎皇后终于与邓太后一样，可以君临天下了。

她愤然果断地说道："诸位大臣听旨！"几位大臣刚要跪拜接旨，阎皇后摆摆手："诸位将军只管听旨，不必跪拜。"然后接着说："杨伦听旨，本宫命你带上哀家懿旨，即刻奔赴樊家宫苑，命袁礼、朱冲等人带领羽林军将士，务必在天明前剿灭樊氏叛逆一党，活捉樊氏父子，如遇抵抗，杀无赦！"

杨伦说："臣遵旨！"

阎皇后又道："袁飞将军，本宫命你带上哀家的懿旨和袁老将军的兵符，设法调集兵力，阻止樊闰调集的洛阳周围以及中原各路向洛阳集结的兵力。"

袁飞说："臣遵旨！"说罢即刻转身离去。

阎皇后最后道："袁老将军，先皇遗体不日就可运回京师，先皇遗体归来之后由你做妥善安置。同时，带人现场捉拿伯荣母女及国舅耿宝、尚方令樊丰等人，将其打入天牢。"

袁贵说："臣遵旨！"

各路大臣走出去后，阎皇后看着三个弟弟命令道："本宫命你们三人即刻去严守四个城门，如遇樊彪带兵来犯，活捉樊贼！"

"遵旨！"阎景三兄弟接到命令随即迅速离宫。

阎皇后松了一口气，对剩余大臣说："诸位爱卿，江山社稷就仰仗你们了。诸位爱卿就与太子和本宫一起静候佳音吧！另外，还请陈爱卿差人召集群臣，明天早朝，在南宫德阳殿等候，樊贼一灭，即刻举行新皇即位朝会。"

长乐宫嘉德殿，彻夜烛火通明。

袁贵看着阎皇后有条不紊地指挥着各部人马，总算有些放心了。

天黑后不久,袁礼奉袁贵之命,率一千铁甲羽林军和铁甲车,高举火把,仗剑执戈,把樊家宫苑团团围了起来。

此刻,深夜丑时已过,夜色漆黑,樊家宫苑四周宫墙外面,布满了羽林军卫士和京城护卫,他们在袁礼和朱冲的率领下,一个个刀箭在手,严阵以待,就是迟迟得不到宫里传来开始行动的命令。

与此同时,樊彪带着樊闰太尉虎符令牌调集的五万多官兵,纷纷向樊家宫苑集结。袁飞调集的兵力和袁礼指挥的羽林军兵力加起来,仅仅只是樊闰调集兵力的五分之一,根本抵挡不住官军对樊家宫苑的外层围攻。这就要求袁礼带领的羽林军必须在最短时间内剿灭樊氏一党。

樊家宫苑四周,已是羽林军压境。每辆铁甲车旁,都站着一个手持火把的羽林军兵士。四周一圈松明火把火光冲天,把樊家宫苑照得一片通明。

樊闰站在宫苑高处,向宫苑外四周眺望,只见宫苑四周被松明火把映照得恍若白昼,火光在羽林军兵士的脸上闪烁。兵士们刀、箭在握,严阵以待。他遥望远处,在急切等待儿子搬兵而来。

这时,死党樊戴连爬带滚跑上来说:"皇上,羽林军叛军已经围严了皇宫!"

樊闰镇静自信地说:"怕什么?太子已去搬兵。"

宫苑外不远,袁礼、朱冲都冷冷地望着宫殿高处栏台上观望的樊闰,心里非常着急。朱冲建议,尽快动手,先斩后奏,要不就来不及了。一旦樊闰调集的大军一到,双方血战起来,说不定会让这伙叛贼逃脱。

袁礼说:"再等等,我父亲的命令,是让先围住,不到万不得已,先不要动手。估计是要到新君即位后,再作决断。"

朱冲心中十分焦急:如果新君即位,赦免了这伙奸贼,我们岂不是又要遭殃了?就是新君不赦免,但是夜长梦多,如果出现像上一次安帝东巡,这伙奸贼不但逃脱,还反咬一口的情形,那我们就真有可能要铸成大错。

高舒说:"袁老将军乃三朝元老,肯定成竹在胸。我们将这伙祸国殃民的贼首围住,他们难以翻天。"

这时，一羽林军军官快步跑到袁礼跟前说："报！袁将军，据流星飞马来报，洛阳城外守军、中原周围各路府兵，正从四面向樊家宫苑方向奔来。"

虞放说："袁将军，应火速将这一情况报告给袁老将军，请求速下命令。"

朱冲说："不能再等了！袁将军，我们必须开始行动！"

几人正说着，杨伦乘着铁甲车快马带着阎皇后的懿旨匆匆赶来了。杨伦翻身跳下铁甲车说："袁将军，阎皇后已经下旨，命令羽林军开始行动，务必在天明前剿灭樊氏一党，活捉樊氏父子，如遇抵抗，杀无赦！"

袁礼一挥佩剑，命令道："将士们，开始行动！"

"冲啊——""剿灭反贼，活捉樊闰——"樊家宫苑四周的万名羽林军将士势如破竹，山呼海啸一般冲进樊家宫苑。很快，在樊家宫苑内外皆是刀光剑影、厮杀混战的情景。没有多久，一场诛灭樊氏一党的大乱就结束了。樊要、樊戴被羽林军兵士乱刀砍死；谢恽、江京被羽林军兵士乱箭射死；其他作乱的罪臣不少都被生擒；樊闰欲举剑自杀，被袁礼一箭射中手腕，最终被羽林军兵士当场生擒。

天已大明，樊家宫苑的叛乱已经平息。

樊彪调集的五万大军到达时，得知樊闰一伙已经被擒，押赴京城，军心开始涣散，但是狂躁的樊彪以及一帮疯狂的纨绔子弟凭着兵多势众，掉转方向，直扑洛阳城，要围攻洛阳皇宫，杀了阎皇后和刘保。樊彪一伙带着身披铠甲、乘着铁甲车的叛军赶到洛阳城外，与带领调集少部兵力的袁飞展开激战。

幸亏老将军袁贵及时出城，跟随出城的老臣陈忠，向各路叛军将领举起黄轴圣旨，颁布了阎后关于"军队由老将军袁贵统一调度"和"免去樊闰太尉职务、削去封爵"的两道诏令。袁贵又向各路将领揭穿了樊闰谋反叛逆的真相，各路将领见是老将军在当面，才肯相信，瞬间纷纷倒戈，把樊彪及那帮纨绔子弟全部拿下。

安帝遇害后，被耿宝安放于华盖车中，一路北行，秘不外宣，所到之处，但凡问到安帝饮食起居，答复照旧。多日后，耿宝、伯荣、王圣的车驾与拉运

安帝遗体的华盖车一同回到洛阳,但他们都没有想到,等待他们的是牢狱。

廷尉府天牢里,历史开了一个不小的玩笑。当年樊闰父子关押邓骘、杨震、王密等众多忠臣的廷尉府天牢,如今却成了关押他们的处所。一群羽林军兵士押着肩戴重枷的樊闰和樊彪,后边跟着廷尉府的廷尉丞虞放。

樊闰还倚老卖老,慢慢腾腾走着,兵士们对他推推搡搡,说:"快走!你是七老八十了?"

樊闰说:"我要见皇上。"

兵士问:"你要见哪个皇上?"

樊闰一愣,说:"哪个皇上?还有几个皇上?当然是安帝。"因为他至今还没有见到他的族兄樊丰,不知道他族兄谋害安帝的结果。

兵士说:"进去吧,安帝在等着你。"说着将樊闰推进牢狱的栅栏门中。

樊闰被推进去后,惊愣在那儿好久,扒在栅栏门上喊着:"皇上在哪儿?"

锁好牢门,已经走远的兵士回头说:"以后就知道了!"

樊闰有些歇斯底里,扒住栅栏喊着:"我要见袁礼将军!"

虞放走过来,说:"樊大人,你就别喊了。你把你的贤婿袁将军一家害得还不够惨?"

樊闰嚷着:"汉律早有规定,三公不入狱……"

虞放说:"樊贼,你就别喊了。邓大将军能入狱,你就不能入狱?杨大人能入狱,你就不能入狱?"

樊闰再也不吭声了。

后边,一群兵士连踢带打地推搡着樊彪。樊彪不服气地扭着头不往前走,恶狠狠地瞪着兵士,说:"去,把昭仪娘娘叫来!"

樊彪站在那里,几个兵士推不动。这时,朱冲走过来,"咚"一脚踢在樊彪的腿弯上,樊彪猛不防跪在地上,但很快又站起来,还未站稳,就被几个兵士推到他父亲对面的一个牢房里。

樊彪回头扒住牢门,瞅着朱冲说:"我要见昭仪娘娘!"

朱冲冷笑着说:"谁呀?谁是昭仪娘娘?"

樊彪说:"我要见伯荣,我要见伯荣!"

朱冲冷冷地说:"你是说那个妖女?你做梦去吧!还想和她关在一起坐鸳鸯狱偷情?这里没有鸳鸯狱!"

朱冲的话逗得旁边的狱吏都想笑。樊彪说:"我要求给我和我父亲换地方。"

朱冲说:"你就将就着吧,还换地方?这里可不是你们樊家宫苑,这里是廷尉府大牢!"

樊彪说:"我们不能在这里待,我要换地方!"

朱冲说:"杨大人、邓大将军都能待,你们不能待?王密等好多忠臣良将能待,你们就不能待?"

樊彪说:"你们打击报复!"

朱冲说:"你就快闭上嘴吧,再不闭嘴,就给你一个让你说不出话的地方!"

樊彪死死地盯着朱冲看了一会儿,没有话了。

而在另一处的女牢里,王圣坐在干草上,伯荣站着,手扒住栅栏说:"我要见皇后。"

女狱吏不理她。王圣说:"她阎皇后凭什么关我们?她是皇后娘娘,我女儿是昭仪娘娘。"

伯荣回头说:"你就少嚷嚷吧!"又转向栅栏外:"狱吏,我要见阎皇后。"

女狱吏才说:"现在只有阎太后,哪有什么阎皇后?要找皇后再等几年吧!"

伯荣说:"我要见阎太后。"

女狱吏说:"一个罪犯,太后是你随便可以见的?"

王圣说:"我要见樊彪将军!我要见樊常侍!"

女狱吏一笑说:"还想做风流梦?那你就等着吧!"

原来,耿宝在广州野外杀退了那场兵变的叛军兵士之后,带领着自己贴身的几个侍从,护卫着载运安帝遗体的华盖车和王圣母女的车驾,带着宫女,一

边追击樊丰,一边北行,一路返回京城。路上,他们已经密谋好了,一进宫,就废掉阎皇后和太子刘保,立安帝与耿贵人的三岁儿子为皇上,由伯荣作为皇太后临朝摄政。耿宝深信有他的尚方宝剑、刘邦的斩蛇剑和他的大将军兵符令牌,他一定会稳定朝廷局势,诛杀樊氏一党,夺回传国玉玺。没有想到,不光他和王圣母女一进洛阳很快就被袁贵指挥的羽林军打入天牢,而且樊丰带着传国玉玺于他之前进京城,早已被打入天牢。

洛阳汉宫建筑群,再次显示出它的巍峨恢宏、磅礴气势。

皇宫大院,一扫往日的乌烟瘴气,而变得风清气明。

长乐宫崇德殿,新皇登基大典由于平息叛乱、抓捕奸佞妖女推迟了几日进行。

皇宫内外的地上,皆铺着红地毯,一片祥和热烈的气氛。

空旷的皇宫殿内,殿上右边坐着皇太后阎姬,左边坐着少年新皇帝刘保。刘保神情木然,似乎已经吓蒙了。

这天,阎太后的服饰打扮焕然一新。她身着直裾深衣制黑色皇后服饰,腹前的丝带上系着代表帝后的黄赤绀缥的四彩印绶。她的发髻为九鬟瑶台髻,上插珠翠花钗,加之饰有的金簪凤钗、金步摇,使得她的整个装束不光显得典雅清新,而且显得高贵华丽。

在群臣山呼万岁的欢呼声中,十二岁的太子刘保身穿绣有日月星海及龙纹的礼服,头戴前后有十二条白玉垂旒的小号通天皇冠,懵懵懂懂地登上了皇帝宝座,继承大统,史称孝顺皇帝。

几个宫女、宦官高擎羽扇,站立在两人身后。

刘保左边不远,站着中常侍永信。另一边,一个符节令,端着镂金漆盘,盘里垫着一层黄绫子,上面端放着盘卧五龙、闪闪发光的传国玉玺。

因刘保年龄太小,尊阎姬为太后,临朝称制,阎姬仍居甘饴宫。按照定制,朝臣奏章一式两份,给太后和皇上同报分呈,所有诏令统一由皇太后签批后发出。

大殿之下,分列着文官武将。文官的前排,站着陈忠、杨伦、虞放、高舒；武将的前排，站着袁贵、袁礼、袁飞、阎显、朱冲。

先由老将军袁贵给阎太后和新皇帝禀报诛灭樊氏一党的奏章。

袁贵说："禀奏太后、皇上，奸佞妖女乱政，樊氏一党谋逆之心早已昭然若揭，朝廷上下，早都看不惯他们在朝堂上颐指气使的嚣张做派，特奉太后之命，已予以彻底剿灭，打入廷尉府天牢，由太后、皇上圣裁。"

阎姬说："袁老将军，你干得好！铲除奸佞妖女，铲除樊氏一党，全朝上下，只有你有此能力，这真是大快人心啊！"

群臣齐呼："太后圣明，吾皇万岁，万岁，万万岁！"

阎姬说："中常侍永信颁布新皇登基大诏。"

中常侍永信展开诏令宣读："我大汉先皇，不幸驾崩。我大汉的万里江山，到处为之悲哀。现在，先皇已去，新君确立，上天赐封太子刘保为大汉顺皇帝，国号永建。钦此！"

顷刻，亢奋的鼓乐大作。大殿内外，文武百官跪伏在地行跪拜大礼，雄浑的山呼声在皇宫内外回荡："吾皇万岁，万岁，万万岁！"

礼毕，刘保坐在龙椅上愣了，一时忘掉了该说什么，身体不安地扭动，回身寻找他的母后。大臣们的心，一个个悬在半空，屏息静气不敢出声。

三十三　真相大白于天下

这时，阎姬在刘保身后轻声地说："皇上，按母后教你的说。"

刘保点点头。于是，一声童音回荡在皇宫大殿："众爱卿，平身——"

大臣们谢了皇上后，纷纷站立起来。

阎姬要太史官张衡将这些如实记载，接着道："中常侍，宣制！"

永信直起腰，宣读诏书："皇太后制曰：袁贵、陈忠、袁礼、杨伦、袁飞、虞放、高舒、朱冲八大臣，在护国除奸中有功，特擢升袁贵为太尉，陈忠为司徒，杨伦为司空，袁礼为大将军，袁飞为骠骑将军，虞放为廷尉，高舒为御史大夫，朱冲为卫尉。同时，擢升阎显为车骑将军兼洛阳尹，许冲为太学院祭酒。钦此！"

接着，阎姬又封弟弟阎景为执金吾、阎耀为洛阳校尉、阎晏为城门领兵，兄弟几人都居要职。这几年，阎皇后被打入冷宫后，阎家兄弟几人大权旁落，与奸佞一党之间的矛盾极为尖锐。

奸佞一党入狱之后，朝廷恢复了张衡太史令之职，同时，文武大臣鉴于张衡素来善于著文立说，写有大量文章，讽谏政事，一致进言阎后和皇上，将张衡留于宫中。于是，阎姬又下旨，将张衡升迁为侍中、谏官，引入宫中，讽议左右。张衡复职后，决心要在史书上为逝去的杨震书写一笔，使杨震的功绩伴随先太后邓绥的功德流传千古。

袁贵几人纷纷谢太后隆恩。

这时，杨伦出列上奏："启禀太后、皇上，臣杨伦、虞放、高舒、朱冲四人，有'讨贼檄文'奏报。"

阎姬说:"杨爱卿请讲。"

杨伦说:"西羌叛军进犯,荆州民变,典据州郡,辜榷财利,侵掠百姓。百姓之冤,无所诉告,故谋议不轨。朝纲混乱,民不聊生,究其一切根源皆由朝中奸佞妖女所致。为大汉安宁,永绝后患,宜斩奸佞嬖女,悬头京城,以谢百姓。"

"附议!""附议!""附议!"百官齐呼。

接着,袁贵等多名大臣联名弹劾樊囧"倾乱朝政,附上罔下,阴谋篡逆"等罪。阎姬听了袁贵等大臣建议,让谙熟律令法度的虞放牵头,组成大案要案组,负责审讯樊氏兄弟、樊家父子谋逆一案,同时全面调查樊氏家族涉犯罪行。

这时,阎姬高声道:"虞放、高舒、袁礼三位爱卿听旨!"

三人纷纷出列跪地领旨:"臣在!"

阎姬道:"传哀家懿旨:由廷尉虞放牵头,着即三堂会审,审议樊氏一党惑乱朝廷、迫害忠良、谋逆篡位一案。"

三人齐呼:"谨遵太后懿旨!"

这时,阎姬还在担忧着另一件事,就说:"西羌叛军大举进犯,陈兵潼关,逼近洛阳,南蛮民变数月,请大臣廷议。谁愿出征退敌?谁愿赴南蛮平息民变?"

袁贵出列请奏:"太后、皇上,老臣不才,愿为朝廷分忧。臣请缨,率刚刚平息的五万大军,再调集各路府兵出征,征伐西羌叛军,以解大汉之忧,保我大汉平安。臣虽年高,但身体尚佳。卫国戍疆、为国捐躯是老臣的职责,请太后、皇上恩准!"

袁飞急急出班奏道:"启禀太后、皇上,老父老骥伏枥,精神犹佳,但毕竟年近古稀,体力不济。零昌称帝,在域内大兴尚武之风,人人习武,个个皆兵,把西凉的马匹皆驯成战马,又在汉人杜琦的辅佐下,训练了一支强悍的远征军,今直扑洛阳,被我军抵御在潼关以西多日,东望洛阳,虎视眈眈。末将愿领兵前往,将叛军剿灭在潼关,然后一路西进,捣毁西羌老巢北地,荡平凉州,开通西域,保我大汉西部平安。"

继而众武将皆跪,请太后、皇上下旨。

阎姬被这场面感动了,眼眶中浮着一层喜悦的泪光,说:"命袁老将军为伐羌大元帅,袁飞、阎显将军为副帅,协同作战,调集大汉各路兵马,在天险潼关剿灭西羌叛军,以保大汉的中原、关中和西域州郡长治久安。"

袁礼出列说:"臣袁礼启奏太后、皇上,南蛮民变,皆因重徭厚赋所致,臣曾随杨大人出使荆州,与南蛮首领羊孙、陈汤有过交往,且熟悉当地民情,臣乞请前往,以平息荆州民变。"

阎姬犹豫袁礼三堂会审,思虑片刻,说:"之后再议。"

在袁贵的进言下,阎太后与顺帝在长乐宫宣室召见大汉各路将领。之后,大汉军队开赴潼关,与叛军首领零昌开战。

樊氏一党惑乱朝廷、迫害忠良、谋逆篡位一案三堂会审在廷尉府大堂进行。

大堂之上,中间坐着头戴着黑色獬豸法冠的虞放,两边一左一右坐着袁礼、高舒,三人神情庄严。堂上"明镜高悬"四字非常醒目。

这时,堂下两边,是执杖的衙役。虞放呼:"传,带案犯樊闰上堂!"

传令衙役喊道:"带案犯樊闰上堂——"

执杖衙役齐呼:"威——武——"

樊闰戴着重枷和脚镣,穿着前后写有"囚"字的囚服,一步步走进来,站在那里,并不跪地。一个衙役从他身后狠狠一脚,踢得樊闰当即跪趴在地。

虞放"咣"地敲了一下惊堂木,厉声问道:"案犯樊闰,如实招来,你是怎样设计陷害邓大将军的?"

樊闰藐视朝堂,不吭声。

这些天,樊闰在狱中无数次地思考,他怎么也想不到,不过数日,自己一下子从天堂掉进地狱。樊闰的满头乌发一夜之间竟然全白了,不再绾髻,不再扎带,而是散乱地披在头脸上,眼神一片空洞,呆呆地望着大堂。

虞放说:"案犯樊闰,你广造宫室,图谋篡位,你建造宫室的钱物都是从哪里来的?你应该知道,图谋篡位,是犯了犯上作乱的滔天大罪,是要夷灭九族的!"

三十三 真相大白于天下

樊闻动了一下，冷笑着藐视朝堂，仍不吭声。

虞放说："你藐视本官、藐视朝堂，拉下去大刑伺候！"

几个衙役奔上来。樊闻说："慢！邓骘之死，是先皇所为，本官不知道。建造宫室的钱物，是先皇赐封给本官的。你就是大刑之下，本官还是这些话，本官不会再说了。"

虞放说："你应该知道，私制龙袍，按律灭九族。你已经是阶下囚犯，不是什么朝廷命官，就让大刑和你说话。"

四个衙吏走上，将樊闻拖了出去。但是，大刑之后，仍然撬不开这个老奸巨猾的樊闻的口。三人商量之后，决定先从他的儿子樊彪入手，突破此案。于是，樊闻被拖出去，樊彪又被带了上来。

堂下跪着肩扛重枷、穿着囚字服的樊彪。袁礼鄙夷地盯着樊彪那猥琐狼狈的样子。还没等问，樊彪就抬头说："三位大人，什么都不用多问，什么事我都不知道，你们去问我的父亲。"

虞放说："看来你是不想招。来人，大刑伺候！"

走上四个衙役，拉着樊彪出去。

三堂会审整整审了一整天，樊闻父子谋逆证据确凿，无可辩驳。但是，关于樊闻陷害邓骘一案，由于没有确凿的证据，无法证实樊闻一伙陷害忠良的犯罪事实。于是，会审一时陷入困难，三人商议后，只好暂时休审。

袁礼回到府上，看见妹夫杨秉带来一个陌生人坐在会客厅。

两人站起来相迎，杨秉指着陌生人向袁礼介绍说："他就是二十年前荆州命案王记缝补铺东邻居杂货铺掌柜，他曾亲眼见到过一个商人打扮的中年人和一个富家子弟打扮的年轻人几次到店铺纠缠王灵母女，他说那个中年人矮胖身材，一副破锣嗓，我估计这俩人很有可能就是樊闻和樊彪父子。"

于是，杂货铺掌柜就将当年一老一少两人多次到王家店铺的过程讲述了一遍。

袁礼听后大惊，说："二十年了，樊闻的神秘心腹死后，终于又有了线索。"

杨秉说："杂货铺掌柜专门不远千里从荆州赶来，就是指认凶犯的。我的意思是你安排人领着他到牢中辨认樊家父子，如果凶手即在其中，立马案件

可破。"

　　袁礼问到年轻人大致年龄范围,杂货铺掌柜说十七八岁左右。袁礼想:按这个年龄推算,应在周广、樊彪、那个神秘心腹三人当中。当初周广不在郡府,而且现在人已故,已无法指认;那个神秘的心腹神出鬼没,不会白天出门,杂货铺掌柜不可能见到,而且人已亡,也已无法指认。剩下的只有樊彪一人,范围一下子就可以缩小。他决定第二天就带杂货铺掌柜去廷尉府指认。

　　杨秉与杂货铺掌柜准备起身。袁礼挡住要留两人吃饭,安排两人晚上在驿馆住下,对杂货铺掌柜加以保护。

　　这时,袁夫人和袁仪正好从外边买菜回来。杨秉含着泪边叫着"岳母、仪儿",边迎上去。

　　袁夫人看着一身破旧麻布衣的女婿杨秉,瞬间觉得一阵心酸,拉着杨秉的手大声哭泣着说:"见到你娘和赐儿了吗?赐儿和你娘都好吗?贤婿,你这半年在荆州受苦了,为母的日夜惦记贤婿。那挨千刀万剐的樊家,不仅不放过你父亲,连他的女儿月儿也不放过。"她说着,伤心得"呜呜呜"地哭起来。

　　站在跟前的袁仪,看着丈夫头发很长、胡须未刮、两颊消瘦、不修边幅,一边伤心地哭着,一边用手替杨秉理着凌乱的头发。

　　杨秉也哭了。袁夫人又说:"这帮奸佞已除,你父亲的冤屈也该昭雪了。"

　　第二天,在廷尉府大堂,樊彪再次被押了上来。

　　站在堂上一边的袁礼低声问他身边屏风后的杂货铺掌柜说:"你看是不是这个人?"

　　杂货铺掌柜眼睛一亮,满腔的怒火涌上心头说:"袁大人,没错,就是他!"

　　袁礼让他暂且先站在屏风后。说毕,回到公案前,在虞放和高舒耳边嘀咕了几句。"咣"的一声,虞放敲响惊堂木说:"人犯樊彪,二十年前,你是如何杀害荆州王灵母女的?"

三十三 真相大白于天下

樊彪先是一惊,似乎一切都明白了,继而镇静下来,哈哈大笑,说:"你们现在要把所有的屎盆子都扣在我和我父亲身上,甚至把二十年前的事都拉出来,不就是因我姐姐月儿没有回婆家,袁礼怨恨我们一家人吗?你们有何证据?拿不出证据,都是诬陷!"

虞放旁边的高舒说:"不怕你不承认。带人证!"

杂货铺掌柜忙从屏风后面走出来,与樊彪并排跪地。

高舒问:"人犯樊彪,你可认得此人?"

樊彪转过头看了一会儿,摇头说不认得。袁礼问杂货铺掌柜可认得此人?杂货铺掌柜说:"他多次到王灵家的店铺纠缠王灵,都被赶了出来。"

樊彪转过头,又看了一会儿杂货铺掌柜说:"你血口喷人!"

杂货铺掌柜说:"你化成灰我也认得!我找了你二十年,我们左邻右舍八口人被暗杀,就是你干的,我要杀了你!"说着,扑上去就打。

衙役们纷纷上来拉走了杂货铺掌柜。

此刻,虞放旁边的袁礼开口了:"再带证人!"

这时,荆州武陵郡的羊孙和陈汤出现在堂下,与樊彪并排跪地。

原来,羊孙和陈汤为了索县减免赋税的事情,带领上百人真的来到京城,要进宫为民请命。可是,他们根本进不了皇宫,就到处打听寻到袁府找袁礼,让袁礼帮他们进宫见皇上。袁礼把他们上百人安排在驿馆居住,好吃好喝供着,晚上向他们叙说了朝廷最近发生的一切,要他们不要再找皇上,要相信阎太后和皇上会关心荆州百姓疾苦的。羊孙、陈汤听说了樊闰父子谋害皇上,准备谋逆篡位的事情后,非常生气。袁礼借此向他们了解了二十年前荆州索县连环命案,二人表示愿意与樊彪当堂对质,说明一切。

袁礼问:"樊彪,这两个人你能说你不认得?"

樊彪显出恐慌,但是不吭声。

羊孙和陈汤证明了二十年前樊闰、樊彪父子曾多次到王家店铺纠缠王灵母女的事实。二人特别说明了,樊彪曾求二人帮他让干娘同意将女儿王灵许配给他做妻。二人表面上答应他,因为二人曾与樊闰关系往来密切,曾得到樊闰不少好处,但背后并不给干娘说,因为二人也都非常喜欢干妹妹王灵。

但是,樊彪还是不承认,说羊孙、陈汤是诬陷他们父子。

虞放这时大喊:"来人,拉下去大刑伺候!樊彪,我可告诉你,再不招,就要用你们父子在廷尉府发明的火刑伺候!"

几个衙役走上来,架着挣扎的樊彪往外拖。樊彪还蹦跳着说:"冤枉!我冤枉啊!你们诬陷……诬陷好人!"拖出去后,接着外面传来打板声和"哎呀!哎呀!"的呻吟声。不一会儿,樊彪又被拖回来,扔在堂下。樊彪趴伏在地,爬不起来。

一个衙役说:"人犯招了,承认是他杀害了王灵母女。"

袁礼问:"人犯樊彪,二十年前,你为何要杀害王灵母女?"

樊彪挣扎好久爬起说:"是我奸杀了王灵。我看上了她的美貌,她不从。"

堂上堂下的人皆大惊。

袁礼一语道破问道:"你想制造情杀案?公堂之上,人命关天,你竟当儿戏?你以为一说情杀案,就可以蒙混过关?你也不看看这是在哪里!你就从头如实招来,你为何要杀害王灵母女?"

袁礼说着,让衙役给樊彪端了一碗水,樊彪一口气喝完。

这下,樊彪来了精神,想既然说不说都是一死,不如就都说了。于是,他道出了二十年前荆州索县那桩震惊朝野、骇人听闻的血案的真相。

原来,在县衙当差的丈夫王泰病逝后,王灵母女俩生活一下子没有了依靠,王灵的母亲楚氏经当时的县令介绍给武陵郡太守樊闻做仆人,楚氏把女儿王灵寄养在乡下亲戚家托人照管。这时的楚氏虽然是寡妇,但由于颇有姿色,风韵犹存,樊闻一见,就一下子被迷得神魂颠倒,图谋奸淫。

樊闻的夫人儿女都住在京城,只是偶尔到武陵来住住转转。这样,樊闻妻子儿女不来荆州时,他就要楚氏每天晚上到他寝室,说是取第二天需要洗的衣服。楚氏为了避嫌,每次去,都是带一个小女仆陪伴。第一天晚上去时,进了樊闻寝室,只见樊闻仅仅用一块小被子盖着肚子,而将胳膊、胸脯、大腿赤裸裸地露在外面,躺在床上。楚氏红着脸,不敢抬头,然后遮着眼睛,让小女仆迅速拿了樊闻的衣裳赶快离开。第二天晚上,楚氏与小女仆去时,樊闻照样如此。

到第三天晚上，樊闰故意将小女仆支到别处去，让楚氏一个人到他寝室取衣裳，意欲奸淫。楚氏因为不见小女仆，也就不去樊闰的寝室取衣服。由于楚氏的身影整日晃荡在樊闰脑海里，不见楚氏来，他再也耐不住，就跑到楚氏的房间里，楚氏刚刚脱衣睡下，樊闰借故来送需要洗的衣裳，让楚氏开门。楚氏没办法，只好又穿衣开门，不料，樊闰不顾一切，像一只饿狼一样扑向楚氏，撕破了楚氏的衣裳，把楚氏强奸了。楚氏咬着被子哭了一夜。

楚氏不堪受辱，收拾东西第二天就离开了郡府。为了生活，她在亲戚的帮助下，在索县城街边开了一个王记缝补铺，把女儿接回身边，娘儿俩相依为命，靠给人缝补衣裳为生。樊闰差人探听到消息，乔装成商人，借故缝补衣裳从荆州城赶到索县县城，多次纠缠楚氏，遭到楚氏拒绝和斥骂。楚氏在郡府当仆人时，乡下亲戚曾带着十七岁的王灵到过樊府找她，樊彪偶然见到了王灵，从此对王灵垂涎三尺。后来，楚氏不去郡府做仆人后，樊彪也常常借故到索县县城玩，一去就跑到缝补铺，把自己故意撕烂的衣裳让王灵给他补，借机纠缠、调戏王灵，欲行不轨，遭到王灵唾骂，樊彪恼羞成怒。

杨震到荆州赈灾后，在索县城微服私访、察看灾情、了解民情，由于一连几天没有吃东西，饿得昏倒在王家店铺门前，被善良的王灵母女救回。杨震感激王灵母女，所以，偶尔有时间就去看望王灵母女。

樊闰知道后非常恐慌，担心王灵母亲会把他强奸的丑事以及他在荆州的罪恶行径向杨震告发，遂产生了杀人灭口的念头。精明的樊闰设计了个一箭三雕之计：杀了王灵，以恐吓教训楚氏，让其闭口不再胡说。这一来就等于杀人灭口；二来可以打乱杨震追究索县县令梁田贪赃枉法的计划；同时，也给杨震一个下马威，使杨震无法也无心再破解这桩奇案，最后迫使杨震离开荆州。就在此时，他的儿子樊彪因为几次遭到王灵斥骂，恼羞成怒，因怨生恨，遂也产生了杀害王灵的念头。更蹊跷的是，父子二人指使的杀手竟是同一人——樊闰的神秘心腹。

樊彪与神秘心腹于永初元年（107）七月二十四日深夜奸杀了王灵。这晚，两人秘密来到索县城，神秘心腹按照樊彪的要求，于深夜在暗中为樊彪望

风,而樊彪则跑到王家店铺后窗口,用一根细细的铜管从窗缝将燃着的迷魂香吹进王家店铺,将王氏母女迷晕。不一会儿,估计屋中的娘儿俩已被熏晕。然后,樊彪用携带的匕首将后窗扇撬开,跳进屋内,将王灵奸淫,之后又跳出来,让神秘心腹再跳进去,用无血刀将王灵无声无息地杀害,将其舌头、乳房和臀肉割了交给樊彪。樊彪的行动,使其父亲既大惊,又暗暗叫好。因为,这时杨震赴荆州不久,赈灾难以推进,杨震已经发现索县的赈灾工作存在严重问题,就让人通知一直不露面的梁田,限一日之内交出他们强迫征收的赋税账目。荆州府衙要查账目,梁田把这一切让人迅速告知荆州城内的樊闻,正当樊闻急得跳脚的时候,听到这个消息,真有点儿幸灾乐祸。心想,竟然有人替自己动手了。

这时,高舒又问樊彪为何要奸杀王灵母亲。樊彪却说奸杀楚氏不是他所为。

高舒说:"据我们所知,两案的手法如出一辙。"

樊彪低下头说,反正不是他。袁礼让来人将樊彪带到刑堂,火刑伺候。

这下,樊彪吓坏了,说:"我、我招,我招!"

这时,所有的人更为大惊。

原来,十多天后,也就是八月十四这天,杨震一边派人督促索县尽快破案,一边加快赈灾工作,他向索县县衙再次提出,开仓放粮,以赈灾民。梁田再次让人把消息报告给樊闻。加之这时,王灵的母亲因为女儿被害,一再到荆州府衙喊冤告状,樊闻恐怕空粮仓被杨震发现,同时也怕王灵母亲向杨震告发他奸淫丑行。为了坚决阻止杨震开仓放粮,并把杨震彻底从荆州逼走,樊闻这次就亲自部署,秘密命他的心腹将楚氏教训一下。樊彪偷听得知后,向神秘心腹请求合伙行动,神秘心腹犹豫良久之后,迫于他是樊闻的公子,只得答应。之后,两人狼狈为奸,于深夜再次潜入索县县城,樊彪用同样的手段,先用迷魂香将楚氏迷晕,然后破窗将其奸淫,最后让神秘心腹进屋用无血刀将楚氏也杀害了。

想不到贴身心腹居然把楚氏杀了。樊闻当时愤愤地斥责侍卫:"只让你教训一下她,然后把她藏匿起来,她对本官还有用,谁让你把她杀了?蠢货!"

三十三 真相大白于天下

心腹知道主子的本性，也知道主子留楚氏的用意。他虽然受樊彪逼迫把楚氏杀了，但他为了投主子所好，给主子把楚氏的头、乳房、臀肉割下带回。带回的毕竟不是活生生的人，樊闰好生难受，但是，当他想楚氏时，也可聊以自慰。于是，他一时不好再说什么，只好作罢。之后，他背过心腹，将楚氏的头、乳房和臀肉偷偷保存，满足自己变态的淫欲。案发后，樊闰只好将错就错。于是，在他一手操纵之下，风流寡妇与风流女儿被奸杀案，一下子被人们传得沸沸扬扬，先是震惊荆州，继而震惊朝野。

樊闰本来是想把这两桩奸杀案嫁祸于杨震和周广，逼走杨震。因为，杨震几次出入王家店铺，就算案件没有结果，即使不能治杨震的罪，但是因为沸沸扬扬的闲话，他在荆州也无法待下去。

没有想到，索县县令梁田采用诱骗之计，将王灵的意中人张生诬陷为杀人真凶，打入牢狱。在严刑拷打之下，张生屈打成招，竟然承认是自己杀害了王灵母女，被打入死牢。这样一来，也就用不着樊闰再费心思，他就顺水推舟，了结此案。但是人算不如天算，没有想到在行刑之时，张生却法场喊冤，使得县、郡、州乃至廷尉府层层复核、复审，一面是杨震等人的坚持翻案，一面是樊闰等人的捂案，使得这一刑事案件向政治层面不断波及、发酵。更令樊闰想不到的是，杨震对此案死揪不放，王密、高舒、虞放等人更是穷追猛打。由于凶手的手段极端残忍，又由于案件扑朔迷离，加之樊闰的一再捂案，案件久审不破，从而成了一桩奇案。直到邓太后逝世前，才将案子重审平反。但樊闰在朝廷独掌大权后，又将案子推翻，维持原判，将张生秘密处斩，使得这桩震惊朝野的惊天凶杀案，成为东汉中期安帝年间的一桩奇冤。

虞放问樊彪，他用迷魂香杀人的手段是谁教的？樊彪说，他这些杀人手段都是从他父亲的一本古书中看到的。

另外，樊彪还供出一件令袁礼一直疑惑不解的事情。十多年间，樊闰知道杨震一直揪住"连环奸杀母女案"不放，安排袁礼、周广、王密等人暗中调查，因此，用美人计将周广拉下水，然后将周广牢牢控制在手中，让周广作为眼线、奸细，一直潜伏在杨震身边，使杨震的一举一动都掌握在樊闰手中，从而使杨震最终败在他们手下。

樊彪及神秘心腹的手段极端残忍，令人发指，令在场三堂会审的三法司审案官员一个个愤慨不已。

但是，樊彪就像死猪不怕开水烫一样，说："我父亲不让我沾染王家娘儿俩，而他却偷偷把王灵她娘奸淫了。我恨他，我喜欢王灵，他却打王灵的主意；我想娶了王灵，可是，楚氏不让我接近她的女儿。我恨死了楚氏，恨不得把她奸淫几回。但由于楚氏认的羊孙、陈汤两个干儿子难缠，所以，我一直难以得手。后来的情况你们都知道了。王灵母女该死！回京城后，我喜欢伯荣，我父亲说伯荣是皇上的女人，还说我当了太子之后，宫中的三千佳丽尽我享受。可州郡层层选送了三千美女，都被他一人霸占着……"

一直在旁边做记录的书吏忽然站起来骂道："简直就是禽兽！"

"禽兽不如！"在座的高舒、虞放和所有官员几乎同时骂道。

袁礼气愤得"啪"地一拍公案，站立起来，几乎是咆哮着问道："樊彪，你有没有人性？你为什么要这样做？"

樊彪吓得一惊，然后低着头，不再吭声。

至此，沉冤了二十年的"连环奸杀母女案"终于真相大白，从而，不仅揭开了二十年前荆州赈灾案的更多内幕，而且更重要的是，揭开了二十年间发生在朝野的一桩桩大案要案背后隐藏的惊天内幕。

当年，樊闾急于上任他觊觎多年的权镇一方的荆州刺史一职，差他的神秘心腹暗杀了逃到他府上躲避蛮人追要救灾粮食的刺史卫蒙，从而制造了"刺史卫蒙失踪事件"。他怕杨震在继续审讯梁田的奸妇胡蝶及其兄长时，二人供出梁田侵吞上千石府库皇粮，牵扯出他，差他的那个心腹带人装扮成蒙面劫匪，在王密押解胡蝶兄妹赴荆州途中，将二人抢劫杀害，制造了"胡蝶兄妹押解途中遇劫身亡"事件。樊彪与神秘心腹第二次晚间从王家店铺出来时，恰巧碰上打更的老头，后来廷尉府重审此案时，要打更老头做证，他们怕老头胡说，就让他的那个心腹将打更老头和县衙仵作分别骗到索县县城外的荒郊野外，杀死后又焚尸灭迹，制造了索县打更老头、县衙仵作接连失踪的事件。还有后来长安古董商王福的不知去向，都是樊闾指使他的心腹干的……

接着，袁礼又问："这么说，王家店铺左邻右舍的八口人都是你们杀害的？"

樊彪说："那是我父亲指使他的心腹干的。"

这时，在大堂外面的杂货铺掌柜疯一般扑进来，谁也挡不住，扑向樊彪，边扑边骂边打："我就知道是你们干的，你们挨千刀万剐，你们不得好死！"他刚扑到樊彪身后打了几下，就又被衙役们拦住拉了出去。

接下来，袁礼又问："你们是怎样设计陷害邓大将军的？"樊彪又道出了一个真相，说那是他父亲和他伯父、耿宝三人设计，由他父亲那个心腹和他两人干的。他父亲让他伯父一方面安排宦官趁深夜潜入宫中把玉玺从宫中偷出；一方面晚上把皇宫禁卫借故叫走两个，让父亲的那个神秘心腹与剩余两个禁卫打斗纠缠，自己趁机与偷出玉玺的宦官接头，把玉玺从宦官手上盗走，然后由自己与父亲的那个神秘心腹又潜入邓骘家中，把玉玺偷偷放在邓骘书房，嫁祸邓骘，让邓骘有口莫辩，从而使皇上刘祜相信邓骘有谋逆行为。

人们都倒抽了一口冷气。袁礼问："你知道这一案，你父亲害死了多少人？"

樊彪低头不吭声。

虞放这时又问："你们是怎么设计陷害杨大人的？"

樊彪起初不肯说，后来索性说出来，说那是他和他父亲干的。他道出了真相，说他父亲让他发假诏，伪造圣旨，从国库中调拨木材、石料等，为他们大造皇宫，结果被大司农杨伦发觉，报告给杨震。他们知道伪造圣旨是杀头之罪，为了保命，他们一不做二不休，准备谋反，但被杨震发现。当周广把杨震调集羽林军准备抓捕他们的消息暗中告诉他们时，他们父子设法逃出皇宫和京城，然后借张衡的"星变逆向"之说，以及杨震当时调兵保卫皇宫、保卫京城，捉拿他们父子的行为，制造了"杨震谋反事件"，诬陷杨震谋逆，使安帝信以为真，削去杨震的太尉一职，并将其打入廷尉府大牢。特别是，他们在途中暗设埋伏，把杨震要袁礼派精骑去向东巡路上的安帝送上的密奏和他们伪造的圣旨截获，销毁罪证，使杨震永远也没有证据证明他们伪造诏书和谋逆的事实。

在场的所有人不由得再次倒抽了一口冷气。

袁礼又问："为什么要杀害周郎和那个神秘心腹？那心腹到底是什么人？"

樊彪低着头说："都是为了灭口。因为周广武艺高强，就让心腹先杀了周广，我再设法把心腹杀了。这个神秘心腹叫吴仁，从小无父无母，是我父亲在荆州收养的一个孤儿。"

大堂之上，天牢之中，大刑之下，证据面前，樊氏父子被迫交代了累累罪恶：贪污赈灾粮饷，奸杀民妇民女，诬告陷害忠良邓骘、杨震，蛊惑皇上疏于理会朝政，重徭厚赋危害百姓，图谋篡夺皇位，利诱暗杀周广，杀害心腹吴仁……

虞放让衙役拿着记录让樊彪画押，画完押后，将樊彪带下去。之后，袁礼、虞放、高舒三人在审讯结果上皆签了字，然后将审案记录奏报阎太后过目并圣裁。

审案工作进行一段时间后，袁礼、虞放、高舒三人亲率羽林军卫士和廷尉府衙役，先后到京城樊家府院和京东樊家宫苑搜查樊氏家产、证物。审案组夜以继日，连续忙碌一个多月，从樊家宫苑中，首先搜查出通天皇冠、龙袍等，接着搜查出成箱成柜的金银珠宝，各种难以计数的资产及古玩金器，总价值达五十亿钱，真是富可敌国，樊闰真是名副其实的"大汉第一巨贪"！

最后由虞放执笔，在结案报告中写道："樊闰作为三公太尉、首辅高官，不思辅政，一心贪腐。樊氏奸佞，骄奢淫逸，收受贿赂、大肆敛财达五十亿钱。短短数年贪获如此的财富，举国为之震惊。其贪婪之心，空前绝后。且怀有谋逆之心，背着皇上为自己私造豪邸宫苑，其豪华程度及规制超过皇宫，耗费黄金以数亿计，致使国库空虚。其杀人如麻，灭绝人性，令人咋舌，特别是对为他鞍前马后效忠他的心腹吴仁和受他诬陷、蒙冤受屈的张生杀人灭口，简直丧尽天良，罪大恶极，十恶不赦！为此应抄没樊氏全部家产，三人及九族分别治罪，经他们举荐任职的官员一律免职。"

接下来，轮到审讯祸乱宫廷的伯荣母女了。虞放他们又经过连日审讯、调查，一份奏章呈给阎姬，奏章中称："昭仪伯荣，迷惑皇上，宣淫无度，并与九卿之一侍中、卫尉樊彪等人勾搭成奸，迫害皇后，谋取皇后之位。其母王圣扰乱朝廷,蛊惑皇上为自己营造豪邸美宅,耗费国库资财无数;又与樊氏兄弟狼狈为奸,迫害忠良,干扰朝政。母女之行为,应予问罪,一并流放。"

长乐宫大殿,太后阎姬坐于堂上,左边坐着顺帝刘保,右侧站着中常侍宦官永信。大堂之下,文武大臣正在屏息静气地听着虞放关于樊氏一案的案情奏报。整个大殿安静极了。

虞放说:"……总之,樊氏一党、奸佞妖女,坏事干尽。搜查奸臣贪官樊氏家产,其府院、宫苑、宫中的金银珠宝价值折钱达五十亿钱。"

大臣们都惊得"啊"了一声。有人说:"这可是一个比刘章还大的老虎!"

这时,阎姬命令说:"永常侍,宣诛讨诏吧!"

永信展开诏书大声宣读:"大汉皇太后、皇上诛讨诏书:奸佞妖女,横行朝廷。樊氏兄弟,手握王爵,口含天宪,天朝政事,一更其手,权倾朝野,宠贵无极,子弟亲戚并荷荣任。樊氏宗族宾客虐遍天下,民不堪命,起为反叛,民不聊生,到处流荡。王氏母女,蛊惑圣上,交际朝臣,接受贿赂,干预朝政。为此,对其樊氏一党,一律严惩。樊闻、樊丰、樊彪三人,推出午门,斩首示众;王圣、伯荣贬斥迁徙雁门;耿宝发配西北边关敦煌军前效力。樊氏一家,株连九族,不论老少,皆弃于市。与之牵连的公卿、列校、刺史、二千石十人皆杀,古吏、宾客三百余人皆免去官职。钦此!"

奸佞终遭严惩,遗臭万年。

这下朝廷衙门一下为之一空。

正当百官额手称庆之际,只见杨伦出列奏道:"启禀太后、皇上,臣有本上奏。"

阎姬道:"杨爱卿,讲吧!"

杨伦说:"已故太尉杨震,国之栋梁,功德无量,含冤而死,应予平反昭雪。"

永信说:"禀太后、皇上,尚书台收到关西泉湖学馆三千学子和太学院三万学生联名宫阙上书,要求为杨大人平反昭雪,为邓大将军雪耻,为狱中蒙

冤的大臣平反昭雪。"

同时，朝廷中以杨伦、虞放、高舒、朱冲为代表的"清流"势力，对"清议运动"大加支持。"清议"学子和"清流"官员，这两股势力成为杨震冤案平反的关键。他们要么是杨震的学生，要么是由杨震推行的选官制进入仕途、受杨震人格影响的官员集团，一致上书，为"大汉第一清官"杨震平反。

这时，又有袁贵等百位朝臣联名上书，要求"为杨震平反"。阎姬清楚，不光朝廷内部，而且在民间，为已故太尉杨震平反的呼声也越来越高。

在袁贵、杨伦等一批正直大臣的坚持和呼吁下，阎后开始平反一批冤案。

首先是杨震冤案。杨伦上奏："前太尉杨大人品格端肃，忠直刚正，岸然守节，对先帝昏庸无道，专宠伯荣，放任樊闰、樊丰、王圣等横行朝廷的做法进行了坚决抵制和抗争，与樊闰、樊丰、耿宝、王圣的种种恶行进行了无情斗争，后遭奸佞妖女诬陷，蒙冤而死。杨太傅忠君爱民，坚守为臣之道，其高风亮节、威武不屈，可谓社稷之柱臣矣！特奏请太后和皇上为其平反昭雪，恢复名誉，并诏令将杨太傅的画像挂在纪念大汉功臣的麒麟殿上，赐谥号'清侯'，封其三子杨秉为太傅，四子杨让、五子杨奉归返洛阳，官复原职。"

阎太后说："学子所向，朝臣所向，乃人心所向。准奏！现颁哀家懿旨，决定为太傅杨爱卿平反昭雪，让其魂归故里安葬，并派五大臣前往杨震故里弘农潼关举行朝葬。杨震等正直之士终会名垂青史，而樊闰一伙奸佞妖女也必将遗臭万年。另外，也为其他蒙冤者平反昭雪。"

杨震一生桃李满天下，人品学问堪比春秋战国时期的孔子，最后坚持为他平反的就是他一生教过的这些桃李，以及他一生道德学问影响下的儒生士子。

其次是邓骘冤案。袁礼上奏："前大将军邓骘，品性贤良，为人忠厚，为使大汉兴盛，广荐四方人才，南平民变，西剿羌夷，功名远扬。然遭奸人诬陷，含冤而死，其宗亲家族广受牵连。特奏请太后和皇上下诏，诏令邓骘及受株连宗亲，予以平反昭雪，幸存者归返洛阳，官复原职。"

再次是王密冤案。高舒上奏："前荆州刺史王密，为人正直，心系民生，怀揣万言，不顾生死，为民请命，入狱后不顺邪恶，被斩首于市。特奏请太后和皇上下诏，为其平反昭雪，其妻子儿女予以安抚。"

最后是张生冤案。虞放上奏:"荆州索县儒生张生,生性善良,忠于爱情,不幸被诱骗顶替杀人元凶,屈打成招,长期羁押,经邓太后明察出狱。邓太后去后,又被怀恨在心的樊家父子秘密砍头,死于非命,造成千古奇冤。特奏请太后和皇上下诏,诏令荆州府衙对张生、王灵予以重葬,张生父亲、王灵母亲楚氏再行重葬,并对在此案中备受牵连的受冤人氏均予以安抚。"

一切冤案皆已尘埃落定。

正在这时,突然,一宦官跑进来道:"禀太后,廷尉府来报,樊闰在狱中自杀。"

在场的大臣皆大惊,继而拍手称快。

在大汉朝野,人们对奸佞妖女短短数年几乎把国库掏空的事实,莫不恨之入骨。

樊闰作为安帝时期最大的一个贪官,确实罪恶滔天,十恶不赦。这个大肆聚敛财富又权倾朝野的贪官污吏,这个身背不知多少条人命的恶魔,最终得到了他应有的报应。

樊闰虽然在狱中自杀,但按樊闰所犯的犯上作乱、图谋篡逆之罪,在他死后还是要诛九族的。

阎太后积怨多年,怒气未消,下旨廷尉虞放对樊闰按律严办,将查抄出的奇珍异宝、不明来源的财产及宫苑、京城房产等总价值五十亿钱的樊闰的全部家产,悉数收缴国库。其妻樊夫人因樊闰屡行不义时,她都在府中,应视为同犯,令其服毒自尽。樊夫人听到圣旨,放声大哭,之后饮下一樽毒酒,不多时七窍流血而死。其余众多侍妾,罪重的一律按罪诛杀,罪轻的遣归原籍。还有一些樊闰的门生侍从,未等朝廷派人来抄家,早已逃之夭夭,不知去向。

转瞬间,樊氏一党灰飞烟灭了。

樊闰一党被铲除后,平日与樊闰有交往的,或者经樊闰之手予以提升和安排的文武大臣、州郡县地方官员一下子像热锅上的蚂蚁,惶惶不可终日,在府中满地乱转,生怕厄运随时降临到他们的头上。

这时,袁贵向阎太后上了一道奏章:"为了朝廷和地方的稳定,对那些没有恶迹的官员可以网开一面。"阎太后采纳了他的建议,提笔写了一道朱批:

"弃旧图新,为朝效力,乃君子之道。"之后,朝廷对有罪之臣给予惩办,其余大部分让其安心朝务和地方衙门事务。很快,朝廷和地方的秩序稳定了下来。

之后,袁礼派衙役到驿馆找杂货铺掌柜来府安抚,可是,衙役到处找不见人。原来,杂货铺掌柜没有向杨秉和袁礼道别,而是眼看着樊彪被推出午门斩首后,便一个人急匆匆回了荆州。

此时,杂货铺掌柜在索县野外埋葬有王灵母女等十二人的坟地,跪在坟前烧纸,他边烧边哭着说:"他娘,亲人和乡亲,我来给你们报告好消息来了。二十年来,你们的冤魂迟迟得不到安宁,而今,残害你们的元凶,那几个禽兽,皆已被砍头。我可以告慰你们的在天之灵,你们可以瞑目了,冤魂可以安息了!"

说着,手拿一根烟柴棍拨着纸钱灰烬,接着哭唱着什么,不等冥钱燃尽,连叩了三个头,趴在地上号啕不已。

而在关西潼关的水峪口村,杨秉和妻子袁仪刚从洛阳回来,杨秉急得飞一样跑进竹篱茅舍的院子喊着:"娘——娘——我们回来了!"

一家人听到杨秉的喊声,忙奔出来,激动地围着杨秉和袁仪。杨秉急着要告诉一家人好消息:"娘,朝廷已为我爹平反,还决定让我爹魂归潼关,派大臣举行朝葬。"

全家人都激动得哭了。

柳氏说:"你爹一生魂牵学馆,就把他安葬在学馆后面河岸边的平地上,好让他永远看着他的学馆,也不寂寞,还能永远和学子们在一起。"

在西羌战事,袁飞坚持没让父亲出征,最后阎太后重新下旨,封袁飞为伐羌元帅,阎显为副帅。

袁飞利用樊闱调集的那五万大军,又从各地调集了二十多万军队,总共率领三十万大军出征伐羌。袁飞率领大汉军队到达潼关,与坚守在那里的副帅阎显在军帐中商议了作战部署。接着,他们按照作战部署,在南边,由袁飞率领十五万大军,从南五庄到中军帐村,顺秦岭北脚下翻越潼关西边的天险禁沟,又蹚过潼河，到达潼关南塬；在北边，阎显率领十五万大军，从黄河边上的隘口走过禁沟口，渡过潼河，爬上潼关南塬。南北形成包围态势，把零昌的十多万铁骑紧紧围困在潼关南塬，与零昌展开一战。战斗打响后，叛军措手不及，被汉军打得人仰马翻、丢盔弃甲、仓皇西逃。最后，零昌率领剩余叛军，妄想从西边裂斜沟逃出包围圈，结果又被北边阎显率领的汉军迎头痛击，叛军一败涂地。关键时刻，零昌差人提出求和，拜见袁飞、阎显，表示愿意俯首称臣。之后，阎太后和汉顺帝根据零昌的称表，恢复了对北地的分封，封北地郡为北地国，封零昌为北地王。至此，西凉再无战事。

东汉顺帝永建元年（126）的寒冬腊月，朝廷决定，大汉前太尉杨震的公葬仪式在弘农潼关渭河南岸的潼亭村举行。

这一天，忽然飘起了雪花，天寒地冻，滴水成冰，刺骨的西北风阵阵呼啸。

在陕县通往潼关的长洛驿道上，行进着长长的送葬队伍。乐队在前方一路演奏哀乐，送葬的人群以及朝廷官员车驾绵延数里。

朝廷官员都穿着一色内白外黑的冠冕孝服，杨震子孙、亲戚及杨震弟子一个个身穿孝衣、头戴孝布，恸哭沉睡在灵柩中的杨震。还有无数百姓，穿着各色衣服，为杨震送葬。送葬的队伍像滔滔的黄河水一样，涌满了驿道，哭声震天。

这天，为杨震送葬的乐班有三个。

队伍最前边是杨震的弟弟杨季和杨震五个儿子请的家乡水峪口村的鼓乐班子，接着是冯宝的家乡潼亭村冯宝父亲带的潼关老腔戏班子，他们按照古老的潼关风俗，唱着潼关黄河老腔"哭板唱腔"戏段，如泣如诉地为杨震送葬。

中间是一辆载着大灵柩的双马灵车。

按阎太后旨意，杨震公葬，灵车用皇家乘舆，由八百名羽林军骑兵护卫，朝廷一百二十八名乐师组成的皇家乐队吹奏哀乐。但杨震的五个儿子坚持说，那样太奢华、太浪费，一生俭朴的父亲在九泉之下是不能答应的，就谢绝了，坚持按潼关古老的丧俗安葬。

按照古老的潼关人的风俗，父母去世，安葬这天，长子要为父母披麻戴孝，挑着野鹤幡送终，在送葬到坟地时，还要由舅舅扶着，在坟头摔老瓦盆。这时，头戴麻冠的杨震的长子杨牧，身穿孝服，挑着丧幡，怀抱老瓦盆走在灵车前边哭得昏天黑地，边哭边走，他身边的舅舅扶着他。

杨里等其他弟兄四个，守在灵车两边：老二杨里和老四杨让头戴孝布在右，老三杨秉和老五杨奉在左。五个孝子和数十个孝孙，每人手里挂着一个缠糊着纸的柳棍，边哭边走。

杨伦、袁礼几个大臣跟在灵柩后边。

陈冀、虞放率领众多学子紧跟其后。迎灵队伍顺着蜿蜒的驿道，缓缓西行。这支浩大的队伍，前不见头，后不见尾。哀怨悲恸的哭声响彻天宇。

在竖着一支支招魂幡后边撒纸钱的人群中，出现了几个熟悉的身影：那两个已经胡子拉碴的是索县的羊孙、陈汤，那个已上年纪、满头白发的是东莱黄县的李四。他们各提一个装满冥钱的竹笼，边走边撒纸花冥钱。冥钱与雪花一起随着阵阵西北风在天地之间飘飞。

袁礼带着的上百人的羽林军中，其中有由几十个羽林军卫士组成的埙乐班，这些乐士个个抱着一个灰色的陶埙，跟着袁礼"呜呜呜"地吹着，为他们所崇敬的长者杨震送葬。

埙声悠悠，气氛哀凄。

突然，天空中出现一道奇观，一只白鹤领着一群幼鹤与地上送葬的人们相呼应，盘旋在灵柩的上空，发出阵阵哀鸣。

"苍天有灵，仙鹤也来为大人鸣冤了啊！"人群中不知谁说了一句。

长长的驿道边上，灵柩所过的村庄，皆有哭泣、抹泪送葬的百姓。那些刚刚闻知消息的百姓还不断地从远处向驿道上拥来。

三日后，灵车到了潼关南塬下渭河边上的潼亭村，进行公葬。

潼关黄土塬的塬上塬下，在冬日阳光照耀下，更显得庄严质朴。

公葬仪式在潼亭村后渭河南岸泉湖学馆旁边的麦地里举行。

平坦的麦地上，已经挖好了一个大大的墓穴。灵柩被横架在两条古旧的长凳上。

三十三 真相大白于天下

周围高低不平的田野里，站了成千上万送葬的人。杨震的长子杨牧头戴麻冠、身着孝服，手拄三尺柳棍，带领四个身着孝服、手拄柳棍的弟弟跪于灵柩前。按照古老的潼关人的风俗，父母去世，不光长子要为父母披麻戴孝送终，而且，逝者的女儿个个要为死去的父母亲戴"红"，就是身着像披风一样的白色缟素，头顶一个白色的尖顶上，缝着一点红色的布。因为杨震夫妇一生没有女儿，五个儿媳感念公公、婆婆视她们为己出，不约而同为公公头戴"红尖"，而且她们打破女人送葬不送到坟地的习俗，坚持为公公送葬到坟地，并且跪在杨牧五兄弟的身后。她们的身后，跪的是杨震穿白戴孝的孙子孙女。之后，是戴着孝布的陈冀率领戴着孝布的三千学子及无数百姓跪于地上。

整个墓地一片雪白。

那只高大的白鹤领着那群幼鹤飞落在灵柩前，像送葬的人们一样，悲凄地哀鸣。它们一边悲鸣，一边不停俯仰着头，似叩首祭拜。人们都感动了。

朝廷钦派的杨伦、袁礼、虞放、高舒、朱冲五大臣站在灵柩前。

杨伦宣读太后、顺帝的诏书。他念道：

"大汉太后、皇帝诏曰：已故太尉杨震，正直忠诚，忠君爱民，朝廷使他匡助时政，主持朝政，整顿朝纲，整肃吏治。然奸佞妖女散布种种污言秽语，像青蝇玷污洁白的丝绢一样中伤他、诬陷他、迫害他，终于酿成冤案，使我大汉失去了一位百年难得的擎天大柱。如今，朝廷柱石之臣已死，犹如山崩栋折。上天降威，灾害四起，皆因杨震蒙冤所致。庆幸后继有人，诛杀逆贼，严惩奸佞，处置妖女，平息南北，救民于水火中，才使我大汉转危为安。现派当朝司空杨伦、大将军袁礼、廷尉虞放、御史大夫高舒、皇宫卫尉朱冲五大臣以中牢之礼前往祭祀。杨震若有灵，定来享用。朕感念杨震千秋之功，特宣杨震三子杨秉为太傅，四子杨让、五子杨奉进宫复职。特赐杨家钱一百万，以示安抚。钦此！"

同时，顺帝又下一诏令，修缮泉湖学馆，将学馆更名为"育贤馆"，钦赐牌匾"清德洁白"，由杨震的次子杨里将学馆继续办好。

顺帝给杨家特赐的一百万钱，柳氏及几个儿子在无法谢绝的情况下，悉数捐赠弘农郡府，用于发展当地学馆事业，这是后话。

接着,陈冀宣读了他代表杨震三千弟子写的一篇《哭恩师》的悼文:"恩师英魂下北邙兮,关西踪迹遂荒凉;'四知'美誉留人世兮,应与乾坤共久长。呜呼,恩师!"

陈冀宣读完毕,虞放大喊:"下葬——"

还未等虞放喊毕,顿时哭声一片。

不一会儿,灵柩随着缓缓下滑的绳索,落入墓穴。

虞放再喊:"填土——"

这下,哭声更是山呼海啸。

杨秉哭着对苍天呼告:"父亲啊!奸佞妖女已被铲除,残害王灵母女的真凶已经追到,也已伏法,大将军的冤案、王密的冤案、张生的冤案桩桩都已真相大白、沉冤昭雪。父亲,您的英灵终于魂归故土,您尽可安息了!"

小杨赐也哭着喊:"爷爷,陷害你的坏人也已受到惩罚,我们后世子孙在此告慰你的英灵,望爷爷英灵安息!"

虞放、陈冀跪地哭着:"恩师!我们终于将你接回来了!"

杨伦、袁礼、高舒、朱冲四人齐跪于地:"大汉新君已立,恩师大人安息吧!"

瞬间,潼关高高的南塬土崖上响起了成千上万的回应声——"父亲,您安息吧!""爷爷,您安息吧!""恩师,您安息吧!""杨大人,你安息吧!""太尉大人,一路走好!"

坟前地上,那群白鹤"呼啦啦"一下子悲鸣着向高空展翅飞去。

不一会儿,一座高大的新坟堆了起来。

几个学子很快将一块墓碑在坟墓前竖立起来。村中的一个年长者一手端着一个瓦盆,里边放着冥钱,一手拿着一个火棍喊:"孝男孝女送纸钱——"

孝男孝女们立时哭倒一片。

为杨震送葬的儿孙、学生、朝廷大臣以及远近的无数百姓,一个个长跪不起,哭得泪水涟涟,震天撼地。一时间,天地为之动容,万物为之悲咽。泪水和融雪模糊了人们的双眼,使得人们感觉整个世界一片朦胧。

戛然之间,雪停云霁,暖阳透过云层放射下来,一道耀眼的光芒正好照射在墓碑"太尉杨震之墓"那六个大字之上,像一道圣光抚慰着杨震的忠魂。

　　北面,滚滚奔流的黄河一路咆哮着来到潼关,与缓缓流动的渭河在此交汇之后,瞬间变得异常平缓、宁静、安详。南面,远处的秦岭、潼关静静地耸立在那里,默默守卫着杨震不朽的英灵,倾听着黄河滔滔的流水声在如泣如诉地诉说着圣贤的故事……

尾声　清白遗风传千古

"这就是你高祖爷爷杨震的一生。"

东汉末年，在京城洛阳的杨宅里，杨震的重孙、官至太尉的杨彪，在给儿子杨修再一次讲述他们杨家的历史。杨修听了不由得唏嘘感叹。

"爹，你说我高祖爷爷生了五个儿子？我高祖爷爷给他们定下的家风和祖训是'耕读立身，清白传家'，那他们后来的结果都怎样？"杨修仰着头问。

"对。你高祖爷爷对五个儿子个个都管教极严，希望他们'五子登科'，希望他们个个都能通过读书、农耕，长大后有出息。"杨彪说，"他们大都没有辜负你高祖爷爷的希望，除老二杨里在家守家，耕种庄稼、坚守学馆之外，其他的一个个少时就在你高祖爷爷办的泉湖学馆读书，年龄一大就离家到京城求学，再后来就通过考试选拔出仕。老大杨牧官至富波侯，老三杨秉最后官至太尉，老四杨让官至司徒，老五杨奉官至河东太守。按照这个家族谱系，咱们属于老三一门的，也就是说，从你高祖父杨震官至太尉，到你曾祖父杨秉也是官至太尉，再到你祖父杨赐还是官至太尉，再到父亲，这一血脉中，按照朝廷人们的说法，就出现了'四世三公'清白传家的千古遗风。你要牢记啊！以后就看你的了！"

杨彪继续道："我们杨家之所以四世太尉、四代为相，成为京城洛阳的名门望族，就是能守祖训，能传家风，因而为世人所仰慕。"

杨修专注地听着，点了点头。

接着，杨彪又逐一给儿子杨修讲述了杨秉、杨赐以及自己的故事。

杨彪说："我们杨家四世三公，世人称我们杨氏家族德行崇高，累世都为柱国之臣。你的高祖爷爷杨震以'暮夜却金，能守四知'流芳千古；你的曾祖爷爷杨秉能戒'酒、色、财'三件事，为世人所敬仰。"

自后，杨修牢记父亲的教诲，在东汉末年的三国纷乱时期，表现出他作为杨震后代的节操……

四百多年后，在西京长安，又有一位杨氏家族的后代，开启了中国历史上九个大一统封建王朝之一的大隋王朝，就是后世所称的隋文帝杨坚。他是杨震长子杨牧的第十二代裔孙……

六百多年后，在京都长安的大唐朝廷，接连出现了七个杨族宰相，他们都是杨震的五子杨奉这一血脉的后世裔孙……

八百多年后，在北宋时期的雁门关，出现了一门满门忠烈、血洒疆场、老幼皆知的杨家将。他们又是杨震的五子杨奉的第二十八代裔孙杨业一族。

两千多年后，杨震的清廉思想、高洁品格和"四知拒金"的故事，均广为流传。我们可以看到，历代贤良之士、清廉之吏，无不把杨震作为楷模，顶礼膜拜。

大唐开国不久，在大唐长安，时任丞相的名臣魏徵的丞相府，有一幅他亲手绘制的杨震画像，挂在墙上，每隔一两天看一次，用于自省。

岁月流逝到几百年后，在北宋京城开封，开封府的龙图大学士包拯，十分敬仰杨震，曾三次赴杨震故里和杨震故居祭拜杨震。前两次，一次是亲赴杨震在古都洛阳的"窄巷小院"故居拜祭；另一次是千里迢迢奔赴杨震的故里关西华州潼关的水峪口村杨家祠堂和渭河边上吊桥村的杨震陵墓拜祭。

又一百多年后，在南宋京城临安，南宋即将灭亡，被金人收买的人帮金人收买大宋丞相文天祥，他附在文天祥耳边，悄悄告诉文天祥："文丞相收下金人的金币，除了你我知道，没有人知道。以后顺从金人，按金人的意思行事，对你有不尽的好处。否则，就是死的下场。"文天祥大怒，怒斥叛贼："古有杨震的'天知、地知、你知、我知，怎说无人知晓'的名言典故，今人我如何能背弃我的祖先出卖大宋？至于死……人生自古谁无死？留取丹心照汗青！"

又过了几百年，在大明的北京城，任户部主事的海瑞，向明世宗朱厚熜呈

上《治安疏》，批评世宗迷信巫术、生活奢靡、不理朝政等弊端，激怒了明世宗。明世宗不光罢了海瑞的官，而且把海瑞关入大牢。在狱中，海瑞读着《后汉书·杨震列传》，读着，读着，不禁泪如雨下……

  杨震一门接连出现了"四世三公"，相继官至大汉首辅太尉，且个个累世清廉高洁，令世代仰慕，因此，被世人称为"中国历史上绝无仅有的四世清官"。

2012年10月初稿于潼关
2018年6月30日八稿定稿于潼关
2020年5月16日夜九稿定稿于西安